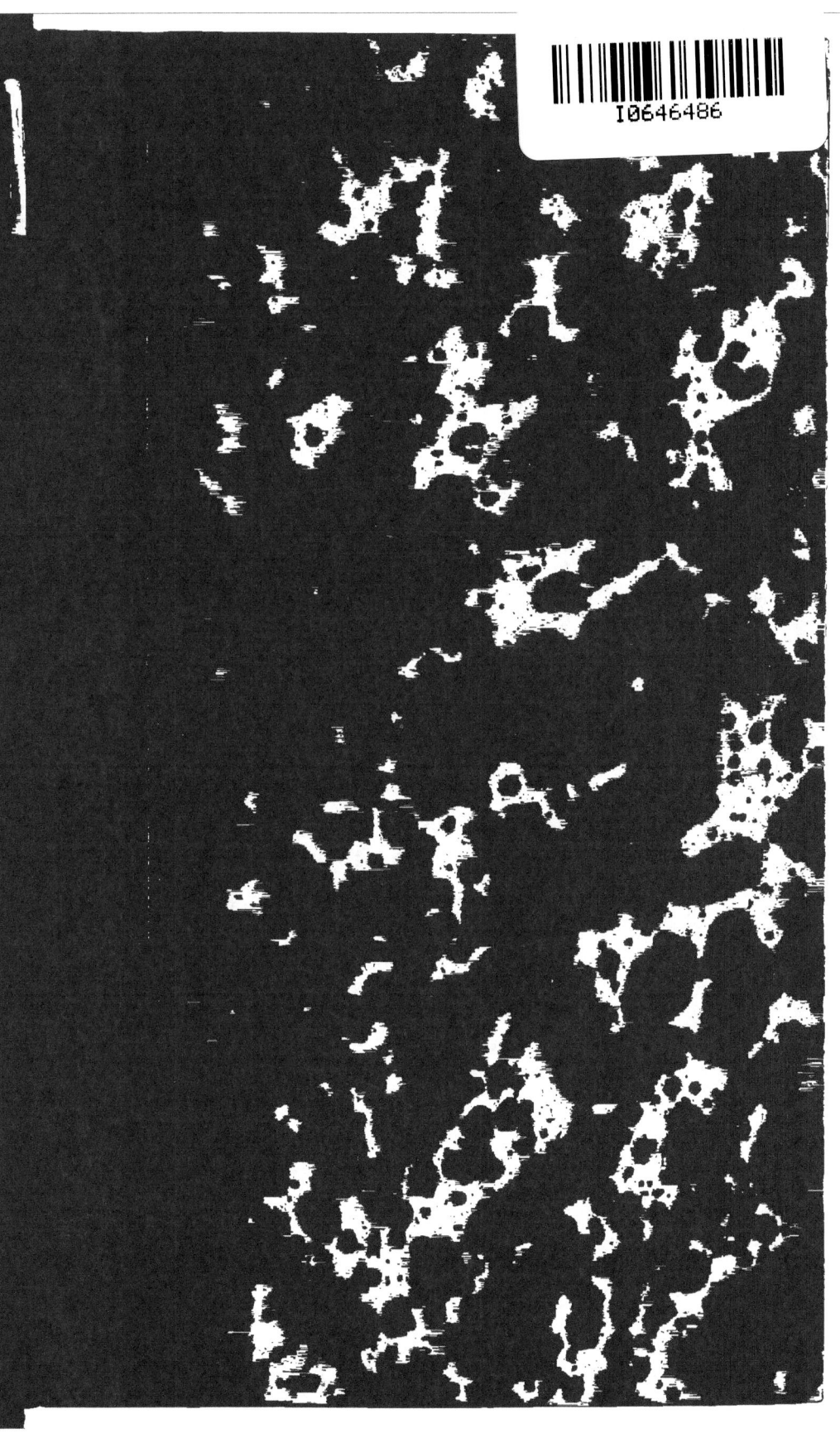

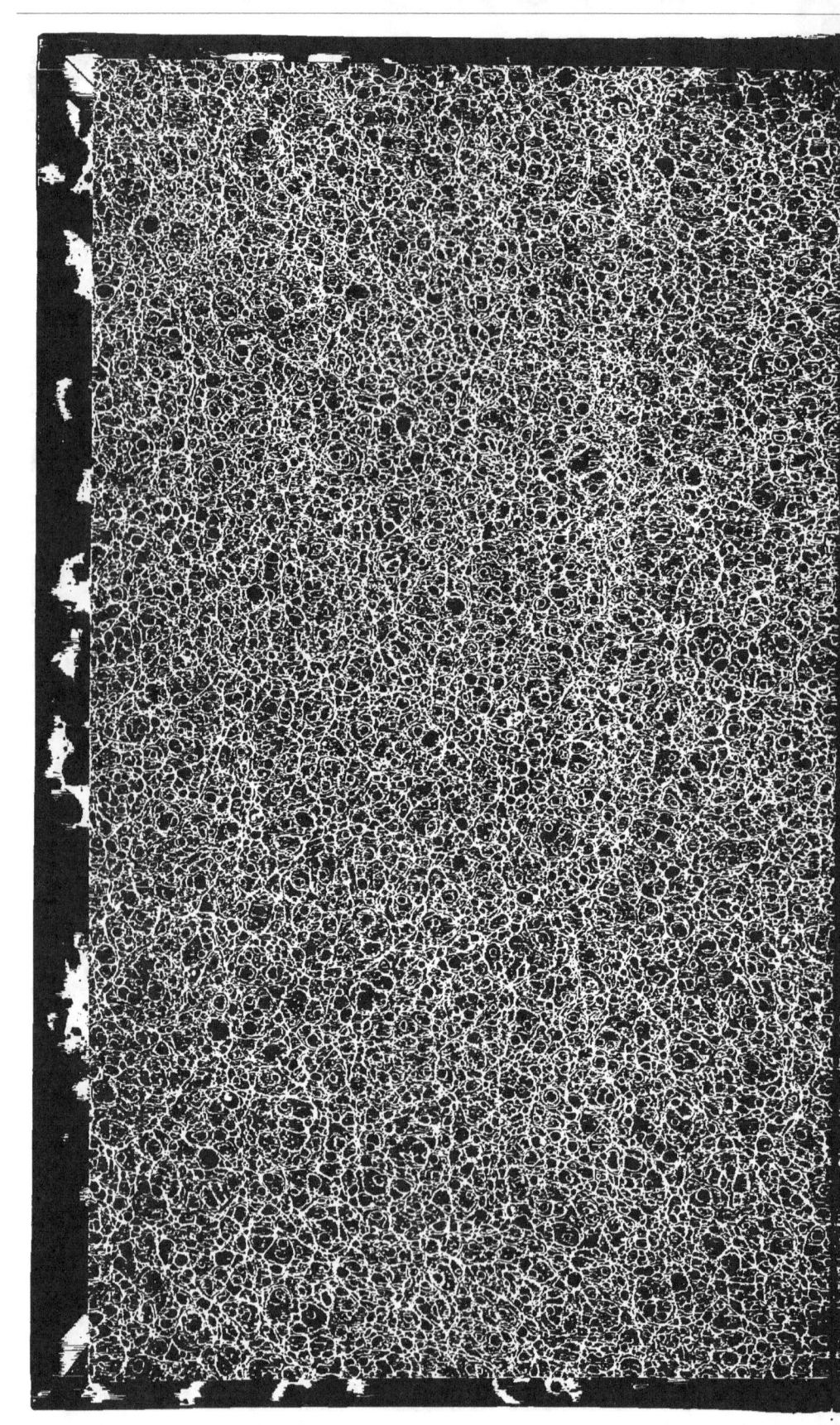

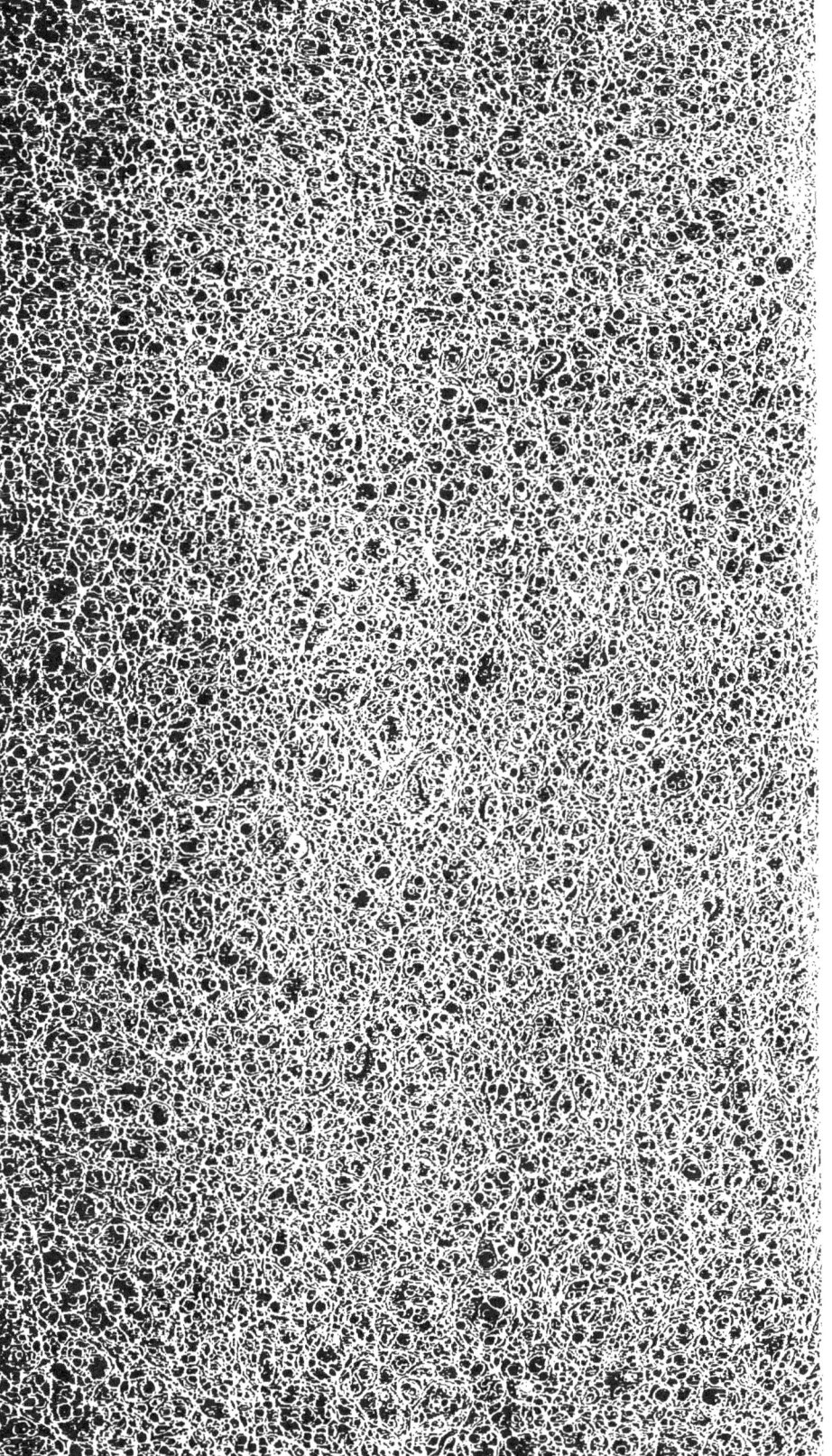

X 1906
B+a.8.

17638

ŒUVRES

POSTHUMES

D'ATHANASE AUGER.

DISCOURS

DE

CICÉRON,

TRADUITS

Par ATHANASE AUGER.

TOME HUITIÈME.

A PARIS,

De l'Imprimerie, rue du Théâtre - Français,
N°. 4.

L'AN II DE LA RÉPUBLIQUE FRANÇAISE, UNE ET
INDIVISIBLE.

DISCOURS

DE

CICÉRON.

DISCOURS

SUR LES RÉPONSES DES ARUSPICES.

Sommaire.

CICÉRON étoit revenu de son exil ; plusieurs tribunaux avoient prononcé que l'emplacement de sa maison détruite et consacrée par Clodius étoit libre ; il avoit été statué par le sénat qu'on lui remettroit une somme sur le trésor pour la rétablir. Depuis peu, on avoit entendu dans le territoire latin, aux environs de Rome, un certain bruit sourd et un horrible cliquetis d'armes. Toute la ville fut effrayée de ce prodige; on crut devoir consulter les aruspices ou devins d'Etrurie, qui rendirent des réponses et donnèrent des avis que Cicéron rapporte et qu'il explique dans ce discours. Clodius étoit alors édile. Dans une harangue débitée devant le Peuple, il avoit commenté cette réponse des Aruspices, que des lieux con-sacrés et religieux étoient profanés; *il l'avoit appliquée à la maison de Cicéron.*

Celui-ci, après quelques réflexions préliminaires, démontre d'une manière solide et convaincante que sa maison est affranchie de toute consécration. Il prend ensuite les réponses des Aruspices les unes après les autres et les tourne contre Clodius. Première réponse. Les jeux ont été célébrés avec peu de soin , ils ont été souillés. *Il expose fort au long les violences commises par Clodius dans les jeux célébrés en l'honneur de Cybele. La seconde réponse regarde les lieux consacrés et religieux. Il montre que cette réponse ne le regarde pas , mais bien Clodius.* Des am-bassadeurs ont été tués contre tout droit et toute justice. *C'est la troisième réponse qu'il applique à Clodius et à Pison. Il applique à une sentence rendue en faveur du même. Clodius par des juges corrompus, cette quatrième ré-*

ponse, on a négligé la bonne-foi et le serment. *Ces trois dernières réponses sont expliquées en peu de mots ; l'orateur s'étend davantage sur la cinquième. qu'il entend du crime par lequel Clodius avoit profané les mystères de la bonne déesse :* Des sacrifices anciens et secrets ont été faits avec peu de soin, ils ont été souillés. *Il explique bien plus au long encore un avertissement qu'avoient donné les Aruspices au sujet des divisions des grands. Il montre que Clodius avoit profité de ces divisions pour troubler l'état, sans avoir à beaucoup près le mérite des Tibérius et Caïus Gracchus. Il y a beaucoup de force, de mouvement et d'éloquence dans tout ce morceau. Pompée, César, Milon, lui-même, y sont cités d'une manière intéressante. D'autres avertissemens sont rapportés et expliqués, celui-ci sur-tout,* qu'on n'accorde pas de nouveaux honneurs aux méchans et aux exclus. *Cicéron applique le mot* d'exclus *à Vatinius, son ennemi et ami de Clodius. Quant au mot de* méchans, *il fait voir que Clodius réunit tous les traits de la méchanceté ; il trace un tableau frappant de ses forfaits envers ses proches, envers la patrie, envers lui-même.* Prenez garde qu'on ne change la forme de la République ; *c'est la dernière réponse ou dernier avis des Aruspices que l'orateur explique en peu de mots ; il finit par exhorter ceux qui l'écoutent à ne pas négliger les avertissemens célestes, à calmer sur-tout leurs divisions mutuelles, de peur qu'elles ne deviennent fatales.*

Ce discours a été prononcé sous le consulat de Cnœus Lentulus et de Lucius Philippus, l'an de Rome 697, de Cicéron 52. Le ton en est vif, animé, bien soutenu depuis le commencement jusqu'à la fin ; l'expression est quelquefois d'une audace toute particulière.

DISCOURS

SUR LES RÉPONSES DES ARUSPICES.

HIER, Pères conscripts, Clodius, par ses questions extravagantes (1), traversoit les intérêts des fermiers publics, dévouoit ses service

(1) Quelles étoient ces questions extravagantes de Clodius ? Cicéron n'en dit rien ici, et on ne le sait pas d'ailleurs. Il dit un mot, dans une de ses lettres à Quintus, son frère, des fermiers publics de Syrie,

à Publius Tullio, et faisoit bassement la cour sous vos yeux à un misérable Syrien auquel il étoit tout vendu ; animé par la majesté de votre assemblée, et par le grand concours des chevaliers Romains, auxquels vous donniez audience, je crus devoir arrêter son effronterie audacieuse. Une simple menace de le citer en justice arrêta donc ce forcené qui triomphoit insolemment : le seul début d'une loi (1), deux mots réprimèrent toute la fougue et toute l'arrogance de ce gladiateur. Cependant cet homme, qui ne pensoit pas quelle étoit la dignité des nouveaux consuls, pâle et tremblant de colère, sort brusquement du sénat, fait retentir quelques menaces, vaines aujourd'hui et frivoles, mais dont il nous effrayoit du tems de Pison et de Gabinius. Il sortoit, je me mis à le suivre, et je fus

auxquels le sénat donna audience ; mais il ne parle pas du Syrien Publius Tullio, ni des articles sur lesquels Clodius traversoit les intérêts des fermiers publics, qui, comme on sait, étoient presque tous chevaliers romains.

(1) Latin, *duobus inceptis verbis*, par les deux premiers mots d'une loi. *Verba incepta*, expression consacrée pour dire, les premiers mots d'une loi,

bien payé de ma peine, P. C.; vous vous levâtes tous, et les fermiers publics me firent cortège. Notre insensé s'arrête tout-à-coup, change de visage, reste sans couleur et sans voix. Il regarda ensuite derrière lui ; et dès qu'il eut apperçu le consul Lentulus, il pensa s'évanouir sur les degrés de la salle, se rappellant, je crois, son cher Gabinius et regrettant son fidèle Pison. Que dirai-je de sa fureur aveugle et effrénée? Servilius en a fait justice sur le lieu même. Non, je ne pourrois rien ajouter aux sanglans reproches dont ce grave personnage l'accabla et le terrassa. J'aurois atteint à la force admirable et à la véhémence extraordinaire de ses paroles; que cependant, je n'en doute pas, les traits lancés par un ennemi, auroient paru plus foibles et plus émoussés que ceux dont le perça le collègue de son père (1).

Mais enfin quelques-uns pensoient qu'hier le ressentiment et l'indignation m'avoient emporté un peu plus loin que la saine raison ne le permettoit dans un homme sage ; je

---

(1) Publius Servilius Isauricus, avoit été consul avec Appius Claudius Pulcher, père de Clodius.

veux justifier auprès d'eux ma conduite. Je n'ai rien fait par colère, rien dans l'emportement, rien que je n'eusse médité et réfléchi long-temps d'avance. Il est deux (1) hommes, P. C., dont je me déclarai toujours l'ennemi : ils devoient nous défendre la République et moi, ils pouvoient nous sauver; excités à remplir les devoirs de consuls par les marques même de leur place, ils étoient de plus invités à me garantir de toute violence, non-seulement par vos décisions, mais encore par vos prières; toutefois on les a vus, premièrement m'abandonner, ensuite me trahir, enfin m'attaquer, et pour prix d'un traité abominable, vouloir me perdre, m'anéantir avec la République : oui, je me déclare l'ennemi de deux hommes qui, durant le cours d'un gouvernement cruel et funeste, n'ont pu écarter le désastre dès murs de nos alliés (2), ni le porter dans

_____

(1) *Deux hommes*, Pison et Gabinius. *Pour prix d'un traité abominable*, conclu avec Clodius, d'après lequel ils devoient me livrer à ce tribun, à condition qu'ils obtiendroient de riches provinces.

(2) L'orateur parle sur-tout ici de Pison, qui avoit laissé ravager la Macédoine par des Peuples

les villes des ennemis, tandis qu'ils l'avoient porté, ce désastre, dans toutes mes demeures et dans toutes mes terres en proie à leur cupidité; tandis qu'ils y avoient porté le fer, la flamme, le ravage, la ruine et la désolation. C'est à ces deux hommes, ou plutôt à ces deux fléaux, à ces deux monstres horribles, nés pour le malheur des citoyens, je dirai presque pour la destruction de cet empire, que je dis avoir déclaré une guerre implacable; guerre toutefois non encore proportionnée à mon juste ressentiment ni à celui de ma famille, mais seulement au vôtre et à celui de tous les citoyens honnêtes.

Quant à Clodius, ma haine contre lui n'est pas aujourd'hui plus vive qu'elle ne l'étoit ce jour où j'appris qu'en habit de femme, échappé d'un adultère sacrilège, et noirci du feu des sacrés mystères (1), il s'étoit enfui de

barbares. *Supplicia* est pris ici dans un sens qui n'est pas ordinaire, dans le sens de *calamitates*. Je voudrois ensuite qu'on lût, *vastitatem etiam suâ cum prædâ*.

(1) Des mystères de la bonne déesse qui se célébroient par le ministère des femmes, et auxquels les hommes ne pouvoient assister. On sait que Clodius,

la maison du souverain pontife. Je vis alors,
oui, je vis, et je prévis de loin l'affreuse
tempête qui se formoit dans la République,
l'orage épouvantable dont elle étoit menacée.
Je voyois qu'une si odieuse scélératesse, une
si énorme audace d'un jeune furieux, d'un
noble aigri et irrité, ne pouvoit se contenir
dans le repos, qu'une telle perversité, restant
impunie, éclateroit enfin pour la ruine de l'état.
Depuis, je n'ai guère eu de nouvelles raisons
pour haïr un homme qui après tout n'a rien
fait contre moi par haine pour ma personne,
mais par haine pour ma sévérité, par haine
pour la vertu, par haine pour la République.
Il ne m'a pas plus offensé qu'il n'a offensé
le sénat, l'ordre équestre, tous les gens de
bien, l'Italie entière. Enfin il n'a pas été plus
criminel envers moi qu'envers les dieux immortels eux-mêmes. Il a offensé les dieux
par une impiété dont personne n'avoit donné
d'exemple ; il a pris à mon égard les mêmes
sentimens qu'auroit pris Catilina, son ami intime,

déguisé en femme, s'introduisit dans la maison de
César alors préteur et souverain pontife, avec l'in-
tention, disoit-on, de corrompre la femme même de
César.

s'il eût été vainqueur. Aussi n'ai-je jamais cru devoir l'accuser, non plus que ce stupide (1) dont nous ignorerions l'origine, s'il ne s'étoit annoncé lui-même Ligurien. Et pourquoi poursuivrois-je cet animal immonde, ce vil pourceau, corrompu par le fourrage et par le gland de mes ennemis ? Ou il a senti le crime dont il s'est rendu coupable, et alors je ne doute point qu'il ne soit le plus malheureux des hommes ; ou il ne voit pas combien il est criminel, et alors il est à craindre que sa stupidité ne lui serve d'excuse. Une autre raison qui m'empêche d'accuser Clodius, c'est que, dans l'opinion publique, c'est une victime qui semble dévouée et consacrée à l'illustre et intrépide Milon (2). Or, lui ravir une gloire

(1) Quintus Ælius Ligur ou Ligus, qui étant tribun du Peuple, gagné par l'or des ennemis de Cicéron, s'étoit joint à eux, et avoit traversé son retour. Il y a un équivoque dans le latin qu'il n'est pas possible de transporter dans le françois. *Ligur*, signifie Ligurien, de la nation Ligurienne ; et de la famille des Ligus ou Ligur, sur laquelle Cicéron prétendoit que Quintus Ælius s'étoit enté.

(2) Milon, pour lequel nous avons un si beau discours de notre orateur, étoit un de ceux qui avoient

qui lui est comme promise et assurée, lorsque moi-même je lui suis redevable d'avoir recouvré ma patrie et mon rang, ce seroit de ma part le comble de l'injustice et de l'ingratitude. En effet, si l'on peut dire de Publius Scipio, qu'il a été suscité pour la ruine et la destruction de Carthage, lui qui seul, comme par un arrêt du destin, a enfin renversé une ville assiégée, attaquée, ébranlée, presque prise par nombre de généraux; on peut dire également de Milon, qu'il est né et donné à la République, comme un présent du ciel, pour perdre, étouffer, exterminer le fléau de la patrie. Seul il a su vaincre un citoyen armé, qui mettoit les uns en fuite avec des épées et des pierres, qui obligeoit les autres de se renfermer dans leurs maisons, qui jettoit partout la terreur, qui remplissoit de meurtres et d'incendies toute la ville, le sénat, le forum, tous les temples; que dis-je? il l'a su vaincre, il a même enchaîné son audace. Un tel homme, qui a si bien mérité de moi et de la patrie, je ne le frustrerai jamais volontairement d'un

travaillé avec le plus d'ardeur à son rappel : il se disposoit à citer en justice Clodius.

accusé sur tout dont, pour me défendre, il
a bravé, et même recherché l'inimitié. Que
si même à present Clodius, quoiqu'assiégé
par la crainte de toutes les loix, investi par
la haine de tous les vrais amis de la République,
arrêté par l'attente d'un prochain supplice ;
si, dis-je, entouré et comme enveloppé de
tous ces liens, il s'efforce de s'élancer sur moi, je
lui résisterai, et je réprimerai ses efforts sous le
bon plaisir de Milon, ou même avec son secours. C'est ainsi qu'hier, lorsqu'étant .... (1)
il me menaçoit, moi qui gardois le silence,
je n'eus pas plutôt proféré les premières paroles d'une loi et d'une formule judiciaire,
qu'il s'assit et ne dit plus mot. S'il m'eût cité
devant le Peuple (2), comme il en avoit
l'idée, j'aurois engagé dans le moment le
préteur à le faire comparoître dans trois
jours. Quoi qu'il en soit, s'il se contente
de ses excès passés, qu'il se persuade, et qu'il

(1) J'ai traduit comme si on lisoit *tacenti stans*
au lieu de *stanti tacens*.

(2) C'est là le sens de *diem dixisset*, suivant Paul
Manuce, qui observe aussi avec raison, que Clodius
pouroit citer devant le Peuple, étant édile curule.

s'arrange en conséquence, que lui Clodius est une victime déjà consacrée à Milon : mais s'il me lance quelque nouveau trait, je saisis aussitôt les armes des loix et de la justice.

Il n'y a pas long-tems, P. C., qu'il débita une harangue qu'on m'a rapportée toute entière. Ecoutez-en d'abord le sujet et le précis. Quand vous aurez ri de l'impudence du personnage, j'entrerai dans les détails de son discours.

Clodius, P. C., a harangué le Peuple sur le culte et sur les cérémonies de la religion. Oui, Publius Clodius s'est plaint que les choses saintes sont négligées, violées, profanées. Il n'est pas étonnant que cela vous paroisse risible ; ceux même qui composoient son assemblée ont ri de voir qu'un homme qui, comme il s'en glorifie souvent lui-même, est frappé d'une foule de sénatus-consultes, tous rendus contre lui pour les intérêts de la religion, qu'un homme qui a porté l'adultère jusques sur les autels de la Bonne-Déesse, qui a souillé, non-seulement par sa présence et par ses regards, mais par des infamies sacrilèges, des mystères sur lesquels il ne nous est pas permis de jetter les yeux même par

mégarde ; on a ri de voir qu'un tel homme
se plaignît dans une assemblée du Peuple qu'on
négligeât le culte religieux. Aussi s'attend-on
maintenant que , dans l'assemblée prochaine ,
il parlera de chasteté. En effet , qu'un homme
chassé des autels d'une grande déesse , se
plaigne sur les objets sacrés de la religion ,
ou que sorti du lit de ses sœurs , il plaide
pour la pudeur et la chasteté ; quelle différence peut-il y avoir ? Il a fait lire dans l'assemblée la réponse que venoient de donner
les Aruspices au sujet de ce cliquetis d'armes
qui a retenti au loin ; réponse dans laquelle ,
entre plusieurs autres articles , étoit celui-ci ,
dont on vous a déjà fait le rapport , que des
lieux consacrés et religieux étoient employés
à des usages profanes. Il disoit que ces mots
désignoient ma maison , consacrée par un
vénérable pontife , par Publius Clodius. Je
suis ravi de me voir , non-seulement autorisé ,
mais encore nécessité à m'expliquer sur un
prodige le plus important peut-être qu'on ait
déféré au sénat depuis plusieurs années. Vous
trouverez dans ce prodige , qui est comme la
voix du grand Jupiter lui-même , vous y trouverez ainsi que dans la réponse des Aruspices ,

des avertissemens sur la perversité et sur la fureur de Clodius, sur les désastres dont est menacé cet empire. Mais avant tout, je vais affranchir ma demeure de toute consécration ; je tâcherai de le faire solidement et de manière qu'il n'y ait plus aucun doute. Que s'il reste le moindre scrupule, j'écouterai sans peine la voix de la religion, j'obéirai même avec empressement aux présages que nous envoient les Dieux immortels.

Quelle est, dans une aussi grande ville, quelle est la maison aussi exempte et aussi libre que la mienne de toute ombre de consécration ? Vos maisons, il est vrai, P. C., et celles des autres citoyens, en sont exemptes pour la plus grande partie ; mais la mienne est la seule dans Rome qui ait été déclarée libre par des jugemens de toute espèce. J'en appelle à vous, Lentulus, et à vous, Philippus. D'après la réponse des Aruspices, le sénat a décrété que vous lui feriez votre rapport touchant les lieux consacrés et religieux : pouvez-vous faire aucun rapport touchant ma maison, la seule, comme je viens de le dire, la seule dans Rome qui ait été déclarée libre par des jugemens de toute

espèce. D'abord , mon ennemi lui-même ,
dans ces tems d'orage et de ténèbres pour la
République , lorsque Sextus Clodius d'une
main impure (1) lui avoit rédigé tous ses
crimes , mon ennemi lui-même n'a pas frappé
ma demeure d'un seul mot de consécration.
Ensuite , le Peuple Romain , dont la puissance est en tout souveraine , a prononcé ,
dans des comices par centuries où les citoyens
de tout âge et de tout état donnoient leurs
suffrages , que ma maison seroit possédée avec
le même titre qu'elle l'avoit été jusqu'alors.
Depuis encore , P. C. , vous avez décidé que
l'on consulteroit le collège des pontifes sur la
consécration de ma demeure ; ce n'est pas que
la chose vous parût douteuse , mais vous vouliez fermer la bouche à ce furieux , s'il restoit
plus long-tems dans cette ville qu'il vouloit
détruire. Dans nos doutes et dans nos plus
grands embarras au sujet de la religion , est-il
un scrupule , quel qu'il soit , dont nous ne
soyons délivrés par une réponse , par un mot

(1) J'ai traduit comme si après *Clodii* on lisoit
conscripsisset sans *ore tincto ,* qui me paroît inutile,
et qui ne se trouve pas dans plusieurs livres.

du

du seul Servilius, du seul Lucullus ? Quant
aux sacrifices publics, aux grands jeux, à
tout ce qui concerne le culte des Dieux Pénates et de la déesse Vesta ; quant à ce sacrifice même qu'on offre pour la conservation du
Peuple Romain, et qui, depuis la fondation
de notre ville, n'a été profané que par l'attentat de ce chaste défenseur du culte religieux,
la décision seulement de trois pontifes a
toujours paru au Peuple, au sénat, aux Dieux
même, une autorité assez auguste, assez
sainte, assez vénérable. Pour ce qui est de
ma maison, Lentulus, consul et pontife ;
Servilius, Lucullus, Métellus, Glabrion, Messala, Lentulus, flamine de Mars ; Galba, Scipion, Fannius, Lépidus, Claudius, roi des sacrifices ; Scaurus, Crassus, Curion, Sextus César,
flamine de Romulus ; Cornélius, Albinovanus
et Térentius, pontifes (1) du second ordre :
tous, après avoir pris connoissance de ma

_____

(1) Numa avoit établi un collège de quatre pontifes, dont le souverain pontife étoit le président et
le chef. Aux quatre pontifes patriciens, on en ajouta
quatre plébéiens. Il y avoit encore des pontifes inférieurs, ou du second ordre ; mais il est difficile de
dire en quoi consistoient leurs fonctions.

cause déjà plaidée dans deux tribunaux , au milieu d'un grand concours de citoyens aussi illustres que sages , tous ont déclaré d'une voix unanime que ma maison étoit affranchie de toute consécration.

Je soutiens que , depuis l'établissement de ces sacrifices dont l'origine remonte jusqu'à celle de Rome , un collège aussi nombreux ne prononça jamais dans aucune affaire , pas même dans le jugement d'une (1) vestale. Toutefois pour l'examen d'un crime , il est important qu'il y ait un grand nombre de pontifes , puisque leur réponse , quand on les consulte , a la force d'une sentence juridique. Un seul pontife habile peut, suivant les règles , affranchir de consécration un lieu quelconque , ce qui seroit dur , et même injuste dans un jugement capital. Vous verrez cependant qu'il y avoit plus de pontifes pour juger l'affaire de

_____

(1) On sait que les vestales étoient des vierges consacrées au culte de Vesta. Elles étoient chargées d'entretenir le feu sacré. Elles jouissoient des plus beaux privilèges ; mais elles étoient sévèrement punies , si elles laissoient éteindre le feu sacré par négligence , et plus encore si elles s'oublioient au point de manquer à la chasteté.

ma maison , qu'il n'y en eut jamais pour les causes des vestales. Le lendemain , dans une nombreuse assemblée du sénat , composée en partie de tous les pontifes de cet ordre , et des autres qui , jouissant de toute la distinction que donnent les honneurs du Peuple Romain , avoient beaucoup parlé sur le jugement du collège , étoient tous présens lorsqu'on le rédigeoit ; vous , Lentulus (1) , consul désigné , vous aviez ouvert un avis sur le rapport des consuls Lentulus et Métellus ; il a été décidé dans cette assemblée que ma demeure étoit affranchie de toute consécration par le jugement des pontifes.

Les Aruspices vous paroissent-ils donc avoir parlé principalement comme d'un lieu sacré , de ce lieu qui seul de tous les lieux particuliers , a l'unique privilège d'avoir été déclaré libre de consécration par ceux même qui président aux choses sacrées ?

. Mais , Lentulus , et vous , Philippus , faites

(1) Cnæus Cornélius Lentulus Marcellinus, désigné consul l'année même où Publius Cornélius Lentulus Spinther, dont il est parlé ensuite, étoit consul en exercice.

votre rapport, comme vous le devez, d'après le sénatus-consulte. Ou l'on vous donnera la connoissance de cette affaire, à vous qui avez donné les premiers vos avis sur ma maison, et qui l'avez affranchie de toute consécration ; ou les sénateurs en jugeront eux-mêmes, eux qui, dans la plus nombreuse assemblée, en ont déja jugé tous d'une voix unanime, si on en excepte ce chef auguste (1) de nos cérémonies religieuses ; ou, ce qui arrivera certainement, elle sera renvoyée aux pontifes, à l'autorité, à l'équité et à la prudence desquels nos ancêtres ont remis tous les objets du culte privé et public. Or, peuvent-ils juger autre chose que ce qu'ils ont jugé précédemment ? Il y a beaucoup de maisons dans cette ville, et peut-être sont-elles toutes possédées avec un excellent droit ; mais enfin c'est un droit privé, droit d'héritage, droit de prescription, droit d'acquisition, droit de saisie (2). Je prétends qu'il n'est aucune maison

(1) Publius Clodius.

(2) Droit de prescription ; latin, *jure autoritatis*, c'est-à-dire, *jure dominii usu capione quaesiti* : droit d'acquisition ; *jure mancipî*, c'est-à-dire, *jure emp-*

dont la possession soit fondée , ainsi que la mienne , sur le meilleur droit privé et public , divin et humain.

Premièrement , d'après une décision du sénat, ma maison se rebâtit aux frais du trésor : ensuite nombre de sénatus-consultes l'ont comme munie et fortifiée contre la violence odieuse d'un vil gladiateur. En effet , l'année précédente, les magistrats auxquels on confie toute la République dans les plus grands périls , furent chargés de veiller à ce qu'il me fût permis de bâtir sans craindre de violence : je dis plus encore ; Clodius avoit employé pour la destruction totale de ma maison le fer , la flamme et les pierres : il fut statué par le sénat que ceux qui se seroient permis ces excès, pourroient être poursuivis par la loi concernant la violence (1), par la loi portée contre tout citoyen qui auroit attaqué la République entière. Sur votre rapport, ô vous les plus in-

tionis et alienationis : droit de saisie ; _jure nexi_ , c'est-à-dire , _jure usurpationis pro oppigneratione._

(1) Cicéron parle ici de la loi sur la violence publique , _de vi publicâ_ , loi portée par le tribun Silvanus et renouvellée par le consul Catulus.

B 3

trépides et les plus vertueux consuls qui furent
jamais, le même sénat, assemblé en grand
nombre, a décidé qu'avoir touché à ma maison
seroit censé un attentat contre la patrie. Je dis
donc qu'il n'existe pour aucun ouvrage public,
pour aucun monument, pour aucun temple,
autant de sénatus-consultes que pour ma maison, qui, depuis la fondation de Rome, est la
seule pour laquelle le sénat ait statué qu'elle
seroit rebâtie sur les deniers du trésor, affranchie
par les pontifes, défendue par les magistrats,
vengée par les juges. On a donné à Valérius,
pour prix de grands services rendus à la patrie,
une maison sur le Vélia (1) ; on a rétabli la
mienne sur le Palatium : on lui a donné l'emplacement, et à moi, outre l'emplacement, les
murailles et les couvertures : ce qu'on lui donnoit, on lui laissoit le soin de s'y maintenir
lui-même par des voies privées ; ce qu'on m'a
donné, on a chargé tous les magistrats de le
défendre au nom de l'état. Si c'étoit à mes
soins que je dusse ces avantages, ou si je les

(1) Au lieu de *in villâ publicâ*, j'ai lu *in Veliâ
publicâ*, correction proposée par de savans critiques
et confirmée par l'histoire. **Voyez Tite-Live.**

tenois d'autres personnes que de vous, je ne
les vanterois pas aujourd'hui, dans la crainte
de paroître me trop glorifier. Mais puisque
je les tiens de vous, puisque mon rétablissement dans ma demeure est attaqué par la
langue de celui dont le bras a renversé cette
même demeure où vous m'avez rétabli de vos
mains moi et mes enfans ; ce n'est pas de mes
propres faits que je parle, mais des vôtres, et
je n'appréhende pas que ce récit de vos faveurs
paroisse dicté par l'orgueil plutôt que par la
reconnoissance. Cependant, après avoir essuyé
tant de travaux pour le salut commun, si, en
repoussant les reproches des méchans, un certain dépit me portoit quelquefois à me glorifier
moi-même, qui ne me le pardonneroit point ?

J'ai vu hier quelqu'un murmurer tout bas :
il ne pouvoit, m'a-t-on dit, souffrir ma vanité,
parce qu'un infâme parricide m'ayant demandé
de quelle ville j'étois, je répondis, réponse
qui fut applaudie et de vous et des chevaliers
Romains, que j'étois d'une ville qui n'avoit
pu se passer de moi. Clodius, sans doute, en
soupira de douleur. Qu'aurois-je donc répondu ?
je le demande à celui même qui ne sauroit
souffrir ma vanité. Que j'étois citoyen de

Rome? la réponse eût été bien subtile et bien ingénieuse (1). Aurois-je gardé le silence? c'etoit abandonner la partie. Lorsqu'on s'est trouvé dans de grandes affaires qui ont attiré malgré soi des inimitiés, peut-on répondre un peu fortement aux outrages d'un ennemi sans se donner des louanges? Au reste, Clodius lui-même, non-seulement répond tout ce qu'il peut quand il est attaqué, mais encore il n'est pas fâché que ses amis lui suggèrent des réponses.

Mais puisque j'ai terminé l'article de ma maison, voyons maintenant ce que répondent les Aruspices. Je l'avoue, la grandeur du prodige, le ton effrayant de la réponse, la constante unanimité des Aruspices, ont fait sur moi la plus vive impression. Car si l'on trouve par hasard que j'étudie les sciences et les lettres plus que d'autres aussi occupés que moi, je ne suis pas homme néanmoins à me livrer avec plaisir, ou même à donner la moindre partie de mon tems, à des études capables d'écarter et de détourner des principes de la religion. Je regarde avant tout comme les chefs et les

(1) C'est une ironie, comme on voit.

maîtres du culte divin, nos ancêtres dont la
sagesse, suivant moi, étoit si éminente, qu'on
est plus que suffisamment éclairé quand on
peut, je ne dis pas posséder leurs lumières,
mais en connoître toute l'étendue. Ils ont
pensé, ces hommes sages, que les rites solemnels du culte religieux étoient du ressort
des pontifes, que les entreprises, pour être
heureuses, devoient être autorisées par les augures, que les anciennes prédictions de nos
destinées étoient contenues dans les oracles
d'Apollon (1) et dans les livres des Sibylles,
que l'explication des prodiges dépendoit de la
doctrine des Etrusques; cette doctrine si merveilleuse, que de nos jours elle nous a prédit
sans obscurité, d'abord les commencemens

(1) Les oracles d'Apollon, prononcés par la bouche
des poëtes Sibylles, prophétesses dont les prétendus
livres étoient conservés à Rome, et consultés dans
certaines circonstances. Je crois qu'il manque quelque
chose au texte, et qu'il faudroit lire *Apollinis ora-*
culis vatumque (Sibyllarum) libris. Les Etrusques
passoient pour très-habiles dans l'art des augures et
dans l'explication des prodiges. —— *Guerre sociale* ou
italique ; nous en avons assez parlé dans les discours
qui précèdent.

funestes de la guerre sociale, ensuite les affreux désastres des tems de Sylla et de Cinna,
tout récemment enfin cette conjuration formée
pour embrâser Rome et renverser l'empire. Je
sais de plus que des hommes aussi savans que
sages ont dit et laissé par écrit beaucoup de
choses sur l'existence des dieux immortels.
Les vérités qu'ils nous ont transmises sont
dictées, sans doute, par une inspiration divine ; nos ancêtres cependant paroissent moins
les avoir apprises de ces grands maîtres, que
les leur avoir enseignées eux-mêmes. Eh !
trouveroit-on quelqu'un assez stupide pour
ne pas sentir, en levant les yeux au ciel,
qu'il existe des Dieux, pour attribuer au hasard des effets réglés avec tant d'intelligence
que nul art ne sauroit en faire comprendre
l'ordre et l'enchaînement ; ou pour ne pas
reconnoître, en voyant qu'il existe des Dieux,
que ce grand empire est redevable à leur puissance, de son origine, de son accroissement
et de sa conservation ? Flattons-nous, P. C.,
tant que nous voudrons ; il sera toujours vrai
de dire que nous ne l'avons emporté, ni sur les
Espagnols pour le nombre, ni sur les Gaulois
pour la force, ni sur les Carthaginois pour la

ruse, ni sur les Grecs pour les arts, ni enfin
sur les peuples d'Italie, et sur les Latins eux-
mêmes pour la subtilité naturelle, et une pénétration d'esprit propre au terroir: mais la
piété, mais la religion, mais cette sagesse
unique qui nous a montré dans les Dieux des
êtres immortels dont la volonté régit et gou-
verne le monde, c'est-là notre titre de supériorité sur tous les Peuples de l'univers.

Ainsi, pour ne pas m'étendre davantage
sur ce qui n'est nullement obscur, écoutez
la réponse des Aruspices, et donnez-y la plus
sérieuse attention. *Parce que*, disent-ils, *on a
entendu dans le territoire latin* (1) *un bruit avec
un cliquetis d'armes.* Je laisse les Aruspices, je
laisse cette science antique que les Dieux eux-
mêmes, suivant l'opinion commune, ont ac-

_____

(1) Voici comme Paul Mannce explique *in agro La-
tiniensi, in agro Latino suburbano, ubi Latiniensis
olìm Populus fuerat; quem cum aliis Latii Populis
enumerat Plinius lib. 3, cap. 5.* Au reste, *quòd in
agro....* cette phrase étoit le début de la réponse des
Aruspices. *Parce qu'on a entendu dans le territoire....*
nous déclarons qu'il est dû des expiations.... Ce qui
vient après, *on a entendu dans le territoire voisin....*
est dit par l'orateur qui raconte.

cordée à l'Etrurie ; ne pouvons-nous pas ici
être Aruspices? On a entendu dans le territoire voisin, aux environs de Rome, un certain bruit sourd et un horrible cliquetis d'armes.
Qui d'entre ces géans que les poëtes disent
avoir déclaré la guerre aux Dieux seroit assez
impie pour ne pas convenir que, par ce prodige si frappant et si extraordinaire, les Dieux
annonçoient au Peuple Romain quelque grand
évènement? C'est à ce sujet que les Aruspices
ont déclaré qu'il étoit dû des expiations (1) à
Jupiter, à Saturne, à Neptune, à la déesse
Tellus, à toutes les divinités célestes.

Je vois quels Dieux on doit appaiser par des
expiations, mais je cherche pour quels délits
de la part des hommes. *Des jeux ont été célébrés
avec peu de soin, ils ont été souillés.* Quels jeux ?
Je m'adresse à vous, Lentulus ; les bran-

_____

(1) *Postulationes,* suivant un commentateur, *erant,
cum dii violati aliquid fieri postularent ad avertenda
mala quae ostenta minabantur.* Ainsi *postulatio,*
comme nous le verrons encore ci-après, se prenoit
souvent pour *expiatio.* Après *postulationes,* plusieurs
éditions portent *decretas* ; j'ai lu, d'après le sentiment
de Paul Manuce, *debitas. A scriptum est* qui précède,
sous-entendez *in haruspicum responsis.*

carts (1), les chariots, les intonations, les jeux,
les libations, les festins des jeux publics, sont
du ressort de votre sacerdoce ; je m'adresse à
vous, pontifes, vous à qui les ministres des
festins du grand Jupiter viennent rapporter les
oublis ou les fautes qui ont pu se commettre, vous
sur l'avis desquels on recommence les mêmes
jeux, on les célèbre de nouveau : je vous le
demande, quels sont les jeux qui ont été célébrés avec peu de soin ? par quels crimes ont-
ils été souillés ? Vous me répondrez, Lentulus,
pour vous, pour vos collègues, pour le collège des pontifes, vous me direz que rien n'a
été négligé par mépris, ni souillé par un crime,
que toutes les cérémonies des jeux ont été
suivies et observées avec la plus scrupuleuse
exactitude. Quels sont donc les jeux que les
Aruspices annoncent avoir été célébrés avec
peu de soin, avoir été souillés ? Ce sont ceux,

(1) *Brancarts*, sur lesquels étoient portées les statues
des Dieux : ces brancarts se traînoient avec deux
roues. — *Les intonations*, données avec la flûte dans
les sacrifices. Lentulus étoit alors consul, et aussi,
à ce que l'on croit, épulon du grand Jupiter, c'est-
à-dire, chargé principalement des festins en l'honneur
de ce Dieu.

Lentulus, ce sont ceux dont les Dieux même, et la mère des Dieux que votre quadrisaïeul (1) a reçue dans ses mains, ont voulu que vous fussiez spectateurs. Si vous n'eussiez pas assisté aux fêtes de Cybèle, je ne sais pas si nous vivrions encore, si nous pourrions nous plaindre. Une troupe innombrable d'esclaves ramassée et ameutée de tous les quartiers de la ville par notre édile religieux (2), sortit au premier signal par toutes les portes, par toutes les arcades, et fit tout-à-coup irruption sur le théâtre. Alors, Lentulus, alors vous montrâtes le même courage qu'on admira jadis dans votre bisaïeul (3), simple particulier. La dignité de votre personne et de votre place,

(1) Latin, *cujus abaviâ*, ou, selon d'autres livres, *cujus abavi* : j'ai lu avec de savans critiques *cujus atavi*; car le Publius Cornélius Scipio Nasica, jugé par le sénat le plus homme de bien, qui reçut dans ses mains la statue de Cybèle, étoit le quadrisaïeul de Lentulus. Au lieu de *Mater Dea*, des savans lisent *Mater Idaea*. Ce qu'il y a de certain, c'est qu'il est question de Cybèle, mère des Dieux.

(2) Par Clodius qui étoit alors édile.

(3) Publius Scipio Nasica, qui tua de sa propre main Tibérius Gracchus.

votre nom , votre voix , vos regards , votre ardeur généreuse , entraînèrent le sénat qui tenoit
ferme , les chevaliers Romains , et tous les
bons citoyens; ils vous suivoient contre cette
multitude d'esclaves et de vils histrions auxquels Clodius avoit livré le sénat et le Peuple
emprisonnés dans leurs sièges, enchaînés par le
spectacle même , embarrassés par la foule dans
les passages. Eh quoi ! qu'un danseur s'arrête ,
que le joueur de flûte se taise subitement ,
qu'un enfant , ayant (1) son père et sa mère ,
fasse une chûte , que sa main quitte le bran-
cart ou les guides , que l'édile se trompe d'un
mot ou d'une inclination de tête , il y a irrégularité dans les jeux ; on expie ces fautes légères, et on appaise les immortels en recom-
mençant de nouveau : ici, lorsque la crainte

(1) C'étoit, sans doute, un usage que les enfans
qui servoient dans les cérémonies des jeux , devoient
avoir leur père et leur mère. — *Fasse une chûte.* Tel
est le sens naturel que j'ai donné à *terram non tenuit.* —
Un peu plus bas, *ou d'une inclination de tête.* J'ai
suivi la leçon, *aut si nutu aberravit.* D'autres lisent,
aut simpulo (aut symbolo) aberravit. Quel est le
vrai sens de cette dernière leçon , si elle est bonne,
c'est ce qu'on ne peut assurer.

a pris la place de la joie, lorsque les jeux n'ont pas été simplement troubles et interrompus, mais que tout l'appareil des jeux a été ruiné et renversé par la violence ; lorsque des jours de fête ont été presque funestes à toute la ville par le crime de celui qui a voulu convertir en deuil des jeux publics, nous douterons quels jeux ont été souillés, quels jeux sont désignés par ce bruit entendu au loin ? Et si nous voulons nous rappeller ce que la tradition nous enseigne de chaque divinité, cette Cybèle, dont les jeux ont été profanés, souillés, convertis presque pour cette ville en une scène de meurtres et de carnage, nous avons appris qu'elle parcourt les bois et les campagnes avec un certain bruit et un certain murmure. C'est donc elle qui vous a fait connoître à vous et au Peuple Romain par des signes certains et manifestes, les crimes qui se tramoient contre nous, les périls qui nous menaçoient. Que dirai-je des jeux que nos ancêtres ont voulu célébrer sur le Palatium, devant le temple, en présence même de la grande déesse, dans les jours de sa fête ; ces jeux regardés, d'après l'usage et par leur institution, comme les plus saints,

les

les plus solemnels , les plus vénérables ; ces jeux où le premier Scipion l'Africain , consul pour la seconde fois , a commencé de donner au sénat des places distinguées de celles du Peuple ? Clodius, ce monstre impur , n'a-t-il pas (1) souillé ces jeux ? Si un homme libre en approchoit par un mouvement de curiosité ou même par un sentiment de piété , on se jettoit sur lui : aucune dame Romaine ne s'y est trouvée par crainte de la violence , par crainte des esclaves présens au spectacle. Ainsi ces jeux dont la sainteté est si célèbre , qu'on les a été chercher aux extrémités du monde pour les établir dans cette ville , ces seuls de nos jeux dont le nom même n'est point pris dans notre langue (2) , afin que le nom seul atteste qu'on

(1) Je lis avec des savans *polluerit* au lieu de *pollueret*, et après *polluerit* je mets un point d'exclamation. Mot à mot, *comme ce monstre impur a souillé ces jeux !* Des éditions ont adopté *polluerit*. Au reste, les jeux dont il est ici question , étoient aussi en l'honneur de Cybèle, mais plus anciens que les autres dont il est parlé auparavant. Au mot *megalensibus*, qui est un peu plus haut , il faut sous-entendre *diebus*.

(2) *Megalesia* et *Megalenses* sont des noms grecs, et signifient jeux en l'honneur de la grande déesse.

Tome VIII. C

les a tirés d'un pays étranger et qu'on les a
adoptés sous le nom de la grande déesse ;
des esclaves les ont regardés , des esclaves les
ont célébrés ; enfin , sous l'édilité de Clodius,
des esclaves ont disposé en maîtres absolus de
toute la fête de Cybèle.

Dieux immortels , pourriez-vous nous parler
plus clairement quand vous habiteriez et que
vous vivriez avec nous ? Vous annoncez et
vous dites en propres termes que les jeux ont
été souillés. Mais y a-t-il une profanation plus
horrible , un désordre plus affreux , un plus
grand renversement de toutes choses , que
de voir tous les esclaves , comme affranchis
par ordre d'un magistrat , déchaînés contre
un des théâtres (1) , placés devant l'autre , en
sorte qu'une des deux assemblées étoit sous
la puissance des esclaves , et que l'autre étoit
composée toute entière d'esclaves ? Si un essaim
d'abeilles fût venu sur le théâtre , nous croi-
rions devoir mander de l'Etrurie les Aruspices.

_____

(1) Les deux théâtres dont il est parlé en cet endroit , étoient , sans doute, celui où l'on représentoit
les tragédies , et celui où l'on représentoit les comédies.

Nous voyons tous de nombreux essaims d'esclaves déchaînés en un moment contre le Peuple
Romain, qui se trouve enfermé de toutes parts ;
et nous n'en sommes pas emus ! Toutefois, peut-
être que, s'il étoit survenu un essaim d'abeilles, les Aruspices, d'après les livres Etrusques,
nous avertiroient d'être en garde contre les
esclaves. Ainsi donc nous serions en garde
contre un événement qui seroit annoncé par
un prodige particulier, différent de l'événement ; et nous ne craindrons pas, lorsque
l'événement même est un prodige, lorsqu'il y
a du péril dans cela même qui présage le péril ?
Est-ce ainsi, Clodius, que votre père (1) et
vôtre oncle ont célébré les fêtes de Cybèle ?
Et il me parle encore de sa famille ; lorsque,
dans la célébration des jeux, il a mieux aimé
prendre pour modele un Spartacus ou un Athé-
nion que Caïus ou Appius Claudius ? Quand
ceux-ci célébroient les jeux, ils faisoient sortir
les esclaves du spectacle (2) ; vous, Clodius,

(1) *Votre père*, Appius Claudius, *votre oncle*,
Caïus Claudius : ils sont nommés plus bas.

(2) Nous voyons ici que les esclaves ne pouvoient
assister aux spectacles avec les hommes libres ; qu'un
crieur public leur ordonnoit de sortir.

vous avez déchaîné des esclaves contre un des théâtres, vous avez chassé de l'autre les hommes libres. Ainsi les esclaves, qui auparavant étoient chassés du milieu des hommes libres par la voix du crieur public, dans vos jeux profanes éloignoient d'eux les hommes libres, non par la voix, mais à main armée. Ne vous êtes-vous pas même rappellé, vous prêtre Sybillin (1), que nos ancêtres avoient été chercher le culte de Cybèle d'après ces livres que vous ne devez pas consulter sans vos collègues, et que cependant vous consultez seul avec des intentions perverses, que vous lisez seul avec des yeux impurs, que vous touchez seul avec des mains souillées ? C'est donc sur les avis de la Sybille qu'autrefois, dans le tems où l'Italie étoit fatiguée de la guerre punique et dévastée par Annibal, nos ancêtres transportèrent de Phrygie à Rome le culte de la grande déesse: son image sacrée fut reçue par l'homme que le Peuple Romain jugea le plus vertueux,

_____

(1) Clodius étoit un des quindécemvirs, ou prêtres, chargés de consulter les livres de la Sibylle. J'ai un peu commenté ce qui suit, pour bien faire entendre l'orateur.

par Publius (1) Scipio, et par la dame Romaine qui avoit la réputation d'être la plus chaste des femmes, par Quinta Claudia, dont votre sœur passe pour avoir admirablement bien copié la pureté de mœurs, telle qu'on l'exigeoit alors pour une cérémonie religieuse. Ainsi, Clodius, ni vos ancêtres dont le nom est lié à l'établissement du culte de Cybèle, ni le sacerdoce même sur lequel il est fondé tout entier, ni l'édilité curule chargée sur-tout de le maintenir, rien ne vous a touché, rien ne vous a empêché de violer, de profaner, de souiller les jeux les plus saints par toutes sortes de crimes, de sacriléges, d'infamies.

Mais pourquoi m'étonner de tels excès, lorsqu'à prix d'or vous avez dévasté Pessinonte (2) même, le siège et le domicile de la mère des

(1) C'est le même Scipion dont nous avons parlé plus haut, quadrisaïeul du consul Lentulus.——*Dont votre sœur.* Il est beaucoup parlé de cette sœur dans le plaidoyer pour Cœlius; elle ne jouissoit pas à beaucoup près d'une bonne réputation.

(2) Pessinonte, ville de Galatie, où Cybèle étoit particulièrement révérée. —— Brogitarus, prince d'une partie de la Galatie, ou Gallogrèce, gendre de Déjotarus.

Dieux.; lorsque vous avez vendu son temple
et sa ville toute entière à un Gallogrec, à
Brogitarus, personnage infâme et abominable,
dont les députés, sous votre tribunat, dis-
tribuoient de l'argent à vos misérables satellites dans le temple de Castor ; lorsque vous
avez arraché le prêtre de la déesse, de son
temple et de son sanctuaire ; lorsque vous
avez détruit ce qui fut toujours un objet de
vénération pour l'antiquité, pour les Perses,
pour les Syriens, pour tous les monarques
d'Europe et d'Asie, enfin ce qui fut regardé
par nos ancêtres comme ce qu'il y avoit de
plus saint et de plus sacré. Rome et l'Italie
étoient remplies de temples ; et cependant nos
généraux, dans des guerres importantes et
critiques, faisoient à Cybèle des vœux qu'ils
alloient acquitter à Pessinonte même, dans
la ville et dans le temple de la déesse, devant
son autel le plus auguste. Un temple que
Déjotarus, le monarque de l'univers le plus
dévoué à cet empire, le plus attaché à notre
ordre, révéroit et défendoit avec une attention
religieuse, vous, Clodius, comme je viens
de le dire, vous l'avez vendu et livré à Brogitarus pour un vil intérêt pécuniaire. Cepen-

dant Déjotarus , souvent déclaré par le sénat digne du titre de roi , et honoré par les témoignages des plus illustres généraux , vous ordonnez qu'on l'appelle roi conjointement avec Brogitarus : mais l'un est roi d'après une décision du sénat que j'ai sollicitée ; Brogitarus en a reçu de vous le titre à prix d'or. Je regarderai toujours l'un comme roi ; et l'autre , s'il est en état de vous rendre ce que vous lui avez prêté sur un billet (1). Déjotarus s'est distingué par plusieurs actions vraiment royales ; mais ce que j'admire surtout en lui , c'est que , sans rejetter la partie de votre loi conforme à la décision du sénat , et confirmative de son titre de roi , il ne vous a pas donné une seule pièce d'argent ; c'est qu'il a recouvré et rétabli dans son ancien culte le temple que vous aviez profané par vos impiétés , que vous aviez dépouillé de son prêtre et de ses sacrifices ; c'est qu'il ne permet pas que des institutions saintes de toute antiquité soient souillées par Brogitarus ,

(1) *Ce que vous lui avez prêté sur un billet.* Brogitarus voulant s'engager à donner une somme à Clodius, lui avoit fait un billet comme s'il lui eût prêté cette somme qu'il ne lui avoit pas réellement prêtée. Ainsi la phrase de l'orateur est ironique.

qu'enfin il aime mieux que son gendre soit privé de votre bienfait que ce temple de son culte antique.

Mais pour revenir aux réponses des Aruspices, dont la première regarde les jeux publics, qui n'avouera point que la prédiction et la réponse tombent entièrement sur les jeux de Clodius ?

Suit l'article des lieux consacrés et religieux. Quelle étrange audace ! Vous osez parler de ma maison ! abandonnez la vôtre à l'examen des consuls, du sénat, ou du collége des pontifes. La mienne, comme je l'ai dit déjà, a été affranchie d'après les décisions de ces trois tribunaux. Mais dans celle que vous occupez par la mort de Posthumus (1), ce chevalier Romain si vertueux, que vous avez fait assassiner si publiquement, il y avoit, je le soutiens, une chapelle et des autels. Je le prouverai, je le démontrerai par les registres des censeurs, par la déposition de beaucoup de témoins ; qu'on entame seulement cette question.

(1) Quintus Séius Posthumus, le même dont il est parlé dans le discours pour sa maison devant les pontifes.

Comme il faut absolument, P. C., qu'on vous fasse un rapport en vertu d'un sénatus-consulte derniérement rendu, il est nécessaire que je vous parle des lieux consacrés. Quand je me serai expliqué, Clodius, sur votre maison, où l'on a détruit une chapelle pour bâtir à la place (1), de sorte néanmoins que c'est un autre qui a bâti, et que vous n'avez qu'à abattre, alors je verrai si je dois m'occuper des autres lieux. Quelques-uns croient que c'est à moi à ouvrir l'arsenal du temple de Tellus. Il étoit ouvert, dit-on, il n'y a pas long-tems, et je m'en souviens. On ajoute qu'à la place de la partie du temple la plus sacrée et la plus vénérable, se trouve le vestibule d'un particulier. Bien des choses me touchent dans ces rapports. D'abord, le soin du temple de Tellus me regarde particuliérement (2); ensuite celui qui a détruit l'arsenal

---

(1) *Innaedificatum est sacellum*, c'est-à-dire, pour m'exprimer en latin, *dirutum est sacellum et hujus loco aliquid est aedificatum* : car c'est là le vrai sens du mot latin *in aedificare*. —— Paul Manuce croit que ces paroles, *c'est un autre*, se rapportent à Posthumus.

(2) Je ne vois pas pourquoi le soin du temple de

disoit que ma maison, cette maison affranchie par la décision des pontifes, avoit été adjugée à son frère. Au milieu de la cherté des vivres, lorsque les campagnes sont frappées de stérilité, et qu'il règne une extrême disette, ce qui me touche encore, ce sont les égards religieux dus à la déesse Tellus ; et cela d'autant plus que, d'après le même prodige, on dit qu'il est dû des expiations à cette déesse.

Nous parlons peut-être de choses trop anciennes : quoiqu'après tout s'il n'est point marqué dans le droit civil, il est établi par la loi naturelle et par le droit commun des Peuples, que les hommes ne peuvent rien posséder par prescription de ce qui appartient aux Dieux. Mais si nous négligeons les faits anciens, négligerons-nous même ce qui se passe de nos jours, ce que nous voyons de nos propres yeux ? Qui ne sait que Pison

---

Tellus regardoit particulièrement Cicéron ; est-ce en sa qualité d'augure ? ou étoit-il pourvu de quelque autre sacerdoce qui lui attribuoit ce soin ? —— *Celui qui*.... Paul Manuce croit que l'orateur parle d'Appius Claudius, frère de Clodius. —— *A son frère*, c'est-à-dire, suivant le même Paul Manuce, à Clodius lui-même.

vient de détruire sur le Cœlicule (1) une grande chapelle de Diane pour laquelle on avoit une vénération toute particulière. Les voisins de ce lieu, plusieurs même de cet ordre, ont célébré tous les ans des sacrifices de famille dans cette chapelle-là même, en y dressant un foyer. Et nous examinons quels sont les lieux que redemandent les Dieux immortels, ce qu'ils veulent dire, de quoi ils parlent ! Ne savons-nous pas que Serranus (2) a renversé, brûlé, accablé sous d'autres édifices, enfin souillé par les plus grandes infamies, des chapelles antiques et vénérables ?

Avez - vous pu, Clodius, consacrer ma maison ? Dans quel esprit ? dans l'esprit qui vous l'a fait envahir (3). De quelle main ? de la main dont vous l'avez renversée. Avec quelle voix ? avec la voix qui en a ordonné l'incendie. Par quelle loi ? par la loi que vous

(1) Cœlicule, colline dans Rome, près du mont Cœlius.

(2) Sextus Serranus, partisan de Clodius, qui étant tribun du Peuple, s'étoit opposé au rappel de Cicéron.

(3) J'ai suivi la leçon, *quâ invaseras* au lieu de *quam amiseras.*

avez craint de proposer lors même que vous pouviez tout impunément. Avec quelles cérémonies?
avec les cérémonies que vous avez profanées
par un adultère. Avec quelle statue ? avec la
statue que vous avez enlevée du tombeau d'une
courtisanne (1) pour la placer sur le monument d'un illustre général. Qu'est-ce que ma
maison a d'impur, sinon de toucher à la
muraille d'un infâme et d'un sacrilège ? Aussi,
de peur que par mégarde quelqu'un de ma
maison ne puisse plonger dans la vôtre, et ne
vous voie de trop près célébrer vos mystères,
je ferai élever mon toît, non pour vous voir
du faîte de ma demeure, mais pour vous dé-
rober la vue d'une ville que vous avez voulu
détruire.

Mais voyons la suite des réponses données
par les Aruspices. *Des ambassadeurs assassinés
au mépris des loix divines et humaines.* Sur quoi
tombe cette réponse ? Je vois qu'on parle des
ambassadeurs (2) d'Alexandrie ; et je n'attaque

(1) *D'une courtisanne*, de Tanagre. *D'un illustre
général*, de Quintus Catulus. Voyez le discours pour
sa maison devant les pontifes.

(2) Envoyés à Rome pour se plaindre du roi Ptolémée, et que celui-ci fit périr en trahison.

pas cette explication : car le droit des ambassadeurs, je pense, n'est pas moins garanti,
n'est pas moins fortifié par les loix divines
que par les loix humaines. Mais je demande
à celui qui étant tribun a versé dans le forum
tous les (1) scélérats que renfermoit la prison,
qui dispose à son gré de tous les poisons,
de tous les poignards, et qui a tiré des obligations par écrit d'Hermacus, citoyen de Chio,
je lui demande s'il sait que Théodose,
le plus ardent adversaire d'Hermacus, envoyé
en ambassade au sénat par une ville libre,
a été assassiné ; meurtre dont certainement les
Dieux n'ont pas été moins courroucés que
de celui des ambassadeurs d'Alexandrie. Je
ne vous charge pas seul, Clodius, de tous
les crimes en ce genre ; nous aurions plus
d'espoir de salut, s'il n'y avoit de scélérat
que vous. Mais il en est un trop grand nombre : c'est ce qui vous donne plus de confiance, et ce qui nous doit presque jetter dans
le désespoir. Plator d'Orestide, contrée libre de
la Macédoine, étoit, dans ce canton, aussi

(1) Au lieu de *omnes judices*, j'ai lu avec quelques
critiques *omnes audaces*.

distingué par son mérite que par sa naissance ;
qui ne sait pas qu'il a été envoyé en ambassade à Thessalonique vers notre (1) *impérator*,
titre que Pison s'est donné lui-même ? Cet
honnête proconsul, n'en pouvant tirer une
somme d'argent, le fit mettre en prison, et
fit entrer son médecin, pour ouvrir les veines
avec une atrocité sans exemple à un ambassadeur, à un ami, à un allié, à un homme
libre. Il ne voulut pas ensanglanter ses haches
par un tel crime, mais il souilla le nom du
Peuple Romain par un forfait que son supplice seul pourroit expier. Quels sont donc,
croyons-nous, les bourreaux d'un homme
qui se sert même de ses médecins pour tuer,
et non pour guérir ?

Mais lisons ce qui suit : *la foi des sermens*
négligée. Il ne m'est pas facile d'expliquer par
elle-même cette réponse. Je soupçonne, Clodius, et la suite confirme mon soupçon,
qu'il est question du parjure manifeste de vos
juges, à qui on auroit enlevé l'argent reçu

-----

(1) Nous avons assez parlé, dans les discours qui
précèdent, du titre d'*impérator*, qui étoit donné
aux généraux par les soldats, quelquefois même par
le sénat.

pour vous absoudre , s'ils n'avoient demandé
main-forte au sénat (1). Ce qui me fait soupçonner qu'il est question de ces juges , c'est
qu'il n'est point , je pense , dans cette ville
de parjure plus avéré et plus insigne , et
que cependant vous-même vous n'êtes point
accusé de parjure par ceux avec qui vous avez
fait un traité infâme.

Suivent immédiatement , dans les réponses
des Aruspices , ces paroles : *Des sacrifices anciens et secrets négligés et souillés.* Sont-ce les
Aruspices qui parlent ici ou les Dieux pro-

(1) Clodius ayant été surpris déguisé en femme
dans la maison de César où l'on célébroit les mystères
de la bonne-déesse, fut cité en justice. Les juges,
comme s'ils eussent craint quelque violence de la
part de l'accusé, dont ils avoient reçu de l'argent
pour l'absoudre, demandèrent main-forte au sénat ;
ce qui fit dire par Catulus à un de ces juges : *pourquoi
nous demandez-vous main-forte ? est-ce de peur qu'on
ne vous enlève votre argent ?* —— Un peu plus bas ,
vous n'êtes point accusé de parjure : vous avez été
fidèle à votre promesse, vous avez donné à vos juges
tout ce que vous vous étiez engagé à leur donner.
Ainsi le parjure n'est que du côté des juges qui
avoient juré de prononcer selon la justice. On sent
l'ironie amère de cet endroit.

tecteurs de l'empire? Il est beaucoup d'hommes apparemment sur qui puisse tomber le soupçon de ce crime : en est-il d'autres que Clodius ? Dit-on en termes obscurs quels sacrifices ont été souillés ? Peut-on s'expliquer d'une façon plus claire, plus forte, plus imposante? *Des sacrifices anciens et secrets.* Oui, je le soutiens, cet orateur qui parle si facilement et avec tant de véhémence, Lentulus, lorsqu'il vous accusoit, n'a appuyé sur aucuns termes plus que sur ceux que l'on dit vous avoir été appliqués d'après les livres Etrusques. Est-il en effet, un sacrifice plus ancien que celui que nous avons reçu de nos rois, et qui pour l'antiquité marche de pair avec notre ville? En est-il de plus secret que celui qui exclut tout œil curieux, et même tout regard distrait ; qui ne pardonne ni à l'audace sacri-lège, ni même à l'indiscrète ignorance ? Nul, dans tous les âges antérieurs, nul avant Clo-dius n'a profané, nul n'a osé approcher, nul n'a traité avec indifférence, nul étant homme n'a pu sans une frayeur religieuse appercevoir même de loin, ce sacrifice offert par des vierges, des vestales, offert pour le Peuple Romain, offert dans une maison où réside une magis-

trature

trature (1) suprême, offert avec les plus augustes cérémonies, et en l'honneur d'une
déesse dont il n'est pas même permis à des
hommes de savoir le nom. Clodius l'appelle
la bonne-déesse, parce qu'elle lui a pardonné
son horrible sacrilège. Elle ne vous a point
pardonné, Clodius, non, croyez-moi. A moins
peut-être que vous ne pensiez qu'elle vous a
accordé votre pardon, parce que vos juges
vous ont renvoyé épuisé d'argent, absous par
leur sentence, condamné par la voix publique ; ou parce que, suivant l'opinion qu'on
a de ces mystères, vous n'avez point perdu les
yeux ; quel homme avant vous avoit regardé
avec dessein ces sacrifices pour qu'on pût savoir
le châtiment qui suivroit une telle impiété ?
La perte de la vue vous seroit-elle plus nuisible que l'aveuglement de vos passions ? Ne
sentez-vous pas qu'il auroit été plus à desirer

(1) Les mystères de la bonne-déesse se célébroient
dans la maison d'un consul ou d'un préteur, et non
dans celle du souverain pontife, qui n'étoit pas *cum
imperio*, puisqu'il n'étoit que simple particulier. Si
donc ces mystères se célébroient dans la maison de
César lorsque Clodius s'y introduisit, c'est que César
étoit alors préteur.

poui vous, d'avoir les yeux éteints de votre
trisaïeul (1) que les yeux enflammés de votre
sœur ? Faites-y bien attention, et vous verrez
que si vous n'avez pas encore été puni par
les hommes, vous l'avez été par les Dieux.
Les hommes ont cherché à vous justifier dans
l'action la plus horrible ; les hommes vous
ont défendu par leur témoignage, quoique
souillé de crimes et d'infamies ; les hommes
vous ont absous, lorsque vous étiez pleinement
convaincu (2) ; les hommes n'ont pas ressenti
l'injure que votre adultère leur faisoit à eux-
mêmes ; les hommes vous ont fourni des
armes, les uns d'abord contre moi, les autres

(1) D'Appius Cœcus.

(2) Mot à mot, *lorsque vous confessiez presque*
votre crime : car j'adopte la leçon, *propè confitentem.*
Voici comme un savant explique ces dernières paroles :
tàm certis et manifestis argumentis convictum ut
propè cogeretur confiteri. J'ai traduit d'après cette
explication. —— *Les hommes n'ont pas ressenti....*
Cicéron fait ici allusion à la conduite de César, qui,
interrogé en justice comme témoin, répondit qu'il
n'avoit rien découvert. Cependant il répudia sa femme,
et on connoît de lui cette parole : *la femme de César*
ne doit pas être soupçonnée. —— Un peu plus **bas**,
contre un citoyen invincible, contre Pompée.

depuis contre un citoyen invincible ; j'avoue et reconnois que les hommes vous ont prodigué des faveurs , qu'ils vous en ont comblé au delà de vos desirs : mais les Dieux peuvent-ils infliger une plus forte punition que la démence et la folie ? Croyez-vous que , dans les tragédies , ceux qu'on voit en proie à des plaies et à des douleurs qui les tourmentent et qui les consument , soient punis plus rigoureusement par les Immortels que ceux qu'on nous représente transportés de fureur ? Non , les lamentations et les gémissemens de Philoctète (1) ne sont pas aussi tristes , tout affreux qu'ils sont , que les joies immodérées d'Athamas et les songes effrayans des parricides. Et vous, lorsque, dans les assemblées du Peuple, vous faites retentir votre voix de furie , lorsque vous renversez les maisons des citoyens , lorsqu'à coups de pierres vous chassez de la place publique les hommes les plus vertueux , que vous lancez des torches ardentes sur le

(1) On connoît les gémissemens de Philoctète ; atteint d'une blessure cruelle , et abandonné par les Grecs dans l'isle de Lemnos ; on connoît les fureurs d'Oreste , meurtrier de sa mère , et celles d'Athamas qui avoit insulté Junon.

D 2

toît des maisons voisines, que vous embrâsez les édifices sacrés, que vous ameutez les esclaves, que vous troublez les jeux et les sacrifices, que vous ne distinguez pas une épouse d'une sœur, que vous ne remarquez pas dans quel lit vous entrez, enfin lorsque vous vous livrez aux plus furieux transports; alors, sans doute, vous subissez les seuls supplices établis par les Dieux contre les hommes coupables. Notre corps, par sa nature et par sa propre foiblesse, est sujet à bien des accidens; souvent la moindre cause suffit pour le consumer et le détruire. C'est dans l'ame des pervers que les Dieux enfoncent leurs traits vengeurs. Ainsi vous êtes plus misérable, lorsque vos yeux vous entraînent dans toutes sortes de crimes, que si vous étiez absolument privé de la vue.

Mais nous avons assez parlé des fautes que les Aruspices annoncent avoir été commises envers les dieux immortels; voyons les avertissemens qui, suivant les mêmes Aruspices, nous sont donnés par les mêmes dieux. Ils nous avertissent *de prendre garde que les discordes et les divisions des grands n'exposent aux meurtres et aux assassinats les sénateurs et les principaux*

de Rome ; que , dépourvus de tout secours , ils ne soient réduits à un petit nombre , qu'en conséquence les provinces ne tombent sous la domination d'un seul , et de plus que nos armées ne soient repoussées , que notre empire ne soit démembré.
Voilà les propres paroles des Aruspices , je n'ajoute pas un mot du mien. Qui donc excite la division parmi les grands? Le même Clodius, qui ne trouble l'état par la force ni de son génie ni de sa politique, mais par un effet de notre égarement, dont il s'est apperçu sans peine , parce qu'il n'étoit que trop visible : et la République est opprimée avec d'autant plus de honte, qu'elle n'est pas même attaquée par un homme sous lequel elle succombe au moins glorieusement, comme un brave guerrier, en recevant des blessures honorables d'un ennemi courageux.

Tibérius Gracchus bouleversa la constitution établie. Quel homme que ce Gracchus ! quelle solidité ! quelle éloquence ! quelle dignité ! Tout ce qui lui manquoit de l'éclatant mérite , de la vertu supérieure de son père , et de son aïeul (1) Scipion l'Africain ,

(1) Son aïeul maternel.

D 3

c'est qu'il s'étoit détaché du sénat. Il fut
suivi de Caïus Gracchus. Quel génie rare !
quelle énergie dans les actions ! quelle force
dans les discours ! Tous les bons citoyens
regrettoient que tant de belles qualités ne
secondassent point de meilleures intentions
et de meilleures vues. Saturninus, lui-même,
il est vrai, avoit une impétuosité de caractère
qui alloit jusqu'à la démence ; mais c'étoit
un excellent chef de parti, l'homme le plus
propre pour exciter et pour enflammer les
esprits de la multitude. Que dirai-je de Sulpicius, qui parloit avec tant de force, tant de
douceur et de précision, qu'il pouvoit, par
son éloquence, aveugler la sagesse même et
séduire la vertu. Lutter contre de pareils
adversaires, combattre tous les jours pour le
salut de la patrie, étoit sans doute un pénible
exercice pour ceux qui gouvernoient alors la
République ; cependant de tels combats n'étoient
pas sans gloire.

Mais celui dont je parle depuis si long-
temps, quel est-il ? Grands dieux ! quel est
son mérite ? quels sont ses talens, pour
qu'une si grande ville, si elle succombe,
(puisse le ciel détourner ce présage !) paroisse

du moins être tombée sous les coups d'un homme ? Après la mort de son père, Clodius prostitua les premières années de sa jeunesse aux passions infâmes de riches bouffons. Après avoir assouvi leur incontinence, il se roula dans les horreurs d'incestes domestiques. Ayant acquis de la force avec l'âge, il part pour une province, et se jette dans la carrière des armes : il tombe au pouvoir des pirates, subit tous leurs outrages, rassasie la passion brutale même des Ciliciens (1) et des barbares. Après quoi, surpris dans le dessein aussi criminel que perfide de soulever l'armée de Lucullus, il quitte ce général et revient à Rome. Dans les premiers jours de son arrivée, il décide avec sa famille qu'il intentera (2) des accusations. Il reçoit de Catilina une somme d'argent pour prix d'une collusion honteuse. De-là il se transporte avec Muréna dans la Gaule, où il fabrique des testamens, donne la mort à des pupilles, forme des complots

(1) Ciliciens, peuple pirate.

(2) Au lieu de *ne* j'ai lu *ut* avec Paul Manuce. Au reste, on sait que les jeunes Romains, même les plus nobles, cherchoient à signaler leur jeunesse par des accusations d'éclat.

et des sociétés détestables. De retour à Rome,
il recueillit seul l'ample et abondante récolte
du Champ-de-Mars qu'il s'appropria entièrement ; et l'on vit ce citoyen, ami du Peuple,
frauder le Peuple (1) de la manière la plus indigne ; on vit cet homme si doux faire subir dans
sa maison la mort la plus cruelle aux distri-
buteurs d'argent dans chaque tribu. Parut
enfin cette questure si funeste à l'état, à la
religion, à votre autorité, aux tribunaux publics ; cette questure dans laquelle le même
Clodius a outragé en même-temps les dieux,
les hommes, la pudeur, la chasteté, l'autorité du sénat, le droit, la justice, les loix,
les tribunaux. Et c'est-là, (ô malheur de nos
tems ! ô folie de nos discordes!) c'est-là le
premier degré (2) qui conduisit Clodius à l'ad-

(1) *Frauder le Peuple*, prendre pour lui l'argent
que l'on distribuoit au Peuple pour les élections des
magistrats, faites dans le Champ de Mars. Il y a
dans ce discours et dans d'autres de Cicéron, beaucoup d'anecdotes dont il n'est pas possible d'avoir une
idée bien claire.

(2) *C'est-là le premier degré*. Les critiques les
plus habiles entendent ces mots de la questure, qui
étoit le premier pas dans l'administration de la Ré-

ministration de la République ; c'est-là le premier pas qui le fit parvenir au droit de soulever le Peuple.

Tibérius Gracchus, étant questeur du consul Mancinus, s'étoit trouvé à la conclusion du traité de Numance ; le mécontentement que l'on eut de ce traité, l'improbation rigoureuse du sénat, causèrent autant de peine à ce grand homme, à ce caractère ferme, qu'ils lui inspirèrent de crainte ; et ce fut-là le motif qui lui fit abandonner la gravité de ses pères. Pour Caïus Gracchus, le meurtre de son frère, la tendresse fraternelle, le ressentiment, la fierté d'ame, l'excitèrent à venger le sang de sa famille. Nous le savons, ce qui dévoua Saturninus au parti du Peuple, ce fut le dépit de voir que le sénat, dans un temps de disette, lui avoit ôté l'intendance des grains qui lui appartenoit comme questeur, pour la donner

publique, le premier degré d'où on s'élevoit à de plus grands honneurs. Je crois qu'ils se trompent. Cicéron veut dire, à ce qu'il me semble, que les attentats de Clodius lui obtinrent le droit d'administrer la République et de soulever le Peuple. C'est cette réflexion qui l'indigne et qui lui fait prendre le ton de véhémence.

à Marcus Scaurus. Sulpicius avoit commencé
par soutenir une très-bonne cause, et par
résister à Caïus Julius (1) qui demandoit le
consulat contre les loix ; il fut porté plus
loin qu'il ne voulut par la faveur populaire.
Tous ces hommes avoient une raison, je ne
dirai pas légitime, (en peut-on avoir de
légitime pour nuire à la République?) mais
enfin ils avoient une raison forte, accompagnée d'un noble et viril ressentiment.
C'est après avoir à peine dépouillé la robe,
la coëffure, les brodequins, la ceinture, les
rubans, en un mot le luth et tout l'attirail
d'une chanteuse ; c'est à peine échappé d'un
infâme et sacrilège adultère, que Clodius est
devenu tout-à-coup ami du Peuple. Si ce n'eût
pas été des femmes qui l'eussent surpris dans
cet équipage, si, grace à des servantes, il ne
se fût pas évadé d'un lieu dont l'entrée lui
étoit interdite, le Peuple Romain se seroit
vu privé d'un homme populaire, et la République d'un citoyen vertueux. C'est pour prix

(1) Caïus Julius Cæsar, du tems de Marius,
après avoir été édile, vouloit devenir consul sans
passer par la préture. Sulpicius, alors tribun du
Peuple, s'y opposa fortement.

de cette extravagance que, dans nos discordes, au sujet desquelles les dieux viennent de nous donner des avertissemens par des prodiges extraordinaires, c'est pour cela, dis-je, qu'on l'a tiré du rang des patriciens, et qu'on s'est empressé d'en faire un tribun malgré les loix. L'année d'auparavant, son cousin Métellus (1), et tout le sénat, de concert alors avec Pompée qui avoit donné le premier son avis, s'étoit opposé avec chaleur, d'une voix et d'un sentiment unanime, à cette fatale innovation ; mais depuis les divisions des grands, à l'occasion desquelles nous recevons aujourd'hui des avertissemens célestes, tout a été confondu, tout a changé de face. Ce que son cousin consul avoit empêché, ce qu'un illustre personnage (2), son confrère et son allié, qui

(1) Quintus Métellus Celer, alors consul, *frater* (*patruelis*) cousin-germain de Clodius.

(2) *Un illustre personnage*, Pompée. *Son confrère* ; voilà comme j'ai rendu *sodalis*, sans pouvoir dire comment Pompée étoit confrère de Clodius. *Son allié* ; le fils de Pompée avoit épousé la fille d'Appius, frère de Clodius. —— *Qui l'avoit abandonné dans son accusation.* Mot à mot, *qui n'avoit pas rendu témoignage en faveur de lui accusé.* Voilà quel est

l'avoit abandonné dans son accusation, lui avoit fait refuser ; un consul, qui auroit dû être son plus mortel ennemi, le lui a fait accorder à la faveur de nos dissentions éclatantes ; et ce consul prétendoit suivre les conseils d'un homme dont nul ne pourroit se repentir d'avoir adopté l'avis. On lance sur la République cet horrible et funeste flambeau de discordes : on attaque votre autorité, on attaque la dignité des plus augustes compagnies, l'accord de tous les gens de bien, enfin la constitution de tout l'état. Oui, on attaquoit l'état même, lorsque les traits (1) d'une conjuration que j'ai étouffée, étoient dirigés contre moi qui avois su les découvrir et les

ici et ailleurs le vrai sens de *laudarat* en latin. —— *Un consul*, César. *Qui auroit dû être son plus mortel ennemi*, parce que Clodius étoit entré dans sa maison pour corrompre sa femme. — *A la faveur de nos dissentions éclatantes* : César avoit détaché du parti des grands Pompée et Crassus. —— *D'un homme*, de Pompée.

(1) J'ai changé l'objet de la métaphore ; dans le latin, c'est une flamme et des feux. Au reste, l'orateur fait allusion à ces anciens conjurés de Catilina, dont la haine l'avoit persécuté avec acharnement, et l'avoit obligé de quitter la ville de Rome.

éloigner de vos têtes. J'ai reçu ces traits sur mon corps , j'en ai été seul percé pour la patrie; mais si pour vous j'ai reçu les premières blessures , si vous m'avez vu sanglant et déchiré , assaillis vous-mêmes , vous n'avez pas été à l'abri de toute atteinte.

Loin que les discordes s'appaisassent, on animoit de plus en plus la multitude contre les citoyens par qui l'on croyoit que j'avois été défendu. Mais enfin j'ai été rappellé avec le secours de ces mêmes citoyens, ayant à leur tête Pompée : ce grand homme , non-seulement par ses conseils , mais encore par ses prières , excita à s'occuper de mon rétablissement, l'Italie qui souhaitoit mon retour, le Peuple Romain qui le désiroit avec ardeur, vous, P. C., qui le demandiez avec instance. Que nos discordes soient enfin terminées ; reposons nos longues dissentions. Le fléau de l'état s'y oppose. Il débite des harangues séditieuses, il jette le trouble et la division par-tout : il flatte , par des éloges, tantôt les uns , tantôt les autres (1). Toutefois nul ne

_____

(1) J'ai traduit comme si on lisoit, *ut se modò his modò illis venditet.*

se croit plus louable lorsqu'il est loué par un tel homme ; mais on n'est point fâché de l'entendre déclamer contre ceux qu'on n'aime pas. Ce qui m'étonne, ce ne sont point les violences de Clodius, (pourroit-il s'en abstenir?) mais la conduite des plus sages et des plus graves personnages. Bien des choses me surprennent en eux : d'abord ils voient avec une extrême indifférence d'illustres citoyens, qui souvent ont rendu à la République d'importans services, outragés par les discours d'un infâme ; ensuite ils s'imaginent, ce qui n'est nullement à leur avantage, que la gloire et la dignité de qui que ce soit puissent souffrir quelque atteinte des injures d'un homme perdu et décrié ; enfin , ils ne s'apperçoivent pas, ce dont néanmoins ils me semblent se douter à présent, que Clodius peut tourner contre eux-mêmes sa fougue et ses violences. Quelques-uns sont mal disposés intérieurement contre moi : de ces dispositions peu favorables et de cette malveillance secrète qu'arrive-t-il ? c'est qu'on porte aussi à la République des coups mortels (1). Tant que j'étois

(1) J'ai traduit d'après la correction de Lambin, qui

seul frappé, je le souffrois avec peine, mais avec un peu plus de patience. Si Clodius ne se fût pas livré d'abord à ceux que nous pensions s'être détachés du parti de votre ordre, s'il ne leur eût pas prodigué des louanges qui, dans sa bouche, sont d'un si grand poids; s'il n'eût pas menacé (c'étoit une imposture, mais que personne ne réfutoit) de faire entrer dans le sénat, étendards déployés, l'armée de César; s'il n'eût pas crié sans cesse qu'il n'agissoit qu'avec le secours de Pompée et par les conseils de Crassus; s'il n'eût pas assuré, et en cela seul il n'en imposoit point, que les consuls faisoient avec lui cause commune; auroit-il pu me persécuter si cruellement, déchirer si indignement la République?

Le même homme voit que vous respiriez enfin, délivrés de la crainte des massacres, que votre autorité sortoit de l'oppression où elle étoit restée si long-tems, que l'on commençoit à se ressouvenir de Cicéron et

a suivi, dit-il, les traces d'une ancienne leçon; *ex hâc à me nonnullorum alienatione et quibusdam occultis odiis haerent etiam tela in republicâ.*

à regretter sa présence ; que fit-il alors ? il se mit aussi-tôt, avec la fausseté la plus odieuse, à se faire valoir auprès de vous. On l'entendoit répéter sans cesse , et dans le sénat , et dans les assemblées du Peuple , que les loix Julia (1) avoient été portées contre les auspices : et parmi ces loix étoit cette loi des curies sur laquelle étoit fondé tout son tribunat ; ce qu'il ne voyoit pas aveuglé par la fureur. Il faisoit paroître Bibulus , cet homme ferme , il lui demandoit s'il avoit toujours pris les auspices lorsque César portoit ses loix (2). Bibulus disoit qu'il les avoit toujours pris. Il demandoit aux Augures si des loix portées de cette manière étoient portées régulièrement. Les Augures répondoient qu'elles étoient portées contre les formes. Clodius se voyoit les délices de quelques bons citoyens, qui m'avoient servi avec le plus grand zèle, mais qui, je veux le

(1) Les loix de Jules César. —— *Cette loi des curies* , c'est-à-dire, la loi qui ordonnoit d'assembler les curies pour opérer l'adoption de Clodius , laquelle adoption devoit le conduire au tribunat.

(2) Bibulus , consul avec César , s'étoit opposé de toutes ses forces aux loix de son collègue : mais il fut contraint de céder aux violences de ses partisans.

croire ,

croire, ignoroient jusqu'où pouvoient aller ses emportemens. Ce n'est pas tout : il se déchaîna contre Pompée lui-même qui, comme il s'en vantoit, l'avoit guidé dans ses démarches. Quelques-uns lui en savoient gré. Alors, dans l'ivresse du succès, il se flatta qu'après avoir, par un forfait exécrable, attenté à celui (1) qui, sans prendre les armes, avoit étouffé une guerre domestique, il pouvoit renverser celui même, oui, celui qui, dans des guerres étrangères, avoit triomphé des ennemis de l'état. Alors fut surpris, dans le temple de Castor, ce poignard coupable, ce poignard presque destructeur de cet empire ; alors ce grand homme devant qui aucune ville ennemie ne resta jamais fermée long-tems, qui par son courage avoit pénétré les plus étroits défilés, franchi les plus hautes montagnes, rompu les plus épais bataillons, ce grand homme fut assiégé lui-même dans sa maison, et me déchargea par sa conduite du reproche de timidité que me faisoient des gens peu instruits. Car si ce fut une nécessité plus triste que honteuse pour Pompée, l'homme le plus brave qui fut jamais, de s'en-

_____

(1) Cicéron lui-même. *Celui même*, Pompée.

Tome VIII.   E

fermer chez lui tant que Clodius fut tribun ;
de ne point se montrer en public , de supporter
ses menaces lorsqu'il disoit dans les assemblées
qu'il vouloit se bâtir aux Carênes (1) un second portique en face du Palatium ; assurément si mon départ de Rome fut affligeant
pour moi , eu égard à la douleur qu'il me
causa , il m'a été glorieux quant au bien qu'il
procura à la République.

Vous le voyez donc ; cet homme abattu par
lui-même et depuis long-tems renversé , se
relève par les divisions funestes des grands.
Sa fureur naissante s'est vue soutenue par les
discordes de ceux qui sembloient alors s'être
séparés de vous. Les envieux et les ennemis
de ces mêmes hommes ont défendu les derniers restes de son tribunat expirant ; et même
après son tribunat (2) , ils ont empêché que ce

(1) Les Carênes , quartier de Rome , où étoit la
maison de Pompée. Clodius avoit renversé la maison
de Cicéron sur le Palatium , et y avoit fait bâtir pour
lui un portique : il menaçoit de faire la même chose à
la maison de Pompée.

(2) J'ai traduit comme si on lisoit avec une trans-
position , *praecipitantis tribunatûs , obtrectatores
eorum atque adversarii defenderunt ; etiam post*

Héau de la République ne fût éloigné de la
République , qu'il ne fût traduit devant les
juges , qu'il ne restât simple particulier. Quelques citoyens des plus honnêtes ont-ils même
pu réchauffer dans leur sein et porter dans
leurs cœurs ce serpent venimeux ? Par quel
avantage les a-t-il donc séduits ? nous voulons ,
disent-ils, que , dans les assemblées du Peuple,
il y ait quelqu'un qui décrie Pompée. Clodius
décrieroit-il donc Pompée par ses invectives ?
Je prie ce grand-homme , qui m'a si bien servi
dans l'affaire de mon rappel , de prendre ce
que je vais dire dans l'esprit que je le dis ; je
dirai du moins ce que je pense. Pour moi ,
certes, je trouvois que (1) c'étoit sur-tout en le
comblant d'éloges que Clodius ternissoit la
gloire éclatante de Pompée. Marius étoit-il

tribunatum , ne à republicâ..... Je ne vois ni suite
ni phrase , si on lit autrement. —— *Qu'il ne fût
traduit devant les juges.* Milon vouloit accuser
Clodius de violence ; des personnages distingués s'y
opposèrent , et par-là lui donnèrent la facilité de
devenir édile.

(1) Je voudrois qu'après *detrahere ,* on lût, *cùm
illum maximis*..... De bonnes éditions portent , *detrahere , cùm maximis laudibus efferre, videbatur.*

plus illustre lorsque Glaucia (1) lui prodiguoit des louanges, que lorsqu'ensuite dans sa colère il l'accabloit d'outrages? L'insensé Clodius, qui depuis long-tems court à sa perte et au supplice, étoit-il plus infâme et plus affreux lorsqu'il déclamoit contre Pompée, que lorsqu'il s'élevoit contre tout le sénat? Ce qui m'étonne, c'est que ceux qui voient avec plaisir Pompée attaqué parce qu'ils lui en veulent, voient sans peine, quoique bons citoyens, le sénat outragé. Mais pour que ces bons citoyens ne jouissent pas trop long-tems de ce plaisir, qu'ils lisent la harangue (2) dans laquelle Clodius loue Pompée, ou plutôt le décrie. Du moins il entreprend de le louer, il en parle comme du seul citoyen digne de la gloire de cet empire; il fait entendre qu'il s'est réconcilié, qu'il est son meilleur ami. J'ignore ce qu'il veut dire; cependant, je le pense, il

---

(1) Caïus Servilius Glaucia, préteur, d'abord ami de Marius, et ensuite son ennemi, fut tué avec Saturninus dans une sédition.

(2) Le latin dit, *la harangue dont je parle*, c'est-à-dire, dont je veux parler. Peut-être dans ce qui suit faudroit-il lire, *ornat, aut potiùs deformat*, sans point d'interrogation.

n'auroit pas loué Pompée, s'il eût été son ami.
En effet, quand il auroit été son ennemi mortel, que pouvoit-il faire davantage pour donner
atteinte à sa gloire? Que ceux qui étoient sa-
tisfaits de le voir ennemi de Pompée, et qui
pour cette raison fermoient les yeux sur tous
ses attentats, applaudissoient même aux transports et aux excès de sa fureur, qu'ils voient
comme il a changé tout-à-coup. Il loue maintenant Pompée et se déchaîne contre ceux qu'il
flattoit et ménageoit auparavant. Que feroit-il,
je vous le demande, s'il trouvoit jour à une
réconciliation, puisqu'il est si jaloux de faire
croire qu'il est déjà réconcilié?

De quelles autres divisions des grands pense-
t-on que parlent les Dieux? Par ce mot de *grands*
ils ne désignent ni Clodius, ni aucun de ses
satellites, ou de ses conseillers. Les livres
étrusques emploient certains noms qui peuvent
convenir à cette espèce de citoyens. *Les méchans,
les exclus*, disent-ils dans un article que je vous
citerai tout-à-l'heure : ils donnent ces noms à
ceux dont les sentimens sont dépravés, et les
affaires désespérées, dont les intérêts se trouvent
entièrement séparés des intérêts communs.
Ainsi, lorsque les Dieux immortels donnent

E 3

des avertissemens sur les divisions des grands,
ils parlent des dissentions entre les hommes les
plus illustres, qui ont le mieux mérité de la
République; lorsqu'ils font craindre aux principaux de l'état les périls et les massacres, ils
mettent en sûreté Clodius, Clodius aussi peu
digne d'être compté parmi les principaux de
l'état que parmi les hommes chastes et religieux.

C'est à vous, c'est à votre conservation, illustres personnages, excellens citoyens, que
les Dieux voient qu'il faut veiller soigneuse-
ment. On nous annonce le massacre des principaux; on ajoute ce qui est la suite nécessaire
du meurtre des grands, on nous avertit de
prendre garde que le gouvernement ne tombe
entre les mains d'un seul. Quand les Dieux ne
nous avertiroient pas de craindre, nous y serions portés de nous-mêmes; nos propres réflexions et nos conjectures nous y entraîneroient.
Oui, les dissentions entre les hommes illustres
et puissans se terminent pour l'ordinaire, ou
par la destruction entière de l'état, ou par la
domination du vainqueur, ou par la tyrannie.
Sylla, consul aussi distingué par sa naissance
que par son courage, et Marius, le plus cé-

lèbre des citoyens, ont été divisés. La puissance
de chacun d'eux tomboit ou se relevoit selon
qu'il étoit vaincu ou vainqueur. Cinna et Octavius son collègue ont été aussi en division.
La Fortune leur accordoit à tous deux le pouvoir suprême lorsqu'elle étoit favorable ; elle
leur donna la mort lorsqu'elle fut contraire.
Sylla eut l'avantage une seconde fois, on le
vit alors régner avec une autorité vraiment ab-
solue, quoiqu'il eût rétabli la République.
Il couve aujourd'hui dans les cœurs des plus
grands personnages une haine profonde et
sourde qui transpire au dehors : les principaux
en discorde ne cherchent que l'occasion d'é-
clater. Les plus foibles (1) ne sont pas sans
espoir, ils attendent je ne sais quel évènement,
je ne sais quelle conjoncture : ceux qui, sans
contredit, sont les plus puissans, craignent
peut-être quelquefois les desseins et les vues
de leurs adversaires. Que les divisions soient
bannies de Rome ; toutes les craintes qu'on

(1) *Les plus foibles*, Bibulus, Caton, Domitius, ennemis de César et de Pompée ; *les plus
puissans*, Pompée et César.

E 4

nous annonce seront bientôt dissipées : ce serpent qui se cache dans le sénat, qui montre (1
et agite sa tête dans le forum, sera bientôt
etouffé, bientôt écrasé.

Les mêmes Dieux nous avertissent de ne
point laisser attaquer la République par des manœuvres secrètes. Eh ! y en a-t-il de plus secrètes que celles d'un homme, qui, avec une
intention perverse, a osé dire en pleine assemblée qu'il falloit suspendre les affaires, interrompre la justice, arrêter le cours des tribunaux, fermer les portes du trésor ? Croyez-vous
donc que ce projet de confusion et de bouleversement de la ville lui soit venu tout-à-coup
à l'esprit dans la tribune, sans qu'il y ait réfléchi ? Clodius, il est vrai, est plongé dans
l'ivresse, dans le sommeil, dans la débauche ;
il est le moins réfléchi et le plus extravagant
des hommes ; mais enfin c'est dans des parties
nocturnes, c'est dans de criminels complots
qu'a été conçu et médité le dessein de suspendre les affaires. N'oubliez pas, P. C.,
qu'avec cette coupable parole il a voulu sonder

(1) Il faut remarquer dans le latin *se emergit* :
c'étoit une locution ancienne.

nos sentimens (1), et par une audace d'un exemple dangereux, nous accoutumer à tout entendre.

On lit à la suite : *Qu'on n'accorde pas de nouveaux honneurs aux méchans et aux exclus.* Voyons quels sont *les exclus* ; nous verrons après quels sont *les méchans.* Toutefois, il faut en convenir, ce dernier mot doit sur-tout s'appliquer à l'homme, sans contredit, le plus méchant de tous. Quels sont donc ceux qu'on appelle *exclus*? ce ne sont pas, je pense, ceux qui, moins par leur faute que par celle du Peuple, se sont vus privés des honneurs ; ce qui souvent arrive aux meilleurs citoyens, aux hommes les plus honnêtes. Les exclus sont ceux qui, prétendant (2) à tout, préparant des spectacles de gladiateurs contre les loix, faisant publiquement des largesses, sont exclus, non-seulement

____

(1) J'ai lu *nostras* au lieu de *vestras*, parce que c'étoit à la tribune et non dans le sénat que parloit Clodius.

(2) L'orateur a ici en vue Vatinius, comme on le voit par le plaidoyer pour Sextius, et par le discours contre Vatinius lui-même. Tous les traits qui suivent lui conviennent. Vatinius étoit aussi ami de Clodius qu'ennemi de Cicéron.

par les étrangers, mais encore par leurs proches, par leurs voisins, par leurs tributaires,
par les citoyens de la ville et de la campagne.
On nous avertit de ne pas leur accorder de
nouveaux honneurs. Sachons gré aux Aruspices
de l'avis qu'ils nous donnent; mais enfin le
Peuple Romain, sans aucun avis de leur part,
a pourvu de lui-même à cet inconvénient.

Défiez-vous, nous dit-on, des méchans.
La troupe en est fort nombreuse; Clodius est
le premier et le chef de tous. En effet, si un
poëte, doué d'un génie sublime, vouloit présenter sur la scène le plus méchant des hommes,
chercher à plaisir et créer des vices pour le
rendre plus hideux, il ne pourroit, sans doute,
trouver aucun trait d'infamie qui ne se rencontrât dans Clodius, et il en laisseroit beaucoup qui ne sont propres qu'à lui seul, qui
sont inhérens à sa personne.

La nature nous lie d'abord à nos parens,
aux Dieux immortels, à la patrie. Le même
instant nous voit paroître à la lumière, respirer cet air vivifiant qui fortifie notre existence, enfin devenir membres d'une cité et
participans de la liberté commune. Son nom,
sa famille, les sacrifices et la mémoire de ses

ancêtres, Clodius les a étouffés sous le nom
Fontéius (1). Les autels des Dieux, leurs feux
sacrés, leurs sanctuaires les plus augustes,
leurs plus secrets mystères, ces mystères in-
terdits aux regards des hommes, et même à
leurs discours, le même Clodius les a profanés par un sacrilège inexpiable ; et de plus,
il a mis le feu aux temples de ces déesses (2)
dont le secours nous aide à éteindre les autres
incendies.

Que dirai-je de ses attentats envers la patrie ?
D'abord il a chassé de Rome, il a privé de
tous les secours de la patrie, par la force et
par le fer, par la crainte et par la terreur,
un citoyen (3) que vous avez plus d'une fois
déclaré le conservateur de la patrie. Ensuite,
après avoir renversé celui que j'ai toujours
appellé le fidèle compagnon du sénat et qu'il
en appelloit le chef, il a attaqué le sénat lui-
même, l'ame de la ville et le principe du
salut de l'état, il a employé pour le détruire

---

(1) En s'adoptant à la famille Fontéia.

(2) Des Nymphes.

(3) *Un citoyen*, Cicéron lui-même ; *celui*, c'est
encore Cicéron.

les violences, les massacres, les embrâsemens.
Il a aboli les loix Ælia et Fusia, ces deux loix
si utiles à la République ; il a anéanti la censure, supprimé le droit d'opposition, détruit
les auspices : des consuls (1) complices de son
crime, il les a munis de l'argent du trésor,
d'une province et d'une armée ; il a vendu des
princes qui avoient le titre de roi, il a donné
ce titre à d'autres qui ne l'avoient pas ; il a
obligé Pompée par la violence des armes à se
renfermer dans sa demeure : il a abattu les
maisons de ses ennemis, ruiné les monumens des généraux, gravé son nom sur les
vôtres. Les crimes dont il s'est rendu coupable envers la patrie sont sans nombre : que
dirai-je de ceux commis contre les citoyens
dont il a tranché les jours, contre les alliés
qu'il a pillés, contre les généraux qu'il a
trahis, contre les armées qu'il a voulu sou-

(1) *Des consuls*, Pison et Gabinius. —— *Des
princes* ; Cicéron veut parler de Ptolémée, roi de
Cypre : il parle fort au long de ce malheureux prince
dans le plaidoyer pour Sextius. —— *A d'autres*, à
Brogitarus. —— *Les monumens des généraux*, le
portique de Catulus. *Sur les vôtres*, sur ma maison
rebâtie d'après un sénatus-consulte.

lever ? Que dirai-je de ses excès monstrueux , envers lui-même et envers les siens ? Qui jamais épargna moins le camp d'un ennemi vaincu que lui toutes les parties de son corps ? Quelle barque , dans un canal public , fut plus à l'usage de tout le monde que ne l'a été sa jeunesse ? Quel homme dissolu s'est jamais roulé plus effrontément dans la débauche avec des prostituées que Clodius avec ses propres sœurs ? Et cette effroyable Carybde enfantée par l'imagination des poëtes , a-t-elle pu jamais engloutir autant d'eaux dans ses abîmes que Clodius engloutissoit de richesses aux Byzantins (1) et aux Brogitarus ? Les poëtes ont-ils jamais représenté leur Scylla entourée de chiens aussi dévorans et aussi affamés que les Gellius , les Sextus , les Titius , avec lesquels vous le voyez exercer sa rage autour de la tribune ?

Ainsi , P. C. , et c'est la dernière réponse des Aruspices , *prenez garde qu'on ne change la forme de la République.* Toutes ses parties , en effet , ébranlées comme elles le sont déjà ,

_____

(1) *Aux Byzantins* , aux exilés de Byzance , qu'il a rétablis par une loi.

düssions-nous tous tant que nous sommes les
appuyer de tous côtés , les soutenir de tous
nos efforts réunis , ne pourroient qu'avec
peine garder quelque consistance. Sa constitution autrefois étoit assez solide et assez fermé
pour être en état de tenir contre la négligence
du sénat , et même contre les attaques des citoyens ; elle ne le peut plus. Le trésor est
épuisé ; les adjudicataires de nos impôts ne
jouissent pas de leur adjudication (1) ; l'autorité des principaux citoyens est anéantie ,
l'union des compagnies rompue , la justice
abolie , les suffrages à la disposition d'un
petit nombre d'hommes ; les gens de bien ne
seront plus prêts à servir notre ordre au moindre
signe ; vous chercherez inutilement par la
suite un citoyen qui s'expose à la haine pour
le salut de la patrie. Ainsi notre constitution
actuelle, quelle qu'elle soit , ne peut se maintenir que par la concorde. Nous ne pouvons

---

(1) Grace à l'avarice et aux rapines de nos gouverneurs de provinces : il en veut sur-tout ici à
Gabinius. —— *Les suffrages* . . . . . Voici comme un
savant explique *suffragia descripta* ; *imperatum et
quasi injunctum singulis civibus suum suffragium,
ità ut his vel illis suo suffragio commodent.*

pas même désirer que notre situation soit meilleure, tant que Clodius restera sans punition :
pour être dans un état pire, il n'est qu'un
degré plus bas, la mort ou la servitude
Prenons garde qu'on ne nous y précipite ;
c'est l'avis que les Dieux nous donnent, puisque
les conseils humains nous manquent depuis
long-tems.

Je ne me serois pas engagé, P. C., dans
un discours si triste et si sérieux, non, je
ne m'y serois pas engagé, si, après les honneurs que j'ai reçus du Peuple Romain, après
toutes les distinctions que vous m'avez décer-
nées, je ne devois et ne pouvois soutenir un
pareil rôle. Au reste, j'aurois gardé sans peine
le silence lorsque les autres se taisoient ; mais
tout ce que je viens de dire, ce n'est pas de
moi-même que je l'ai dit, c'est d'après les
consultations religieuses faites par la ville. Les
paroles, qui peut-être ont été trop prodiguées,
sont de moi ; le fond des choses est tout entier
des Aruspices. Ou il ne faut pas les consulter
sur les prodiges qu'on nous rapporte, ou il
faut tenir compte de leurs réponses. Si des
prodiges plus communs et moins importans
ont souvent fait impression sur nous, la voix

même des Immortels ne remuera-t-elle point les ames de tous nos citoyens ? Ne croyez pas , comme vous le voyez souvent dans les tragédies , qu'un Dieu puisse descendre du ciel sur la terre, habiter parmi nous, se mêler dans les compagnies des hommes , converser avec les mortels. Songez à ce bruit (1) que nous ont annoncé les habitans du pays Latin : rappellez - vous aussi le prodige sur lequel on n'a pas encore consulté les Aruspices, ce tremblement de terre qu'on annonce être arrivé à-peu-près au même tems à Potentia dans le Picenum , cette secousse horrible, accompagnée de bien des circonstances effrayantes. Réfléchissez sur tout cela ; et assurément les malheurs que nous voyons dans l'avenir, vous les craindrez comme prêts à fondre sur Rome. C'est la voix des Immortels , ce sont eux-mêmes qui parlent, lorsque le monde entier , lorsque le ciel et la terre sont ébranlés par des mouvemens nouveaux , et que par un bruit qui éclate d'une manière étrange et merveilleuse ils annoncent quelque

(1) *Ce bruit*, au sujet duquel on a consulté les Aruspices.

événement.

événement. Nous devons à ce sujet ordonner des prières publiques et des sacrifices expiatoires, comme nous en sommes avertis. Mais il nous est aisé de fléchir des êtres bienfaisans qui d'eux-mêmes nous ouvrent une voie de salut ; nos animosités mutuelles et nos discordes sont les divinités funestes qu'il nous importe d'appaiser.

DISCOURS DE CICÉRON,

POUR PLANCIUS.

Sommaire.

MARCUS JUVENTIUS LATERENSIS demandoit l'édilité avec Cnæus Plancius : voyant avec une peine extrême que son rival eut été nommé à son préjudice, il l'accusa d'avoir formé des cabales pour se faire nommer édile, de sodalitiis, ce qu'il y avoit de plus grave dans le crime de brigue. Lucius Cassius, jeune homme distingué par sa naissance et par ses talens, se joignit à lui pour cette accusation. Cicéron étoit intime ami des deux accusateurs, et sur-

Tome VIII. F

tout de Latérensis ; il crut néanmoins devoir
défendre Plancius qui , étant questeur de Macédoine , l'avoit reçu lui Cicéron exilé , et lui
avoit prodigué les marques du plus tendre attachement.

Ce plaidoyer peut être regardé comme di-
visé en deux parties. Dans la première , l'orateur justifie Plancius , par tous les moyens , du
crime de brigue ; il montre pourquoi Plancius
a été élu , pourquoi Latérensis ne l'a pas été.
Le fond du procès , le crime de cabales est
traité fort légérement. Une exposition de la
vie publique et privée de Plancius , le récit
de toutes ses qualités louables , les réponses aux
diverses objections de Latérensis , les consolations
qu'il offre à ce principal accusateur , son ami ,
qu'il traite avec tous les ménagemens possibles ,
comme il avoit annoncé dans son exorde qu'il
le feroit ; voilà à-peu-près ce qui remplit cette
première partie de son plaidoyer. Dans la seconde , il répond à quelques reproches , à quelques propos de Cassius et de Latérensis ,
reproches et propos qui les regardoient personnellement. Entre autres choses , Latérensis lui
avoit reproché d'exagérer le service de Plancius ; l'orateur prend de-là occasion de montrer

quelle étoit l'étendue de ce service, il en fait la principale matière de sa peroraison qui est des plus pathétiques.

Il est impossible d'expliquer dans un sommaire tous les détails de mœurs que présente ce discours de Cicéron, un de ceux qui respire le plus l'urbanité romaine, qui annonce le plus un bon esprit et une belle ame.

Cette cause a dû être plaidée l'an de Rome 698, de Cicéron 53.

DISCOURS DE CICÉRON,

POUR PLANCIUS.

EN voyant une foule de vertueux citoyens s'intéresser à l'élévation de Plancius, et payer ainsi le courage héroïque qui l'avoit appliqué sans relâche à la garde et à la sûreté de ma personne, c'étoit pour moi, Romains, un plaisir bien sensible de voir que le souvenir de mes malheurs sollicitoit en faveur de celui à qui j'étois redevable de ma conservation. Mais lorsqu'ensuite j'apprenois que mes ennemis en partie, et en partie mes envieux appuyoient

F 2

l'accusation qu'on intente à Plancius, et que
la chose même qui lui avoit été favorable dans
la demande de l'édilité lui étoit contraire dans
le jugement qu'il subit, je m'affligeois alors et
je voyois avec douleur Plancius en péril, par
la seule raison que son amitié généreuse avoit
mis mes jours à couvert et m'avoit protégé
contre la violence. Mais puis-je jetter les yeux
sur ce tribunal, et vous considérer chacun en
particulier, sans que votre aspect me console
et me rassure ? Parmi tous ces juges, en est-il
un seul qui ne se soit intéressé pour mon retour, à qui je n'aie des obligations infinies,
à qui je ne sois attaché par les liens d'une reconnoissance éternelle ? Ainsi je n'appréhende
pas que le zèle de Plancius pour la conservation de mes jours lui nuise auprès de ceux qui
ont eu le plus à cœur mon rétablissement :
et j'ai plus lieu de m'étonner que Latérensis,
qui s'est porté avec tant d'ardeur à me faire
rendre ma patrie et mon rang, ait choisi un
pareil accusé, que de craindre même qu'un
homme aussi sage ne soit jugé bien fondé dans
sa poursuite. Cependant, Romains, je n'ai
point la présomption ni l'orgueil de croire que
Plancius doive être renvoyé absous pour les

services qu'il m'a rendus. Non , si je ne vous montre dans celui que je défends , une vie intègre, des mœurs pures, un grand fonds de probité et de modération , de tendresse pour ses proches , une parfaite innocence , je ne m'opposerai pas à l'exécution rigoureuse de la loi. Mais si je vous fais voir en lui tout ce qu'on doit attendre d'un citoyen vertueux , je vous demanderai , je vous prierai d'être sensibles au sort d'un homme dont la sensibilité a sauvé mes jours. A toutes les peines que je crois devoir prendre pour cette cause, plus que pour aucune autre, se joint le déplaisir d'avoir à justifier, non-seulement Plancius , dont les intérêts doivent m'être aussi chers que les miens propres, mais encore moi-même , de qui les accusateurs , peu s'en faut , ont plus parlé que de l'accusé et de son affaire. Au reste , tout reproche étranger à celui que je défends m'inquiète peu ; et parce qu'il est rare de trouver des hommes reconnoissans , je ne crains pas qu'on puisse me reprocher comme un crime un excès de reconnoissance. Mais , disent nos adversaires, les services qui m'ont été rendus par Plancius ne sont point aussi considérables que je le publie, ou en les supposant tels, ils ne doivent pas être auprès de vous d'un aussi grand poids que je le prétends ; c'est un article que, dans la crainte de choquer, je dois traiter avec circonspection, et seulement après avoir répondu à tous les griefs, de peur que l'accusé ne paroisse avoir été défendu, moins par la considération de son innocence que par le souvenir de mes disgraces.

La cause est aussi claire que facile, mais ma position est aussi embarrassante que délicate, et je ne sais comment disposer ma défense. La seule nécessité de parler contre Latérensis, me seroit infiniment pénible, sur-tout étant aussi amis et aussi liés que nous le sommes. Car c'est une ancienne loi d'une amitié parfaite, semblable à celle qui nous unit depuis long-tems, que les amis doivent toujours vouloir les mêmes choses ; et l'amitié n'a pas de lien plus sûr que l'unanimité et l'accord des sentimens et des volontés. S'il m'est déjà si désagréable de parler contre Latérensis, combien ne me l'est-il pas plus encore de parler contre lui dans une cause où je suis comme forcé d'établir un parallèle entre les personnes ?

Latérensis demande, et c'est le point sur lequel il insiste davantage, par quel mérite,

par quel talent, par quelle distinction , Plancius
l'a emporté sur lui. Si donc je le reconnois supérieur à Plancius par toutes les grandes qualités dònt il est doué, il faut que j'admette
dans celui pour qui je parle , non-seulement
l'idée d'une infériorité humiliante , mais encore le soupçon d'une largesse criminelle.
Mettre Plancius au-dessus de Latérensis , ce
seroit faire injure à celui-ci , ce seroit me jetter
moi-même dans la nécessité de dire , ainsi qu'il
veut m'y contraindre , que Plancius l'a emporté sur lui pour le mérite. Ainsi en défendant
Plancius comme il l'a accusé , je me vois réduit à l'alternative , ou de compromettre la
réputation d'un excellent ami, ou de trahir les
intérêts d'un homme à qui j'ai d'insignes obligations.

Mais ce seroit avouer , Latérensis , que je
plaide sans nul ménagement et sans nul égard,
si je disois que vous avez pu être surpassé en
mérite par Plancius ou par quelque autre. Je
laisserai donc le parallèle auquel vous me pro-
voquez, pour prendre celui que m'offre la
cause elle-même. Eh quoi? Latérensis , pensez-vous que le Peuple soit juge du mérite?
peut-être l'est-il quelquefois : et que ne l'est-il

F 4

toujours (1) ! mais il l'est rarement, et quand il
daigne poser son suffrage, c'est pour élire
les magistrats auxquels il croit confier son
salut. Dans les élections moins importantes,
c'est à l'empressement et au crédit des can-
didats que la charge se donne, et non aux
grandes qualités que nous remarquons en
vous. Quant au Peuple, toujours prévenu pour
ou contre, il est mauvais juge du mérite. Cependant, Latérensis, vous ne pouvez rien dire
à votre avantage qui ne vous soit commun
avec Plancius. Mais je ferai ailleurs cet examen;
il me suffit maintenant de montrer que le
Peuple est en droit et dans l'usage de ne pas
choisir les plus dignes, et que, s'il a négligé
de choisir celui qu'il devoit, ce n'est pas une
raison pour les juges de condamner celui qui
a été choisi. Autrement, ce pouvoir que les
sénateurs n'ont pu conserver du tems de nos
ancêtres, le pouvoir de réformer les élections,
appartiendroit aux juges, ce qui seroit beaucoup moins supportable. Alors (2), en effet,

(1) Ici les leçons varient beaucoup : j'ai traduit
comme si on lisoit, *quid ? an tu dignitatis.....*

(2) Voyez Tite-Live, L. 1, Chap. 17.

celui qui avoit obtenu une magistrature ne la géroit pas, si les sénateurs n'avoient ratifié la nomination du Peuple ; au lieu qu'à présent, Romains, on vous demande de réformer le jugement du Peuple par l'exil de celui qui a été nommé. Ainsi, Latérensis, quoique je me sois écarté d'abord de mon premier plan (1), je serai si éloigné du moindre soupçon d'avoir voulu blesser votre mérite, que loin d'entreprendre d'y porter aucune atteinte, je vous blâme même de vouloir le compromettre ; je l'espère néanmoins.

Comment, Latérensis, parce que vous n'avez pas été fait édile, votre sagesse, votre activité, votre zèle pour la République, votre vertu intègre, votre droiture, vos soins, vos peines, tout cela, à vous entendre, sera perdu, sera inutile, sera compté pour rien ! Voyez un peu combien je pense différemment de vous. Si, dans cette ville, dix hommes seulement, citoyens honnêtes, sages, justes, respectables, vous avoient jugés indignes de l'édilité, j'estimerois ce jugement plus désavantageux pour vous

_____

(1) *De mon premier plan*, du plan de plaider la cause, sans discuter le mérite des deux parties.

que cette décision du Peuple que vous craignez
qu'on ne regarde comme un jugement. Le
Peuple ne juge pas toujours dans les élections ;
c'est souvent la faveur qui le détermine ; il
cède aux prières, il choisit ceux qui ont le plus
sollicité. Enfin , s'il juge, il ne le fait pas avec
discrétion et sagesse , mais assez souvent par
saillie et par caprice. La multitude n'est capable, ni de réflexion , ni de raison , ni de dis-
cernement, ni d'une attention scrupuleuse ; et
suivant l'avis des Sages, ce qu'a fait le Peuple ,
il faut toujours l'endurer , mais non pas toujours l'approuver. Ainsi , dire que vous auriez
dû être nommé édile , c'est accuser le Peuple,
et non votre compétiteur. Vous étiez plus
digne que Plancius , je le veux (c'est un point
que je traiterai bientôt avec l'attention de ménager votre mérite) , mais enfin je le veux ,
vous étiez plus digne ; le coupable n'est pas
celui qui l'a emporté sur vous, mais le Peuple
qui ne vous a point nommé. Ici d'abord, soyez-
en bien persuadé , sur-tout dans les élections
d'édiles, le Peuple suit son inclination plutôt
que la réflexion ; les suffrages sont gagnés par
les caresses, et non donnés avec examen ; ceux
qui votent considèrent plus souvent ce qu'ils

doivent eux-mêmes à chacun que ce qui paroît être dû à chacun par la République. Voulez-vous que ce soit un jugement ; ne pensez
point à le révoquer, supportez-le. Le Peuple a
mal jugé ; mais il a jugé. Il ne devoit pas juger
de la sorte ; mais il le pouvoit. Je ne puis le
souffrir ; mais plusieurs citoyens aussi illustres
que sages l'ont souffert : car c'est le privilège
des peuples libres , et sur-tout du premier
Peuple de l'univers , de ce Peuple maître et
vainqueur de toutes les nations , de donner et
d'ôter à chacun ce qu'il veut par ses suffrages.
C'est à nous qui nous trouvons au milieu
des tempêtes et des flots populaires, de souffrir patiemment les décisions du Peuple , de
le gagner quand il nous est contraire , de le
ménager quand il nous est favorable, de l'appaiser quand il est ému ; si nous estimons peu
les honneurs , de ne pas nous empresser auprès
de lui ; si nous les desirons , de ne pas nous
lasser de le supplier.

Je vais maintenant , Latérensis, faire parler
le Peuple lui-même ; je vous combattrai par
ses discours plutôt que par les miens. S'il s'ex-
pliquoit avec vous, si toutes ses voix pouvoient n'en former qu'une seule , il vous di-

roit : Latérensis , je n'ai point prétendu te pré-
férer Plancius , mais voyant en vous deux un
mérite égal , j'ai accordé mon bienfait à celui
qui m'avoit sollicité plutôt qu'à celui qui ne
m'avoit pas supplié assez humblement. Vous
lui répondrez , sans doute , que , comptant sur
la noblesse et l'ancienneté de votre famille ,
vous n'avez pas cru avoir besoin de si vives
sollicitations. Mais il vous rappellera ses anciens usages et sa conduite de tout tems : il
vous dira qu'il a toujours voulu être prié ,
être supplié; que Marcus Séius , qui n'avoit
qu'une origine équestre, et qui n'avoit pu même
la sauver de la disgrace d'une sentence rigoureuse (1) , il l'a préféré à Marcus Pison , un

----

(1) Il falloit un certain revenu pour être chevalier Romain : Marcus Séius , condamné dans un
jugement, avoit perdu une partie de ses biens , en
sorte qu'il ne lui restoit plus le revenu convenable.
—— Marcus Pupius Piso , consul deux ans après
Cicéron , d'une famille très-noble , quoique non pa-
tricienne : car tous les patriciens étoient nobles ,
mais tous les nobles n'étoient pas patriciens. — *Je
ne dis pas Séranus.* Apparemment que Séranus
d'abord et une autre année Mallius (car , d'après
Paul Manuce , je lis *Mallium* au lieu de *Manlium*),
avoient été préférés pour l'édilité à Catulus le père

des citoyens les plus nobles, les plus éloquens, les plus intègres : il vous dira qu'à Quintus Catulus, issu d'une de nos premières familles, le plus vertueux et le plus sage des hommes, il a préféré, non Séranus qui n'étoit pas dépourvu d'esprit, qui ne manquoit ni de prudence ni de courage ; mais Mallius, homme sans naissance, sans mérite, sans génie, et qui de plus menoit une vie sordide et méprisable. Mes yeux, ajouteroit le Peuple, t'ont cherché lorsque tu étois à Cyrène (1). J'aurois mieux aimé jouir moi-même de ton mérite que d'en voir jouir mes alliés. Plus mes intérêts vouloient que tu fusses à Rome, plus je t'en trouvois éloigné : enfin je ne te voyois pas. D'ailleurs, c'est lorsque je soupirois après ton courage, que tu m'as laissé et abandonné. Tu t'étois mis sur les rangs pour demander le tribunat (2)

ou le fils, ou un autre : car on ne sait pas certainement quel est le Catulus dont il est ici parlé.

(1) Latérensis avoit été questeur dans cette province.

(2) Latérensis s'étant mis sur les rangs pour demander le tribunat, renonça à sa demande, parce qu'il étoit opposé à la loi agraire que vouloit porter César.

dans un tems où l'on avoit besoin de ton éloquence et de ta fermeté. Si, en te désistant de
ta demande, tu as craint de ne pouvoir tenir
le gouvernail dans une violente tempête, j'ai
douté de ton courage ; si tu ne l'as pas voulu,
j'ai douté de ton zèle. Mais si, comme je crois,
plutôt, tu t'es réservé pour d'autres tems, la
République et moi nous t'avons remis au tems
pour lequel tu t'es réservé toi-même. Demande
donc une magistrature (1) où tu puisses m'être
d'un grand secours. Quels que soient les édiles,
ils seront toujours pour moi d'assez bons juges :
il m'importe beaucoup quels sont mes tribuns.
Ainsi, ou fais pour moi ce dont tu m'avois
flatté ; ou si par hasard tu aimes plus ce qui
m'intéresse moins, je ne laisserai pas de t'accorder bientôt l'édilité, cet objet de tes desirs,
quand même tu la demanderois avec négligence. Mais pour obtenir les premiers honneurs
selon ton mérite, tu dois apprendre à me supplier un peu plus vivement.

Tel est le discours du Peuple ; j'ajouterai
de moi, Latérensis, que les juges ne doivent

_____

(1) Le tribunat. —— *Ils seront* . . . . . Au lieu de
idem j'ai lu avec un savant *iidem.*

pas examiner pourquoi on l'a emporté sur
vous, pourvu qu'on ne l'ait pas emporté par
des largesses défendues. Eh ! si toutes les fois
qu'on n'aura point nommé celui qui avoit le
plus de titres, il faut condamner celui qui
aura été nommé, est-il encore besoin de supplier le Peuple ? Faut-il que les (1) magistrats
adressent des prières aux Dieux ? N'est-il pas
inutile de distribuer les tablettes des suffrages,
de compter les voix et de les proclamer ? Dès
que je verrai ceux qui se présentent, je dirai :
celui-ci a des consuls dans sa famille, celui-là
des préteurs ; cet autre est de l'ordre des chevaliers : tous sont gens de bien, également
intègres et irréprochables ; mais il faut garder

(1) J'ai traduit comme si on lisoit, *nihil quòd
supplicatio magistratuum, nihil quòd diribitio,
diremptio, renuntiatio*..... On voit par l'exorde du
discours pour Muréna, que le magistrat qui prési-
doit aux comices, adressoit des prières aux dieux,
pour que l'élection qui alloit se faire tournât au
bien de la République. —— Ensuite, j'ai suivi la
leçon, *simul ut qui sint professi videro, dicam*,
n'ignorant pas que celle *simul ut qui sint professi,
video quid dicam*, peut très-bien être admise. Dans
cette dernière leçon, *qui* est pour *aliqui*.

les rangs. Une maison prétorienne doit le céder
à une maison consulaire ; une famille de chevaliers ne doit pas entrer en concurrence avec
une famille de préteurs. Par-là on éteint toute
émulation parmi les rivaux ; plus de sollicitations, plus de démarches pour gagner des
suffrages ; le Peuple n'est plus libre de conférer à qui il veut les magistratures ; on n'at-
tendra plus l'événement avec inquiétude ; rien
n'arrivera, comme c'est l'ordinaire, contre
l'opinion générale : les élections enfin n'offri-
ront plus de variation. Mais si fort souvent
nous sommes surpris que tels aient été nommés
ou ne l'aient pas été ; si on voit dans le Champ-
de-Mars et dans les comices, comme sur une
mer vaste et profonde, un flux et reflux con-
tinuel, qui transporte tour-à-tour et reporte
de l'un à l'autre les suffrages ; devons-nous
chercher de l'ordre, du dessein et de la raison
parmi tant de volontés tumultueuses et de mouvemens irréguliers ?

Ainsi, Latérensis, n'exigez pas de moi un
parallèle. Car si le Peuple aime si fort la voix
du scrutin, qui met sur le front de chacun ce
qu'il n'a pas dans l'ame, qui lui donne la
liberté de faire ce qu'il veut et de promettre

ce

ce qu'on lui demande ; pourquoi exigez-vous dans un tribunal de juges ce qui n'a pas lieu dans le Champ-de-Mars ? Celui-ci est plus digne que celui-là, c'est une chose désagréable à dire. N'est-il pas un langage plus honnête ? oui, sans doute ; celui que je réclame, et qui suffit pour les juges : il a été nommé. Pourquoi a-t-il été préféré à moi ? je l'ignore ou je ne le dis pas, ou enfin ce qui seroit pénible à dire, mais ce que je pourrois dire impunément, on a eu tort. Eh ! que gagneriez-vous (1), si je disois pour dernière défense, que le Peuple a fait ce qu'il a voulu et non ce qu'il a dû ?

Mais, Latérensis, si je justifie même la conduite du Peuple, si je montre que Plancius ne s'est point élevé aux honneurs par surprise, qu'il y est arrivé par la voie de tout tems ouverte aux hommes issus, comme nous, de familles équestres ; ne puis-je pas vous faire renoncer à un parallèle qui seroit injurieux à l'un des deux contendans, et vous ramener enfin à la cause et à l'accusation ? Si Plancius

(1) Au lieu d'*assequerer*, je lis avec un savant *assequerere*.

devoit vous le céder , parce qu'il n'est fils que d'un chevalier Romain , tous vos compétiteurs étoient fils de chevaliers Romains ; je n'en dis pas davantage (1). Je suis cependant étonné que vous en vouliez principalement à celui qui pour le nombre des suffrages étoit le plus éloigné de vous. Si quelquefois , comme il arrive , je suis poussé dans une foule , je ne m'en prends pas , quand je suis rejetté vers l'arc de Fabius , à celui qui est au haut de la rue sacrée , mais à celui qui est tombé sur moi immédiatement. Vous , Latérensis , vous ne faites sentir votre humeur , ni à Pédius , homme ferme , ni à Plotius (2) , doué des qualités les plus rares , mon ami intime ; et vous croyez avoir été repoussé par celui qui les a écartés plutôt que par ceux qui vous suivoient de plus près.

Quoiqu'il en soit, le premier objet du parallèle entre vous et Plancius est votre famille à

_____

(1) Je pourrois dire qu'ils étoient inférieurs à Plancius , et que cependant ils n'ont pas craint de s'établir compétiteurs de Latérensis.

(2) Plotius , qui étoit présent à la cause , et qui avoit été désigné édile avec Plancius.

l'un et à l'autre : vous l'emportez sur lui en ce point ; car pourquoi ne pas convenir de la vérité ? Mais vous n'avez pas à cet égard plus de supériorité que n'en avoient sur moi mes compétiteurs dans la demande des magistratures, et notamment du consulat. Mais prenez-y garde ; sa naissance même pour laquelle vous affectez tant de mépris , est peut-être ce qui a sollicité le plus puissamment pour lui. Vous avez des consuls dans votre famille de l'un et de l'autre côté ; doutez-vous donc que tous ceux qui favorisent la noblesse , qui la regardent comme ce qu'il y a de plus beau , qui sont éblouis de vos titres et de vos noms , ne vous aient donné leurs suffrages ? Quant à moi, je n'en doute pas. Mais s'il est peu de personnes qui soient portées pour la noblesse , est-ce notre faute ? En effet , remontons à la source de votre famille et de celle de Plancius.

Vous êtes de Tusculum , ancienne ville municipale , où l'on compte beaucoup de familles consulaires , parmi lesquelles se trouve la famille Juventia : on en compte plus que dans toutes les villes ensemble. Plancius est de la préfecture d'Atinas , qui n'est ni aussi ancienne , ni aussi comblée d'honneurs , ni aussi voisine de Rome (1). Quelle différence cela fait-il, croyez-vous, dans la poursuite des dignités ? D'abord, lesquels, à votre avis, sont plus zélés pour leurs concitoyens, des Atinates ou des Tusculans. J'ai su des uns (et j'ai pu le savoir facilement, à cause du (2) voisinage) que, lorsqu'ils virent le père de Saturninus, de cet homme si rempli de vertus et de talens, édile et ensuite préteur, ils témoignèrent la plus vive joie, parce qu'il étoit le premier qui eût apporté la chaire curule, non-seulement dans sa famille, mais encore dans sa ville. Quant aux autres, par la raison, sans doute, que leur ville est remplie de consulaires, car ce n'est point, j'en suis sûr, par un esprit de malveillance, je n'ai jamais vu qu'ils fussent si fort ravis des honneurs qu'ob-

(1) Préfecture, ville d'Italie, où l'on envoyoit un gouverneur (*praefectum*) pour y rendre la justice, et pour la gouverner suivant les loix Romaines. Les préfectures ordinairement n'avoient pas droit de suffrage ; il paroît que la préfecture d'Atinas avoit obtenu le droit de cité, et par conséquent le droit de suffrage.

(2) Atinas étoit voisine de la ville d'Arpinum, patrie de Cicéron.

tiennent leurs concitoyens. C'est un avantage dont nous jouissons nous et nos villes. Parlerai-je de moi et de mon frère ? les campagnes même et les montagnes , je le dirai presque, ont applaudi à notre élévation. Voyez-vous un Tusculan se glorifier d'un Marcus Cato , supérieur en tout genre de vertus , de Titus Coruncanius , de tant de Fulvius ? personne n'en parle. Mais si vous rencontrez quelque habitant d'Arpinum , il vous faudra , quand vous ne le voudriez pas , entendre dire quelque chose de nous peut-être , ou certainement de Marius. Plancius a donc eu pour lui d'abord le zèle empressé de ses concitoyens ; celui des vôtres a été ce qu'il pouvoit être dans des hommes rassasiés d'honneurs. De plus, les habitans de votre ville sont à la vérité fort illustres , mais peu nombreux en comparaison des Atinates. La ville de Plancius est remplie d'hommes courageux ; il n'en est point d'aussi peuplée dans toute l'Italie. Vous en voyez maintenant , Romains , une grande multitude dans l'affliction et dans le deuil , vous supplier pour leur compatriote. Sans parler de tout le peuple qui s'est trouvé aux comices , et qui auroit paru dans la cause , si nous ne

G 3

l'avions congédié , quelle force , quelle dignité n'ont pas donnée à la demande de Plancius tant de chevaliers Romains , tant de
tribuns du trésor , qui sont ici présens ? Ils
ne (1) lui ont point gagné la tribu Térentine,
dont je parlerai ailleurs ; mais ils ont attiré
sur lui les yeux , en l'entourant d'un superbe
cortège , en l'accompagnant par-tout avec une
constante attention , avec une patience infa-
tigable.

Ajoutez ce vif intérêt que les villes municipales prennent à ceux qui leur sont voisins.
Tout ce que je dis de Plancius , je le dis
l'ayant éprouvé pour nous-mêmes , puisque
nous sommes voisins des Atinates. Nous ne
pouvons trop louer , nous ne pouvons trop
chérir ce voisinage , qui a retenu l'ancien caractère de franchise et de loyauté , dont les
marques extérieures d'affection ne cachent pas
des intentions perverses , qui n'a rien de faux
et de trompeur , qui n'est point habile dans
l'art de la dissimulation , si connu à Rome et

(1) *Ils ne lui ont pas gagné*, parce que sans
doute elle lui étoit dévouée naturellement. *La tribu
Térentine*, dans laquelle les Atinates donnoient leurs
suffrages.

dans les environs de Rome. Il n'est personne dans Arpinum , dans Sora , dans Casinum , dans Aquinum , qui ne se soit intéressé pour Plancius. Tout le pays si peuplé de Vénafre et d'Allifa , toute notre contrée (1) sauvage et montagneuse , franche et simple , sincérement amie des siens , se croyoit honorée des honneurs de Plancius et illustrée de son nouveau lustre. Voici maintenant des chevaliers Romains des mêmes villes , qui députés par elles viennent rendre témoignage en sa faveur. Ils n'ont pas actuellement moins d'inquiétude qu'ils avoient alors d'empressement , parce que , sans doute , il est plus triste de se voir dépouillé de toute son existence , que de manquer à être pourvu d'une dignité. Ainsi , Latérensis , si vos an-cêtres vous ont transmis des titres plus écla-tans , Plancius l'emportoit sur vous par l'affec-tion , non-seulement de sa propre ville , mais encore des villes voisines. A moins peut-être que vous n'ayez été secondé par le voisinage de Lavicum , de Boville , ou de Gabies , ces villes dont on ne trouve presque aucun habi-tant qui vienne prendre part aux sacrifices

(1) La contrés d'Arpinum , patrie de Cicéron.

G 4

Latins (1). J'ajouterai, si vous voulez, ce que
vous croyez préjudiciable à Plancius, que
son père est fermier public ; c'est-à-dire membre
d'une compagnie qui, comme on sait, est
d'un grand secours dans la demande des
honneurs, d'une compagnie, la fleur des
chevaliers Romains, l'ornement de la ville,
le soutien de l'état. Or, peut-on nier qu'ils
n'aient témoigné pour l'élévation de Plancius
le plus vif empressement ? Et cela devoit être :
outre que son père est depuis long-tems le
chef des fermiers publics et qu'il est singulié-
rement chéri de ses associés (2), il sollicitoit
avec la plus grande ardeur, il supplioit pour
un fils qui lui-même avoit rendu à la compagnie de signalés services dans sa questure et
dans son tribunat ; enfin les fermiers publics
croyoient en l'honorant honorer la compagnie
et travailler pour leurs enfans.

    Nous-mêmes, je crains de le dire, je le

(1) Dans les féries latines, on faisoit sur le Mont-
Albain, un sacrifice auquel avoient part tous ceux
du pays latin qui étoient présens.

(2) *De ses associés*, de ceux avec lesquels il avoit
fait société pour affermer des domaines de l'état.

dirai néanmoins ; car ce n'est, ni par autorité, ni par un crédit odieux, ni par un pouvoir despotique, mais en rappellant un bienfait, mais en faisant agir la pitié, mais par des prières, que j'ai été aussi à Plancius de quelque utilité. Je me suis adressé au Peuple, j'ai supplié humblement les tribus, j'ai prié des hommes qui s'offroient d'eux-mêmes à moi, qui me faisoient d'eux-mêmes des promesses. Ce n'est pas mon crédit, mais le motif de ma demande, qui l'a fait valoir ; et si, comme vous dites, on n'a pas eu égard à la demande que faisoit pour un autre (1) un personnage illustre à qui on ne devoit rien refuser, je puis le dire sans orgueil, la mienne à été plus heureuse. Car, sans compter que je m'intéressois pour un homme qui pouvoit beaucoup par lui-même, la demande la plus favorable est toujours celle qui est fondée sur les plus étroites liaisons. Je ne demandois pas pour Plancius, parce qu'il étoit mon ami intime, mon voisin, parce que j'avois toujours été fort uni avec son père ; je

_____

(1) Quel étoit cet autre ? quel étoit ce personnage illustre ? Cicéron ne le dit pas, et on ne le sait pas d'ailleurs.

sollicitois comme pour mon père, comme pour le conservateur de mes jours. Ce n'est pas mon crédit, je le répète, mais les motifs de ma demande qui ont été favorables ; nul ne s'est réjoui de mon rappel, nul ne s'est affligé de mes malheurs, qui n'ait su gré à Plancius de ses soins généreux pour ma personne. En effet, si, avant mon retour, tous les gens de bien d'eux-mêmes s'empressoient à seconder Plancius dans sa demande du tribunat ; croyez-vous que les prières de Cicéron présent aient été inutiles à celui que le nom seul de Cicéron avoit aidé à obtenir une magistrature ? Quoi ? les habitans de Minturnes, pour avoir arraché Marius aux fureurs de la guerre civile, et aux mains criminelles qui le poursuivoient, pour avoir accueilli ce grand homme au sortir des flots, avoir rétabli ses forces épuisées par le besoin et par la tempête, pour lui avoir fourni des vivres en abondance et un navire, pour l'avoir accompagné avec des larmes, avec des souhaits heureux, lorsqu'il abandonnoit cette terre sauvée par son courage, seront à jamais comblés de louanges : et vous serez étonné que Plancius, qui m'a reçu, aidé, mis sous sa garde, lorsque j'étois chassé par la

violence ou que je cédois par raison , qui m'a
conservé pour le sénat et le Peuple Romain ,
qui les a mis à portée de me rappeller ; vous
serez étonné que son zèle pour sauver un ami
et sa sensibilité courageuse lui aient facilité la
voie des honneurs !

Tous les avantages dont je viens de parler
auroient pu couvrir des vices dans Plancius ,
êtes-vous donc surpris, Latérensis, qu'avec
une vie telle que la sienne , ils aient contribué
si puissamment à son élévation? Parti fort
jeune pour l'Afrique avec Aulus Torquatus (1) ,
il a été chéri de ce personnage intègre, respectable , digne de tous les éloges et de tous
les honneurs , autant qu'il devoit l'être , vu
la liaison naturelle entre des personnes qui
vivent ensemble , et la sagesse d'un jeune
homme modeste. Si Torquatus étoit à Rome ,
il ne se déclareroit pas moins pour nous que
son cousin ici présent, que Titus Torquatus,
son beau-père , qui l'égale en vertu et en
mérite. Le beau-père et le beau-fils , déjà
unis entre eux par le sang et par une alliance,

(1) Aulus Torquatus gouverna l'Afrique après sa
préture , et ne fut jamais consul.

s'aiment si tendrement, que les autres liens sont bien foibles en comparaison des nœuds de leur amitié, En Crète, Plancius a demeuré sous la même tente que Saturninus (1) son parent ; il a servi dans l'armée de Métellus. Comme il a été et qu'il est encore aujourd'hui estimé de ces deux hommes, il doit être sûr d'avoir l'estime de tout le monde. Quelle vertu, quelle fermeté dans Caïus Sacerdos, ancien lieutenant de cette province ! Quel homme, quel citoyen que Flaccus ! Tous deux annoncent par leur assiduité à la cause et par leur témoignage ce qu'ils pensent de celui que nous défendons. Il a été tribun des soldats dans la Macédoine, et ensuite questeur dans la même province. La Macédoine le chérit singulièrement, comme le prouve la conduite des principaux de cette contrée. Ils ont été envoyés pour un autre sujet ; et cependant sensibles au danger imprévu où se trouve Plancius, ils se tiennent à ses côtés, ils ne le quittent pas, occupés

_____

(1) On croit que Saturninus fut questeur de Quintus Métellus qui subjugua la Crète, et qui fut surnommé *Créticus*.

de ses intérêts, persuadés qu'ils plairont à leurs villes en le servant dans cette cause plus qu'en remplissant les fonctions de leur ambassade. Apuléius (1) fait de lui une si grande estime, que, par son amitié et par ses bons offices, il a été bien au-delà de ce qu'ont pratiqué nos ancêtres, qui vouloient que les préteurs tinssent lieu de pères à leurs questeurs. Plancius n'a pas été peut-être un tribun aussi ferme que ceux que vous louez avec raison, Latérensis ; mais du moins telle a été sa conduite, que si les autres lui eussent toujours ressemblé, on n'eût jamais eu besoin de la fermeté d'un tribun.

Je ne parle pas de ces vertus qui ne brillent point à la vérité sur le théâtre du monde, mais auxquelles on ne sauroit refuser des louanges quand elles sont produites au grand jour ; je veux dire la manière dont il vit avec les siens. Je commence par son père, car, suivant moi, la tendresse filiale est le fondement de toutes les vertus : un père n'est guère moins qu'un dieu pour ses enfans ;

(1) Lucius Apuléius, dont Plancius avoit été questeur en Macédoine.

Plancius révère en effet le sien comme un
dieu : il l'aime comme s'il étoit de son âge,
comme un frère, comme un bon ami. Que
dirai-je de la manière dont il vit avec son
oncle, avec ses alliés, avec ses proches,
avec Saturninus ici présent, citoyen d'un
mérite rare ? Combien ce dernier, croyez-
vous, n'a-t-il pas desiré ardemment
l'élévation de Plancius, puisqu'il partage son
affliction ? Que dirai-je de moi qui me regarde
comme l'accusé dans la cause de Plancius ?
Que dirai-je de tous ces grands personnages
que vous voyez en habits de deuil ? Or, ce
sont là les indices non équivoques d'une vertu
solide et réelle, d'une vertu qui n'est pas
d'appareil et d'ostentation ; mais qui, ren-
fermée dans l'ombre et le silence, porte l'em-
preinte et toutes les marques de la vérité.
Faire sa cour au Peuple, le flatter, le gaguer
par ses manières, c'est une vertu de parade
faite pour être apperçue de loin ; on ne l'ap-
proche pas, on ne la touche pas, pour ainsi
dire, on ne l'examine pas de près, on ne la
soupèse pas.

Etes-vous donc surpris, Latérensis,
qu'un homme pourvu de tous les avantages

qu'on peut tirer des autres et de soi-même ,
inférieur à vous, si l'on considère le nom et
la famille, mais supérieur, si l'on examine les
services qu'il m'a rendus dans mes disgraces,
le zèle que lui ont témoigné ses compatriotes ,
les villes de son voisinage et les fermiers de
nos domaines ; votre égal en vertu, en sagesse ,
en intégrité : êtes-vous surpris qu'un tel homme
ait été fait édile ?

Une vie aussi pure que celle de Plancius ,
vous cherchez à la ternir par quelques taches
légères. Ce sont des adultères avec des femmes
dont on ne peut connoître , dont on ne peut
même soupçonner le nom. Vous l'appellez
bimarite (1) ; vous ne vous contentez pas de
forger des accusations , vous forgez encore
des mots. Vous dites qu'il a emmené dans
sa province un particulier pour satisfaire sa
passion ; ce n'est point là une accusation
réelle, mais un de ces mensonges injurieux
lâchés au hasard et sans conséquence : qu'il
a enlevé une comédienne ; il l'a, dites-vous,

_____

(1) Le mot *bimaritus* n'étoit pas latin , comme
celui de *bimarite* n'est pas françois. Nous disons
bigame, homme qui a deux femmes.

enlevée dans Atinas lorsqu'il étoit jeune, par
une licence depuis long-temps en usage dans
nos villes d'Italie, et comme autorisée contre
les comédiens. O jeunesse vraiment honnête
que celle à laquelle on reproche une action
permise, et cependant reconnue fausse! Il
a fait relâcher quelqu'un de prison : oui, mais
par méprise, et à la prière, comme vous avez su;
Romains, d'un jeune homme rempli de mérite,
son intime ami. Le prisonnier a été arrêté de
nouveau par ordre du préteur (1). Voilà les seuls
reproches par où Latérensis s'est permis d'attaquer la vie de Plancius, seulement pour vous
inspirer des doutes sur sa sagesse, sur sa
vertu et son intégrité.

Le père de Plancius, dites-vous encore,
Latérensis, doit nuire à son fils. Quelle parole
dure et indigne de votre vertu! Quoi? dans
une cause capitale, dans une cause où l'on
court de si grands risques, auprès de tels

_____

(1) Or c'est un trait de modération dans Plancius
d'avoir laissé arrêter par le préteur un homme que,
lui, avoit relâché en vertu de sa puissance tribunitienne ; car, sans doute, Plancius étoit alors
tribun. J'ai lu avec un savant critique *praetoris
mandato requisitus.*

juges,

juges, un père nuiroit à son fils ! Fût-il le
plus infâme des hommes et le plus vil, cependant le seul titre de père feroit impression
sur des juges sensibles et compatissans ; il
feroit impression , dis-je, par ce sentiment
commun à tous les hommes, et par ce pouvoir si doux, celui de la nature. Mais si le
père de Plancius est chévalier Romain, s'il
est d'une famille tellement ancienne dans l'ordre
équestre, que son père, son aïeul, que tous
ses ancêtres, aient été membres de cet ordre,
et que, dans une ville florissante, ils aient
tenu le premier rang, ils aient joui d'un crédit
distingué ; si lui-même d'ailleurs, dans l'armée
de Crassus (1), parmi des chevaliers Romains
remplis de mérite, il s'est élevé au plus haut
degré de considération ; si depuis encore,
constitué chef des fermiers publics, il a jugé
plusieurs de leurs affaires avec la plus intègre
équité, il a formé de grandes compagnies ,
il en a réglé un très-grand nombre ; si, loin
qu'on ait rien trouvé en lui de répréhensible, on
n'y a jamais rien vu que de louable ; un tel

_____

(1) C'est le Publius Crassus qui a triomphé des
Espagnols.

père nuiroit-il au plus honnête des fils, un père dont le crédit et la vertu pourroient protéger un homme moins honnête et qui ne lui seroit point uni par le sang!

Il a parlé quelquefois trop durement, dites-vous. Dites mieux ; peut-être trop librement. Mais cela même, ajoutez-vous, n'est point supportable. Mais ces hommes sont-ils donc supportables, qui se plaignent de ne pouvoir endurer la franchise courageuse d'un chevalier Romain? Qu'est devenu cet usage de nos pères, cette égalité de nos droits, cette liberté ancienne qui, abattue et opprimée par les dissentions civiles, devoit enfin lever la tête, se rétablir et reprendre des forces? Rapporterai-je les invectives des chevaliers Romains contre des personnages de la première noblesse ; les déclamations libres, dures et violentes des fermiers publics contre Scévola (1),

(1) Quintus Mucius Scœvola avoit gouverné l'Asie, et pendant son gouvernement il avoit garanti sa province de la vexation des fermiers publics. De-là Publius Rutilius, quèsteur de Scévola, homme d'une intégrité irréprochable, fut condamné par les chevaliers Romains alors maitres des tribunaux. Publius Cornélius Scipio Nasica étoit consul avec

ce citoyen qui l'emportoit sur tous par son génie, sa justice et son intégrité ? Le consul Nasica revenant chez lui après avoir annoncé une cessation de justice, demanda au crieur public Granius, au milieu du forum, d'où lui venoit sa tristesse, si c'étoit de ce qu'on avoit renvoyé les ventes à un autre tems ; non, dit-il, mais c'est qu'on a renvoyé les députés. Drusus, tribun du Peuple, homme fort puissant, qui ne cessoit de remuer et d'intriguer dans la République, ayant donné au même Granius le salut ordinaire, et lui ayant demandé comment alloit sa santé, il demanda à Drusus comment alloient les affaires. Plus d'une fois, par de mordantes plaisanteries, il piqua impunément jusqu'au vif Crassus et Antonius. Mais aujourd'hui les citoyens sont tellement asservis par l'arrogance des nobles, qu'autrefois on accordoit à un crieur public la liberté de rire, et que maintenant on n'accorde pas à un chevalier Romain la liberté de gémir. En effet, le père de Plancius s'est-il jamais expliqué librement dans l'intention

Lucius Calpurnius Bestia. Jugurtha, auquel celui-ci faisoit la guerre, avoit envoyé des députés que le sénat refusa même d'entendre.

d'outrager plutôt que pour se plaindre? Et quand s'est-il plaint, sinon pour repousser l'insulte qui lui étoit faite à lui et à ses associés? Lorsqu'on empêchoit le sénat de donner une réponse à des chevaliers Romains (1), grace qu'on ne refusa jamais à des ennemis, tous les fermiers publics ressentirent vivement cette insulte; Plancius marqua un peu trop ouvertement la peine qu'il en ressentoit. Les autres dissimulèrent peut-être les sentimens qui leur étoient communs avec tout le corps, tandis que Plancius manifesta plus que les autres par son air et dans ses paroles les sentimens que les autres partageoient avec lui. Cependant, Romains, je le vois par moi-même, on fait dire au père de Plancius beaucoup de choses qu'il n'a jamais dites. Parce qu'il m'arrive quelquefois de dire des mots plaisans, non par goût, mais dans la chaleur de la dispute ou lorsqu'on m'y provoque, et parce qu'il m'en échappe quelquefois dans le nombre qui

____

(1) On sait que les fermiers publics étoient tous chevaliers Romains : ceux-ci demandoient au nom des fermiers que l'on révoquât des fermes en Asie qui avoient été portées trop haut.

peuvent avoir quelque sel sans être admirables,
on m'attribue les bons mots de tout le monde.
Pour moi, si, parmi ceux qu'on me donne,
j'en trouve qui aient quelque saveur, qui
soient dignes d'un homme de bonne société,
d'un homme instruit, je ne les désavoue point;
mais je ne suis pas content quand on me
prête ceux des autres que je rougirois d'a-
vouer.

Vous ajoutez encore, Latérensis, que le
même père de Plancius a donné le premier
son suffrage au sujet d'une loi (1) concernant
les fermiers publics, lorsqu'un illustre consul
leur accorda, par la puissance du Peuple,
ce qu'il auroit accordé, s'il l'eût pu, par
l'autorité du sénat. Mais si c'est d'avoir donné
son suffrage que vous lui faites un crime,
quel est le fermier public qui ne l'ait pas
donné? Si c'est de l'avoir donné le premier,
voulez-vous que ç'ait été l'effet du sort ou
le choix du consul auteur de la loi? Si
ç'a été l'effet du sort, on ne peut faire un

_____

(1) César, voulant se gagner l'ordre équestre,
proposa au Peuple et fit passer une loi favorable
aux fermiers publics.

crime du hasard : si ç'a été le choix du consul,
c'est un honneur pour Plancius d'avoir été
jugé par un grand homme, le premier de
son ordre.

Mais venons enfin au fond de la cause :
sous le nom de loi Licinia (1) portée contre
le crime de cabales, vous avez embrassé
toutes les loix concernant la brigue. Votre
but unique, en recourant à cette loi, étoit
de pouvoir nommer vous-même des juges.

. (1) Marcus Licinius Crassus étant consul avec
Pompée, avoit porté une loi très-sévère contre le
crime de cabales, *de crimine sodalitii, de sodalitiis,* par laquelle l'accusateur pourroit nommer seul
les juges qu'il voudroit et dans les tribus qu'il voudroit contre celui qui seroit accusé de ce crime,
qui seroit accusé d'avoir formé des cabales dans les
tribus pour gagner des suffrages, par des largesses
ou autrement : nommer ainsi les juges, s'appelloit
edere judices, tribus edere ; les juges ainsi nommés
étoient *editi* ou *edititii judices.* Ordinairement l'accusateur et l'accusé pouvoient récuser un certain
nombre de juges, à la place desquels d'autres étoient
tirés au sort. Cicéron appelle cette récusation *re-
jectio alternorum judicum.* Il reproche à Latérensis
d'avoir employé l'imputation de cabales uniquement
pour nommer lui-même des juges à sa volonté.

Si cette forme de jugement est juste dans quelque accusation autre que celle de cabales, je ne vois point pourquoi le sénat a voulu que l'accusateur n'eût la liberté de nommer des juges que dans ce seul cas, pourquoi il n'a point transporté ce privilège aux autres causes de brigue, pourquoi enfin , dans le crime de brigue en général, il a permis à l'accusé et à l'accusateur de récuser des juges, épuisant toutes les rigueurs, et n'omettant que celle dont je parle. La raison en est-elle obscure ? Hortensius ne l'a-t-il pas agitée dans le sénat lorsqu'on y traitoit cette affaire , et hier encore ne l'a-t-il pas discutée amplement ? Le sénat fut alors de son avis. Nous avons donc présumé qu'un citoyen qui avoit corrompu une tribu par des (1) cabales et de honteuses largesses , étoit connu sur-tout des citoyens de cette tribu. Le sénat a donc pensé qu'en nommant à l'accusé des juges tirés de la tribu qu'il se seroit attachée par des largesses , il

(1) Mot à mot , par des cabales que les coupables appellent *sodalitas*, nom plus honnête que vrai. *Sodalitas*, liaisons honnêtes et licites qu'on a dans un corps ou dans une tribu. *Sodalitium* étoit le mot odieux,

H 4

auroit dans les mêmes hommes des juges et
des témoins. Cette forme de jugement est des
plus rigoureuses ; mais enfin si on nommoit
à l'accusé des juges de sa tribu, ou de celle
qui auroit le plus de liaisons avec lui, il ne
pourroit guère s'y refuser.

Mais vous, Latérensis, dans quelle tribu
avez-vous choisi des juges ? dans la Térentine (1), sans doute. Cela du moins étoit juste ;
on l'attendoit de vous, et vous le deviez
pour être d'accord avec vous-même. Oui,
vous deviez choisir une tribu que vous prétendez avoir été vendue et corrompue par
Plancius, l'entremetteur, dites-vous, du marché ;
une tribu sur-tout composée d'hommes aussi
sévères et aussi respectables. Vous avez pris
peut-être la tribu Voltinia ; car il vous plaît
de nous faire aussi quelques reproches au sujet
de cette tribu. Pourquoi donc ne l'avez-vous
pas choisie ? Qu'a de commun Plancius
avec la tribu Lémonia ? avec la Veientine ?

_____

(1) La tribu Térentine étoit la tribu de Plancius :
Latérensis lui reprochoit de l'avoir corrompue et
vendue à ses compétiteurs, qui, sans doute, à leur
tour, devoient lui vendre leurs tribus.

avec la Crustumine ? Quant à la Métia,
vous l'avez choisie, non pour juger, mais pour
être récusée (1). Doutez-vous donc, Romains,
que Latérensis ne vous ait choisis à sa volonté
parmi tous les citoyens pour remplir, non
l'esprit de la loi, mais ses propres vues ?
Doutez-vous que n'ayant pas choisi des tribus
dans lesquelles Plancius a de grandes liaisons,
il n'ait jugé qu'elles ont été prévenues par
les bons offices de Plancius, et non corrom-
pues par ses largesses ? Peut-il dire, en effet,
que la loi Licinia, qui abandonne à l'accusateur le choix des juges, n'ait pas quelque
chose de trop rigoureux sans la raison qui
nous a déterminés à adopter cette loi ? Comment ? vous choisirez dans tout le Peuple,
ou vos amis ou mes ennemis, ou enfin ceux
que vous croirez durs, cruels, inexorables !
Vous désignerez en secret, sans que je le

_____

(1) *Mais pour être récusée.* Il semble que même la
loi Licinia ne donnoit pas à l'accusateur un pouvoir
illimité de nommer des juges, et qu'elle accordoit
quelquefois à l'accusé la récusation. Jusqu'à quel
point elle limitoit le pouvoir de l'un et adoucissoit
le sort de l'autre, c'est ce qu'il ne nous est pas
possible de savoir.

sache, sans que j'y pense, vos partisans et
leurs amis, mes ennemis et ceux de mes
défenseurs ; vous leur joindrez ceux que vous
jugerez d'un caractère difficile, ennemis de
tout le monde ! ensuite vous me les présenterez
tout-à-coup, afin que je voie siéger mes juges
avant que d'avoir pu soupçonner qui ils
seroient ; oui, et sans qu'il me soit même
permis d'en récuser cinq, ce qui a été accordé
au dernier accusé, de l'avis du tribunal (1),
vous me forcerez de plaider devant eux pour
toute mon existence ! Car si Plancius a vécu
de manière à n'offenser sciemment personne,
ou si vous, Latérensis, vous vous êtes
trompé jusqu'à nommer par mégarde des juges
devant lesquels nous pouvons nous présenter,
malgré vous, comme devant des juges et non
comme devant des bourreaux, il ne s'ensuit
pas que cette manière de composer un tribunal n'ait quelque chose de trop rigoureux.
Dernièrement (2), des citoyens illustres n'ont

(1) *De l'avis du tribunal,* qui, sans doute,
a jugé à propos d'adoucir la rigueur de la loi.

(2) Pour entendre cet endroit, il faut supposer
qu'on avoit porté une loi pour que dans certains

pu supporter le nom de juges nommés par l'accusateur, lorsque de cent vingt-cinq juges, les premiers de l'ordre équestre, l'accusé en rejettoit soixante et quinze et n'en gardoit que cinquante ; ils brouillèrent tout plutôt que de se soumettre à cette loi et à cette condition : et nous qui avons des juges, non choisis dans un certain ordre, mais pris dans tout le Peuple, nous supporterons des juges qui n'ont pas été nommés pour être récusés, mais établis par l'accusateur sans qu'on en puisse récuser aucun.

Je ne prétends pas que la loi soit injuste, mais je dis, Latérensis, que votre conduite est totalement opposée à l'esprit de la loi ; si vous aviez agi conformément aux décisions du sénat et aux ordres du Peuple ; si vous aviez nommé des juges pour Plancius

délits l'accusateur pût nommer cent vingt-cinq juges parmi les principaux de l'ordre équestre, desquels juges l'accusé pourroit récuser soixante et quinze. Quoique cette loi parût même favorable, d'illustres personnages s'y opposèrent de toutes leurs forces, ne pouvant supporter l'idée de juges nommés par l'accusateur, et non par le préteur, suivant l'usage ordinaire.

et dans sa tribu et dans celles qu'il a le plus
sollicitées, je ne me plaindrois pas de cette forme
de jugement comme étant trop rigoureuse ;
mais je regarderois Plancius comme absous,
parce qu'il auroit des juges qui pourroient en
même-tems être témoins. Et je ne pense guère
autrement aujourd'hui, quoiqu'en choisissant
vos tribus (1), vous ayez montré que vous
vouliez des juges qui ne connoîtroient pas
Plancius plutôt que des juges qui le connoissent. Vous vous êtes écarté de l'intention
de la loi, vous avez rejetté tout esprit d'équité,
vous avez mieux aimé que la cause fût enve-
loppée de ténèbres qu'exposée au grand jour.
Plancius, dites-vous, a corrompu la tribu
Voltinia ; il a vendu (2) la Térentine. Que
diroit-il devant des juges de la tribu Voltinia
ou de la sienne ? Quel juge auriez-vous

(1) *Vos tribus*, les tribus dans lesquelles vous
avez choisi les juges que vous regardiez comme les
plus contraires à Plancius. —— *Ignotis*, sans doute,
*iis qui Plancium ignorarent ; notis, iis qui eum
nossent.*

(2) *Il a vendu*, à un de ceux qui demandoient
avec lui l'édilité, et dont il a acheté une autre tribu.

parmi eux qui témoignât tacitement contre Plancius ? Pourriez-vous même en produire un seul pour témoin ? En effet, si l'accusé nommoit les juges, il n'eût peut-être pas choisi la tribu Voltinia, à cause du voisinage et de ses liaisons avec ceux qui la composent. Si c'eût été à lui à nommer un président du tribunal, qui auroit-il donc nommé préférablement à Caïus Alfius, qui préside maintenant, dont il doit être fort connu, son voisin, de sa tribu, homme d'un grand poids et d'une justice intègre ? Sa droiture, ses sentimens pour Plancius aussi favorables que les miens, sentimens qu'il manifeste sans nul soupçon de partialité, annoncent clairement que Plancius ne devoit pas éviter des juges pris dans sa tribu, lui qui, comme vous le voyez, devoit desirer un président de sa tribu.

Je ne blâme pas maintenant votre systême, de n'avoir pas choisi des juges dans les tribus où Plancius étoit le plus connu ; mais je dis que vous n'avez pas suivi l'intention du sénat. Car qui de ces juges vous écouteroit ? ou que diriez-vous ? qu'on a remis en dépôt à Plancius des sommes d'argent ? Les oreilles seroient offensées, nul ne voudroit croire cette

imputation , tous la rejetteroient (1). Diriez-
vous qu'il a eu du crédit dans les tribus ? Alors
on vous écouteroit volontiers , et nous-mêmes
l'avouerions hautement. Car ne pensez pas, Latérensis, que le sénat, par les loix qu'il a portées,
contre la brigue, ait voulu nous ôter tout moyen
d'être en crédit auprès du Peuple, d'obtenir ses
suffrages et ses bonnes graces. On a toujours
vu les gens de bien jaloux d'avoir du crédit
dans leur tribu ; et notre ordre n'a pas été
assez dur enves le Peuple , pour empêcher qu'on
ne le gagne par des libéralités modérées. Non ,
il ne faut pas défendre à nos enfans de faire
la cour à leur tribu , de lui marquer de l'affection , de pouvoir la gagner pour leurs amis ,
d'attendre d'eux le même service quand ils
sollicitent. Il n'y a rien dans tout cela qui
ne respire l'honnêteté , les égards mutuels ,
les mœurs antiques. Nous avons tenu nous-
mêmes cette conduite , lorsque nous faisions
des démarches pour parvenir aux honneurs :
nous avons vu d'illustres personnages avoir
du crédit dans les tribus , et nous en voyons

(1) *Repudiaretur*, sans doute *Plancius tamquam*
sequester.

encore beaucoup aujourd'hui. Mais former des
cabales dans les tribus et des factions parmi le
Peuple (1), extorquer les suffrages par des largesses illicites ; voilà ce qui a excité la rigueur
du sénat et l'indignation de tous les gens de
bien. Montrez-nous, Latérensis, attachez-vous
à nous prouver que Plancius a formé des factions et des cabales, qu'on lui a remis en
dépôt des sommes d'argent, qu'il en a promis,
qu'il en a distribué ; alors je serai étonné que
vous n'ayez pas voulu faire usage des armes
que vous offroit la loi. Jugés par des hommes
de notre tribu, nous ne pourrions, si ce que
vous dites est vrai, soutenir leur sévérité, ni
même leurs regards. Puisque vous avez évité
d'employer ce moyen, puisque vous n'avez
pas voulu avoir des juges qui auroient dû être
aussi instruits qu'indignés du délit de Plancius,
que direz-vous devant les juges qui nous écoutent, qui, dans leur silence, vous demandent

(1) *Decuriare*, *describere*, c'est-à-dire, *per fac-
tionem cogere*. Parce que, sans doute, *is qui factiones
comparat*, *eas quasi in decurias et plures in partes
dividit*, *quibus regendis idoneos viros proeficiat.*——
Un peu plus bas, *pronuntiare*, c'est *promittere pecu-
niam*.

pourquoi vous leur avez imposé ce fardeau ,
pourquoi vous les avez choisis préférablement
à d'autres , pourquoi enfin , eux qui ne peuvent avoir que des conjectures douteuses , vous
les avez fait siéger plutôt que ceux qui auroient
eu des connoissances certaines.

Je dis , Latérensis , que Plancius a du crédit
par lui-même , et qu'il étoit secondé dans sa
demande par plusieurs personnes qui en avoient
aussi. Si vous les traitez de factieux et de
cabaleurs , vous souillez d'un nom odieux une
amitié officieuse : si vous leur faites un crime
d'avoir du crédit , ne soyez pas étonné de
n'avoir point obtenu , en méprisant l'amitié des
hommes accrédités , ce que votre mérite sollicitoit pour vous. Je prouve que Plancius a du crédit dans sa tribu , parce qu'il a rendu service à
plusieurs , répondu pour plusieurs , qu'il a procuré à un très-grand nombre des commissions
par le crédit et le nom de son père ; parce
qu'enfin tous les bons offices , soit de lui , soit
de son père , soit de ses ancêtres , lui ont
irrévocablement attaché toute la ville d'Atinas :
vous , Latérensis , montrez qu'on a remis en
dépôt à Plancius des sommes d'argent , qu'il a
fait des largesses illicites , formé des factions
parmi

parmi le Peuple et des cabales dans sa tribu.
Si vous ne le pouvez pas, n'ôtez point à notre
ordre le pouvoir d'être libéral, ne regardez
point le crédit comme un crime, n'infligez
point une peine à des égards d'attention. Vous
trouvant donc embarrassé pour l'accusation de
cabales formées dans les tribus, vous vous
êtes rejetté sur la brigue en général : mais
cessons enfin, si vous le jugez à propos, de
recourir à des déclamations triviales et usées ;
voici comme je raisonne avec vous. Choisissez
la tribu qu'il vous plaira, montrez, comme
vous le devez, quel est le dépositaire et le
distributeur de l'argent qu'on a employé pour
la corrompre. Si vous ne le pouvez pas, et à mon
avis, vous ne l'essaierez pas même, je vous
montrerai, moi, par le moyen de qui Plancius a obtenu ses suffrages. Est-ce là une
attaque dans les formes ? Cette manière de
raisonner vous plaît-elle ? Je ne puis me mesu-
rer avec vous de plus près. Pourquoi garder le
silence ? pourquoi dissimuler ? pourquoi tergi-
verser ? Je vous poursuis, je vous presse, je vous
serre, je demande, et avec instance, une accusation. Choisissez, vous dis-je, une tribu quelconque dont Plancius ait obtenu les suffrages.

Montrez, si vous pouvez, qu'il a employé de
mauvaises voies pour les obtenir : moi je vous
apprendrai comment il les a obtenus. Plancius
ne suivra pas une autre méthode que vous,
Latérensis. Si je vous faisois des questions sur
les tribus dont vous avez obtenu les suffrages,
vous seriez en état de faire voir par le moyen
de qui vous les avez obtenus. De quelque
tribu que vous me demandiez compte, je prétends être en état de vous le rendre à vous
mon adversaire.

Mais pourquoi ces raisonnemens ? comme
si Plancius n'avoit pas été désigné édile dans
les précédens comices, comices tenus par un
consul (1) qui avoit en tout une grande auto-

_____

(1) *Un consul*, Marcus Licinius Crassus, auteur
de la loi Licinia. Pour bien entendre ce qui suit, il
faut savoir que des comices déjà fort avancés étoient
quelquefois remis à un autre jour (*prolata*) par des
circonstances particulières. Ainsi Crassus tint de
premiers comices, où le Peuple avoit déjà manifesté
son vœu pour Plancius, lorsque ces comices furent
remis pour des causes que nous ignorons. Le même
Crassus tint une seconde fois les comices, ou de se-
conds comices, dans lesquels Plancius fut absolument
nommé édile.

rité, et qui de plus étoit l'auteur des loix même contre la brigue ; comices tenus tout-à-coup contre l'attente de tout le monde ; en sorte que, quand même un candidat auroit eu dessein de faire des largesses illicites, il n'auroit pas eu le tems de s'y préparer. Les tribus furent appellées, les suffrages donnés, comptés et proclamés. Plancius l'emporta de beaucoup. Il n'y avoit, il ne pouvoit y avoir aucun soupçon de largesses défendues. Quoi donc ? une seule centurie (1), qui donne la

(1) Une seule centurie, ce qui est beaucoup moins qu'une seule tribu : il y avoit beaucoup moins de tribus que de centuries; ainsi une tribu faisoit une bien plus grande partie du Peuple qu'une centurie. Aussi Cicéron dit-il un peu plus bas, *non une partie d'une seule tribu*, c'est-à-dire, une centurie.——*Ait été fait édile dans les derniers comices....* La pensée de l'orateur ici est très-fine et très-subtile. On peut dire que Plancius a été désigné édile dans les premiers comices, et qu'il a été fait édile dans les derniers comices même, ou du moins, dit-il en se reprenant, pour l'année suivante. On se rappelle que les magistrats de la seconde classe, tels que les édiles, questeurs et autres, étoient créés dans des comices par tribus, et non dans des comices par centuries.

I 2

première son suffrage, influera assez sur l'élection pour qu'on soit toujours nommé quand on
l'a eue le premier pour soi ; et vous êtes surpris, Latérensis, que Plancius ait été fait édile
dans les derniers comices même tenus par le consul, ou du moins pour l'année suivante, lui en
faveur duquel, non une petite partie du Peuple,
mais le Peuple entier, a manifesté son vœu ;
lui pour l'avantage duquel, non une partie
d'une seule tribu, mais toute une assemblée
des comices, a préludé par ses suffrages aux
suffrages d'une seconde assemblée ! Si vous en
aviez eu alors la volonté, si vous aviez cru
que votre dignité vous permît de faire ce que
firent souvent plusieurs nobles, qui, ayant eu
moins de suffrages qu'ils ne pensoient, et voyant
que les comices étoient remis, ont abaissé ensuite leur fierté devant le Peuple, lui ont fait
la cour, l'ont supplié humblement ; je ne
doute pas que vous n'eussiez vu se tourner
vers vous toute la multitude. Car la noblesse,
sur-tout, lorsqu'elle est intègre et vertueuse,
ne supplia jamais vainement le Peuple Romain.
Mais si vous avez estimé votre dignité et la
fierté de votre caractère plus que l'édilité,
comme cela devoit être ; puisqu'il vous reste

ce que vous avez préféré , pourquoi regretter ce dont vous avez fait moins de cas ? Pour moi , j'ai travaillé avant tout à mériter les honneurs ; en second lieu , à passer pour en être digne : il étoit , à mes yeux, un troisième avantage que la plupart regardent comme le premier , c'est la possession même des honneurs , qui ne doivent être agréables qu'à ceux auxquels le Peuple Romain les donne comme un témoignage rendu à leur mérite , et non comme une faveur accordée à la sollicitation.

Vous demandez encore , Latérensis , ce que vous répondrez à vos ancêtres , ce que vous répondrez à votre père qui étoit doué des plus rares qualités et des plus grandes vertus. Ne pensez pas à cela ; prenez garde plutôt que vos plaintes et votre extrême sensibilité ne soient blâmées par ces hommes sages. Votre père a vu Appius Claudius (1) , citoyen de la première noblesse , du vivant de Caïus Claudius , son père , un de nos plus puissans et de nos plus illustres Romains , être nommé consul sans essuyer de refus , quoiqu'il n'eût

_____

(1) Appius Claudius , père de Publius Clodius , fait consul avec Publius Servilius surnommé Isauricus.

pas été fait édile. Il a vu Marcus Piso (1) et
Lucius Volcatius avec lequel il étoit fort lié,
personnage d'un mérite rare, obtenir du
Peuple Romain les premiers honneurs, après
avoir reçu une mortification légère dans la
poursuite de l'édilité. Votre aïeul vous parleroit du refus qu'a essuyé pour la même édilité Nasica (2), le citoyen, selon moi, le plus
ferme qui ait jamais existé dans cette République. Il vous parleroit de Marius qui, après
avoir été refusé deux fois édile, a été nommé
sept fois consul. Il vous citeroit Lucius Cæsar,
Cnæus Octavius, Marcus Tullius, que nous
savons avoir été tous trois nommés consuls après avoir manqué l'édilité. Mais pourquoi recueillir tous les refus essuyés pour cette
magistrature, refus regardés souvent moins
comme un affront que comme un service rendu

(1) **Marcus Pupius Piso** fait consul avec Marcus
Valérius Messala, Lucius Volcatius Tullus avec
Marcus Æmilius Lépidus.

(2) **Publius Scipio Nasica**, celui qui avoit tué de sa
propre main Tibérius Gracchus, consul avec Lucius
Calpurnius Bestia. Lucius Julius Cæsar, consul avec
Publius Rutilius Rufus, Cnæus Octavius avec Lucius
Cornélius Cinna, Marcus Tullius Decula avec Cnæus
Cornélius Dolabella.

par le Peuple à ceux qu'il n'avoit pas nommés ? Philippus (1), citoyen aussi noble qu'éloquent , n'a pas été fait tribun de soldats ; Cœlius, jeune homme illustre et courageux , n'a pas été élu questeur ; Rutilius , Fimbria , Cassius, Orestès , n'ont pas été nommés tribuns du Peuple : et nous savons qu'ils ont tous été élus consuls. Votre père et vos aïeux vous rapporteroient ces exemples , non pour vous consoler , ni pour vous justifier (2) de quelque prétendue faute dont vous appréhendez qu'on ne vous croie coupable , mais pour vous exhorter à suivre la route que vous avez su vous ouvrir dès vos premières années.

On n'a fait, croyez-moi, Latérensis, on n'a fait aucun tort à votre réputation : que

(1) Lucius Marcius Philippus , l'orateur , consul avec Sextus Julius Cæsar, Caïus Cœlius Caldus avec Lucius Domitius Ahenobarbus , Publius Rutilius Rufus avec Cnæus Mallius , Caïus Fimbria avec Caïus Marius, Caïus Cassius Longinus avec Cnæus Domitius Ahenobarbus, Cnæus Aufidius Orestès avec Cnæus Cornélius Lentulus Sura.

(2) Il seroit plus régulier de lire *liberarent* et *cohortarentur*, comme le propose Paul Manuce.

dis-je ? si vous voulez bien juger de ce qui est arrivé, on a rendu même un témoignage à la fermeté de vos principes. Car ne vous imaginez pas que cette demande du tribunat dont vous vous êtes désisté pour ne point prêter de (1) serment, n'ait pas fait un certain bruit. Vous avez annoncé, malgré votre jeunesse, ce que vous pensiez sur l'état de la République, plus courageusement, il est vrai, que plusieurs qui avoient passé par les magistratures, mais trop ouvertement pour votre âge et pour l'intérêt de votre élévation. Comme le Peuple étoit partagé de sentimens, croyez-vous que personne n'ait été choqué de votre fermeté? On a pu vous faire échouer aujourd'hui, parce que vous n'étiez pas sur vos gardes ; on ne pourra réussir par la suite, si vous prenez les mesures et les précautions nécessaires.

Vous êtes-vous laissé éblouir par ces raisons dont vous avez fait usage? Douterez-vous, Romains, avez-vous dit, qu'il n'y ait eu des

_____

(1) Nous avons déjà dit que Latérensis avoit renoncé à poursuivre l'édilité, pour ne point jurer sur la loi agraire de César.

cabales de formées ; puisque Plancius a eu la plupart des mêmes tribus que Plotius ? — Mais pouvoient-ils être nommés ensemble, s'ils n'avoient pas obtenu ensemble les suffrages des tribus ? Mais ils ont obtenu dans quelques-unes presque le même nombre de suffrages. — Oui, car ils se présentoient après avoir été déja nommés presque et proclamés dans de précédens comices. Cela néanmoins n'a pu même donner le moindré soupçon de cabale. En effet, nos ancêtres n'auroient jamais réglé qu'on pourroit tirer au sort les édiles (1), s'ils n'eussent vu qu'il pouvoit arriver que les compétiteurs eussent un égal nombre de suffrages. Plotius, dites-vous, vous a cédé, dans les premiers comices, la tribu Ania, Plancius la Térentine ; et ensuite ils vous les ont arrachées, de peur de se trouver à l'étroit. Comment, je vous prie, des hommes que vous dites avoir été unis dès-lors, ces hommes, avant de connoître les sentimens du Peuple, vous auroient abandonné libéralement leurs tribus pour favoriser votre demande ; et ils

(1) On créoit deux édiles ; s'il s'en présentoit plus de deux, et s'il s'en trouvoit qui eussent un égal nombre de suffrages, on faisoit tirer au sort.

auroient été avares et resserrés après avoir
éprouvé quel étoit leur avantage ! Ils craignoient apparemment de se trouver à l'étroit:
comme si leur élection eût pu être disputée
ou devenir douteuse. Mais enfin croyez-vous
pouvoir intenter la même accusation à Plotius,
homme d'un rare mérite ? direz-vous que vous
vous êtes attaqué à celui qui a négligé de
vous (1) supplier ?

Quant à vos plaintes sur ce que vous aviez
plus de témoins contre Plancius dans la tribu
Voltinia que vous n'y aviez obtenu de suffrages, vous faites entendre, ou que vous pro-
duisez pour témoins des hommes qui ne vous
ont pas nommés, parce qu'ils se sont laissé corrompre, ou que vous n'avez pas eu leurs
suffrages, quoiqu'ils aient été incorruptibles.

Pour ce qui est des pièces d'argent trou-
vées dans le cirque Flaminius, on en parloit
beaucoup lorsque la chose étoit récente, on
n'en dit plus rien aujourd'hui. Car vous ne
prouvez, Latérensis, ni combien il y avoit
d'argent, ni quelle étoit la tribu, ou le distributeur. Celui qu'on accusoit alors, conduit

_____

(1) *De vous supplier*, pour vous détourner de
l'accuser.

devant les consuls , se plaignoit vivement d'avoir été vexé par vos créatures. S'il étoit le distributeur sur-tout d'un homme que vous accusez , pourquoi ne l'avez-vous pas accusé lui-même ? sa condamnation auroit été un préjugé pour votre cause.

Mais ce n'est pas sur ces raisons que vous comptez ; ce n'est pas là ce qui vous donne de la confiance : d'autres moyens, d'autres idées , vous ont fait naître l'espoir de perdre Plancius. Vous avez de grandes ressources , un crédit étendu , beaucoup d'amis , beaucoup de personnes qui vous sont dévouées , beaucoup de partisans de votre mérite. Plusieurs portent envie à Plancius. Son père , homme de bien , paroît à plusieurs trop jaloux des privilèges et de l'indépendance de l'ordre équestre. Il en est même plusieurs qui sont également ennemis de tous les accusés : en déposant contre la brigue, ils s'imaginent , ou que les juges seront ébranlés par leurs dépositions, ou que le Peuple leur en saura gré , ou que par-là ils obtiendront eux-mêmes plus facilement la dignité qu'ils ambitionnent. Vous ne me verrez pas , Romains , les attaquer suivant mon ancien usage : non que je doive me refuser à rien de ce que demandent les intérêts de Plancius, mais il n'est pas nécessaire de perdre du tems à expliquer ce que vous voyez par vous-mêmes (1). Dailleurs, ceux qui se disposent à rendre témoignage contre celui que je défends, se sont conduits à mon égard de telle sorte, que votre sagesse doit se charger d'infirmer leurs rapports et en dispenser ma modestie. Il est une seule grace, Romains, que je vous demande autant pour l'intérêt de tous que pour l'avantage de Plancius : je vous prie et vous conjure de, ne pas abandonner le sort des citoyens innocens à de faux bruits qui se répandent , à des ouï-dire incertains. Beaucoup d'amis de l'accusateur, quelques-uns de nos ennemis, beaucoup de calomniateurs et d'envieux de tout le monde, ont inventé contre nous bien des faussetés. Rien de si prompt que la médisance : rien ne part plus vîte , rien n'est plus avidement accueilli, rien n'est plus facile à se répandre. Je ne vous demande pas, si vous trouvez d'où la médi-

___

(1) *Ce que vous voyez par vous-mêmes*, sans doute , qu'ils n'attaquent Plancius que par humeur ou par inimitié. —— *Se sont conduits à mon égard*, sans doute, dans l'affaire de mon exil.

sance a pris son cours, de la négliger, de n'y
donner aucune attention : mais s'il se répand
un bruit sans qu'on en voie l'origine, si celui
qui l'a entendu ne veut pas le garantir, ou
s'il vous paroît avoir porté l'indifférence jusqu'à
oublier celui de qui il le tient, ou s'il l'a
reçu d'un auteur si peu digne de foi qu'il
n'ait pas cru devoir retenir son nom ; nous
vous demandons que cette parole si commune,
je l'ai ouï dire, ne nuise pas à un accusé
innocent.

Je viens maintenant à Cassius (1), mon
ami particulier. Je ne vous ai pas demandé,
Latérensis, d'explication sur le Juventius dont
ce jeune homme, rempli de connoissances et
de vertus, a parlé dans son discours comme
du premier plébéien qui avoit été fait édile
curule ; c'est à vous que je m'adresse, Cassius.
Si je vous assurois que le Peuple Romain
l'ignore, et qu'il ne reste personne pour nous
en instruire aujourd'hui sur - tout que (2)

_____

(1) Lucius Cassius, jeune homme qui s'étoit joint
à Latérensis pour accuser Plancius.

(2) Caïus Cassius Longinus, dont nous avons parlé
plus haut : il paroît qu'il étoit fort instruit des
antiquités.

Longinus n'est plus ; vous n'en seriez pas
surpris, je pense, puisque moi-même, qui ne
suis pas tout-à-fait ignorant dans l'étude de
l'antiquité, je conviens que c'est vous le premier qui m'avez appris ce fait. Votre discours
étoit plein de ce goût et de cette finesse qui
annoncent un chevalier Romain bien né et bien
élevé ; les juges qui vous ont entendu ont
donné de grands éloges à vos talens et à vos
connoissances : tout ce que vous avez dit me
regarde en grande partie ; je crois devoir y
répondre, et je déclare que vos traits piquans
même lancés contre moi ne m'ont pas déplu.

Vous m'avez demandé si je pensois avoir
eu plus de facilité pour m'élever aux honneurs,
moi dont le père étoit simple chevalier Romain, que n'en auroit mon fils sorti d'une
famille consulaire. Pour moi, quoique je préfère l'avantage de mon fils au mien propre,
je n'ai jamais désiré qu'il pût obtenir les honneurs plus facilement que je les ai obtenus.
Au contraire, dans la crainte qu'il ne s'imagine que je lui en ai assuré la jouissance plutôt
que montré le chemin d'y parvenir, je lui
donne, quoiqu'il ne soit pas encore d'âge à
les entendre, les leçons qu'un roi, fils de

Jupiter, donne à ses enfans : *Il faut* (1) *toujours être sur ses gardes. Mille embûches sont dressées à la vertu*.....*Il y auroit de la folie à vouloir obtenir ce qui est envié par tant d'hommes*.....
On connoît le passage : je lui donne , dis-je , les leçons que nous lisons dans un de nos poëtes , aussi sage que sublime , qui s'est proposé , non d'instruire de jeunes princes qui n'existoient plus alors , mais de nous exciter nous et nos enfans à nous faire un nom par nos travaux.

Vous me demandez ce que Plancius auroit pu obtenir de plus , s'il eût été fils d'un Scipion. Il n'auroit pas été plus édile , mais il auroit eu l'avantage d'avoir moins d'envieux. Les grands hommes et les hommes médiocres peuvent obtenir les mêmes honneurs sans acquérir la même gloire. Qui de nous se dit égal à Curius , à Fabricius , à Duellius (2) , à Atilius ,

---

(1) Ce sont des pensées d'une tragédie du poëte Accius , à ce qu'on croit. Cicéron ne cite qu'une partie des vers , parce qu'ils étoient connus. Au reste , je voudrois lire , comme dans le plaidoyer pour Sextius , *sed te id quod multi invideant*.

(2) Au lieu de *P. Duellio* , des savans pensent qu'il

à Maximus, à Marcellus, à tous les Scipions ?
Cependant nous sommes parvenus aux mêmes
honneurs que ces grands hommes. La carrière
de la vertu est ouverte à tous ; et l'on sur-
passe les autres par la splendeur du nom suivant qu'on l'emporte par l'éclat du mérite. Le
consulat est le terme des honneurs que confère
le Peuple : près de huit cens citoyens ont
déja obtenu cette magistrature. Si on examine
la chose avec attention ; on en trouvera à
peine la dixième partie qui aient acquis de
la gloire. Mais personne n'a jamais dit comme
vous : pourquoi celui-là est-il fait consul ?
que pouvoit-il obtenir de plus, s'il eût été ce
Brutus, le fléau des tyrans, le libérateur de
Rome ? Il ne pouvoit parvenir à un plus haut
degré d'élévation, mais il pouvoit acquérir
plus de célébrité. C'est ainsi que Plancius n'a
pas été fait moins questeur, tribun du Peuple
et édile que s'il fût sorti de la plus noble
famille ; mais une infinité d'autres dont l'origine étoit la même, ont obtenu ces honneurs.

faudroit lire *C. Duillio* : car c'est ainsi que s'appelloit
le premier qui remporta sur les Carthaginois une
victoire navale.

Vous

Vous citez les triomphes de Didius (1), de Marius, et vous demandez ce que Plancius peut offrir de pareil : comme si ceux dont vous parlez avoient obtenu les magistratures, parce qu'ils ont triomphé, et comme s'ils n'avoient pas triomphé, parce qu'on leur a confié des magistratures dans lesquelles ils se sont signalés par des exploits dignes du triomphe.

Vous demandez quel camp a vu Plancius ; lui qui, dans la Crète, a servi sous Métellus ici présent, qui a été tribun de soldats dans la Macédoine, et qui, durant sa questure, n'a dérobé aux fonctions militaires que le tems qu'il a aimé mieux consacrer à la sûreté de mes jours. Vous demandez s'il est éloquent. Non, mais il a le mérite de croire qu'il (2)

_____

(1) Titus Didius, qui triompha des Scordisques. Il y en a qui lisent *Tibérius Gracchus* : ce seroit le père des Gracques, qui triompha des Celtibériens et des Sardes. —— *Comme si ceux….* Le texte ici varie beaucoup : j'ai suivi la leçon, *propterea magistratus ceperint quod triumpharunt, et non….* Mais je crois que, dans cette leçon même qui est la meilleure, il manque après *et non* la répétition du mot *triumpharunt.*

(2) Il y a toute apparence que le jeune Cassius

Tome VIII.   K

ne l'est pas. S'il est jurisconsulte : comme
si on se plaignoit d'avoir reçu de lui une
mauvaise consultation. On ne desire ces sortes
de talens que dans ceux qui, se donnant
pour les posséder, sont incapables de satisfaire quand l'occasion se présente, et non dans
ceux qui avouent ne s'être pas livrés à ces
études. C'est la vertu, la probité et l'intégrité
qu'on demande dans un candidat, et non la
volubilité de la langue, et non tel talent ou
telle science. Lorsque nous achetons des esclaves, si, au lieu d'un forgeron ou d'un
tisserand que nous demandons, on nous
donne un homme sage et intelligent, nous
sommes mécontens d'avoir un esclave neuf
dans la profession qui nous l'a fait acheter.
Mais si nous en achetons un pour l'établir fermier de nos terres et intendant de nos troupeaux, nous demandons seulement qu'il soit
sage, actif et vigilant. De même, le Peuple
Romain choisit dans les magistrats des espèces
de fermiers de la République. S'il en est qui
possèdent quelque talent particulier, il le voit

avoit un peu de présomption, et qu'il se croyoit
grand orateur.

sans peine ; sinon, il se contente de leur intégrité et de leur vertu. Y a-t-il un grand nombre d'orateurs et de jurisconsultes, pour que vous comptiez ceux qui prétendent à ce mérite ? Si, excepté eux, on ne trouve personne digne de parvenir aux honneurs, que fera-t-on de tant d'hommes remplis de vertus et doués des meilleures qualités ?

Vous défiez Plancius de reprocher des défauts à Latérensis. Il ne peut lui reprocher que trop d'emportement contre lui. Vous comblez d'éloges Latérensis. Je souffre sans peine que vous vous étendiez sur ce qui est étranger à cette cause, et que, vous accusateur, vous parliez si long-temps de ce que, moi accusé, je puis avouer sans péril. Non-seulement j'avoue qu'il est dans Latérensis beaucoup de choses qui le distinguent ; mais encore je vous reproche de n'en rien dire, et de vous rejetter sur des objets vains et frivoles. Il a, dites-vous, donné des jeux à Préneste (1). Mais les autres questeurs n'en ont-ils point donné ? A Cyrène, il a été

____

(1) Latérensis avoit célébré des jeux à Préneste, ville de la campagne de Rome, avant de partir pour Cyrène où il étoit questeur.

obligeant envers les fermiers publics , juste envers les alliés. Qui le nie ? Mais il se passe tant d'événemens à Rome, qu'à peine entend-on parler de ce qui se fait dans les provinces.

Il me semble, Romains, que je puis parler de ma questure sans crainte d'être taxé de vanité. Bien que je l'aie remplie avec quelque distinction , je crois cependant avoir géré depuis les premières charges (1) de manière à n'avoir pas besoin de recourir à ma questure pour me faire valoir : mais enfin je n'appréhende pas qu'on puisse dire qu'il y ait jamais eu en Sicile un questeur plus chéri ou plus considéré. Je le dirai avec franchise, je m'imaginois qu'il n'étoit bruit à Rome que de ma questure. Dans une grande cherté de grains , j'en avois envoyé une immense provision. Les négocians m'avoient trouvé affable , les commerçans , équitable , les citoyens des municipes , obligeant , les alliés , intègre ; tout le monde m'avoit trouvé exact à remplir tous mes devoirs. Les Siciliens avoient imaginé pour moi des honneurs extraordinaires. Aussi

_____

(1) *Rebus*, c'est-à-dire ici *magistratibus.* Des éditions portent *imperiis.*

quittois-je la Sicile dans l'espérance et dans la persuasion que le Peuple Romain viendroit de lui-même m'offrir toutes les dignités. Au sortir de ma province, par hasard et avec le seul dessein de voyager, je me rendis à Pouzoles, dans le tems où cette ville rassemble une multitude de personnes riches : je fus confondu d'entendre quelqu'un me demander depuis quand j'étois parti de Rome, et s'il n'y avoit rien de nouveau. Lui ayant répondu que je revenois de ma province ; ah ! oui, dit-il, je le vois, vous revenez d'Afrique. Eh ! non, lui repliquai-je d'un air fâché et dédaigneux, c'est de Sicile. Alors quelque autre qui faisoit l'homme instruit : quoi, lui dit-il, ne savez-vous pas que Cicéron étoit questeur de (1) Syracuse ? En un mot, je pris le parti de ne me plus fâcher, et j'allai me confondre parmi ceux qui étoient venus aux eaux.

Cette petite mortification m'a plus servi peut-être que tous les complimens qu'on auroit pu alors m'adresser. M'étant apperçu que le Peuple

(1) Il y avoit deux questeurs en Sicile ; l'un avoit le département de Syracuse, et l'autre celui de Lilybée. Cicéron avoit eu ce dernier département.

Romain avoit l'oreille dure, mais l'œil vif et perçant, je ne m'embarrassai plus de ce qu'on entendroit dire de moi ; je fis désormais ensorte que les citoyens me vissent tous les jours, je vécus dans le forum et sans cesse sous leurs yeux ; ni mon portier ni mon sommeil n'empêchèrent personne de m'aborder. Que dirai-je de mes occupations, moi qui, dans mon repos même, ne suis jamais resté oisif ? Ces discours, Cassius, que vous avez coutume de lire, dites-vous, quand vous êtes de loisir, je les ai composés pendant les jeux et dans les jours de fête, pour que mon loisir ne fût jamais de l'oisiveté. J'ai toujours regardé comme aussi belle que solide cette maxime que Marcus Cato a mise à la tête de ses *Origines* (1), que les grands hommes devoient pouvoir rendre compte de leur repos comme de leurs occupations. Si donc j'ai acquis quelque gloire (j'ignore jusqu'où elle s'étend) c'est ici, c'est dans le forum que je l'ai acquise. A la tête de la République et des affaires, j'ai vu les événe-

_____

(1) Caton l'ancien, ou Caton le censeur, avoit fait un livre intitulé, *les Origines*, dont il ne reste que quelques fragmens.

mens confirmer mon plan de conduite ; il m'a fallu défendre (1) l'empire dans l'enceinte des murs et sauver Rome dans Rome même. Le même chemin, Cassius, est frayé à Latérensis : la vertu lui ouvre la même carrière de gloire. Peut-être même lui sera-t-elle plus facile. Moi, j'y suis entré par mes propres efforts, sans le secours de la naissance ; au lieu que son rare mérite sera soutenu de la recommandation de ses ancêtres.

Mais pour revenir à Plancius, il n'a été absent de Rome que quand il a fallu faire le service ordinaire, partir pour l'armée ou pour sa province (2). S'il n'a pas eu les mêmes avan-

(1) Il y a dans le latin une expression fort simple, qu'il est impossible de rendre en françois, c'est *respublica domi gerenda*. *Rempublicam gerere* se disoit proprement des généraux romains qui, à la tête des troupes, défendoient la République contre les ennemis du dehors.

(2) Latin, *sorte, lege, necessitate. Sorte,* quand il est parti comme questeur : les questeurs désignés tiroient au sort leurs provinces. *Lege,* quand élu tribun de soldats, il a été contraint par la loi de rejoindre l'armée. *Necessitate,* quand il a été obligé de faire le service auquel étoient obligés tous les jeunes Romains, après avoir pris la robe virile.

K 4

tages que d'autres ont eus peut-être , il a eu
du moins l'assiduité , l'attention à conserver
ses amis, un caractère généreux. Il s'est montré
au Peuple , il a sollicité , il a employé les voies
par lesquelles une foule d'hommes nouveaux
ont obtenu les mêmes honneurs sans exciter la
moindre envie.

Vous dites , Cassius, que je ne dois pas
plus à Plancius qu'à tous les gens de bien ,
auxquels ma conservation étoit également chère.
Je dois infiniment à tous les gens de bien , je
l'avoue : mais ces gens de bien , ces citoyens
vertueux, auxquels je suis redevable, disoient
dans les comices pour l'élection des édiles,
qu'ils étoient redevables à Plancius à cause de
moi. Mais je suis débiteur , je le suppose ,
d'un grand nombre de personnes , et en particulier de Plancius ; faut-il que je prenne le
parti d'une faillite générale , ou que , disposé à payer chaque dette à mesure que l'occasion se présentera, je paie maintenant celle
qu'on me demande et qui presse davantage ?
Toutefois il y a une grande différence entre
une dette d'argent et une dette de reconnoissance. Pour l'argent , celui qui paie n'a plus
la somme du moment qu'il l'a rendue ; celui

qui doit encore, retient les deniers d'autrui.
Mais celui qui témoigne au dehors la reconnoissance, l'a toujours dans le cœur, et celui
qui l'a dans le cœur la témoigne au dehors par
cela même qu'il l'a intérieurement. Je ne cesserai
pas de devoir à Plancius en le défendant
comme je le dois, et je ne lui paierois pas
moins ses services par mon desir quand il ne
seroit pas tombé dans l'embarras où il se
trouve.

Vous me demandez, Cassius, ce que je
pourrois faire de plus pour mon frère qui
m'est si cher, pour mes enfans qui sont ce
que j'ai de plus précieux au monde ; et vous
ne voyez pas que c'est précisément mon amour
pour eux qui m'excite et qui m'aiguillonne à
défendre si vivement les intérêts de Plancius.
Non, ils ne desirent rien tant les uns et les
autres que la conservation de celui qu'ils savent
avoir conservé mes jours ; et je ne les regarde
jamais, sans me rappeller que le plaisir de vivre
avec eux et pour eux est un de ses bienfaits.
Vous citez la condamnation de cet Opimius (1) qui a sauvé la République ; vous y

(1) Lucius Opimius, consul, avoit tué Caïus Grac-

joignez celle de Calidius, qui par sa loi a rappellé Métellus dans Rome : vous condamnez mes démarches pour Plancius, parce que Opimius n'a pas été absous à sa propre considération, ni Calidius en faveur de Métellus.

Au sujet de Calidius, je me contente de vous répondre ce que j'ai vu moi-même ; que Métellus Pius, dans les comices pour l'élection des préteurs, a supplié le Peuple Romain pour Calidius qui demandoit la préture ; que cet illustre personnage, quoique consul, quoique de la première noblesse, ne craignoit pas de dire que Calidius étoit son protecteur, le protecteur de sa noble famille. Ici je vous le demande, croyez-vous que Métellus Pius, s'il eût pu être à Rome (1), ou son père, s'il eût vécu, n'auroient pas fait dans la cause de Calidius ce que je fais dans celle de Plancius ?

chus et Marcus Fulvius Flaccus qui troubloient la République. Calidius, tribun du Peuple, rappella de son exil Quintus Métellus Numidicus, exilé pour avoir refusé de jurer sur une loi qu'avoit portée Saturninus. Opimius et Calidius ayant été accusés dans un jugement, furent condamnés tous deux.

(1) Métellus Pius étoit proconsul en Espagne, lorsque Calidius fut accusé et condamné.

Pour ce qui est de la disgrace d'Opimius , que
ne peut-elle être effacée de la mémoire des
hommes ! La sentence qui l'a condamné n'est
pas un jugement, c'est une plaie faite à la République , c'est le deshonneur de cet empire,
c'est la honte du Peuple Romain. En effet,
quel coup plus mortel pouvoient porter à l'état
les juges d'Opimius , si on doit les appeller
juges , et non parricides de la patrie , que de
chasser de la ville celui qui , durant sa préture,
nous avoit délivrés d'ennemis à nos portes (1),
et d'ennemis dans nos murs , durant son consulat ?

Mais, dites vous , j'enfle beaucoup le service de Plancius (2), je le surfais considérable-
ment ; ce sont vos propres termes. Comme si
je devois régler ma reconnoissance d'après
votre calcul , et non d'après le mien. Quel si
grand service vous a-t-il rendu , ajoutez-vous ?
Est-ce parce qu'il ne vous a pas égorgé ? non ,

(1) *D'ennemis à nos portes*, des Frégellans dont
il prit la ville ; *d'ennemis dans nos murs*, de Caïus
Gracchus et de Marcus Fulvius Flaccus.

(2) Toutes les éditions portent *Plancio* : j'ai lu
Plancii d'après l'opinion de plusieurs savans.

mais parce qu'il ne m'a pas laissé égorger. Ici, Cassius, vous avez même justifié mes ennemis, vous avez prétendu qu'ils n'avoient pas attenté à mes jours : Latérensis a avancé la même chose. En lui répondant tout-à-l'heure, je m'étendrai un peu sur cet article. Pour vous, je me contente de vous demander si mes ennemis vous paroissent avoir été modérés dans leur haine. Quel barbare signala jamais contre un ennemi déclaré une haine aussi atroce et aussi cruelle ? Croyez vous qu'ils aient redouté les discours des hommes ou la peine des loix, eux que vous avez vus, pendant toute cette année, porter le fer dans la place publique, la flamme dans les temples, exercer leurs violences dans toute la ville ? A moins peut-être que vous ne pensiez qu'ils ont épargné ma vie, parce qu'ils ne pouvoient appréhender mon retour. Mais pouvez-vous croire qu'aucun d'eux ait été assez stupide pour s'imaginer que je ne reviendrois pas, si je vivois, tant que vivroient ceux qui nous écoutent, tant qu'il y auroit une Rome et un sénat ? Ainsi, Cassius, un homme et un citoyen tel que vous, ne doit pas avancer que je dois à la modération de mes ennemis des jours qui m'ont été conservés par le zéle de mes amis.

Je vais maintenant vous répondre, Latérensis, avec moins de force peut-être que je n'ai
été attaqué par vous, mais non pas certainement avec moins d'égard ni moins d'amitié.
D'abord vous m'avez dit une chose un peu
dure, que j'ai supposé à Plancius pour la
circonstance un service imaginaire. Oui, sans
doute, en homme sage, j'ai cherché les
moyens de paroître obligé à Plancius par le
plus grand des bienfaits, lorsque j'étois libre
et dégagé de toute obligation. Quoi donc ? nos
habitudes, notre voisinage (1), mon amitié
avec son père, n'étoient-ce pas là des raisons
assez fortes pour le défendre ? Et quand je
n'aurois pas eu toutes ces raisons solides,
j'aurois craint apparemment de me deshonorer
en défendant un homme de ce rang et de cette
considération : il falloit, sans doute, forger
adroitement un prétexte, dire que je devois
tout à celui qui se trouvoit dans la nécessité
d'être mon redevable. Mais les simples soldats
eux-mêmes ne confessent qu'avec peine qu'ils
ont été sauvés par un autre, et ne donnent

_____

(1) Arpinum, patrie de Cicéron, étoit voisin d'Atinas,
patrie de Plancius.

qu'à regret la couronne civique. Non qu'il soit
honteux d'avoir été sauvé dans la mêlée et
arraché des mains de l'ennemi ; ce qui ne peut
arriver qu'à un brave homme qui se mesure de
près : mais ils craignent d'être chargés du
fardeau de la reconnoissance ; et c'en est un
bien pesant de devoir à un étranger ce
qu'on ne doit qu'à un père. Quoi ? lorsque
la plupart des hommes , pour ne point paroître avoir contracté une obligation , dissi-
mulent des bienfaits réels , moindres que celui
dont je parle , je me supposerois lié par un
bienfait dont il n'est pas possible , ce semble ,
de s'acquitter ! Vous-même, Latérensis, ignorez-vous le service que m'a rendu Plancius ?
Vous m'étiez uni par l'amitié la plus étroite ;
vous vous étiez montré disposé à partager les
périls dont mes jours étoient menacés ; sensible à ma disgrace et à mon sort désastreux ,
vous aviez versé des larmes sur mon départ ,
vous m'aviez accompagné de cœur et en personne , fourni tous les secours nécessaires ;
durant mon absence, vous aviez défendu et
protegé , autant qu'il étoit en vous, ma femme
et mes enfans : et cependant , vous me l'avez
toujours assuré , vous me pardonniez de m'em-

ployer de toutes mes forces pour faire obtenir
l'édilité à Plancius, d'autant que vous-même
vous lui saviez gré du service qu'il m'avoit
rendu. Non, je ne dis rien de nouveau, rien
pour la circonstance ; j'en atteste le premier
discours que je prononçai au sénat après mon
retour. Dans ce discours, je n'avois remercié
nommément qu'un petit nombre de citoyens,
parce que je ne pouvois nommer tout le monde,
et que ç'auroit été un crime d'en oublier un
seul ; j'avois résolu de ne nommer que ceux
qui s'étoient montrés les principaux auteurs et
les chefs de mon rétablissement ; Plancius fut
du petit nombre de ceux que je remerciai.
Greffier, lisez le discours que j'ai mis par
écrit, vu l'importance des objets. J'avois donc
la politique de me supposer redevable du plus
grand des bienfaits à un homme auquel je
n'avois pas de grandes obligations, de m'as-
servir à lui, et de consigner dans un monument éternel l'acte de ma servitude (1).

(1) Je crois qu'après *sempiterno*, il manque ce titre,
par exemple, *ex oratione habitâ in senatu*. Je dis *ex
oratione*. Car je crois que Cicéron n'a fait lire de son
discours que la partie où il remercioit Plancius et
quelques autres. — *Des endroits de mes autres écrits,
où je parle de Plancius.*

(*Le greffier lit.*)

Il y a des endroits de mes autres écrits que je ne veux pas faire lire, dans la crainte de paroître, ou les rapporter pour la conjoncture, ou faire des citations qui seroient convenables à mes études, mais trop étrangères au barreau.

Ce n'est pas tout, Latérensis ; vous vous écriez en vous adressant à moi : *Jusques à quand demanderez-vous des graces? vous n'avez rien gagné pour Cispius* (1) : *vos prières ont perdu tout leur crédit.* Est-ce bien à vous à me faire des reproches au sujet de Cispius que j'ai défendu d'après vos conseils, instruit sùr votre rapport qu'il m'avoit rendu de bons offices. *Jusques à quand!* pouvez-vous bien adresser ces mots à celui que vous prétendez n'avoir pu obtenir ce qu'il demandoit pour Cispius? Ils auroient pu m'être dits en forme de reproche, par exemple : on a absous celui-ci en votre faveur ; on a fait grace à celui-là ; vous ne finissez point ; nous ne pouvons plus y tenir. Dire, *jusques à quand,* à celui qui s'est intéressé pour un seul homme, et qui n'a pu obtenir sa grace, c'est plutôt une

_____

(1) Marcus Cispius, tribun du Peuple, avoit travaillé avec chaleur pour le rappel de Cicéron.

derision

dérision qu'un reproche : à moins peut-être
qu'après la conduite que j'ai tenue dans les
tribunaux , après la vie que j'ai menée dans
Rome , après ce zèle pur qui m'a animé dans
les causes qui m'ont été confiées , après la manière dont je me comporte et me suis toujours
comporté dans la République , vous me regardiez comme le seul homme qui ne doive
obtenir aucune grace des juges. Vous me reprochez encore d'avoir versé une larme dans
la cause de Cispius. Voici vos propres termes :
J'ai vu une larme s'échapper de vos yeux. Voyez
combien je suis offensé de votre expression.
Vous avez pu voir, je ne dis pas s'échapper
une larme, mais des larmes couler en abondance ; vous avez pu voir des pleurs accom-
pagnés de sanglots. Un homme qui , en mon
absence, attendri par les larmes de ma famille,
m'avoit fait le sacrifice de nos inimitiés, qui ,
loin d'attaquer mes intérêts comme s'en étoient
flattés mes ennemis , les avoit soutenus si vivement , en cherchant à tirer un tel homme du
péril , aurois-je craint de manifester ma douleur ? Vous, Latérensis, qui alors me saviez
gré de mes larmes, vous voulez aujourd'hui
qu'on m'en fasse un crime !

Tome VIII.   **L**

Vous prétendez que le tribunat de Plancius n'a contribué en rien à ma gloire. Et ici, comme vous le pouvez sans blesser la vérité, vous rappellez les grands services que m'a rendus Racilius, cet homme si ferme et si courageux. Je lui ai les plus grandes obligations ainsi qu'à Plancius; je ne l'ai jamais dissimulé, je le publierai toujours. Non, il n'est pas de querelles, d'inimitiés, de périls, qu'il n'ait bravés pour la République et pour moi. Et plût aux Dieux que la violence de certains hommes et l'injure faite au Peuple Romain (1), ne m'eussent pas empêché de lui témoigner toute ma reconnoissance ! Si Plancius n'a pas fait autant dans son tribunat, vous devez croire que ce n'est pas lui qui a manqué de bonne volonté; que c'est moi qui lui ayant déjà de si grandes obligations, me suis contenté des services de Racilius.

Pensez-vous que les juges feront moins en ma faveur, parce que vous m'accusez d'être re-

_____

(1) Cicéron prétend que Racilius avoit été condamné injustement, et que sa condamnation étoit une injure faite au Peuple Romain lui-même. Voilà, sans doute, comme il faut entendre *per injuriam Populi Romani.* Au lieu de *Populi Romani*, quelques-uns croient qu'il faudroit lire *praetoris.*

connoissant ? ou bien, lorsque le Peuple Romain , d'après un sénatus-consulte rendu dans
le temple qu'à élevé Marius , sénatus-consulte
qui recommandoit ma vie à toutes les nations;
lors , dis-je, que le Peuple Romain a remercié
le seul Plancius, lorsque de tous les magistrats
de Rome , ou du moins de la province (1), qui
ont défendu mes jours , il est le seul auquel le
sénat ait cru devoir adresser des remerciemens;
me serois-je dispensé, moi , de lui témoigner
ma gratitude ? Eh ! lorsque vous me voyez si
reconnoissant envers Plancius , pouvez-vous
douter, Latérensis, de mes sentimens pour
vous? Est-il aucun péril, aucune fatigue, aucun
démêlé , auquel je me refuserois pour défendre
votre vie , votre honneur, et même votre rang?
Et en cela, je suis d'autant plus , je ne dirai
pas malheureux, ce mot répugne à la vertu,

(1) Plancius étoit questeur en Macédoine. Je crois
que Cicéron distingue ici *magistratus* et *promagis-*
tratus, comme on distinguoit *consul* et *proconsul.*
L'un étoit celui qui actuellement consul exerçoit à
Rome l'autorité consulaire ; l'autre étoit celui qui ,
au sortir du consulat, exerçoit dans une province
cette même autorité. Des éditions suppriment ces mots,
aut promagistratibus.

L 2

mais du moins inquiet et embarrassé ; non
parce que je suis redevable à beaucoup de personnes, la reconnoissance d'un bienfait est un
léger fardeau ; mais parce que les différends qui
surviennent entre quelques-uns de ceux auxquels j'ai des obligations, me réduisent souvent à craindre de ne pouvoir marquer à tous
à la fois combien je suis reconnoissant. Au
reste, je peserai moi-même à ma balance, non-
seulement ce que je dois à chacun, mais quelle
est la grandeur de ses intérêts, et ce que demande la circonstance où il se trouve. Il s'agit
pour vous, Latérensis, d'avoir l'avantage sur
un rival, ou même, si vous voulez, d'acquérir
de la gloire, d'obtenir l'édilité : mais il s'agit
pour Plancius, de l'honneur de la patrie, de
toute son existence. Vous avez desiré mon
rappel ; sans lui, je n'aurois pu être rappellé.
J'éprouve toutefois un déchirement cruel et
douloureux ; et quoique vous ne couriez pas
les mêmes risques, je suis affligé d'être réduit
à vous contredire. Mais, certes, je perdrois
plutôt la vie pour vous, que de livrer à vos
poursuites les grands intérêts de Plancius.

En effet, Romains, s'il n'est point de vertu
que je ne sois jaloux de montrer en moi, il

n'y a rien que je préfère au mérite d'être reconnoissant et de le paroître. La reconnoissance non seulement est la plus belle, mais encore la mère de toutes les autres vertus. Qu'est-ce que la tendresse filiale, sinon une affection reconnoissante pour les auteurs de ses jours ? Quels sont les bons citoyens servant bien la patrie dans Rome et hors de Rome, sinon ceux qui reconnoissent les bienfaits de la patrie ? Quels sont les hommes pieux et religieux, sinon ceux qui témoignent leur gratitude aux Dieux immortels par de justes hommages et par les élans d'une ame touchée de leurs faveurs ? Peut-il y avoir de l'agrément dans la vie sans l'amitié ? et peut-il y avoir de l'amitié parmi des ingrats ? Quel est celui d'entre nous ayant reçu une éducation honnête, en qui la présence ou le nom de ses maîtres et de ses instituteurs, en qui le lieu même insensible et muet où son enfance a été instruite ou nourrie, ne réveille de douces pensées et de délicieux souvenirs ? Quel homme peut avoir ou a jamais eu une assez grande puissance pour qu'elle pût se soutenir sans les services de beaucoup d'amis ? Or, qui rendroit

L 3

des services (1), s'il n'attendoit de la gratitude?
Il n'est rien, selon moi, de si propre à l'homme
que d'être sensible à un bienfait, et même aux
simples témoignages d'affection. Il n'est rien
non plus de si contraire à l'homme, de si ap-
prochant de la brute, que de s'exposer à paroître, je ne dirai pas indigne d'un bienfait,
mais vaincu en bienfaisance. Ainsi, Latérensis,
je m'abandonne à votre reproche; je conviens
avec vous, puisque vous le voulez, que je suis
trop reconnoissant, que j'outre une vertu qui
ne connoît pas d'extrême; et je vous prierai,
Romains, de vous attacher par des bienfaits
celui en qui l'on ne trouve à redire qu'un excès
de reconnoissance.

Ce n'est pas non plus une raison de dédaigner ma recommandation, que ce propos de
Latérensis, que vous n'étiez ni chargés de
crimes ni amis des procès, et que conséquem-
ment vous ne deviez pas être à cause de moi
favorables à Plancius. J'ai toujours été jaloux
que mes foibles talens fussent de quelque uti-

(1) *Nulla* doit se rapporter à *officiis* : ainsi on
auroit tort de le changer en *nullae*, et de le rapporter
à *opes*.

lité à mes amis , mais sans jamais desirer qu'ils
en eussent besoin. On a trouvé dans mon amitié, c'est la seule chose que je dirai à mon
avantage , moins de secours encore que d'agrément ; et je serois fort mécontent de moi-
même, si je n'admettois au nombre de mes amis
que ceux qui ont l'humeur litigieuse ou qui
ont commis des crimes.

Mais je ne sais pourquoi vous avez insisté
sur ce point , et que vous êtes revenu si souvent à dire que vous n'aviez pas voulu rejetter
la cause jusqu'aux jeux (1) , de peur que , suivant ma coutume, je ne parlasse des charriots
sacrés pour exciter la compassion , comme
j'avois déjà fait pour d'autres édiles. Ici vous
n'avez point manqué votre but ; vous m'avez
enlevé tout l'ornement , tout l'intérêt de mon
discours : on se moquera de moi, si je parle de
charriots sacrés après que vous avez prévenu
les juges ; et sans les charriots que pourrai-je
dire ? Vous avez même ajouté que, d'après ma

(1) *Jusqu'aux jeux* , c'est-à-dire, jusqu'au tems
voisin des jeux du Cirque, dans lesquels jeux, ou
du moins dans les jours qui les précédoient, on pro-
menoit les statues des Dieux sur des charriots appellés
thensac. Au lieu de *ludos* , des livres portent *locos.*

méthode (1), j'avois par ma loi tiré cet avantage de la brigue qui a prévalu de nos jours,
de pouvoir débiter des peroraisons plus pathétiques. Ne vous semble-t-il pas, Romains, que
Latérensis me traite en vain déclamateur, et
non en orateur sérieux formé dans les tribunaux et dans le forum ?

Je n'ai pas été à Rhodes (2), dit Latérensis,

(1) Il ne faut pas, je crois, joindre *ut* avec *idcircò*,
mais avec *traxisse*, de cette manière : *traxisse*,
sans doute, *hoc commodum*, *ut*. On sait que Cicéron
avoit porté une loi qui ajoutoit un exil de dix ans
aux autres peines portées contre la brigue. — *Des
peroraisons plus pathétiques*. Voyez la peroraison du
plaidoyer pour Muréna.——J'ai traduit ensuite comme
si on lisoit après *dicere ; num vobis videtur iste cum
aliquo*.

(2) On sait qu'après son plaidoyer pour Roscius
d'Amérie, Cicéron s'étoit transporté à Rhodes, et
que là, il avoit fait une étude plus approfondie de
l'éloquence. —— *Chez des Peuples barbares de l'Espagne* ; mot à mot, *chez les Voccéens*, Peuples de
l'Espagne citérieure.——*Deux fois dans la Bithynie*,
probablement lorsque les Romains faisoient la guerre à
Mithridate. *Nicée*, ville de Bithynie. Au reste, j'ai
suivi la leçon qui supprime *Nicaeis* après *inquit*, et
j'ai lu, *sed fui*, *inquit*, *putabam*....

voulant me reprocher mon voyage dans cette
ville ; mais j'ai été (je croyois qu'il alloit dire
chez des peuples barbares de l'Espagne) j'ai
été deux fois dans la Bithynie. Si c'est le pays
même qui est un sujet de blâme, je ne sais
pourquoi vous regarderiez Nicée comme plus
sévère que Rhodes. Faut-il examiner la cause
du voyage ; vous avez paru dans la Bithynie
avec beaucoup de dignité, et moi à Rhodes (1)
en ai-je montré moins? Quant au reproche que
vous m'avez fait d'avoir défendu un trop grand
nombre de personnes, vous qui le pouvez, et
les autres qui s'y refusent, que ne vous prêtez-
vous à me décharger de ce travail ! Mais de
votre exactitude scrupuleuse à examiner les
causes qui vous les fait rejetter presque toutes,
il arrive qu'elles refluent vers nous dont la sensibilité ne peut rien refuser aux malheureux :
vous m'avez même fait remarquer que, comme
vous aviez été en Crète, j'aurois pu dire au
sujet de votre demande de l'édilité, un bon

_____

(1) *Et moi à Rhodes...* Je n'ai pas manqué à ma
dignité, en cherchant à me perfectionner dans l'éloquence, dans un art si considéré à Rome, et qui
donne tant de lustre à celui qui le cultive.

mot (1) que j'ai perdu. Lequel de nous deux
est donc plus jaloux d'un bon mot, de moi
qui ai laissé échapper l'occasion d'en dire, ou
de vous qui en avez dit contre vous-même ?
Vous ajoutez que vous n'aviez écrit à personne pour mander vos actions, parce qu'une
lettre que j'avois écrite à quelqu'un (2) pour
mander les miennes, m'avoit été nuisible. Je
ne conçois pas que cette lettre ait pu me nuire;
je vois que la République en a pu tirer de
l'avantage.

Mais ce sont là des observations légères et
frivoles ; voici des considérations plus graves
et plus sérieuses. Mon départ, sur lequel vous
aviez souvent gémi, vous avez comme voulu
aujourd'hui le blâmer, et m'en faire un crime.

(1) Il y avoit un proverbe, *pros krèta krètizein,*
Crétois contre Crétois, c'est-à-dire, tromper un trompeur, ou user de ruse contre un rusé. Plancius avoit
été aussi en Crète, et il avoit supplanté Latérensis,
il avoit été édile à son préjudice, c'étoit un Crétois qui
avoit supplanté un Crétois. C'est peut-être là le bon
mot qu'auroit pu employer Cicéron.

(2) *A quelqu'un,* à Pompée qui étoit en Asie, et
auquel Cicéron avoit écrit ce qu'il avoit fait contre
Catilina.

Vous avez dit que ce n'étoit pas le secours qui m'avoit manqué, mais moi qui avois manqué au secours. Pour moi, certes, j'avoue que j'ai craint d'user de ce secours, par la raison même qu'il ne m'a point manqué. En effet, qui ne sait pas quelle étoit la situation de la République, les dangers qui la menaçoient, les tempêtes qui l'agitoient ? Est-ce l'emportement d'un tribun, ou l'extravagance des consuls, qui m'a fait partir ? M'étoit-il bien difficile de combattre à main armée les restes misérables de cette troupe que j'avois vaincue, sans prendre les armes, lorsqu'elle étoit dans toute sa force et dans toute sa vigueur ? Les plus odieux et les plus méprisables consuls qui eussent jamais existé, comme on l'a vu dès le commencement et comme on vient de le voir en dernier lieu, ces consuls, dont l'un (1) a perdu son armée et l'autre a vendu la sienne, après avoir acheté des provinces, s'étoient séparés du sénat, de la République, de tous les gens de bien. Un forcené faisoit retentir par-tout

____

(1) *L'un*, Pison; *l'autre*, Gabinius; *a vendu la sienne*, au roi d'Alexandrie.

sa voix de furie, cette voix qu'il avoit effé-
minée (1) pour consommer des adultères dont
il souilloit nos mystères les plus augustes ;
il crioit sans cesse qu'il avoit pour lui outre
les consuls, des citoyens (2) redoutables par
le commandement des troupes, par le crédit
et par les armes ; il abusoit de leur silence
et de ce qu'ils ne se déclaroient pas : on
armoit les indigens contre les riches, les
méchans contre les bons, les esclaves contre
leurs maîtres. J'étois soutenu par le sénat, qui
même avoit pris des habits de deuil ; ce qui
dans Rome ne s'étoit jamais fait que pour
moi seul, d'après une délibération publique.
Mais rappellez-vous, Latérensis, quels étoient,
sous le nom de consuls, ces ennemis cruels,
qui seuls dans cette ville ont empêché le
sénat d'obéir au sénat, qui par leur ordon-

(1) On sait que Clodius s'étoit déguisé en femme
pour s'introduire dans une maison où des femmes célébroient les mystères de la bonne-déesse.——*D'illustres
citoyens*.... César : *certains hommes puissans*, Pompée,
Crassus.

(2) Cicéron, sans doute, veut parler ici de César,
de Pompée et de Crassus; le premier étoit aux portes
de Rome à la tête d'une armée, les deux autres auroient pu lever des troupes, s'ils avoient voulu.

nance , ont ôté aux sénateurs les marques
de l'affliction , en leur laissant l'affliction
même. J'étois soutenu par les chevaliers Romains , qu'un des consuls , ami intime de
Catilina (1) , compagnon de ses débauches ,
épouvantoit dans les assemblées en les menaçant d'une proscription. Toute l'Italie même,
à qui on faisoit craindre les désastres d'une
guerre intestine , étoit accourue. Je l'avoue,
Latérensis ; j'aurois pu profiter des secours qui
s'offroient à moi avec tant d'ardeur et d'empressement ; mais ce n'étoit , ni par les formes , ni par les loix , ni par des discussions
juridiques , qu'il falloit vuider la querelle.
Car , sans doute , sur-tout dans une si bonne
cause , ce secours que les autres trouvèrent
toujours en moi , ne m'auroit pas manqué à
moi-même. Il falloit combattre avec les armes,
oui , avec les armes ; et si le sénat et les gens
de bien eussent été massacrés par des esclaves
armés et par les chefs de ces esclaves , quel désastre pour la République ? J'avoue qu'il eût

(1) Mot à mot , *ce danseur de Catilina* , c'est-à-
dire , cet homme qui dansoit dans les festins de débauche de Catilina. On sait qu'à Rome la danse étoit
regardée comme un exercice peu honnête.

été glorieux pour les bons citoyens de vaincre les méchans, si j'eusse vu qu'une première victoire eût tout terminé : mais je ne le voyois pas. En effet, où aurois-je trouvé des consuls, ou aussi fermes qu'Opimius, que Marius, que Flaccus, qui pour vaincre de mauvais citoyens, se sont armés et ont servi de chefs à la République ; ou du moins aussi justes que Mucius, qui, après la mort de Tibérius Gracchus, a soutenu que Nasica avoit eu très-grande raison de prendre les armes qu'il avoit prises de son autorité privée ? Il auroit donc fallu combattre contre les consuls ; et je me contente de dire que nous aurions eu des adversaires redoutables après notre victoire, et nuls vengeurs après notre mort. Si je n'ai point usé de ces secours qu'on m'offroit pour mon salut, parce que je craignois de m'exposer, j'avoue, comme vous le voulez, que le secours ne m'a point manqué, que c'est moi qui ai manqué au secours. Mais si j'ai cru devoir d'autant plus épargner le zèle des gens de bien que je les voyois plus empressés à me défendre, blâmerez-vous en moi cela même dont on a fait un mérite à Métellus, ce qui l'a comblé et le comblera d'une gloire éternelle ? C'est un fait constant, comme vous pouvez le savoir de beaucoup de personnes alors présentes, qu'il est parti contre le vœu de tous les gens de bien ; et il n'y a nul doute qu'il n'eût pu avoir l'avantage par la force des armes. Ainsi donc quoique Métellus défendît son propre ouvrage et non celui du sénat, quoiqu'il eût agi pour soutenir son opinion plutôt que pour sauver la République; cependant il s'acquit plus de gloire que n'en avoient procuré à tous les Métellus les plus brillans et les plus illustres triomphes, par cette constance (1) qui le porta à se sacrifier volontairement, qui l'empêcha de laisser tuer même les plus mauvais citoyens, et lui fit prendre des mesures pour qu'aucun des bons ne pérît dans le même massacre : et moi, en butte à des dangers qui devoient occasionner la ruine de la République, si j'étois vaincu, et des combats sans fin, si j'avois l'avantage, me serois-je exposé à être nommé le destructeur de cette même République dont j'avois été le sauveur ?

(1) Quoique dans *ob illam*, on puisse sous-entendre *perseverantiam* qui précède, j'aimerois mieux cependant la leçon, *tamen ob illam constantiam quâ illud....*

Vous dites que j'ai craint la mort. Pour moi, je ne voudrois pas même de l'immortalité au détriment de la République, loin que je voulusse en mourant l'entraîner dans ma perte. Non, je n'ai jamais cru (qu'on traite, si l'on veut, ce sentiment de folie) que ceux qui ont sacrifié leur vie pour la République aient subi la mort plutôt qu'obtenu l'immortalité. Quant à ce qui me regarde, si j'eusse alors succombé sous les armes des citoyens pervers, la République auroit perdu pour toujours la ressource qu'elle peut trouver dans les bons citoyens. Il y a plus; si j'eusse été enlevé par la violence d'une maladie, ou par quelque accident inopiné, on n'auroit plus eu à l'avenir les mêmes secours, parce que ma mort auroit anéanti l'exemple du zèle à me rétablir que devoient donner le sénat et le Peuple. Si la vie eût eu pour moi de l'attrait, aurois-je, à la fin de mon consulat, soulevé contre moi les poignards de tous les parricides? Que j'eusse attendu seulement vingt jours, ils se seroient tournés contre le sein d'autres consuls. Si donc il est peu convenable d'aimer la vie au préjudice de la patrie, n'eût-il pas convenu beaucoup moins encore

encore que je cherchasse un trépas qui auroit
causé sa ruine ?

Vous vous êtes vanté d'être libre dans la
République : je conviens que vous l'êtes, je
m'en réjouis, je vous en felicite même. Mais
vous avez prétendu que je ne l'étois pas ; et
là-dessus je ne souffrirai point plus long-tems
que vous ou d'autres soyez dans l'erreur. Si l'on
croit que j'ai perdu quelque chose de ma liberté, parce que je ne suis plus opposé à ceux
dont j'avois combattu jusqu'ici les sentimens ;
d'abord, si je me montre reconnoissant envers
des hommes dont j'ai reçu des services, c'est
que je m'expose toujours, vous le voyez, à
ce reproche d'un excès de reconnoissance :
mais si, sans qu'il en résulte aucun dommage
pour la République, je donne quelque attention à ma sûreté et à celle des miens ; loin
d'être blâmable, les citoyens honnêtes, si
je voulois me jetter en aveugle dans le péril,
ne m'en détourneroient ils pas ? Et si la République elle-même pouvoit parler, ne m'exhorteroit-elle pas, puisque je me suis toujours
occupé d'elle, jamais de moi, puisque je
n'ai point recueilli de son service, comme
j'aurois dû, des fruits abondans et déli-

cieux, mais des fruits mêlés d'amertume, ne m'exhorteroit-elle pas à m'occuper enfin de moi, à travailler pour les miens ? Ne me diroit-elle pas que non-seulement j'ai assez fait pour elle, mais encore qu'elle craint d'avoir trop peu payé mon zèle à la servir ? Que si je ne pense à rien de semblable, si je suis dans la République le même que je fus toujours, me reprocherez-vous encore un défaut de liberté ? Vous croyez que la liberté consiste à être toujours opposés à ceux dont nous avons déjà été les adversaires ; mais il s'en faut bien qu'il en soit ainsi. Nous devons nous regarder dans la République comme dans une sphère en mouvement, et, selon qu'elle tourne, choisir le point vers lequel nous portent l'avantage et le salut de cette République (1).

Ne dois-je pas soutenir dans Pompée le principal auteur de mon rétablissement, le chef du parti qui m'a rappellé ? Ces bons offices personnels exigent peut-être de la reconnoissance, mais je ne parle que de ce qui inté-

(1) Je préfère la leçon *qui quomodo versatur* à celle *qui quoniam versetur.*

resse le salut commun : ne dois-je point soutenir celui qui, de l'aveu de tout le monde, est le premier homme de la République ? Dois-je me refuser à louer César, dont je vois que le Peuple, et même à présent le sénat auquel je fus toujours dévoué, ont célébré les louanges par une multitude de témoignages honorables? Alors, sans doute, j'avouerois que ce n'est pas l'interêt de la Republique qui m'a anime, mais que j'ai été ami ou ennemi des personnes. Si un navire que je vois voguer par un vent favorable, ne tourne point vers le port que j'avois d'abord en vue, mais vers un autre aussi sûr et aussi tranquille, lutterai-je avec péril contre la tempête plutôt que de lui céder et de lui obéir, sur-tout quand il n'y a pas d'autre moyen d'échapper au péril ? Je ne crois pas qu'il y ait de l'inconstance à régler, pour ainsi dire, sa manière de penser, comme la marche d'un vaisseau, sur les vents qui dominent dans la République. Pour, moi j'ai appris, j'ai vu, j'ai lu, et les histoires (1) nous

---

(1) Au lieu de *litterae*, je voudrois lire avec un savant *litterarum*.

M 2

enseignent par une foule d'exemples des plus
grands hommes, des hommes les plus sages,
dans cette ville et dans les autres, qu'il ne
faut pas toujours persister dans les mêmes
opinions, mais soutenir celles que demandent
l'état de la République, la vicissitude des
temps, et le bien de la concorde. C'est ce que
je fais, Latérensis, c'est ce que je ne cesserai
de faire ; et cette liberté que vous ne retrou-
vez plus en moi, que cependant j'ai toujours conservée, que je conserverai toujours,
ce n'est pas d'une fermeté opiniâtre, mais
d'une sage circonspection que je la ferai
dépendre.

Je viens maintenant au dernier reproche
que vous m'avez fait, de vanter trop le
service que m'a rendu Plancius. Vous changez,
me dites-vous, un monticule en montagne (1),
et d'une pierre de sépulcre vous faites un
dieu : on n'a point cherché à vous faire périr,
vous n'avez couru aucun risque pour vos jours.
J'exposerai en peu de mots les circonstances
de ce tems-là ; et je le ferai d'autant plus

(1) Mot à mot, *vous faites une citadelle d'un
cloaque.*

volontiers, que de tous les événemens de ma
vie, il n'en est aucun qui soit aussi peu
répandu, dont j'aie moins parlé moi-même,
ou qui soit moins connu des autres.

Lorsque m'arrachant, Latérensis, à l'incendie
où les loix et la justice, le sénat et les gens
de bien étoient enveloppés, je voyois les
flammes qui dévoroient ma maison menacer
d'un embrâsement général Rome et toute
l'Italie, si je ne prenois le parti de céder ;
je songeai à gagner la Sicile qui m'étoit
attachée comme ma propre famille (1), et qui
de plus étoit gouvernée par Caïus Virgilius,
mon ancien ami, le collègue de mon frère
dans la préture, et attaché comme moi aux
intérêts de la République. Voyez, je vous prie,
l'horrible confusion de ces tems malheureux :

(1) *Sicut domus una*, mot à mot, *comme une seule
maison*, c'est-à-dire, comme ne faisant qu'une maison
avec la mienne. Peut-être faudroit-il lire *mea* au lieu
de *una*, ou du moins entendre *una* comme *mea*.—Un
peu plus bas, *mei fratris collega*, la circonstance
d'avoir été collègue de mon frère, sans doute, dans la
préture. Au sortir de leur préture, Caïus Virgilius
avoit été gouverner la Sicile, et Quintus Cicéro
l'Asie.

M 3

lorsque l'isle toute entière vouloit se porter
à ma rencontre, le préteur, qui s'étoit vu
souvent attaqué dans les harangues du même
tribun pour la même cause de la République,
ne fut pas d'avis, je ne dis rien de plus,
que je passasse en Sicile. Dirai-je que
Virgilius, un tel homme, un tel citoyen,
a oublié les malheurs que nous avions partagés, qu'il a manqué d'amitié pour moi,
d'humanité, de tendresse, de fidélité ? Non,
Romains, non ; mais il craignoit de ne
pouvoir soutenir par ses seules forces la tempête que je n'avois pas soutenue avec votre
secours. Alors je changeai tout-à-coup de
dessein, et de Vibone je pris le chemin de
Brinde par terre, les vents ne permettant pas
de voyager par mer.

Comme toutes les villes de Vibone à
Brinde avoient pour moi un attachement
sincère, elles assurèrent ma route, malgré
toutes les menaces de mes ennemis et les
craintes qu'elles éprouvoient pour elles-mêmes.
J'arrivai à Brinde, ou plutôt j'approchai des
murs. Je ne voulus pas entrer dans cette ville
qui m'étoit singulièrement dévouée, et qui
se seroit laissée détruire plutôt que de per-

mettre qu'on m'arrachât de ses bras. Je me
transportai dans les jardins de Lénius Flaccus,
à qui on faisoit tout craindre, la confiscation
des biens, l'exil, la mort même, et qui cependant aima mieux s'exposer à tout souffrir
que de renoncer à défendre mes jours. Lui,
son père, cet excellent homme, ce vieillard
si éclairé, son frère, les fils de l'un et de
l'autre, m'embarquèrent dans un vaisseau sûr
et fidèle, et, après que j'eus reçu leurs prières et
leurs vœux pour mon retour, je fis voile
vers Dyrrachium, dont l'attachement m'étoit
connu. J'y arrivai, et je vis par moi-même
ce que j'avois entendu dire, que la Grèce
étoit remplie de scélérats et de pervers, des
mains de qui j'avois arraché, durant mon
consulat, un fer coupable et des torches
funestes. Je n'étois éloigné d'eux que de
quelques jours de marche; avant qu'ils pussent
apprendre mon arrivée, je pris le chemin
de la Macédoine pour me rendre auprès de
Plancius. Celui-ci ne fut pas plutôt informé
que j'avois passé la mer..... Écoutez, Latérensis,
écoutez avec attention, vous saurez ce que
je dois à Plancius, et vous avouerez enfin
que c'est par tendresse et par reconnoissance

que je le défends aujourd'hui ; et que, si tout ce qu'il a fait pour ma conservation ne lui sert pas, il ne doit pas du moins lui nuire : à peine eut-il appris que j'étois entré dans Dyrrachium, aussi-tôt renvoyant ses licteurs (1), quittant les marques de sa dignité, et prenant des habits de deuil, il partit pour venir au-devant de moi.

O avec quelle amertume je me rappelle le temps et le lieu où Plancius me rencontra, où il accourut à moi pour m'embrasser, où il me baigna de ses larmes, sans pouvoir, dans l'excès de sa douleur, proférer une seule parole ! O situation dont le récit est aussi cruel que le spectacle en étoit affreux ! Quels furent, hélas ! les jours qui suivirent, et ces nuits allarmantes où ne me quittant pas un moment, il me conduisit à Thessalonique, dans son palais de questeur ! Je me contente de dire du préteur de Macédoine, que, sans cesser d'être un bon citoyen et mon ami, il a éprouvé les mêmes frayeurs que les autres : Plancius est le seul, je ne dis pas

---

(1) Les questeurs n'avoient point de licteurs à Rome, mais ils en avoient dans les provinces.

qui eût de moindres allarmes, mais qui fût
disposé, si ce qu'on appréhendoit avoit lieu,
à tout souffrir, à tout subir avec moi.
Tubéron, mon ami intime, que mon frère avoit
eu pour lieutenant, m'étant venu trouver au
sortir de sa province d'Asie, et m'ayant averti
avec amitié des desseins qu'il savoit être formés contre mes jours par des conjurés que
j'avois réduits à s'exiler; je me disposois à
passer en Asie, à cause des liaisons étroites
de cette province avec moi et mon frère ;
Plancius ne put le souffrir ; oui, Plancius me
retint de force entre ses bras, il ne me quitta
point plusieurs mois de suite ; et déposant le
rôle de questeur, il se constitua le gardien
de ma personne.

O tristes et déplorables veilles ! ô nuits amères !
ô soins infortunés que vous avez pris pour
la conservation de mes jours, malheureux
Plancius ! Hélas ! vivant, je ne puis vous
servir, moi qui pourrois vous être utile, si
je n'étois plus. Je me souviens encore, et
il m'en souviendra toujours, de cette nuit
où, tandis que vous faisiez la garde auprès
de moi, assis à mes côtés, plongé dans la
douleur, je vous repaissois, séduit, hélas !

par une fausse espérance , je vous repaissois
de vaines promesses dont je m'abusois moi-
même , je vous disois que , si j'étois rappellé
dans ma patrie , je vous témoignerois en personne ma reconnoissance ; mais que , si un
sort fatal m'ôtoit la vie , ou si une force supérieure empêchoit mon retour , ces citoyens
(je ne pouvois alors en avoir d'autres en vue)
ces citoyens vous rendroient pour moi la récompense de tant de peines et de travaux.
Vous me regardez , Plancius ! pourquoi vos
yeux se tournent-ils vers moi ? pourquoi sem-
blent-ils me demander l'exécution de mes
promesses ? Je ne les fondois pas , ces promesses , sur mon foible pouvoir , mais sur
la bienveillance de ceux qui nous écoutent.
Je les voyois gémir pour moi , prendre des
habits de deuil ; je les voyois disposés à combattre pour ma conservation même au péril
de leur vie. On nous informoit l'un et l'autre
tous les jours de leur tristesse , de leurs regrets,
de leurs plaintes : je crains aujourd'hui de ne
pouvoir vous rendre que vos larmes , ces
larmes que vous avez répandues abondam-
ment dans mes afflictions. Que puis-je autre
chose que pleurer , que me désoler , que lier

vos intérêts aux miens ? Ceux qui m'ont
rappellé dans Rome, ceux-là seuls peuvent
vous y retenir. Cependant, je vous y exhorte,
ne vous laissez pas abattre, je vous retiendrai
dans mes bras ; vous trouverez en moi, non-
seulement un zélé défenseur qui travaillera à
éloigner de vous l'infortune, mais encore un
compagnon fidèle qui se fera gloire de la partager : et, comme je l'espère, aucun de ces
juges ne sera assez cruel, assez inhumain,
assez indifférent, je ne dis pas aux services
que les gens de bien ont reçus de moi, mais
à ceux qu'ils m'ont rendus, pour me séparer
et m'arracher du conservateur de ma personne.
Ce n'est pas un citoyen comblé de mes bienfaits
que je vous demande, Romains, mais un
citoyen qui a défendu ma vie.

Je n'emploie, ni le crédit, ni l'autorité,
ni la faveur, mais les prières, mais les larmes,
mais la commisération. Son malheureux père,
cet excellent homme, vous supplie avec moi ;
nous sommes deux pères qui vous supplions
pour un seul fils. Au nom de vos personnes,
de vos fortunes, de vos enfans, ne donnez
pas à mes ennemis, sur-tout à ceux que je
me suis faits pour vous arracher à la mort,

la satisfaction de se glorifier qu'oubliant mes
services , indifferens aux intérêts de celui qui
a sauvé mes jours , vous vous êtes déclarés nos
ennemis. Ne causez pas à mon ame une
douleur trop sensible , ne me donnez pas lieu
de craindre que vous ne soyez entièrement
changés à mon égard. Souffrez que je m'ac-
quitte par vos mains avec Plancius de ce que
je ne lui ai si souvent promis que d'après
l'espoir de votre bienveillance.

Et vous , Alfius (1), qui , pendant mon consulat , associé à mes démarches , avez partagé mes périls , secondé mes opérations ,
qui avez desiré de me voir exempt de toute
disgrace , comblé de gloire et de prospérité ;
je vous en supplie , conservez pour moi , par
les décisions de ces juges , celui qui m'a conservé et pour vous et pour ces juges. Je n'en
dirai pas davantage : vos larmes et celles de
tout le tribunal , jointes aux miennes , m'en
empêchent. Au milieu de mes craintes , ces
larmes me donnent tout-à-coup l'espoir que

(1) Caïus Alfius , président du tribunal. Le texte
porte Caïus Flavius ; mais il est visible , ou qu'il faut
lire ici Alfius au lieu de Flavius , ou dans ce qui
précède Flavius au lieu d'Alfius.

pour retenir Plancius , vous serez les mêmes
que vous avez été pour me rappeller. Les
pleurs que vous versez aujourd'hui me font
souvenir de ceux que vous avez si souvent répandus pour moi, et en si grande abondance.

PLAIDOYER

POUR SEXTIUS.

Sommaire.

*Sous le consulat de Lentulus et de Métellus ,
lorsque Cicéron étoit encore en exil, Publius Sextius , tribun du Peuple , employa pour le rappel
de Cicéron toute l'autorité de son tribunat :
il étoit obligé , pour s'opposer aux violences
des partisans de Clodius , dont il manqua
d'être la victime , de ne paroître dans la place
publique qu'escorté de gens armés. L'année
d'après , Cicéron étant de retour , sous le consulat de Marcellinus et de Philippus , Marcus
Tullius Albinovanus accusa Sextius de violence
publique , d'après la loi Lutatia. Sextius fut
défendu par Hortensius et par Cicéron.*

Le plaidoyer de celui-ci , qui est fort long,

n'est autre chose qu'une très-belle et très-éloquente histoire de son exil et de son rappel, entre-mêlée de violentes invectives contre le furieux Clodius, contre les perfides Gabinius et Pison, contre ses autres ennemis, de réflexions intéressantes sur le gouvernement de la République, sur les grandes sociétés en général, de touchantes exhortations adressées à la jeunesse Romaine ; la justification de Sextius, et ce qu'il a fait pour le rappeller se trouvent fondus dans le cours de cette histoire. L'exorde bien pris dans le sujet, est suivi de quelques récits d'actions publiques et privées propres à faire connoître la personne de Sextius. La peroraison est remplie de ce pathétique que l'orateur savoit jetter dans cette partie de ses harangues.

La cause a été plaidée l'an de Rome 697, de Cicéron 51. Nous savons par une de ses lettres que Sextius fut absous.

PLAIDOYER POUR PUBLIUS SEXTIUS.

SI par le passé on s'étonnoit que, dans une République aussi puissante et dans un aussi illustre empire, il se rencontrât si peu de citoyens assez fermes et assez intrépides pour oser dévouer leur personne et leur vie au salut de l'état et au maintien de la liberté commune ; qu'on s'étonne bien plus aujourd'hui de rencontrer encore de braves et généreux citoyens, que de trouver des hommes timides et plus occupés d'eux-mêmes que des intérêts de la patrie. En effet, Romains, sans qu'il soit nécessaire de vous rappeller le sort de chacun en particulier, vous pouvez d'un seul coup-d'œil voir ceux qui, de concert avec le sénat et tous les gens de bien, ont relevé la République abattue, l'ont délivrée d'un brigandage domestique, vous pouvez, dis-je, les voir plongés dans la tristesse, revêtus d'habits de deuil, traduits en justice, exposés à vivre éloignés de leur patrie, de leurs enfans, à rester privés de leur ville, de leur réputation, de toute leur existence ; tandis que ceux qui ont attaqué, confondu, violé, détruit tous les droits divins et humains, ne se contentent pas de paroître en public avec un air satisfait et triomphant ; mais, sans y être forcés, absolument tranquilles pour eux-mêmes, ils se portent à jetter dans le péril et dans les allarmes les citoyens les plus fermes et les plus vertueux. Ce que je trouve en cela

de plus indigne et de moins supportable , c'est
que , pour nous mettre en danger, ils n'ont
plus recours à leurs brigands , à des hommes
accablés d'indigence et noircis de crimes : c'est
par votre ministère qu'ils nous attaquent ; c'est
par le ministère de citoyens honnêtes qu'ils
veulent perdre d'honnêtes citoyens : oui, ceux
qu'ils n'ont pu renverser par la force et par la
violence , avec des pierres, avec le fer et la
flamme, ils se flattent de pouvoir les op-
primer par vos décisions , par des arrêts
émanés de votre tribunal. Et moi, Romains,
cette même voix dont je croyois ne devoir
faire usage que pour célébrer les bienfaits de
mes plus zélés défenseurs, que pour exprimer
toute l'étendue de ma reconnoissance , je suis
forcé aujourd'hui de l'employer pour les arracher du péril. Qu'elle serve donc cette voix,
sur-tout à la défense de ceux qui ont travaillé
à me la rendre à moi-même , à vous la rendre
à vous et à tout le Peuple.

La cause de Sextius a déjà été plaidée par
un personnage aussi illustre qu'éloquent , par
Hortensius ; ce grand orateur n'a rien omis de
ce qu'on pouvoit dire , ou pour déplorer le sort
de la République , ou pour justifier pleinement
l'accusé :

l'accusé : j'essaierai cependant de parler à
mon tour, et l'on n'aura point lieu de me
reprocher de n'avoir pas défendu pour ma part
sur-tout un homme qui m'a mis en état de défendre les autres citoyens. Dans une pareille
cause, et paroissant le dernier, je dois, ce me
semble, employer le langage, non de la discussion, mais de la sensibilité ; non de l'éloquence, mais de la plainte ; non du talent qui
se montre ; mais de l'indignation qui s'exhale.
Si donc je m'exprime avec plus de force et de
liberté que ceux qui ont parlé avant moi,
pardonnez, je vous prie, la chaleur de mes
discours à la douleur légitime et au juste ressentiment qui les ont dictés. Eh ! peut-il y
avoir de douleur plus légitime que celle dont
je suis pénétré à la vue du danger que court
un citoyen qui m'a rendu les plus signalés services ? Peut-il y avoir de ressentiment plus
louable que celui dont je suis animé contre la
perversité de ces hommes qui ont déclaré une
guerre ouverte aux principaux auteurs de mon
rétablissement ?

On a répondu avant moi à chacun des chefs
de l'accusation ; je parlerai donc en général de
tout ce qui regarde Sextius, de son genre de

vie, de son caractère, de ses mœurs, de son
affection singulière pour les gens de bien,
de son zèle pour le salut commun et pour
la tranquillité publique. Tel est le plan
vague, le plan étendu que j'embrasse, dans
lequel cependant je tâcherai, autant qu'il sera
en moi, de ne rien oublier qui puisse avoir
rapport au fond de la cause, à la défense de
l'accusé, aux intérêts de la République. Et
puisque la fortune elle-même a placé le tribunat de Sextius dans les conjonctures les plus
orageuses, au milieu des ruines de la République abattue ; avant que de parler de ses actions les plus remarquables, je vous ferai
connoître les premiers degrés par lesquels ce
citoyen généreux s'est élevé lui-même au
comble de la gloire.

Sextius, comme vous savez, est né d'un
père sage, honnête, vertueux ; d'un père qui,
dans les meilleurs tems de la République,
nommé tribun le premier parmi d'illustres
concurrens, aima mieux mériter les autres
honneurs que de les obtenir. D'après son conseil, Sextius épousa la fille d'Albinus (1),

(1) Cicéron, dans la huitième lettre du treizième

homme d'une grande naissance et d'une probité reconnue. De ce mariage sont nés l'enfant que voici et une fille qui est mariée. Il plut tellement à ces deux personnages d'une vertu antique, qu'il étoit également cher et agréable à l'un et à l'autre. La mort de la fille d'Albinus, en lui ôtant le nom de beau-père, n'a rien ôté à l'affection et à la tendresse qu'il avoit pour son gendre. Il le chérit encore aujourd'hui, comme vous en pouvez juger aisément par ses démarches assidues, par ses soins et ses inquiétudes. Du vivant de son père, Sextius a épousé en secondes noces la fille de Lucius Scipio (1), excellent citoyen, connu par ses disgraces. Son affection se signala envers ce second beau-père par un trait qui fit plaisir généralement. Il partit aussi-tôt pour Marseille, afin de voir et de consoler un malheureux,

livre de ses épitres familières, parle de Caïus Albinus, sénateur, et du jeune Sextius auquel il donne le prénom de Lucius. Il lui donne, comme ici, la fille d'Albinus pour mère.

(1) Lucius Cornélius Scipio, surnommé Asiaticus. Ayant suivi le parti de Marius, Sylla lui débaucha son armée et le proscrivit. Nous voyons qu'il s'étoit retiré à Marseille.

que sa naissance destinoit à marcher sur les traces de ses ancêtres, et que les tempêtes de la République avoient jetté sur des terres étrangères. Il lui mena sa fille, pour que sa vue et ses embrassemens inespérés pussent au moins adoucir son chagrin, s'ils ne le dissipoient pas. Il soulagea par toutes ses attentions, et le malheur du père exilé tant qu'il vécut, et la douleur d'une fille séparée de son père. Je pourrois m'étendre sur sa conduite privée, sur sa vie honorable, sur son grade de tribun de soldats, sur le désintéressement avec lequel il géra cette magistrature (1) dans une province; mais la dignité de la République vient s'offrir à mes regards, elle m'entraîne, et m'engage à négliger ces objets moins importans.

Sextius par le sort fut questeur d'Antonius, mon collègue, il fut le mien par la confiance entière qu'il me témoigna. La délicatesse, sans doute, et la bienséance m'empêchent de vous exposer ici tout ce qu'il m'a donné d'avertissemens, tout ce qu'il a prévu de loin. Pour ce qui est d'Antonius (2), je me contente de dire

(1) Cicéron appelle ici *magistrature* le grade de tribun de soldats : c'est une chose à remarquer.

(2) Caïus Antonius, collègue de Cicéron dans le

qu'au milieu des allarmes et des périls de l'état,
un peu trop indifférent aux frayeurs de toute
la ville et aux soupçons de quelques particuliers, il ne s'est mis en peine, ni de les détruire par un désaveu formel, ni de les affoiblir par une conduite plus mesurée. Si vous
avez loué quelquefois, Romains, mon attention à retenir et à modérer mon collègue, ces
égards pour lui que j'accordai toujours avec le
salut de la République confié à ma vigilance ;
vous devez les mêmes éloges à Sextius qui a
tellement ménagé son consul, qu'Antonius a
trouvé en lui un bon questeur, et vous tous
un excellent citoyen.

Ensuite, lorsque la conjuration, sortie de
son repaire ténébreux, parut enfin au grand
jour, et parcourut en armes divers pays, le
même Sextius alla se jetter avec des troupes
dans Capoue, ville qui offre de grands avantages pour la guerre, et que nous soupçon-
nions d'après cela avoir été sollicitée par la
troupe criminelle et exécrable des conjurés.

consulat, étoit soupçonné d'avoir trempé dans la conjuration ; il avoit été condamné au retour de sa province : Cicéron craignoit d'offenser un homme qui
avoit été son collègue et qui étoit malheureux.

N 3

Il en chassa brusquement Aulanus (1), tribun
de soldats sous Antonius, homme perdu, qui
à Pisaure et dans les autres parties de la Gaule
Cisalpine, s'étoit déclaré assez ouvertement
complice de la conjuration. Il fit aussi chasser
de Capoue Caïus Marcellus, qui non-seulement s'étoit rendu dans cette ville, mais qui
encore s'étoit associé à une bande de gladiateurs, sous prétexte d'en recevoir des leçons
d'armes. Sensible à ce service, la ville de Capoue qui croyant devoir son salut à mon consulat, m'a choisi pour son unique protecteur, fit
alors chez moi par députés de très-grands remerciemens à Sextius ; et aujourd'hui les mêmes
hommes, sous un autre nom ; sous (2) celui

(1) Je ne sache pas qu'il soit parlé ailleurs de cet
Aulanus. —— *Caïus Marcellus* ; c'est le Marcellus
dont il est parlé dans la première Catilinaire.

(2) Capoue, après avoir été soumise aux Romains,
n'avoit été qu'une préfecture : César venoit d'en faire
une colonie, et l'avoit fait jouir de tous les droits de
colonie. Elle avoit des duumvirs qui tenoient lieu de
consuls, et des décurions qui tenoient lieu de sénateurs. Lorsqu'elle n'étoit que préfecture, elle avoit un
conventus, une espèce de sénat, qui parloit et agissoit
au nom de la ville. J'ai parlé ailleurs du *conventus*
dans les provinces.

de Colons et de Décurions, citoyens plein de courage et de vertu, confirment par leur témoignage le service du même Sextius, et présentent un décret de leur sénat pour le sauver du péril. O vous son jeune fils, lisez, je vous prie, le décret des décurions de Capoue : oui, que la foible voix d'un enfant apprenne à nos ennemis ce dont elle sera capable lorsque le tems l'aura fortifiée.

On lit le décret des décurions.

Le décret, Romains, qu'on vient de vous lire, n'a pas été arraché par l'importunité d'un voisin, d'un client, ou d'un hôte public ; il n'a été accordé ni à de vives sollicitations, ni à une recommandation puissante : c'est un monument qui rappelle un grand péril auquel on a (1) échappé, c'est l'attestation honorable d'un insigne bienfait, l'acquit d'une dette précieuse, le témoignage d'un ancien service.

Dans le même tems, Sextius avoit délivré Capoue de ses craintes ; le sénat et tous les gens de bien, d'après mes conseils, ayant décou-

_____

(1) *Perfuncti* se prend ici passivement. —— *Vicem officii praesentis* , mot à mot, le retour d'un bon office payé comptant.

vert et puni nos ennemis domestiques , avoient tiré Rome des plus affreux dangers ; je lui écrivis une lettre pour le faire venir de Capoue lui et les troupes qu'il commandoit. Dès qu'il eut reçu mes ordres , il accourut ici avec une incroyable diligence. Et afin que vous puissiez vous rappeller le souvenir de ces tems malheureux, écoutez, Romains, la lecture de la lettre , et réveillez dans vos esprits la mémoire de vos allarmes passées.

On lit la lettre de Cicéron , consul.

L'arrivée de Sextius étouffa les restes de la conjuration , réprima les efforts des nouveaux tribuns (1) du Peuple , qui , dans les derniers jours de mon consulat, vouloient en détruire les opérations. Mais lorsqu'on eut vu que , tandis que Caton , tribun du Peuple, homme ferme, excellent citoyen, défendroit la République , le sénat et le Peuple pouvoient aisément par eux-mêmes et sans le secours des sol-

_____

(1) Entre autres de Métellus Népos , qui, le dernier jour du tribunat de Cicéron, l'empêcha de débiter la harangue qu'il avoit préparée. Marcus Cato, connu sous le nom de Caton d'Utique , étoit un de ses collègues. Il avoit demandé le tribunat lorsqu'il vit Métellus briguer cette charge.

dats, soutenir leur majesté et la dignité de
ceux qui avoient défendu la sûreté commune à
leurs propres risques ; alors Sextius partit à la
tête de son armée, et alla rejoindre Antonius
avec une extrême promptitude. Qu'est-il besoin
ici de rapporter par quels moyens il détermina
le consul à livrer la bataille ; par quels motifs
il encouragea ce général qui desiroit peut-être
la victoire, mais cependant qui craignoit trop
le sort des armes et les hasards des combats ?
Ces détails me meneroient trop loin ; voici ce
que je me contente de dire : si Pétréius (1)
n'eût pas eu autant de courage et de zèle pour
la République, autant d'ascendant sur les soldats, autant d'expérience dans l'art militaire;
s'il n'eût pas eu Sextius pour l'aider à exciter,
à exhorter, à décider Antonius, la guerre ne
pouvoit se terminer avant la fin de l'hiver. Et
si Catilina, sorti des glaces et des neiges de
l'Apennin, ayant devant lui tout l'été, eût pu
s'emparer des riches fermes (2) et des gras pâ-

(1) Lieutenant d'Antonius ; il commandoit à la
place du consul, qui, suivant Salluste, étoit arrêté
par la goutte.

(2) Latin, *calles*, ce sont des places dans les bois
où l'on fait paître les troupeaux.

turages de l'Italie, jamais il n'eût péri **sans** beaucoup de sang répandu et qu'après la désolation de l'Italie entière.

Sextius a apporté le même esprit au tribunat ; car je supprime sa questure de Macédoine (1), pour venir enfin à ce qui est **moins** éloigné de nous. Toutefois il faut dire un mot de son intégrité rare dans sa province. La Macédoine dernièrement m'en a offert, non de légers vestiges qui ne pourroient être que bientôt effacés, mais des traces profondes capables d'en perpétuer éternellement le souvenir. Voilà tout ce que je dirai d'un objet que nous n'avons point dû passer sans regretter d'y arrêter si peu notre vue. Le tribunat nous appelle depuis long-tems, il paroît devoir remplir seul tout ce discours ; courons-**y** donc avec toute l'ardeur que semble demander son importance.

Hortensius a déja beaucoup parlé de ce tribunat. Son plaidoyer m'a paru, non-seulement propre à détruire les imputations, mais

---

(1) Sextius fut questeur en Macédoine du même Antonius dont il avoit été questeur pendant son consulat.

encore digne d'être gravé dans la mémoire,
par les règles et les avis qu'il y donne pour
bien gouverner la République. Cependant,
comme tout le tribunat de Sextius a été consacré à défendre la cause de mon rappel, je
pense qu'en traitant les mêmes objets, je dois
montrer, sinon plus de soin et d'exactitude,
du moins plus de véhémence et d'indignation.
Si, dans mon discours, je me permettois quelques invectives, qui ne me pardonneroit pas
de légères sorties contre des hommes qui ont
épuisé sur moi tous les traits de leur perversité et de leur fureur? Mais pour agir avec
modération, pour écouter plutôt l'avantage de
Sextius que notre ressentiment, nous laisserons
cachés ceux qui sont sourdement opposés à
nos intérêts ; nous tâcherons d'oublier ceux
qui, après nous avoir nui autrefois, se tiennent aujourd'hui tranquilles ; quant à ceux
qui se montrent toujours avec la même insolence, qui continuent de nous poursuivre,
nous les supporterons autant qu'ils pourront
être supportés. Mon discours n'attaquera que
celui qui se sera présenté sur ma route, de
sorte que je paroîtrai plutôt l'avoir rencontré
par hasard, qu'être tombé sur lui avec dessein.

Mais avant de vous entretenir du tribunat de Sextius, je dois vous exposer le naufrage désastreux que la République a essuyé l'année d'auparavant (1) ; car, sans doute, Sextius n'a parlé, n'a agi, n'a pensé, que pour recueillir les débris de ce naufrage, que pour en réparer les désastres.

Elle avoit été au milieu des troubles et des allarmes, elle avoit été l'année dont nous parlons, comme un arc tendu contre moi seul, à ce que disoient des hommes peu instruits ; mais en effet c'étoit tendre un arc contre toute la République, que de faire descendre dans l'ordre des plébéiens (2) un furieux, un pervers, l'ennemi déclaré de ma personne, et beaucoup plus encore du repos et de la sûreté commune. Pompée, personnage illustre, et, en dépit de bien des gens, mon ami véritable, avoit pris toutes les précautions, avoit fait avec lui un traité, lui avoit fait promettre par les plus inviolables sermens qu'il ne feroit

(1) L'année où Clodius avoit fait exiler Cicéron.

(2) *Faire descendre dans l'ordre des plébéiens*, pour qu'il pût ensuite devenir tribun du Peuple. *Un furieux*, Clodius.

rien contre moi durant son tribunat. Mais pour ce méchant homme , pour un scélérat formé et pêtri d'un amas de tous les vices , ç'auroit été trop peu , sans doute , de violer le traité, si celui même qui en vouloit mettre un autre à l'abri du péril, il ne l'effrayoit par des dangers personnels. Ce monstre affreux, ce monstre exécrable, que la sainteté de nos auspices repoussoit du tribunat (1) , pour qui les usages de nos ancêtres , pour qui les loix sacrées étoient autant d'entraves qui arrêtoient ses projets , qui enchaînoient sa fureur , ce pervers fut sur-le-champ dégagé de tous ses liens par un consul qui, comme je crois, céda

(1) Les patriciens avoient seuls les auspices; les auspices auroient donc été abolis, s'ils fussent tous devenus plébéiens, capables de posséder le tribunat. Les loix sacrées , portées sur le mont Sacré en faveur du Peuple, défendoient d'élire tribuns les patriciens. Ceux-ci pouvoient par l'adoption passer dans des familles plébéiennes; mais il falloit au moins qu'ils fussent adoptés suivant les règles ; or , l'adoption de Clodius étoit des plus irrégulières. —— *Fut dégagé de ses liens.* Ajoutez *vinculis* à *legum ;* c'est le sentiment de Paul Manuce. —— *Par un consul ,* César , qui vouloit avec le secours de Clodius, maintenir les actes de son consulat.

à l'importunité de ses instances, ou qui m'en vouloit, comme le pensoient quelques-uns, mais qui certainement étoit loin de prévoir tant de crimes et de maux déplorables. Clodius devint donc tribun du Peuple, et il ne réussit que trop à détruire la République, quoique par lui-même il n'eût aucune vigueur. Eh ! quelle vigueur pouvoit avoir un homme que ses excès outrageans envers un frère, que son infâme commerce avec ses sœurs, que mille dissolutions monstrueuses, avoient entièrement privé de la raison ! C'étoit, sans doute, une destinée fatale pour la République, que ce tribun aveugle et forcené rencontrât.....Dirai-je des (1) consuls ? dois-je appeler de ce nom les fléaux de cet empire, les destructeurs de votre dignité, les ennemis déclarés de tous les gens de bien, des hommes qui ne se croyoient décorés des faisceaux et des autres marques de l'autorité suprême que pour abolir le sénat, renverser l'ordre équestre, anéantir toutes les loix et tous les usages de nos ancêtres ? Au nom des Dieux, si vous ne voulez pas encore vous rappeller leurs

(1) Pison et Gabinius.

attentats , et les plaies profondes qu'ils ont faites à la République , tâchez de vous représenter leur air et leur démarche. Leurs actions seront plus aisément présentes à vos esprits, si leur figure' vient se peindre à vos regards.

L'un tout dégouttant de parfums, avec sa chevelure artistement arrangée, dédaignant les complices de ses infâmes débauches , les anciens corrupteurs de sa tendre jeunesse, fier d'abord , bientôt effrayé des sommes immenses empruntées aux usuriers (1), pressé par ses dettes énormes , et comme enfermé dans le détroit de Scylla et de Charibde , craignant d'aller enfin échouer contre la colonne Ménia , s'étoit refugié dans le tribunat comme dans un port. Il méprisoit les chevaliers Romains , menaçoit les sénateurs , se vendoit à la po-

(1) *Puteal*, étoit un endroit du forum où se promenoient les usuriers. *Olìm* a ici la force de *tandem*. Au mot *ne* sous-entendez *timens* qui est comme renfermé dans *perculsus*. *Ad columnam* sous-entendez *Moeniam*. Colonne Mœnia , auprès de laquelle les triumvirs jugeoient les débiteurs , les voleurs et les esclaves fugitifs. Au reste, cet endroit n'est pas facile; j'ai tâché dans ma traduction de présenter le sens le plus raisonnable.

pulace de Rome ; il se vantoit d'avoir échappé avec son secours à une accusation de brigue, se flattoit de pouvoir par elle obtenir une province, même contre le gré du sénat, et s'il ne l'obtenoit pas, il se croyoit entièrement perdu. Quant à l'autre, bons Dieux ! quelle démarche triste et sérieuse ! quel air sombre et farouche ! quel regard terrible ! on auroit cru voir un de ces anciens Romains, un de ces vieux Républicains, un modèle des premiers tems de Rome, une représentation de l'antiquité, une des colonnes de la République. Grossièrement vêtu de la pourpre (1) la plus brune et la plus vulgaire, sa chevelure étoit si hérissée, que, dans la ville de Capoue où il étoit duumvir, sans doute pour acquérir un nouveau titre de noblesse, il sembloit annoncer la suppression du quartier des Parfumeurs. Que dirai-je de ses sourcils épais dans lesquels nous pensions tous voir un gage et des arrhes

---

(1) Le *nostrâ* du latin annonce cette large bande de pourpre, ou laticlave, qui faisoit une des principales distinctions des sénateurs. —*Duumvir*, un des deux magistrats de Capoue qui répondoient aux deux consuls de Rome. —*La rue des Parfumeurs* ; latin, *Séplasie*, c'étoit le nom de cette rue.

pour

pour la République ? Tels étoient son œil austère et son front nébuleux, que tout l'état sembloit porter sur le froncement de son sourcil comme le ciel sur les épaules d'Atlas. Par-tout on disoit : du moins la République trouvera dans Pison un ferme appui ; nous avons de quoi opposer à son vil et méprisable collègue ; son air seul réprimera son insolence, fixera sa légéreté. Le sénat aura quelqu'un cette année qu'il pourra suivre, les gens de bien auront un chef ; enfin on me félicitoit moi principalement de ce que j'aurois, pour tenir tête à un furieux et audacieux tribun, un consul grave et ferme, mon ami à la fois et mon (1) allié.

Le premier n'a trompé personne. En effet, auroit-on jamais jugé capable de tenir le gouvernail d'un si grand empire, et de conduire le vaisseau de l'état, dans une navigation difficile, sur une mer orageuse, un homme sorti tout-à-coup de la longue obscurité des plus infâmes retraites, un homme énervé par l'excès des plaisirs, épuisé de cra-

_____

(1) *Mon allié*. La fille de Cicéron avoit épousé un Pison.

pule , de toutes les sortes de débauches et
de dissolutions, et qui, contre son attente,
se voyoit placé par le crédit d'autrui dans le
poste le plus éminent ; un homme dont les
yeux obscurcis par les fumées du vin , loin
de pouvoir envisager fixement la tempête qui
alloit assaillir la République , ne pouvoient
même souffrir la clarté du jour ? L'autre a
trompé beaucoup de monde en tous points.
Il avoit pour lui, auprès de la plupart des
hommes , la naissance, qui seule est une recommandation si douce. Tous les gens de
bien favorisent la noblesse , et parce qu'il est
utile à la République que les nobles se rendent
dignes de leurs aïeux , et parce que le souvenir des grands hommes qui ont bien servi
l'état fait impression sur nous , même lorsqu'ils ne sont plus. On voyoit Pison toujours
sombre et taciturne, négligé et même un peu
rebutant dans son extérieur ; ajoutez qu'il portoit le nom d'une famille où (1) la modestie
et la tempérance sembloient héréditaires ; on
lui applaudissoit donc , on espéroit bien de

(1) Un des ancêtres de Pison avoit été surnommé
Frugi : c'est à quoi fait allusion *frugalitas*.

lui ; et sans penser à son origine maternelle (1),
on l'excitoit à faire revivre l'intégrité de ses
ancêtres. Pour moi, je vous le dirai sincé-
rément, Romains, je ne l'aurois jamais cru
aussi scélérat, aussi audacieux, aussi cruel,
que nous l'avons éprouvé la République et
moi. Cependant je n'ignorois pas que c'étoit
un personnage vil et méprisable, qui depuis
sa jeunesse n'avoit eu pour lui que le préjugé et l'erreur de ses concitoyens. Sa figure
austère cachoit les vices de son cœur, et les
murs de sa maison, l'infamie de ses désordres.
Mais ces mystères d'iniquité ne peuvent être
si bien et si long-tems voilés qu'ils ne soient
enfin pénétrés par des yeux attentifs. Je remar-
quois sa manière de vivre, son indolence et
son inaction ; ceux qui l'approchoient voyoient
ses dissolutions secrètes. Enfin, dans ses conversations même, il donnoit sujet de découvrir le fond de son ame. Ce savant homme
louoit je ne sais quels philosophes (2) ; il ne
pouvoit néanmoins dire leurs noms, mais il

(1) La mère de Pison étoit la fille d'un Gaulois
d'origine, nommé Calventius.

(2) Les Epicuriens.

O 2

louoit sur-tout ceux que l'on vante comme
les docteurs et les panégyristes de la volupté.
Quelle volupté ces philosophes entendoient,
en quel tems et sous quel rapport il faut s'y
livrer, c'est de quoi il ne s'embarrassoit guere ;
il ne s'inquiétoit que du mot, il le dévoroit
de toutes les facultés de l'esprit et du corps.
Suivant lui, ces défenseurs du plaisir soute-
noient avec raison que le sage ne doit agir
que pour lui-même ; qu'un homme sensé ne
doit pas s'occuper du gouvernement de la
République ; qu'il n'est rien de plus avantageux qu'une vie oisive, une vie regorgeant
de plaisirs. Ceux qui exhortoient à travailler
pour la gloire, à servir l'état, à consulter
dans toute sa vie le devoir, et non l'intérêt,
à courir des dangers pour la patrie, à affronter
les coups, à braver la mort ; il les traitoit
d'insensés et de visionnaires. De tels discours
qu'il répétoit sans cesse, le caractère des
hommes avec qui je le voyois vivre dans
l'intérieur de sa maison, enfin une certaine
fumée qui transpiroit, qui laissoit sentir et
deviner l'objet de ses conversations, tout cela
me faisoit juger que si on ne pouvoit rien
attendre de bon d'un aussi frivole personnage,
il n'y avoit pas du moins de mal à en craindre.

Mais, sans doute, de même qu'une épée mise dans la main d'un foible enfant ou d'un vieillard débile, ne pourroit nuire à personne par l'effort de la main qui en seroit armée; et si on l'approchoit du corps nud du guerrier le plus brave, pourroit le blesser par la seule pointe et la vertu seule du fer : ainsi le consulat, comme un glaive, ayant été mis entre les mains d'hommes énervés et efféminés, ces hommes qui par eux-mêmes n'auroient pu faire à personne la moindre blessure, armés du nom de l'autorité souveraine, ont massacré l'état tout entier. Ils ont fait ouvertement un traité avec un tribun du Peuple, ils ont stipulé qu'ils recevroient de lui les provinces qu'ils voudroient, à condition qu'eux-mêmes lui livreroient la République abattue et enchaînée ; le traité, disoient-ils, pouvoit être scellé de mon sang. Il n'étoit guere possible de dissimuler un pareil crime, ni de le tenir caché ; le complot fut donc découvert : le même tribun affiche en même-tems deux loix, l'une qui concluoit à ma perte, l'autre qui donnoit nommément aux consuls des provinces.

Alors le sénat s'inquiète, les chevaliers romains se réveillent, toute l'Italie est en mou-

vement; tous les citoyens de toutes les classes
et de tous les ordres, dans le péril extrême
de la République, croyoient devoir implorer
le secours des consuls et du pouvoir suprême.
Mais ces deux fléaux de l'état, avec un
tribun forcené, étoient les seuls qui, loin de
retenir la patrie dans sa chûte, s'affligeoient
de la voir tomber trop lentement. Les gens
de bien par leurs plaintes, les sénateurs par
leurs prières, les pressoient tous les jours
d'agir pour moi, de se charger de ma cause,
de faire du moins leur rapport au sénat.
Non-seulement ils refusoient, ils jouoient même
avec insulte, les plus illustres membres de
cette auguste compagnie. Aussitôt une incroyable multitude se rassemble au Capitole
de tous les quartiers de Rome, de toutes les
contrées d'Italie. Tous pensent qu'il faut
prendre les habits de deuil, et que je dois
être défendu par tous les moyens, en vertu
d'une délibération privée, puisque la République manquoit de chefs. Au même tems
les sénateurs étoient assemblés dans le temple
de la Concorde (1), temple qui réveilloit la

(1) C'étoit dans ce temple que la conjuration de

mémoire de mon consulat ; le sénat en corps conjuroit les larmes aux yeux le consul élégant et bien frisé : car son collègue à la chevelure hérissée , au regard austère , se tenoit prudemment renfermé dans sa maison. Avec quel orgueil cette ame de boue, ce vil personnage, rejetta-t-il les prières d'un ordre illustre et les larmes de nos premiers citoyens ! comme il me dédaigna ce dévorateur de la patrie , ce dissipateur de son patrimoine, qu'il a eu bientôt épuisé , malgré le honteux trafic de sa personne ! Lorsqu'il fut venu au sénat, vous tous chevaliers romains et bons citoyens , prenant des habits de deuil , vous vous prosternâtes pour moi aux pieds de cet infâme ; mais ce brigand ayant rejetté vos prières , un homme d'une fermeté rare , d'une grandeur d'ame et d'une constance à toute épreuve , Lucius (1) Ninnius

Catilina avoit été découverte et dévoilée.—*Le consul élégant et bien frisé.* En latin , *cincinnatus ,* qui a les cheveux bouclés. L'orateur joue peut-être sur le mot , et fait allusion au dictateur Cincinnatus.

(1) Lucius Ninnius, tribun du Peuple, le même qui fit un rapport sur le rappel de Cicéron. Des éditions portent Lucius Memmius.

fit lui-même son rapport au sénat assemblé
en grand nombre, et le sénat en corps dé-
cida qu'on prendroit les habits de deuil pour
me retenir dans ma patrie.

O jour désastreux pour le sénat et pour
tous les gens de bien ! jour déplorable pour
la République, affligeant pour mon cœur,
à jamais glorieux pour ma mémoire ! Tous
les siècles passés offrent-ils rien de plus beau,
de plus illustre ? Un seul citoyen est en péril ;
et tous les bons citoyens (1) par une délibération privée, tout le sénat par un décret
public, prennent pour lui seul des habits de
deuil ? Et si l'on prit alors ces vêtemens, ce
n'étoit pas pour solliciter en ma faveur, mais
pour témoigner sa tristesse. En effet, qui auroit-on sollicité ? tout le monde avoit pris des
habits de deuil, et n'en point avoir, c'étoit
s'annoncer pour un mauvais citoyen. Au milieu
de ces témoignages de douleur, de cette dé-

---

(1) Cicéron dit dans le discours aux Romains après
son retour, que ces bons citoyens qui prirent pour
lui des habits de deuil, étoient au nombre de vingt
mille, et nous avons observé alors qu'ils étoient tous
de l'ordre équestre : c'est donc oratoirement que Cicéron dit en général, *tous les bons citoyens.*

solation générale , je ne parle pas de ce que
fit le tribun du Peuple, ce fléau de toutes
les loix divines et humaines, ce furieux qui
après avoir permis aux plus nobles de la jeunesse et aux plus distingués des chevaliers
romains de venir solliciter pour moi, les fit
poursuivre par les épées et par les pierres de
ses satellites ; je parle des consuls dans qui
la République auroit dû trouver un puissant
secours. Gabinius s'élance du sénat tout hors
de lui-même, aussi troublé, aussi déconcerté,
que si quelques années auparavant il étoit
tombé au milieu de la troupe de ses créanciers:
il assemble le Peuple, et quoique consul, il
débite une harangue que ne se seroit jamais
permise Catilina vainqueur. L'on se trompoit
fort, disoit-il, si l'on pensoit que le sénat
eût encore quelque pouvoir dans la République ; les chevaliers romains expieroient cette
journée, où, sous mon consulat, ils avoient
paru avec des armes dans la rue du Capitole (1) ; le tems étoit arrivé où ceux que la

_____

(1) Lorsque les sénateurs étoient assemblés dans le
temple de la Concorde pour délibérer sur le sort des
conjurés.

crainte tenoit abattus, (c'étoit les conjurés
qu'il vouloit dire) pourroient se venger. Quand
il se seroit borné à ces propos, il mériteroit
les derniers supplices, puisque les discours
pernicieux d'un consul suffisent seuls pour
renverser l'état : mais voyez ce qu'il a fait.
Lamia (1) avoit pour moi une amitié tendre,
vu mes liaisons intimes avec son père et avec
son frère ; il auroit désiré de subir même la
mort pour la patrie : Gabinius l'a exilé en
pleine assemblée, il lui a ordonné de s'éloigner
de Rome de deux cens mille pas, parce qu'il
avoit osé supplier le Peuple, pour un citoyen,
pour un ami, pour le sauveur de la République, pour la République elle-même.

Qu'ordonner d'un tel homme ? quel supplice réserver à un citoyen si cruel, ou plutôt
à un si détestable ennemi ? Sans parler du
reste qui lui est commun avec son odieux
collègue, il a cela de particulier, d'avoir
banni, relégué hors de Rome, je ne dis pas
un chevalier Romain, je ne dis pas un homme
distingué par son mérite et sa vertu, je ne

____

(1) Lucius Lamia, un des plus illustres chevaliers
romains.

dis pas un citoyen dévoué à la République,
je ne dis pas dans le tems même qu'il dé-
ploroit avec le sénat et tous les gens de bien
les malheurs d'un ami et de la République ;
je dis seulement un citoyen Romain, qui, sans
jugement préalable, a été chassé de sa patrie
par la simple (1) ordonnance d'un consul.
La plus grande insulte qu'on ait jamais faite
aux alliés Latins, insulte dont il y a très-peu
d'exemples, c'est de leur avoir ordonné de
la part des consuls de sortir de Rome. Ce
bannissement toutefois n'étoit qu'un retour
dans leurs villes, vers leurs Dieux pénates ;
la disgrace étoit commune, l'affront ne tomboit
sur personne nommément : mais ici que
voyons-nous ? quoi ? un consul, par une
simple ordonnance, éloignera de leurs foyers
des citoyens Romains, il les bannira de leur
patrie ! il choisira ses victimes, les condam-
nera, les exilera selon son caprice ! Si Gabinius
avoit pensé que la République dût jamais
posséder des hommes tels que vous, ô nos

---

(1) Au lieu de *aut edicto*, j'ai lu avec Manuce
suo edicto. —— *Dont il y a très-peu d'exemples.*
L'histoire n'en offre que deux, l'an 267 de la fondation de Rome, et l'an 631.

juges; s'il avoit cru qu'il resteroit dans Rome quelque vestige, quelque ombre des tribunaux, auroit-il jamais osé abolir le sénat dans la République, dédaigner les prières de l'ordre équestre, enfin anéantir, par des ordonnances nouvelles et inouies, les droits et la liberté de tous les citoyens?

Quoique vous m'écoutiez, Romains, avec la plus favorable attention, je crains toutefois que vous ne soyez surpris de me voir reprendre les choses de si haut, et me permettre de si longs récits préliminaires; je crains qu'on ne se demande quel rapport il peut y avoir de la cause de Sextius avec les crimes de ceux qui ont persécuté la République avant son tribunat. Pour moi, je me suis proposé de montrer que Sextius n'a eu d'autre vue, d'autre intention, tant qu'il a été tribun, que de relever la République de sa chûte, que de remédier à tous ses maux. Et si, en parlant des coups mortels portés à la patrie, vous trouvez que je parle un peu trop de moi-même, pardonnez-le moi, je vous en conjure. Car vous et tous les gens de bien, vous avez vu dans ma disgrace un des plus rudes coups qu'ait reçus la République; et c'est uniquement à cause de moi que Sextius est accusé. Comme il a consacré tout son tribunat à l'affaire de mon rappel, les circonstances de mon exil et de mon retour se trouvent liées nécessairement avec sa justification.

Le sénat étoit donc dans l'affliction ; tous les citoyens, d'après une ordonnance publique, avoient pris des habits de deuil ; il n'y avoit point dans l'Italie de ville municipale, point de colonie, point de préfecture (1) ; il n'y avoit point à Rome de compagnie de fermiers, point de communauté, point de corporation quelle qu'elle pût être, qui n'eût porté le décret le plus honorable pour me retenir dans ma patrie, lorsque tout-à-coup les deux consuls ordonnent aux sénateurs de reprendre leurs vêtemens ordinaires. Quel consul empêcha jamais le sénat d'obéir à ses propres décrets ? Quel tyran défendit jamais les pleurs à des malheureux ? Etoit-ce donc peu, Pison (2), pour ne parler que de vous, et non de votre collègue, d'avoir

(1) Pour les différentes villes d'Italie. Voyez nos préliminaires.

(2) Cicéron adresse la parole à Pison absent ; car il étoit alors dans son gouvernement de Macédoine.

trompé tout le monde, au point de dédaigner
l'autorité du sénat, de mépriser les conseils
des meilleurs citoyens, de trahir la République,
de deshonorer le nom de consul ? oserez-
vous encore défendre à des Romains de déplorer
leur propre disgrace, celle de la République et
la mienne, de témoigner leur tristesse en
prenant des habits de deuil ? Soit que ces
habits servissent à pleurer leurs propres maux,
ou à solliciter en ma faveur, qui jamais fut
assez cruel pour empêcher qui que ce
soit de s'affliger pour lui-même ou de solliciter
pour (1) un autre ? Quoi donc ? n'avons-nous
pas coutume de prendre des habits de deuil
lorsque nos amis sont accusés ? N'en a-t-on
pas pris pour vous, Pison ? N'en a-t-on pas
même vu prendre à ceux que vous avez choisis
pour lieutenans, sans nul décret du sénat et même
avec l'opposition de cet ordre ? S'affligera

(1) Mot à mot, *ou supplier d'autres*, sous-entendu
pour un autre. —— *N'en a-t-on pas pris pour vous ?*
On ne sait pas dans quel tems et de quoi Pison étoit
accusé. —— *A ceux que vous avez....* Les gouverneurs
de provinces demandoient des lieutenans au sénat ;
Pison et Gabinius s'étoient dispensés de cette formalité. —— *D'un citoyen....* de Cicéron lui-même.

donc qui voudra sur le sort d'un homme
perdu de réputation, d'un traître à la République; et dans la cause d'un citoyen honoré
de la bienveillance de tous les gens honnêtes,
illustré par une foule de services rendus à la
patrie, il ne sera point permis au sénat de
s'affliger sur le péril d'un tel citoyen, sur
un péril qui se trouvoit lié avec celui de la
République !·

Les mêmes consuls (si l'on doit donner
ce titre à des hommes dont nous voudrions
tous effacer les noms de notre mémoire, et
même des fastes publics) les mêmes consuls,
après avoir stipulé pour des provinces, pro-
duits devant le Peuple dans le cirque Flaminius (1) par un tribun furieux, fléau de la
patrie, confirmèrent par leurs discours et
leurs suffrages, au milieu de vos gémissemens
redoublés, tout ce que ce tribun avoit dit contre
la République et son défenseur. En présence
et sous les yeux des mêmes consuls, on porta
une loi qui ôtoit toute leur force aux auspices
et aux augures, qui empêchoit de s'opposer

_____

(1) Cirque Flaminius distingué du grand Cirque,
appellé *Circus maximus.*

à aucune loi, qui permettoit de porter des loix tous les jours (1) fastes ; une loi qui abolissoit les loix Ælia et Fusia. Qui ne voit pas que cette seule loi a détruit la République entière ? A la vue, et de l'aveu des mêmes consuls, on faisoit des levées d'esclaves devant le tribunal Aurélius, sous prétexte d'établir des communautés nouvelles ; on enrôloit des citoyens dans tous les quartiers, on les rangeoit par bandes, on les excitoit à la violence, au massacre, au pillage. Sous les mêmes consuls, on transportoit publiquement des armes dans le temple de Castor, on arrachoit (2) les degrés du même temple ; des

(1) *Jours fastes*, jours où l'on pouvoit traiter avec le Peuple ; *jours nefastes*, jours où on ne le pouvoit pas. Le consul Fusius, pour empêcher la multitude des loix tribunitiennes, porta une loi d'après laquelle on ne pourroit traiter avec le Peuple que certains jours fastes. Clodius fit abolir cette loi, ainsi que celle portée par le consul AElius, d'après laquelle on pouvoit s'opposer à une loi en faisant annoncer des auspices contraires. — *Tribunal Aurélius*, construit dans le forum par Marcus Aurélius Cotta.

(2) *On arrachoit les degrés*, qui étoient de bois et point à demeure.

hommes

hommes armés étoient maîtres du forum et
des assemblées ; on lançoit des pierres , on
faisoit couler le sang ; il n'y avoit plus de
sénat ; les autres magistrats n'étoient plus
rien ; un seul , par ses violences et ses brigandages , possédoit l'autorité de tous : il n'avoit
par lui-même aucune force ; mais ayant détaché de la République les deux consuls en
leur assurant les provinces qu'ils désiroient ,
il triomphoit avec insolence , il dominoit en
tyran , il effrayoit beaucoup de monde par
la crainte et par les menaces , il en gagnoit
plus encore par l'espérance et par les promesses.
Les choses étoient donc réduites à cet état
déplorable ; le sénat n'avoit point de chefs ,
et , à la place des chefs , il ne trouvoit que des
traîtres , ou plutôt des ennemis déclarés ; tout
l'ordre équestre étoit cité par les consuls à leur
tribunal , on rejettoit le vœu de toute l'Italie ;
les citoyens se voyoient exilés nommément ,
ou contenus par la crainte et par le péril ;
les temples receloient des armes , le forum
offroit des gens armés ; tous ces actes de violence
se trouvoient autorisés par le silence des consuls , et même par leur approbation expresse ;
sous les yeux de tous ses habitans , la ville

Tome VIII.   P

n'étoit pas encore, il est vrai, détruite et renversée, mais déjà prise et opprimée par les méchans : toutefois, au milieu de tels désordres, secondés par le zèle et l'affection des bons citoyens, nous aurions tenu ferme.

Mais d'autres allarmes, d'autres soins, d'autres soupçons m'ont arrêté. Je vais vous exposer aujourd'hui, Romains, les motifs et tout le plan de ma conduite. Je tâcherai de satisfaire votre empressement pour m'entendre, et celui de toute cette assemblée la plus nombreuse qu'il me souvienne d'avoir jamais vue dans aucun jugement. Oui, s'il est vrai que, malgré la bonté de ma cause, malgré le zèle des sénateurs et le parfait accord des gens de bien déterminés à me défendre, malgré l'ardeur de l'Italie prête à résister de tous ses efforts ; s'il est vrai que, malgré ces avantages, j'aie cédé à la fureur d'un vil tribun, j'aie redouté l'audace et les emportemens de méprisables consuls ; je l'avoue, j'ai été trop timide, j'ai manqué de résolution et de courage. Quelle différence entre ma situation et celle de (1) Métellus ! Tous les

(1) Quintus Métellus Numidicus, dont il est parlé dans plusieurs des discours qui précèdent.

gens de bien trouvoient sa cause juste ; et
cependant elle n'étoit défendue, ni par les
sénateurs en corps, ni par aucune compagnie
particulière, ni par les décrets de toute l'Italie.
En refusant seul de jurer sur une loi portée
par la violence, Métellus avoit plus considéré
sa gloire personnelle que le salut de la
République ; enfin il ne paroissoit montrer
tant de courage que pour sacrifier à la réputation d'homme ferme la satisfaction de
rester dans sa patrie. Il avoit à combattre
contre l'invincible armée de Marius ; il se
voyoit pour ennemi Marius lui-même , le
libérateur de la patrie, consul pour la sixième
fois ; il lui falloit résister à Saturninus, tribun
pour la seconde fois, homme vigilant, qui
soutenoit la cause du Peuple, sinon avec
modération, du moins avec désintéressement
et d'une manière agréable au Peuple. Il se retira
donc, et voici son motif ; ou vaincu par des
hommes courageux, il auroit trouvé une fin peu
honorable ; ou vainqueur, il auroit privé la République d'un grand nombre de braves citoyens.
Ma cause , au contraire , étoit défendue, par le
sénat d'une manière ouverte , par l'ordre
équestre avec chaleur, par toute l'Italie d'un

commun accord, par tous les gens de bien
avec zèle et comme leur propre cause. Les
actes de rigueur (1) qu'on me reprochoit, je
les avois faits, non de moi-même, mais comme
chef et exécuteur de la volonté générale ;
non pour ma gloire propre, mais pour le
salut commun des citoyens, je dirai presque
de toutes les nations. Enfin, je les avois faits
par des principes qui imposoient à tous
l'obligation de les soutenir et de les défendre.
J'avois à combattre, non contre une armée
victorieuse, mais contre de misérables artisans
payés et ameutés pour piller la ville ; j'avois
pour ennemis, non Marius, la terreur des
ennemis, l'espoir et le soutien de la patrie,
mais deux monstres cruels, que l'indigence,
que la multitude des dettes, que la légèreté
et la perversité avoient liés et enchaînés aux
volontés d'un tribun. Mon adversaire dans
Rome n'étoit pas un Saturninus qui, sachant
que c'étoit pour lui faire affront qu'on avoit
donné l'intendance des blés, qui lui appartenoit comme questeur d'Ostie (2), à Marcus

(1) La condamnation et le supplice des conjurés.
(2) Ostie, ville et port à l'embouchure du Tibre.

Scaurus, le premier du sénat et de la ville, pour-
suivoit avec chaleur la vengeance de cet outrage:
j'avois en tête l'amant adultère de sa propre
sœur, le prostitué de riches bouffons, un
pontife d'abominations et d'infamies (1), un
empoisonneur, un faussaire, un brigand, un
assassin. Si j'avois terrassé par la force et par
les armes de tels ennemis, comme j'aurois pu
le faire aisément, comme j'aurois dû le faire,
comme l'exigeoient de moi de bons et braves
citoyens, aurois-je appréhendé qu'on ne me
blâmât d'avoir repoussé la force par la force,
qu'on ne s'affligeât de la mort de citoyens
pervers, de la mort d'ennemis domestiques ?

Mais voici, Romains, ce qui m'a fait
impression. Un tribun furieux crioit dans
toutes les assemblées que ce qu'il faisoit pour
me perdre, il le faisoit par le conseil de

Les vaisseaux qui apportoient du blé à Rome abor-
dòient à ce port.

(1) Le *stuprorum sacerdos* du latin a une force
particulière. Clodius s'étoit introduit dans la maison
de César, non pour célébrer des sacrifices, *non sa-
crorum sacerdos*, mais pour commettre un adultère,
sed stuprorum sacerdos.

Pompée, aujourd'hui mon ami le plus ardent, et qui le fut toujours tant qu'il put l'être. A entendre le fléau de l'état, Crassus, cet homme ferme, avec lequel j'avois des liaisons intimes, étoit déclaré contre mes intérêts. Dans les harangues qu'il débitoit tous les jours, il représentoit César comme mon plus mortel ennemi; tandis que César ne devoit pas même m'en vouloir, puisque je n'avois rien fait qui pût m'attirer son inimitié. Il devoit, disoit-il, se servir de ces trois hommes pour le diriger dans ses projets, pour le seconder dans l'exécution. L'un (1) avoit une puissante armée dans l'Italie; les deux autres, quoique particuliers, pouvoient lever et commander des troupes quand ils voudroient; et ils devoient en lever, disoit-il. Pour m'effrayer, il m'opposoit, non un jugement du Peuple, non une discussion juridique, non une accusation en forme, mais la violence, mais des armes, des armées, des camps, des généraux.

Quoi donc? les discours d'un ennemi, et sur-tout de vains discours, qui calomnioient

_____

(1) *L'un*, César; *les deux autres*, Crassus et Pompée.

si méchamment d'illustres citoyens, me cau-
soient-ils quelque inquiétude? Non, sans doute;
et ce qui m'inquiétoit, ce n'étoient point les paroles de Clodius, mais le silence de ceux sur
qui tomboient ses calomnies. Quoiqu'ils eussent
d'autres raisons pour se taire, il sembloit
néanmoins à des hommes timides qu'ils par-
loient en se taisant, qu'ils avouoient en ne
niant pas. Ils avoient pris de l'allarme, ils
craignoient que tous les actes de l'année précédente (1) ne fussent attaqués par les préteurs,
infirmés par le sénat et par les principaux
de la ville; ils ne vouloient donc point
indisposer contre eux un tribun ami du
Peuple : leurs propres périls, disoient-ils, les
touchoient de plus près que les miens. Toutefois Crassus étoit d'avis que les consuls se
chargeassent de ma cause. Pompée imploroit
leur secours; tout particulier qu'il étoit,
disoit-il, il n'abandonneroit pas une cause
dont des personnes publiques se seroient
chargées. Lorsqu'il se montroit si fort attaché

_____

(1) *L'année précédente*, l'année où César avoit été
consul. —— *Par les préteurs*, Caïus Memmius et Lucius Domitius.

à ma personne , si zélé pour le salut de la République , des hommes envoyés exprès dans ma maison (1) , l'avertirent d'être sur ses gardes ; ils prétendoient qu'on formoit chez moi des desseins contre ses jours. Ils lui firent naître ce soupçon , les uns en lui écrivant des lettres , les autres par des émissaires , d'autres de vive voix ; ensorte que Pompée, qui certainement ne craignoit rien de ma part, croyoit néanmoins devoir se défier d'eux ; il appréhendoit que , sous mon nom, ils ne formassent contre lui quelque entreprise. César lui-même , que des gens peu instruits croyoient le plus irrité contre moi , César étoit aux portes de Rome (2) , revêtu d'un commandement ; son armée étoit en Italie , et il avoit laissé à la tête de ses troupes le frère même du tribun mon ennemi.

Moi donc qui voyois, et il n'étoit pas difficile de le voir , qu'il n'y avoit plus de

(1) Des hommes s'introduisoient dans la maison de Cicéron , comme s'ils eussent été ses amis , ou comme pour lui faire leur cour ; et ils écrivoient à Pompée pour l'engager à se défier de lui.

(2) Il attendoit pour partir que Clodius eût porté sa loi de l'exil de Cicéron. — *Le frère même ,* Appius Pulcher.

sénat dans une ville qui ne pouvoit subsister
sans le sénat ; que les consuls, qui auroient
dû être les chefs du conseil public, avoient
travaillé eux-mêmes à anéantir le conseil
public ; que, dans toutes les assemblées,
les plus puissans personnages (1) étoient
dépeints aussi faussement que malicieusement
comme les principaux moteurs de ma perte ;
qu'on débitoit tous les jours contre moi de
séditieuses harangues, que personne n'ouvroit
la bouche ni pour la République, ni pour
moi ; qu'on pensoit, à tort il est vrai, mais
enfin qu'on pensoit que des légions entières
sous les armes menaçoient vos têtes et vos
biens ; moi qui voyois que les anciens complices de la conjuration, que cette troupe
furieuse de Catilina, défaite (2) et mise en
déroute, se rallioit sous un nouveau chef,
à la faveur d'une révolution inattendue : moi,
dis-je, qui voyois toutes ces circonstances,
que pouvois-je faire, Romains ? Ce n'est pas,
je le sais, ce n'est pas votre zèle qui m'a

(1) César, Crassus, Pompée. — *Des légions*, les
légions de César.

(2) Au lieu d'*effusam*, je lis avec un savant *fusam*.

manqué ; c'est moi, je le dirai presque, qui
ai manqué à votre zèle. Moi simple particulier , aurois-je combattu les armes à la main
contre un tribun du Peuple ? Les bons auroient vaincu les méchans , le courage auroit
triomphé de la lâcheté , on auroit tué celui dont
la mort seule (1) pouvoit purger la patrie
d'un poison fatal. Que gagnoit-on par-là ?
Ne restoit-il plus d'ennemis à combattre ?
Etoit-il douteux que le sang du tribun ,
et un sang répandu sans nul décret public ,
ne trouvât des vengeurs dans les consuls ?
Clodius lui-même avoit dit en pleine assemblée , qu'il me falloit nécessairement, ou périr
sans ressource , ou vaincre deux (2) fois. Que

(1) Dans le texte *und sold*. Un de ces deux mots
auroit pu suffire : l'orateur les a réunis pour les for-
tifier l'un par l'autre.

(2) Voici l'explication des paroles de Clodius et de
celles de Cicéron. Dans ce combat de Cicéron avec les
consuls et moi , il faut qu'il périsse sans ressource ,
qu'il soit tué ou exilé sans espoir de retour , ou qu'il
vainque deux fois. Pour moi, dit Cicéron, quand il
m'eût fallu périr seul, être tué ou exilé sans retour ,
et non subir un exil qui auroit fini , qui auroit tourné
à la honte et à la perte de ceux qui me l'auroient fait

vouloit dire vaincre deux fois ? Sinon qu'après
avoir combattu contre un tribun forcené, je
serois obligé de combattre contre les consuls
et ses autres vengeurs. Pour moi, quand il
m'eût fallu périr seul, dans le sens de Clodius,
et non recevoir un coup, qui ne devoit être
mortel que pour ceux qui me l'auroient porté,
j'aurois encore mieux aimé périr sans ressource
que vaincre deux fois. La seconde guerre
que nous aurions eu à soutenir étoit de telle
nature, que vaincus ou vainqueurs, nous ne
pouvions plus avoir de République. Mais si,
au premier combat, vaincu par la puissance
du tribun, j'eusse succombé dans le forum
avec une foule de gens de bien, que seroit-il
arrivé ? Les consuls, oui, sans doute, les
consuls auroient assemblé le sénat, eux qui
l'avoient anéanti. Ils auroient fait prendre les
armes aux sénateurs, eux qui ne leur avoient
pas même permis de défendre la République
en prenant des habits de deuil. Ils auroient,

subir, j'aurois mieux aimé.... Le mot latin *perire*,
renferme les deux idées que je lui donne, et c'est en
me représentant bien ces deux idées, que je crois avoir
saisi le vrai sens de cet endroit qui a beaucoup embarrassé les commentateurs.

après ma mort, abandonné le parti du tribun, eux qui avoient voulu que le moment de ma perte fût celui de leur récompense.

Il ne me restoit qu'un parti à prendre, qu'auroit pu me proposer un cœur ardent et magnanime. Vous seriez resté, vous auriez résisté, vous auriez expiré en combattant. Ici je t'en atteste, ô ma patrie, je vous en atteste, Dieux pénates de Rome, la conservation de vos demeures et de vos temples, le salut de mes concitoyens qui toujours me fut plus cher que la vie, voilà ce qui m'a fait fuir le combat et le carnage. En effet, si étant sur mer dans un navire avec mes amis, des pirates venoient fondre sur nous de plusieurs endroits, s'ils menaçoient de couler à fond notre vaisseau, à moins qu'on ne me sacrifiât seul à leur haine; si, dans une telle position, mes compagnons de voyage se refusoient à cette cruauté, s'ils aimoient mieux périr avec moi que de me livrer aux ennemis, ne me serois-je pas jetté au fond de la mer pour sauver des amis si généreux, plutôt que de les exposer à une mort certaine, ou même au péril de mourir? Mais, renfermé dans le vaisseau de la République, dont on avoit

arraché au sénat le gouvernail , et qui er-
roit en pleine mer , battu par les flots de la
sédition et de la discorde ; au milieu de tant
de flottes armées prêtes à fondre sur ce vaisseau . si je n'étois sacrifié seul ; lorsqu'on ne
parloit que de proscriptions, de meurtres, de
pillages ; lorsque les uns ne me défendoient
pas , parce qu'ils se croyoient eux-mêmes en
danger , que les autres étoient animés contre
moi par une vieille haine contre les gens
de bien, d'autres par un sentiment de jalousie,
d'autres parce qu'ils me croyoient un obstacle
à leurs projets, d'autres parce qu'ils vouloient
satisfaire leur ressentiment , d'autres parce
qu'ils haïssoient la République et qu'ils
s'affligeoient du repos des bons citoyens ; lorsque, pour toutes ces raisons différentes, j'étois
la seule victime qu'on demandoit , aurois-je
combattu , vous aurois-je exposés vous et
vos enfans à une perte certaine, ou du moins
à un péril manifeste , plutôt que de subir
seul le malheur dont tous étoient menacés ?
Les méchans auroient été vaincus. Oui, mais
c'étoient des citoyens , mais ils auroient été
vaincus par un particulier qui étant consul
avoit sauvé la République sans prendre les

armes. Si les gens de bien avoient succombé,
quelle ressource nous restoit-il ? ne voyez-
vous pas que Rome seroit au pouvoir des
esclaves ?

Devois-je, comme quelques-uns le pensent,
subir courageusement la mort ? Quoi donc ?
fuyois-je alors la mort ? n'étoit-elle pas le principal objet de mes desirs ? Lorsque je faisois
de si grandes choses au milieu d'une si grande
foule de méchans, n'avois-je pas la mort,
n'avois-je pas l'exil devant les yeux ? N'étoit-ce
point là, dans le cours de ma vie, comme
le sort que me réservoit la destinée ? Dans
une telle affliction des miens, séparé des objets
les plus chers, abreuvé d'amertume, dépouillé
de tout ce que j'avois reçu de la nature ou
de la fortune, devois-je tenir bien fortement
à la vie ? Etois-je assez stupide, assez peu
instruit, assez peu philosophe pour craindre
la mort ? N'avois-je rien vu ? N'avois-je rien
entendu ? N'avois-je rien appris en consultant
les livres et les savans ? Ne savois-je pas que
la carrière de la vie est courte, que celle de
la gloire est immense et sans terme ; que la
mort étant une loi imposée à tous les hommes,
on devoit souhaiter qu'une vie soumise à cette

loi commune, parût plutôt un présent destiné à la patrie qu'un tribut réservé à la nature ? Ignorois-je que les plus grands philosophes étoient partagés d'opinions, que, suivant les uns, tout sentiment de l'ame s'étei-
gnoit dans le trépas ; que, selon les autres,
l'ame des hommes sages et courageux, déga-
gée des liens du corps, n'en avoit que plus
de force et d'activité : or, que la privation
de tout sentiment n'étoit pas un mal, qu'un
sentiment plus parfait étoit même un bien ?
Enfin moi, qui n'avois cessé de rapporter
tout à la gloire, intimement convaincu que
sans elle, il n'y a rien de desirable sur la
terre ; moi qui savois que, dans Athènes,
les filles du roi Erecthée, je pense, avoient
méprisé la mort (1) pour la patrie ; moi per-

---

(1) Eumolpe, roi de Thrace, étant venu attaquer
les Athéniens, et les Dieux demandant une victime
humaine, les filles d'Erecthée, roi d'Athènes, s'of-
frirent à une mort volontaire, et une d'entre elles
fut immolée. L'orateur dit *je pense*; parce qu'il ne
vouloit point paroître trop instruit des histoires de la
fable. Tout le monde connoît l'action courageuse de
Quintus Mucius Scœvola, et le généreux dévouement
des deux Décius, père et fils.

sonnage consulaire , après tant d'actions glorieuses , devois-je craindre la mort ? Moi ,
dis-je , citoyen d'une ville où l'on avoit vu
Quintus Mucius se rendre seul dans le camp
de Porsenna avec le dessein de le tuer et
certain lui-même de mourir , où l'on avoit vu
Publius Décius se dévouer avant la bataille
pour procurer le salut et la victoire au Peuple
Romain , et le fils bien digne du père suivre
quelques années après son exemple , où l'on
en avoit vu tant d'autres , dans des guerres
diverses , affronter courageusement le trépas ,
soit pour acquérir de la gloire , soit pour se
soustraire à l'opprobre , où enfin le père de
Crassus , ame ferme et courageuse , pour ne
point voir un ennemi vainqueur (1) , s'étoit
arraché la vie de la même main qui souvent
avoit donné la mort aux ennemis de Rome?

Rempli de ces réflexions et de beaucoup
d'autres encore , je voyois que si en mourant
je ruinois la cause commune , il ne se trou-
veroit plus personne qui osât soutenir les intérêts de l'état contre les mauvais citoyens.

(1) *Un ennemi vainqueur* , Cinna. Après *victorem* ,
des éditions portent *vivus* , qui est inutile.

Aussi

Aussi pensois-je que si j'étois enlevé par une mort violente, ou même emporté par la maladie, on verroit périr avec moi un puissant motif de défendre la République. En effet, si je n'eusse pas été rétabli par le sénat et le Peuple, par tous les gens de bien qui s'y portoient avec tant d'ardeur (et certainement je n'aurois pu l'être, si j'eusse perdu la vie) qui jamais＊ dans la crainte de s'attirer la moindre haine, eût osé se charger de quelque partie du gouvernement ? Mon départ, Romains, a donc sauvé la République : le massacre, la désolation, les incendies, les rapines, mon affliction et mes larmes les ont éloignés de vous et de vos enfans. Seul, j'ai sauvé deux fois la République : d'abord par la gloire de mes actions, ensuite par l'amertume de mes peines. Non, je ne puis oublier que je suis homme, je ne puis me glorifier de m'être vu sans regret privé du meilleur des frères, d'enfans chéris, d'une épouse fidèle, de votre présence, de ma patrie et du rang honorable que j'y occupe. Si j'avois eu cette indifférence, me sauriez-vous un gré infini d'avoir abandonné pour vous des objets auxquels je serois peu attaché ? La preuve,

Tome VIII.   Q

selon moi , la plus certaine de l'amour que je porte à la patrie , c'est que ne pouvant en être éloigné sans une douleur extrême , j'ai mieux aimé endurer cette douleur, que de voir ma patrie renversée par les méchans.

Je me rappellois qu'un personnage rare et divin , sorti des mêmes contrées que nous (1) pour le salut de cet empire , Caïus Marius , s'étant soustrait, dans une extrême vieillesse, à la violence d'une guerre presque juste , d'abord s'étoit vu réduit à plonger et à cacher dans des marais son corps chargé d'années , puis à Minturnes avoit imploré la commisération des hommes de la dernière classe ; que de-là , avec une frêle barque , fuyant tous les rivages et tous les ports , il avoit abordé sur les côtes les plus désertes de l'Afrique. Ainsi Marius , ne voulant point rester sans vengeance , se réserva pour de meilleurs tems (2)

(1) Marius et Cicéron étoient tous deux de la ville d'Arpinum.—*D'une guerre presque juste* , la guerre que Sylla fit à Marius et à ses partisans , dont plusieurs étoient des brouillons et des séditieux.

(2) *Ad reipublicae statum* , ajoutez ou sous-entendez *meliorem.* On peut voir les diverses corrections de cèt endroit que proposent des savans.

et pour une espérance fort incertaine : moi, à la conservation duquel, comme plusieurs l'ont dit en mon absence dans le sénat, la sûreté publique étoit attachée, et qui pour cette raison étois recommandé aux nations étrangères par une lettre des consuls (1) d'après l'avis du sénat, n'aurois-je pas trahi la République, si j'eusse abandonné le soin de mes jours ? A présent que je suis rétabli et que je vis encore, on voit vivre en moi un exemple frappant de l'affection publique, un exemple qui engage à défendre la patrie ; et si cet exemple subsiste toujours, qui ne voit point que cet empire subsistera éternellement ? Les guerres étrangères avec les Peuples (2) et les monarques sont éteintes depuis long-tems, au point que ceux que nous laissons en paix, nous savent gré de notre modération. Enfin, les succès militaires n'ont attiré à presque personne la haine des citoyens ; au lieu que nous avons fréquemment à lutter contre les dissensions

(1) *Des consuls*, Lentulus et Métellus, successeurs de Gabinius et Pison.

(2) *Natio* est plus étendu que *gens*, et *gens* l'est plus que *Populus*. J'ai traduit *les Peuples* en général.

domestiques , contre les complots de l'audace.
Il faut conserver dans la République un remède
contre les dangers auxquels on s'expose en la
défendant ; et ce remède auroit été perdu , si
ma mort eût ôté au sénat et au Peuple le
pouvoir de témoigner toute leur sensibilité
dans ma disgrace.

Ainsi , jeunes Romains , qui n'avez en vue
que les intérêts de l'état, l'honneur et la gloire,
je crois avoir acquis le droit de vous donner
cet avis et cette leçon : si quelque jour les circonstances vous engagent à défendre la République contre les mauvais citoyens , que la
considération de ma disgrace ne vous rende pas
moins ardens , moins portés à prendre de
généreuses résolutions. Non (1) , vous n'avez
pas à craindre que jamais la République ait
de pareils consuls , sur-tout s'ils éprouvent le
sort qu'ils méritent. D'ailleurs nul méchant ,
comme je l'espère , n'abusera du silence des
citoyens honnêtes, pour oser dire qu'il attaque
la République avec leur secours et par leur
conseil ; nul n'épouvantera les citoyens pai-

---

(1) Cicéron fait le détail de toutes les circonstances
qui ont causé son exil, dont nous avons assez parlé.

sibles en les menaçant de légions sous les armes ; un général aux portes de Rome n'aura pas de sujet légitime pour souffrir qu'on puisse se prévaloir de la terreur de son nom ; le sénat (1) ne sera jamais assez opprimé pour qu'il ne lui soit pas permis de prendre les habits de deuil et de solliciter pour un malheureux ; l'ordre équestre ne sera jamais assez affoibli pour laisser exiler des chevaliers Romains par un consul. Malgré toutes ces circonstances fâcheuses, et d'autres plus fâcheuses encore que je supprime à dessein , vous avez vu (2) cependant qu'après une disgrace passagère, je me suis vu rappellé dans ma patrie et rétabli dans mon ancien rang par la voix même de la République.

Mais je reviens à ce que je me suis proposé de montrer dans toute cette partie de mon discours, que c'est la perversité des consuls qui, durant une année désastreuse, a plongé la République dans un abîme de maux. D'abord, le jour même qui a été si funeste

(1) Paul Manuce propose avec raison de lire *nunquam etiam* au lieu de *nunquam enim.*

(2) J'ai lu *vidistis* au lieu de *vidissetis.*

pour moi et si déplorable pour tous les gens
de bien, dans ce jour où je m'étois arraché de votre présence et des bras de ma patrie,
où, moins allarmé pour moi que pour vous,
j'avois cédé aux emportemens, à la scélératesse, à la perfidie, aux traits et aux menaces
d'un furieux, où j'avois abandonné ma patrie
qui m'étoit si chère par amour pour cette même
patrie ; dans ce jour où non-seulement les
hommes, mais encore les maisons et les temples
de la ville pleuroient ma disgrace, cette disgrace si soudaine, si affreuse, si accablante,
où aucun de vous n'osoit regarder le forum,
ni la salle du sénat, ni même la lumière ; dans
ce même jour, que dis-je dans ce même jour,
à la même heure, au même instant, on a
conclu ma perte et celle de l'état, on a proposé d'accorder des provinces à Pison et à Gabinius. Dieux immortels, gardiens et conservateurs de Rome et de cet empire, quels crimes
horribles, quels monstrueux forfaits vous
avez vus dans la République ! On l'avoit chassé
ce citoyen qui, secondé par tous les citoyens
vertueux et autorisé du sénat, avoit defendu
la patrie ; on l'avoit chassé pour cette raison-là
même ; on l'avoit chassé sans aucune forme

juridique, par la violence, avec le fer et les
pierres, enfin avec des troupes d'esclaves ameutés ; le forum (1) désert, abandonné à des
esclaves et à des assassins, on avoit porté
une loi, quoique les sénateurs eussent pris
des habits de deuil pour empêcher qu'elle ne
fût portée : dans une confusion si universelle,
les consuls ne laissèrent pas même l'espace
d'une nuit entre le coup qui me frappa et le
partage de leur proie (2). Dès que je fus terrassé, ils accoururent pour s'abreuver de mon
sang, et pour enlever les dépouilles de la République respirant encore. Je ne parle point des
réjouissances de mes ennemis, des repas qu'ils
se donnoient, du partage des deniers du trésor,
des graces prodiguées, des espérances, des
promesses, du butin, de la joie d'un petit
nombre d'hommes au milieu de l'affliction
générale. Ma femme se voyoit en butte aux
plus indignes persécutions ; on destinoit mes

(1) Latin, *vastato*. Un savant explique ce mot,
deserto vacuato, civibus è foro depulsis. Paul Manuce lit *vasto*, qu'il explique à-peu-près de même.

(2) Je préfère la leçon *inter meum casum et suam
praedam*.

Q 4

enfans à une mort déplorable ; Pison, consul, rejettoit les supplications de mon gendre, de mon gendre Pison prosterné à ses genoux ; mes biens étoient pillés et portés chez les consuls ; ma maison brûloit sur le Palatium, les consuls se livroient à la joie des festins. Eh ! s'ils se réjouissoient de mes malheurs, les dangers de Rome devoient-ils les trouver insensibles ?

Mais laissons ce qui me concerne ; rappellez-vous, Romains, les autres désastres de cette année malheureuse : par-là vous verrez sans peine quels puissans remèdes la République avoit à desirer des nouveaux magistrats. Rappellez-vous ce nombre infini de loix, tant celles qui ont été portées que celles qui n'ont été que proposées (1). Car on a porté des loix, dirai-je sans l'opposition des consuls ? Je dirai plutôt avec leur approbation, pour que les recherches de la censure, pour que les jugemens sévères de cette magistrature auguste fussent détruits dans la République. On en a porté, non-seulement pour que d'anciennes

_____

(1) Latin, *promulgatae*, affichées pour être examinées.

corporations fussent rétablies contre le vœu du
sénat , mais même pour qu'une multitude de
nouvelles fussent établies par un seul gladiateur ; pour que la remise de la somme légère (1)
exigée pour le blé abolît la cinquième partie
presque des revenus publics ; pour que la Syrie
fût donnée à Gabinius , au lieu de la Cilicie
qu'il avoit demandée comme prix de sa trahison , pour qu'un infâme pût faire délibérer
deux fois sur le même objet , pût échanger la
province qu'une loi lui avoit conférée. Je ne
parle pas de cette loi (2) qui d'un seul coup a
détruit tout ce que la religion a de plus sacré,
la sainteté des auspices , l'autorité des magistrats , toutes les loix concernant les formalités
prescrites pour établir des loix nouvelles ; je
ne parle pas de tous nos désastres domestiques :
nous avons vu les nations étrangères elles-
mêmes ébranlées par les fureurs de cette année.

(1) Latin , *remissis semissibus et trientibus* , la
remise des demi-as, et tiers d'as. L'as romain ne va-
loit qu'un sol ou douze deniers de notre monnoie : le
demi-as, six deniers ; le tiers d'as quatre deniers ; un
demi-as un tiers, dix deniers.

(2) Nous avons assez parlé dans ce qui précède , de
tous les renversemens causés par les loix de Clodius.

Une loi tribunitienne a destitué et dépouillé
de son sacerdoce le prêtre de la Cybèle de
Pessinonte ; elle a vendu à prix d'or le plus
ancien et le plus vénérable des temples, à
Brogitarus, personnage infâme, indigne d'un
sacerdoce qu'il avoit desiré, non pour le
remplir, mais pour le souiller ; elle a fait
nommer rois par le Peuple des hommes qui
n'avoient jamais demandé ce titre, même au
sénat ; elle a rappellé à Byzance des exilés
qui avoient subi une sentence de condamnation, dans le tems où elle chassoit de Rome
des citoyens qui n'avoient pas été condamnés.
Le roi (1) Ptolémée n'avoit pas encore reçu du
sénat le titre d'allié, mais il étoit frère d'un
roi qui avoit déjà obtenu ce titre honorable :
ses droits à ce titre étoient les mêmes ; il
avoit la même naissance, les mêmes ancêtres,

(1) Ptolémée, roi de Cypre, dont nous avons parlé
dans des discours qui précèdent. Son frère, roi d'A-
lexandrie, Ptolémée, surnommé Aulétès. Dans le
texte, *rex Ptolemaeus* est un nominatif qui n'a pas de
suite. Aussi après *perfruebatur* faudroit-il mettre des
points qui annonceroient cette irrégularité. Il se rencontre assez souvent dans Cicéron de ces phrases
oratoirement irrégulières.

il étoit par eux aussi anciennement allié du Peuple Romain ; s'il ne portoit pas encore le nom d'allié , il n'avoit jamais été notre ennemi ; paisible , tranquille , à l'abri de notre empire , il jouissoit d'un repos auguste et royal dans les états qu'il tenoit de son père et de son aïeul : il ne songeoit à rien , il ne soupçonnoit rien , lorsqu'une troupe de misérables artisans ont donné contre lui leurs suffrages : il a été décidé qu'il seroit vendu à l'encan , en personne , avec sa pourpre , son sceptre, avec toutes les marques de sa royauté ; et que , sous l'empire du Peuple Romain qui se plaît à rendre aux rois qu'il a vaincus dans la guerre et leurs peuples et leurs royaumes , un roi son ami , à qui on ne reprochoit aucune injure , à qui on n'avoit demandé aucune réparation , seroit vendu avec tous ses biens au profit du trésor.

Parmi une foule de révolutions , aussi malheureuses que déshonorantes , qu'a produites cette année fatale , je ne sais si les excès commis envers ce prince n'approchent point beaucoup de l'attentat que s'est permis envers moi l'atrocité de mes ennemis. Nos ancêtres ont laissé régner du moins jusqu'au mont

Taurus Antiochus-le-Grand , avec lequel ils avoient eu une guerre sanglante , et qu'ils avoient vaincu sur l'un et l'autre élément. Pour le punir , ils se contentèrent de lui ôter l'Asie , et de l'ajouter aux états d'Attalus (1). Nous avons soutenu une guerre aussi longue que cruelle contre Tigrane , roi d'Arménie ; il nous avoit presque attaqués le premier en attaquant nos alliés : c'étoit par lui-même un ennemi terrible ; et il avoit recueilli dans ses états , il avoit défendu de toute sa puissance le roi Mithridate chassé du Pont , le plus mortel ennemi de cet empire : repoussé par Lucullus , grand homme et grand général , il conserva les mêmes sentimens avec le reste de ses forces , et demeura notre ennemi dans le cœur. Pompée le voit dans son camp prosterné humblement à ses genoux , il le relève , lui remet sur la tête le diadême que ce roi en avoit ôté lui-même , lui impose certaines con-ditions , et lui laisse son royaume , persuadé qu'il n'étoit pas moins glorieux pour lui et

(1) Attalus , roi de Pergame. Ici la mémoire de Cicéron l'a trompé : c'est à Eumène , fils d'Attalus, que les Romains donnèrent une partie des états d'Antiochus.

pour cet empire de rétablir sur son trône un
monarque que de le tenir dans les fers. Ainsi
donc (1) un prince qui avoit été lui-même
l'ennemi du Peuple Romain, qui avoit recueilli dans ses états notre plus mortel ennemi :
un prince qui a combattu contre nous, qui
nous a livré des batailles, qui nous a presque
disputé l'empire, règne aujourd'hui, et a
obtenu par ses prières le nom d'ami et d'allié
qu'il avoit outragé par les armes (2) : tandis
que cet infortuné roi de Cypre, qui fut
toujours de cœur notre ami et notre allié, que
jamais on ne chargea d'aucun soupçon fâcheux
auprès du sénat ni de nos généraux, a été
vendu à l'encan lui-même en personne
avec ses habits et ses domaines. Et les
autres rois regarderont après cela leur condition comme bien assurée, lorsque, par un
exemple donné dans cette année funeste, ils
voient qu'un tribun et six cents misérables

(1) Le texte *tulit, gessit* ne présente aucun sens.
Lambin corrige, d'après l'autorité d'un ancien manuscrit, *Tigranes igitur, qui et ipse....*

(2) *Qu'il avoit outragé par les armes*, en attaquant nos amis et nos alliés.

peuvent dépouiller un roi de ses biens et de son royaume !

Mais ils ont entrepris dans cette affaire de ternir la gloire de Caton (1) ; insensés qui ne voyoient pas ce que peuvent la sagesse, l'intégrité, la grandeur d'ame, enfin la vraie vertu ; la vertu calme au fort de la tempête, rayonnante dans les ténèbres, ferme dans son poste et inséparable de la patrie, quoiqu'on l'en repousse, toujours belle de son propre éclat et ne pouvant jamais être obscurcie par des souillures étrangères. Ils ne prétendoient point honorer Caton, mais l'éloigner ; ils ne prétendoient point lui confier un emploi, mais lui imposer un fardeau. Ils se vantoient en pleine assemblée d'avoir enchaîné cette langue qui toujours s'éleva avec courage contre les commissions extraordinaires. Ils sentiront bientôt, je l'espère, que ce courage subsiste encore, qu'il a même acquis, s'il est possible, un nouveau degré de force. Caton

---

(1) Clodius ayant porté une loi contre le roi de Cypre, chargea Caton de l'exécution, il le chargea de vendre les biens du monarque, et d'en rapporter le produit au trésor. Caton s'acquitta de sa commission avec la plus scrupuleuse intégrité.

désespéroit de pouvoir rien gagner sur les
consuls par l'autorité de son nom; il les at-
taqua par la véhémence des paroles, et après
mon éloignement, déplorant le sort de la République et le mien, il exhala son indignation
contre Pison assez fortement pour faire impression sur cet homme le plus pervers et le
plus effronté des hommes, pour le faire repentir presque d'avoir extorqué une province.
Pourquoi donc Caton a-t-il déféré à la loi de
Clodius? comme s'il ne s'étoit pas déjà soumis
à des loix qu'il croyoit injustes. Son dessein
n'est pas, en bravant les orages populaires,
de nous priver d'un citoyen tel que lui, sans
aucune utilité pour la République. Sous mon
consulat, désigné tribun du Peuple, il exposa
ses jours, il ouvrit un avis (1) dont il voyoit
qu'il devoit soutenir le risque au péril de sa
tête, il le donna avec fermeté, il parla avec
vigueur, il manifesta avec hardiesse ses sentimens; ce fut lui qui conseilla, conduisit,
exécuta toutes les résolutions d'alors. Ce n'est
pas qu'il n'apperçût le danger où il s'exposoit
lui-même; mais, dans l'horrible tempête qui

_____

(1) L'avis de condamner à mort ceux des conjurés
dont on étoit saisi.

agitoit la République, il croyoit ne devoir s'occuper que des dangers de la patrie. Suivit bientôt son tribunat. Que dirai-je de sa grandeur d'ame admirable, de son rare courage ? Vous vous rappellez ce jour où, son collègue (1) s'étant emparé des rostres, lorsque nous craignions tous pour la vie de ce grand homme, de cet excellent citoyen, il vint lui-même au forum avec un air intrépide, il appaisa par sa présence les clameurs du Peuple et réprima par sa vertu seule les efforts des méchans. S'il brava alors le péril, c'est qu'il avoit des raisons (2) pour le braver : il n'est pas nécessaire de dire combien ces raisons étoient puissantes. Mais s'il n'eût point déféré à la loi odieuse lancée contre le roi de Cypre, la République n'en eût pas moins porté le

(1) Quintus Métellus Népos, qui vouloit porter une loi injuste. *Templo occupato.* On appelloit *templum* en latin tout espace de terrein désigné et consacré par les augures. Or la partie du forum appellée *rostra* étoit dans ce cas.

(2) Ces raisons étoient d'empêcher que Pompée ne revînt avec son armée sous prétexte d'appaiser les troubles de la République, dans la crainte qu'ayant la force en main, il ne s'emparât du gouvernement.

deshonneur.

déshonneur. Le royaume de ce prince étoit déjà confisqué, lorsqu'on chargea Caton nommément d'exécuter la loi ; et s'il eût rejetté la commission, croyez-vous qu'on ne lui eût pas fait violence comme à un homme qui seul pouvoit anéantir tous les actes de cette année de trouble ? Il voyoit aussi que, le royaume déjà confisqué, dans l'impuissance où l'on étoit d'effacer la tache imprimée à la République par cette confiscation, il importoit que ce fût lui plutôt qu'un autre qui tirât des maux de la République tout le bien qu'on en pouvoit tirer. Mais quand même, dans ces tems malheureux, il eût été chassé de Rome par quelque autre violence, il se seroit soumis sans peine à cette disgrace. En effet Caton, qui l'année précédente (1) s'étoit absenté du sénat où il auroit pu trouver en moi un zélé défenseur de ses sentimens, pouvoit-il demeurer bien volontiers dans une ville d'où j'étois chassé, dans une ville où le sénat et son propre avis étoient condamnés dans ma personne? Il a cédé aux mêmes circonstances que nous, à la même fu-

_____

(1) *L'année précédente*, sous le consulat de César, où tout se faisoit par la force, et contre les usages.

reur, aux mêmes consuls, aux mêmes menaces, aux mêmes attaques et aux mêmes périls.
Nous avons essuyé une disgrace plus amère,
mais il a ressenti une douleur aussi vive.

Les monarques et les nations étrangères
furent toujours sous la protection des consuls ;
c'étoit donc aux consuls à se plaindre de tant
d'injustices criantes commises envers les alliés,
envers les rois, envers les villes libres. Cependant a-t-on jamais entendu de leur part une
seule parole ? Après tout, quand ils l'auroient(1)
voulu, auroient-ils osé le faire ? se seroient-ils
plaints de l'injure faite à un roi de Cypre, eux
qui ont abandonné un citoyen, et un citoyen
qu'on attaquoit moins en son nom qu'au nom
de la patrie ; eux qui, loin de me défendre
lorsque j'étois debout, ne m'ont pas même
couvert de leur bras lorsque j'étois renversé ?
Si l'on veut, ce qui n'est point, que le Peuple
fût animé contre moi, j'ai cédé à la haine publique ; j'ai cédé aux circonstances, si tout

(1) *Quis auderet....* Après *quis* sous-entendez *ho-*
rum, sans doute, *consulum*. Un savant corrige,
quanquam quis audiret si maximè queri vellent. La
correction est ingénieuse, mais on peut s'en passer.
Un citoyen, Cicéron lui-même.

alloit être bouleversé ; aux armes, si on pré-
paroit la violence ; aux complots des magistrats, s'ils avoient stipulé ma perte ; je me suis
sacrifié pour la République , si les citoyens
étoient en péril. Pourquoi , je le demande , lorsqu'on proscrivoit la tête et les biens d'un citoyen (je ne dis pas de quel citoyen) ; lorsqu'il
est défendu par les loix sacrées et par les douze
tables de diriger une loi contre un seul particulier, lorsqu'il n'est permis de prononcer
sur son existence que dans une assemblée par
centuries, pourquoi n'a-t-on pas entendu une
seule parole des consuls ? Pourquoi, dans
l'année de leur magistrature , a-t-il été décidé ,
autant qu'il a dépendu des deux fléaux de cet
empire, qu'au gré d'un tribun secondé par une
populace ameutée, un citoyen pouvoit nommément être expulsé de Rome ? Quelles loix
n'a-t-on pas proposées cette année ? quelles promesses, quelles signatures, quelles espérances
n'a-t-on pas données ? quels projets n'a-t-on pas
formés ? que dirai-je encore ? Est-il quelque endroit sur la terre qui n'ait pas été destiné pour
lors à tel homme ? Quelle commission publique a-t-on pu souhaiter ou imaginer qui n'ait
été assignée et adjugée à tel autre ? Quel genre

R 2

de commandement, quelle sorte de gouvernement n'inventoit-on pas? Quel moyen ne trou-
voit-on pas d'enlever et d'accumuler de l'or?
Y avoit-il quelque région, quelque contrée un
peu considérable, où l'on ne se permît d'établir un roi? Quel monarque dans cette année
ne crut point devoir ou acheter ce qu'il n'avoit
pas, ou racheter ce qu'il avoit? Qui est-ce qui
demandoit au sénat des provinces, de l'argent
et des lieutenans? On réhabilitoit des hommes
condamnés pour des actes de violence; on
ménageoit (1) à ce fameux prêtre du Peuple
des facilités pour obtenir le consulat. Voilà ce
que les bons déploroient, ce que les méchans
desiroient, ce que le tribun faisoit, ce que fa-
vorisoient les consuls.

Alors Pompée, en dépit de ceux qui, par
leurs mauvais conseils et par leurs fausses
allarmes, avoient empêché cet homme ferme,
cet excellent citoyen, de prendre ma défense,
Pompée, dis-je, réveilla un peu plus tard qu'il
ne l'auroit voulu, cette ardeur qu'il montra
toujours dans l'administration de la Répu-

_____

(1) A Clodius qui s'étoit introduit dans une maison
où l'on sacrifioit pour le Peuple.

blique; ardeur que quelques soupçons avoient, je ne dis pas assoupie, mais ralentie. Ce grand homme (1) dont de coupables citoyens, dont les plus terribles ennemis, dont de puissantes nations, dont de puissans monarques, dont des peuples féroces et jusqu'alors inconnus, dont une multitude infinie de pirates, dont les esclaves même, avoient illustré la valeur et signalé les exploits; ce grand homme qui en terminant toutes les guerres sur terre et sur mer, avoit donné à l'empire romain les mêmes limites que celles du monde : Pompée ne souffrit pas que les crimes de quelques pervers détruisissent une patrie qu'il avoit sauvée lui-même plus d'une fois, non-seulement par ses conseils, mais encore au prix de son sang. Il prit en main la cause publique, il arrêta par l'autorité de son nom le mal qu'on vouloit faire encore, il se plaignit de celui qu'on avoit déjà fait. Les affaires prenoient un meilleur tour, et l'on commençoit à mieux espérer. Aux calendes de juin, le sénat en grand nombre fit, sans nul avis contraire, un arrêté pour

_____

(1) Cicéron fait ici un tableau rapide de toutes les victoires de Pompée.

mon rappel , sur le rapport de Ninnius , dont le zèle et le courage dans ma cause ont été inébranlables (1). Il n'y eut d'opposant qu'un je ne sais quel Ligus , qui vint se joindre à la troupe de mes ennemis. Le parti que j'avois laissé dans Rome sembloit revivre et reprendre des forces. Tous ceux qui , dans ma disgrace , avoient eu quelque part au crime de Clodius , essuyoient un (2) refus ou une condamnation, quelle que fût la dignité qu'ils demandassent , quel que fût le procès qu'on leur intentât : il ne se trouvoit personne qui convînt avoir donné contre moi son suffrage. Mon frère avoit quitté l'Asie, éprouvant au dedans de lui-même une bien plus vive douleur que celle qu'il témoignoit au dehors : toute la ville étoit venue à sa rencontre avec des gémissemens et des larmes ; le

(1) *Sans nul avis contraire* , de la part des sénateurs ; car il y eut une opposition de Quintus Ælius Ligur ou Ligus, tribun du Peuple. Il s'étoit détaché du parti de Cicéron pour se joindre à ses ennemis. Il se prétendoit de la famille des Ligus, origine que Cicéron lui dispute.

(2) J'ai traduit d'après la pensée de Paul Manuce, qui croit qu'avant *damnabatur*, il manque le verbe *repellebatur*.

sénat parloit plus librement ; les chevaliers romains accouroient de toutes parts ; Pison , mon gendre, qui n'a pu recevoir ni de moi ni du Peuple, le prix de sa tendresse (1) , demandoit son beau-père à son parent proche ; le sénat ne vouloit rien écouter qu'après que les consuls auroient proposé mon affaire. Elle étoit près d'être terminée : la seule chose qui arrêtoit, c'est que les consuls s'étoient lié les mains en stipulant pour des provinces ; et lorsqu'en particulier on les pressoit dans le sénat de dire leur avis sur mon rappel , ils objectoient la crainte de la loi Clodia. Mais comme ils ne pouvoient plus tenir davantage, il est décidé qu'on se défera de Pompée. Ce dessein ayant été découvert et le poignard saisi, cet illustre personnage resta enfermé dans sa maison tant que mon ennemi fut en place. Huit tribuns (2)

(1) Il mourut avant le retour de Cicéron.

(2) Lorsque Clodius proposa la loi de l'exil de Cicéron, les neuf autres tribuns étoient bien disposés pour celui-ci , mais ils n'osoient point s'opposer à Clodius. Ils prouvèrent leur disposition favorable pour notre orateur, parce qu'en son absence ils proposèrent son rétablissement. Un seul se rangea du côté de ses

proposèrent mon rétablissement. Je vis par-là, non point que le nombre de mes amis s'étoit accru en mon absence, dans une conjoncture où quelques-uns de ceux que je croyois mes amis ne l'étoient pas, mais qu'ayant toujours eu la même amitié pour moi, ils n'avoient point toujours eu le même courage. Je puis même dire que j'avois eu d'abord pour moi neuf tribuns, et qu'un seul se détacha pendant mon absence : il avoit pris un surnom dans la famille des Ælius , et il l'a trahi ; c'étoit, sans doute, afin de paroître plutôt de la nation des Liguriens que de la famille des Ligus (1). Cette année donc , de nouveaux magistrats étant désignés, et tous les gens de bien fondant sur eux l'espoir d'un plus heureux avenir , Lentulus, à la tête de tous les autres , malgré les oppositions de Pison et de Gabinius , se chargea de ma cause, la défendit par l'ascendant de sa personne autant que par la force de ses dis-

ennemis, Je crois avec plusieurs critiques qu'il faut ajouter la particule négative *non* avant *mihi absenti.*

(1) Ligus ou Ligur, signifie Ligurien , et de la famille des Ligus. Comme les Liguriens passoient pour perfides , Cicéron joue en conséquence sur le mot.

cours ; et sur le rapport de huit tribuns, il donna son avis en ma faveur dans les termes les plus honorables. L'intérêt de sa gloire et l'éclat d'un si grand bienfait auroient demandé que cette cause fût réservée toute entière pour le tems de son consulat, il le sentoit ; toutefois il aima mieux qu'une affaire de cette importance fût terminée promptement par d'autres que plus tard par lui-même.

Cependant Sextius, tribun désigné, entreprit un voyage pour mon rappel ; il se rendit auprès de César. Ce qu'il fit, ce qu'il gagna auprès de ce général, est étranger à la cause. Pour moi, je suis persuadé que si César, comme je pense, nous étoit favorable, son voyage n'a servi de rien, et que, s'il nous en vouloit un peu, il n'a pas servi de beaucoup. Mais enfin vous voyez le zèle de Sextius et la droiture de ses vues. Je commence à entrer dans son tribunat : car c'est le premier voyage qu'il ait entrepris, comme tribun désigné, pour les intérêts de la République. Il crut qu'il importoit au bien de la paix et au succès de notre cause, que César ne nous fût pas contraire. L'année fatale enfin écoulée, on commençoit à respirer : on n'avoit pas encore recouvré la Répu-

blique, mais on concevoit de bonnes espérances. Nos deux vautours (1), en habit de
général, étoient partis chargés d'imprécations.
Eh ! que ces imprécations n'ont-elles obtenu
leur effet ! nous n'aurions point perdu la province de Macédoine avec une armée, nous
n'aurions point perdu dans la Syrie notre ca-
valerie et nos meilleures cohortes. Les tribuns
du Peuple, qui avoient tous promis d'appuyer
la loi de mon rappel, entrent en exercice. Le
premier que mes ennemis achètent, c'étoit
celui qu'on appelloit Gracchus (2), par une

(1) Pison et Gabinius, qu'il appelle vautours, parce
qu'ils alloient piller et déchirer leurs provinces. Lorsqu'un citoyen partoit pour aller prendre le commandement d'une armée ou le gouvernement d'une province, on l'accompagnoit jusqu'aux portes en lui
faisant des souhaits heureux : pour Pison et Gabinius,
on les chargeoit d'imprécations.

(2) Cicéron parle ici du tribun Numérius Quintius :
comme il étoit né de parens obscurs, habitans de la
campagne, l'orateur le compare à un rat échappé des
buissons. Gracchus étoit de la famille Quintia et de la
Sempronia ; de-là, Quintius prenoit ou on lui donnoit
le nom de Gracchus. L'autre tribun étoit Sextus Atilius
Serranus. Cicéron prétend qu'il étoit né d'un pauvre
paysan, et fait sur son nom des plaisanteries qu'il

plaisanterie qu'on se permettoit dans la tristesse. Car, pour le malheur de l'état, ce rat
échappé des buissons, cherchoit à ronger la
République. Un autre, qui ne ressembloit en
rien à ce Serranus tiré de la charrue, mais qui
sortit du grenier presque vuide de Gavius
Olelus, s'étoit fait enter sur la famille des Calatinus Atilius ; cet autre, après s'être joint à
huit des tribuns qui avoient inscrit leurs noms
sur des tablettes, retira tout-à-coup sa tablette
et son nom (1). Arrivent les calendes de janvier.
Vous pouvez savoir les faits mieux que moi-
même, que moi, dis-je, qui n'en parle que
par oui dire ; vous savez combien fut nombreuse l'assemblée du sénat, quelle fut l'attente

n'est pas facile d'entendre. Quel est le vrai sens de
calatis granis ? Il veut dire mot à mot, les grains
étant en petit nombre et pouvant se compter. Au
reste, on sait que Caïus Atilius Serranus, surnommé
Calatinus, fut tiré de la charrue pour commander les
troupes.

(1) Cet endroit n'est pas facile à entendre. Il faut
supposer que, parmi les dix tribuns, huit avoient inscrit leurs noms sur des tablettes, pour annoncer
qu'ils favoriseroient le rappel de Cicéron. Sextus
Atilius Serranus s'étoit joint d'abord à ses huit

du Peuple, le concours des députés de toute
l'Italie, le courage, les discours, la fermeté du
consul Lentulus, la modération de son collègue (1). Celui-ci déclara que la différence
des sentimens dans les affaires de la République, avoit fait naître entre nous des inimitiés, mais qu'il les sacrifieroit sans peine aux
vœux des sénateurs et aux intérêts de la République.

Alors Cotta, à qui on demanda le premier (2) son avis, parla avec une gravité vraiment digne de la République : dans tout ce qui
s'étoit fait contre moi, il ne voyoit rien, disoit-il, de juridique, rien qui fût conforme aux
loix, ou aux anciens usages ; on ne pouvoit
chasser de la ville un citoyen sans un juge-

collègues, mais ensuite s'étant vendu aux ennemis
de notre orateur, et ayant changé d'avis, il retira sa
tablette et son nom. Lui et Numérius Quintius se
détachèrent donc des huit autres tribuns.

(1) De Quintus Métellus Népos.

(2) Lorsqu'il y avoit un consul désigné dans le
sénat, c'étoit lui qui donnoit le premier son avis :
sinon c'étoit le sénateur à qui le consul le demandoit
le premier, à raison d'amitié étroite ou de parenté
proche.

ment; on ne pouvoit porter de loi, on ne
pouvoit même prononcer sur l'existence d'un
citoyen que dans une assemblée par centuries ;
tout ce qu'on avoit fait contre moi n'étoit
qu'une violence, une suite du bouleversement
général, et des troubles affreux qui agitoient la
République, dans un tems où il n'y avoit plus
ni droit ni justice ; voyant l'état menacé des
plus horribles révolutions, je m'étois retiré
pour un moment, je m'étois dérobé à l'orage
et à la tempête, dans l'espérance de voir bientôt
renaître le calme ; ainsi mon absence ayant
sauvé la République d'aussi grands périls qu'a-
voit fait auparavant ma présence, je devois
être rétabli par le sénat, et rétabli avec distinction. Il tint encore plusieurs discours aussi
pleins de sagesse ; telles étoient, disoit-il, les
idées et les paroles dans lesquelles étoit conçue
la loi de ce furieux et détestable ennemi de
toute pudeur et de toute chasteté, que, quand
même elle auroit été portée suivant les formes,
elle ne pourroit avoir force de loi ; comme donc
je n'avois pas quitté Rome en vertu d'une loi,
je ne devois pas être rétabli par une loi, mais
rappellé par une décision du sénat. Il n'y avoit
personne qui ne convînt de la justesse de ses

raisonnemens ; mais Pompée, qui parla ensuite, après avoir loué et approuvé l'avis de
Cotta, dit que, pour ma tranquillité, pour
que je n'eusse plus à craindre d'émeute populaire, on devoit ajouter à la décision du sénat
le jugement du Peuple. Tous les sénateurs par-
loient à l'envi pour mon rappel ; ils s'expli-
quoient avec plus de force et d'éloquence les
uns que les autres, les avis étoient unanimes :
cet Atilius, fils de Gavius, se leva, comme
vous savez. Quoiqu'on eût acheté son opposition, il n'osa point s'opposer ouvertement ; il
demanda une nuit pour délibérer. Aussi-tôt
clameurs du sénat, plaintes et supplications :
son (1) beau-père se jette à ses genoux. Atilius
proteste que le lendemain il n'y aura de sa
part aucun retardement. On le croit, on se
sépare. Nos ennemis cependant profitent de la
longueur de la nuit pour doubler le salaire du
délibérateur. Il restoit fort peu de jours du mois
de janvier, pendant lesquels le sénat pût se
tenir ; il n'y fut parlé que de mon affaire.

On rendoit inutile la décision de cette com-

_____

(1) *Son beau-père*, Cnæus Oppius ; il est nommé
dans un autre discours.

pagnie ; on la jouoit par toutes sortes de délais et de difficultés : vint enfin le jour de tenir à mon sujet une assemblée du Peuple : c'étoit le 23 de janvier. Fabricius (1), mon ami sincère, qui s'étoit chargé de proposer mon rappel, s'empare du temple de Castor un peu avant le jour. Sextius fut tranquille ce jour-là, lui qu'on accuse de violence. Le défenseur de ma cause ne fait rien, il attend que mes ennemis se déclarent. Que font cependant ceux à l'instigation desquels Sextius est accusé ? Comment se comportent-ils ? Avec des gens armés dont la plupart étoient des esclaves, ils s'emparent bien avant dans la nuit, de tout le forum, de la salle du sénat et du comice ; ils se jettent sur Fabricius, le frappent, tuent quelques-uns de ceux qui l'accompagnoient, en blessent un grand nombre : ils repoussent avec violence Cispius, tribun du Peuple, bon citoyen, homme ferme, qui se rendoit au forum ; ils font un horrible carnage. Tous avec des épées nues et ensanglantées, dans toutes les parties

_____

(1) Quintus Fabricius, tribun du Peuple, dévoué à Cicéron. — *Du temple de Castor*, qui étoit dans la place publique. Il y en a qui entendent *templum* de la partie de la place publique où étoient les Rostres.

du forum, vouloient se jetter sur mon frère, sur un frère rempli de vertu, de courage et d'attachement pour ma personne ; ils le cherchoient des yeux, le demandoient de la voix. Dans l'extrême douleur de mon absence, il se seroit présenté lui-même à leurs traits, non pour les repousser, mais pour recevoir la mort, s'il ne s'étoit ménagé dans l'espoir de mon retour. Il essuya cependant la violence odieuse de ces abominables brigands ; et s'étant rendu aux Rostres pour supplier le Peuple Romain, pour lui demander le rappel de son frère, il en fut repoussé, et resta dans le comice, étendu par terre, caché sous des corps morts d'esclaves et d'affranchis (1) ; enfin il défendit sa vie à la faveur des ténèbres et de la fuite, et non par le secours des loix et des jugemens. Vous vous le rappellez, Romains ; le Tibre étoit rempli des corps de vos compatriotes, les égoûts en regorgeoient, on étanchoit le sang dans la place publique avec des éponges : tout le monde se disoit que cette troupe nombreuse de gladiateurs rangés autour de Clodius,

(1) *D'esclaves et d'affranchis*, dont lui sans doute, et les autres partisans de son frère s'étoient fait accompagner.

que

que cet appareil si magnifique n'étoit pas celui
d'un particulier ou d'un plébéien , mais d'un
patricien et d'un préteur (1) : vous vous rappellez qu'avant ce tems et même pendant ce
jour de trouble , on ne pouvoit rien reprocher
à Sextius.

Mais , dira-t-on , il y a eu de la violence
dans le forum. Oui , certes ; et quand y en
eut-il davantage ? Nous avons vu souvent des
pierres jettées ; et non pas aussi souvent, mais
trop souvent encore, des épées tirées : qui jamais vit dans le forum un si grand carnage , un
si grand amas de corps morts , sinon dans
les tems malheureux de Cinna (2) et d'Octavius ? Les esprits étoient-ils alors échauffés ?
Souvent une sédition s'excite par l'opiniâtreté
ou la fermeté de celui qui s'oppose à une loi ,

(1) Tout le monde se disoit que Clodius , devenu
simple particulier et passé par l'adoption dans l'ordre
des plébéiens , avoit emprunté à Appius Pulcher, son
frère , patricien et alors préteur, les gladiateurs qu'il
avoit rassemblés pour donner des jeux au Peuple.

(2) Lucius Cornélius Cinna , grand partisan de
Marius ; Cnæus Octavius , partisan de Sylla. Consuls
ensemble, ils eurent de violens démêlés , qui furent
suivis des plus horribles massacres.

par la faute et la perversité de celui qui la
porte , par quelque avantage ou quelque largesse dont on flatte la multitude ignorante ;
elle s'excite par la contestation des magistrats ;
elle commence insensiblement par des cris ,
elle continue par quelque division dans l'assemblée ; ce n'est qu'à l'extrémité et très-rarement
qu'on en vient aux mains. Mais qu'une sédition se soit excitée la nuit , sans qu'on ait dit
un seul mot , sans que l'on ait convoqué aucune assemblée , sans qu'on ait fait lecture
d'aucune loi , qui jamais l'a entendu dire ?
Est-il vraisemblable qu'un citoyen Romain ,
qu'un homme libre , soit venu au forum avant
le jour , avec une épée , pour empêcher de
proposer mon rappel ? On ne peut le croire
que de ces hommes qu'un citoyen dangereux
et pervers engraisse depuis long-tems du sang
de la République. Je le demande à l'accusateur
lui-même qui se plaint que Sextius se soit fait
escorter , tant qu'il a été tribun , d'une troupe
de gens armés : l'a-t-il fait ce jour-là ? Non ,
certes , non , il ne l'a pas fait. Le parti de la
République n'a donc succombé , ni par les
auspices , ni par une opposition , ni par les
suffrages , mais par l'audace , par la violence,

par le fer. Si le préteur qui disoit avoir pris
les auspices , avoit interrompu Fabricius , la
République auroit reçu un coup sensible ,
mais enfin un coup sur lequel elle se seroit
contentée de gémir. Si un collègue de Fabricius eût fait intervenir une opposition , il
auroit blessé la République , mais enfin il
l'auroit blessée dans les formes. Comment ?
vous déchaînerez dans la place publique avant
le jour , avec des assassins échappés des prisons ,
de jeunes gladiateurs (1) achetés sous prétexte
de l'édilité ; vous en chasserez des magistrats ,
vous y ferez un carnage horrible , vous la
rendrez déserte ; et après avoir employé la
violence et les armes , vous accuserez celui
qui s'est fait escorter , non pour vous attaquer ,
mais pour être en état de défendre ses jours !
Cependant Sextius n'a pas même commencé
dès-lors à se faire escorter pour paroître en
sûreté dans le forum , pour exercer sa charge ,
et gouverner la République. Aussi , comptant
sur l'inviolabilité du tribunat , croyant que les
loix sacrées le mettoient à l'abri , non-seule-

_____

(1) Outre ceux que vous avez empruntés à Appius
votre frère.

ment des armes et de la violence , mais encore
de toute parole injurieuse , de toute crainte
même d'être interrompu en parlant , il se
rendit au temple de Castor , il annonça au
consul (1) des auspices contraires, quand tout-
à-coup cette troupe de Clodius , qui avoit
déjà triomphé plus d'une fois dans le massacre
des citoyens, s'écrie , s'anime , se jette sur le
tribun désarmé et sans défense. Les uns l'attaquent avec des épées , les autres avec des
bâtons et des débris de barrières. Accablé de
coups , le corps tout meurtri et criblé de blessures , il tomba presque sans vie , et n'évita
la mort que parce qu'on le croyoit déjà tué.
Comme ses ennemis le voyoient étendu par
terre , percé de coups et respirant à peine ,
ils s'arrêtèrent enfin , moins par pitié et par
modération que par erreur, et parce qu'ils
étoient las de frapper.

Et Sextius est accusé de violence ! Pourquoi?
parce qu'il respire. Mais ce n'est pas sa faute:
il ne lui a manqué que le dernier coup ; le

_____

(1) Sans doute , au consul Métellus qui portoit
quelque loi nouvelle sans aucun rapport à Cicéron
avec lequel il s'étoit réconcilié.

coup qui auroit épuisé le reste de son sang et de sa vie. Prenez-vous-en à Lentidius ; il n'a pas frappé où il falloit. Maudissez cet assassin de Réate , Sabinius qui s'est écrié (1) trop tôt que Sextius étoit tué. Mais pourquoi accuser Sextius ? S'est-il soustrait au fer de ses ennemis ? S'est-il opposé à la violence ? N'a-t-il pas présenté sa gorge au glaive comme on l'exige des gladiateurs ? Est-ce une violence de ne pouvoir achever de mourir , d'avoir ensanglanté un temple , lui tribun du Peuple ? Est-ce une violence de ne s'être pas fait reporter , lorsqu'il eut repris ses sens , à la place d'où on l'avoit enlevé ? Où trouvez-vous ici matière à accusation ? Je vous le demande , Romains , si la troupe de Clodius (2) eût exécuté ce jour-là ce qu'elle vouloit ; si Sextius , qui fut laissé

(1) *Tàm tempori* , manière de parler latine ; *avant le tems, trop tôt.* —— Plus bas, comme on l'*exige des gladiateurs.* Un gladiateur vaincu , pour satisfaire le Peuple , devoit accepter la mort avec courage , et présenter lui-même la gorge au glaive de ses adversaires.

(2) Latin *gens Clodia* , mot à mot , la famille Clodia : c'est ainsi que l'orateur nomme plaisamment la troupe de Clodius. Des éditions portent *Clodiana ;* mais l'autre leçon est préférable.

pour mort , fût mort réellement , auriez-vous
couru aux armes , vous seriez-vous animés
par le souvenir des sentimens de vos pères et
de la vertu de vos ancêtres ? Auriez-vous enfin
arraché la République des mains d'un affreux
brigand , ou seriez-vous même alors restés
tranquilles ? Auriez-vous hésité , auriez-vous
craint d'agir , en voyant la République enva-
hie et opprimée par d'infâmes assassins et par
de vils esclaves ? Ainsi donc vous auriez vengé
la mort de Sextius pour peu que vous eussiez
voulu être libres, et recouvré la République ;
et ce que vous devez dire , ce que vous devez
penser , ce que vous devez décider du courage de Sextius , vous en douteriez encore !
Mais nos parricides eux-mêmes , dont une
longue impunité nourrit la fureur brutale ,
avoient conçu une telle frayeur de leur forfait ,
que , si le bruit eût couru plus long-tems que
Sextius étoit mort , ils vouloient tuer leur
Gracchus (1) pour nous imputer ce meurtre.
Le villageois avisé découvrit leur dessein dont
ils ne purent se taire ; il comprit qu'on vouloit

(1) C'est le Quintus Numérius surnommé Gracchus , dont nous avons parlé plus haut.

répandre son sang pour étouffer l'odieux du forfait de Clodius. Il se saisit donc de la casaque de muletier avec laquelle il étoit venu d'abord à Rome pour paroître aux comices, et se cacha dans une manne de moissonneur. Comme les uns cherchoient Numérius, les autres Quintius, il se sauva à la faveur de son double nom. Vous savez tous qu'il fut en péril jusqu'à ce qu'on eût appris que Sextius n'étoit pas mort. Si la chose n'eût pas été sue un peu plutôt que je ne voudrois, ils n'auroient pu à la vérité, en tuant l'homme qui leur étoit vendu, faire retomber l'odieux de ce meurtre sur ceux qu'ils croyoient en charger ; mais du moins ils auroient diminué l'infamie d'un crime horrible par une sorte de crime agréable.

Que si Sextius eût rendu dans le temple de Castor le dernier soupir qu'il retint à peine, je ne doute pas, pourvu qu'il y eût eu dans Rome un sénat, pourvu que la majesté du Peuple Romain eût repris un peu de son lustre, je ne doute pas qu'on n'eût enfin érigé une statue à Sextius, comme ayant été tué pour la patrie. Nul de ceux dont vous voyez aux Rostres les statues, que leur ont érigées nos ancêtres, parce qu'ils ont subi le trépas pour

cet empire , ne seroit préférable à Sextius ?
soit que l'on considérât le genre cruel de mort,
ou le dévouement à la République. Ce seroit ,
en effet, pour avoir soutenu la meilleure de
toutes les causes, la cause d'un ami , la cause
d'un malheureux , la cause d'un citoyen bienfaiteur de la patrie , la cause du sénat, la
cause de l'Italie , la cause de la République ;
ce seroit enfin lorsque, fidèle observateur
des auspices et des formules religieuses , il
annonçoit à un consul avec sincérité des auspices contraires , que Sextius auroit été tué
par des scélérats, par des gens abominables ,
publiquement, en plein jour , en présence des
dieux et des hommes , dans un temple auguste,
dans une cause respectable , dans l'exercice
d'une inviolable magistrature. Qui donc osera
dire qu'on doive dépouiller de toutes ses distinctions la vie d'un homme dont vous auriez
cru devoir honorer la mort d'un monument
immortel ?

Mais, dira-t-on à Sextius : vous avez acheté
des hommes, vous les avez attroupés , vous
les avez armés. Qu'en vouloit-il faire ? étoit-ce
pour assiéger le sénat, pour bannir des
citoyens non condamnés, pour piller leurs

biens, pour brûler et abattre leurs maisons, pour embrâser les temples des dieux, pour chasser du forum des tribuns du Peuple (1) ? Etoit-ce pour vendre les provinces qu'il voudroit et à ceux qu'il voudroit, pour faire des monarques, pour rappeller, par nos lieutenans, dans des villes libres, des citoyens condamnés pour crime capital, pour tenir assiégé dans sa maison le premier personnage de Rome ? C'est apparemment pour exécuter toutes ces violences qui ne pouvoient avoir lieu que dans une République opprimée par les armes, que Sextius a rassemblé des troupes, des gens armés. Mais peut-être n'étoit-il pas encore tems de recourir à la force pour se défendre : la circonstance n'obligeoit pas encore les bons citoyens d'employer de pareils secours. Nous avions été bannis, non pas, il est vrai, avec les troupes de Clodius seulement, mais non point sans elles : vous vous affligiez en silence. L'année précédente, on s'étoit emparé du forum les armes à la main, des esclaves fugitifs s'étoient saisis du temple de Castor comme d'une citadelle, on ne disoit

(1) *Pour assiéger le sénat, pour bannir.... pour....* toutes violences dont étoit coupable Clodius.

mot. Tout se faisoit par le concours , les clameurs et les violences d'hommes pleins d'audace et accablés de misère : vous le souffriez.
Les magistrats étoient chassés des temples ; l'entrée du forum étoit interdite aux autres : personne
ne l'empêchoit. Des gladiateurs de la suite du
préteur ont été pris et amenés dans le sénat,
ils ont tout avoué ; Milon les a fait mettre
en prison , Serranus les en a fait sortir : on n'en
parloit pas. La place publique étoit jonchée
des corps de citoyens Romains massacrés pendant la nuit : loin d'établir des commissions
extraordinaires pour informer de ces meurtres ,
les anciennes formes des jugemens étoient
abolies. Vous avez vu un tribun du Peuple (1)
percé de plus de vingt coups , étendu par
terre presque mort ; la maison d'un autre
tribun , homme admirable (car je ne crains
pas de dire ce que je pense et ce que tout le
monde pense avec moi) ; oui , homme admirable , doué d'une grandeur d'ame supérieure,
d'une fermeté rare , d'un courage divin , la
maison de ce tribun a été attaquée avec le
fer et la flamme par l'armée de Clodius.

(1) *Un tribun du Peuple* , Sextius. *D'un autre
tribun* , de Milon.

Ici l'accusateur loue Milon , et non pas à tort ; car avons-nous jamais vu un homme d'une vertu aussi sublime ? lui qui sans attendre d'autre récompense que celle qui est maintenant méprisée et avilie , je veux dire l'estime des gens de bien , a soutenu les plus rudes travaux , s'est dévoué à tous les périls , a bravé les querelles et les inimitiés les plus violentes. Il me paroît être le seul de tous les citoyens qui ait enseigné par des effets , et non par des paroles , ce que le devoir ordonne et ce que la nécessité commande aux grands hommes dans l'administration ; ils doivent résister avec le secours des loix et des jugemens aux efforts coupables des audacieux qui cherchent à détruire la République ; mais si les loix n'ont aucune vigueur , si les jugemens sont anéantis , si la République est opprimée par la violence et par les complots de l'audace , alors ils se voient contraints d'employer la force et les armes pour défendre leur vie et leur liberté. Penser ainsi est d'un homme sage ; agir en conséquence est d'un homme courageux : mais penser avec cette sagesse et agir avec ce courage , c'est là la perfection et le comble de la vertu.

Milon, tribun du Peuple, prit en main
les intérêts de la République, Milon sur l'éloge
duquel je m'étends avec complaisance. Ce
n'est pas qu'il préfère la louange à l'estime ;
ce n'est pas non plus que je veuille le louer
en face, sur-tout mes paroles ne pouvant jamais
égaler ses actions ; mais je suis persuadé que,
si je vous fais approuver la conduite de
Milon applaudie par la voix de notre accusateur, vous ne pouvez condamner aujour-
d'hui la conduite de Sextius, qui est absolument la même. Milon prit donc en main les
intérêts de la République, avec toute la chaleur
d'un homme jaloux de rendre à sa patrie un
citoyen qui lui avoit été enlevé. La cause
étoit simple, conforme à ses principes ; elle
rapprochoit tous les esprits, réunissoit tous les
sentimens. Il se voyoit puissamment secondé
par ses collègues ; le dévouement de l'un
des consuls (1) étoit absolu, la réconciliation de l'autre presque parfaite. Parmi les
préteurs un seul de contraire, le sénat plein

(1) *De l'un des consuls*, de Lentulus; *de l'autre*,
de Métellus. *Un seul de contraire.* Appius, frère de
Clodius. *Deux tribuns*, Numérius et Serranus.

d'une ardeur incroyable, les chevaliers Romains enflammés pour ma cause, toute l'Italie prête à venir la défendre : deux tribuns seulement s'étoient vendus pour être opposans ; et Milon sentoit que, si ces deux vils personnages ne pouvoient soutenir leur opposition, il feroit réussir sans peine la cause dont il s'étoit chargé. Il agissoit avec autorité, il agissoit avec prudence, il agissoit d'après le vœu du premier ordre de l'état, d'après l'exemple de citoyens fermes et vertueux. Il avoit examiné avec la plus grande attention ce qu'il étoit, ce qu'il avoit à espérer, ce que demandoit la République, ce qu'il devoit à ses ancêtres, ce qu'il se devoit à lui-même.

Notre gladiateur voyoit que, s'il agissoit suivant les formes, il ne pouvoit résister à un esprit aussi ferme ; il eut donc recours avec toute sa troupe, au fer, à la flamme, aux meurtres continuels, aux incendies, aux rapines ; il se mit à attaquer la maison de Milon, à le barrer dans tous les chemins, à le harceler par la violence, à vouloir l'effrayer. Il ne put ébranler une ame d'une constance, d'une intrépidité à toute épreuve : et quoiqu'un vif ressentiment, une liberté généreuse, un courage ardent et supérieur, excitassent cet

homme brave à repousser par la force et à réprimer de fréquentes violences , il se conduisit
avec une telle sagesse , une telle modération ,
qu'il contint son juste dépit , et que , sans
chercher à se venger par les mêmes armes qu'on
l'avoit attaqué , il vouloit, s'il étoit possible ,
arrêter ce furieux qui se réjouissoit de tant de
coups mortels portés à la République , qui
triomphoit insolemment ; il vouloit , dis-je ,
l'arrêter , le tenir enchaîné par les loix. Il
parut (1) donc pour l'accuser. Qui jamais accusa quelqu'un plus particuliérement pour les
intérêts de la République , sans nulle inimitié
personnelle , sans nul espoir de récompense ,
sans qu'on exigeât de lui cette démarche , sans
qu'on pensât même qu'il s'y porteroit? Clodius,
accusé par un tel homme , étoit déconcerté ,
il désespéroit de pouvoir obtenir un jugement
pareil à celui qui l'avoit absous avec tant d'in-

(1) Latin , *descendit ad accusandum*. La plupart
des Romains habitoient sur les hauteurs; il falloit
donc descendre pour venir dans la place publique où
étoient les tribunaux. Je lis ensuite et ponctue :
quis unquam tàm propriè Reipublicae causâ, (sans
doute, *descendit ad accusandum*) *nullis.... postula-
tione , aut etiam opinione id unquam* (*ipsum*) *esse
facturum.*

famie (1), lorsque tout-à-coup un consul, un préteur et un tribun du Peuple, signifient des ordonnances d'une nouvelle espèce. Ils défendent à l'accusé de comparoître, à l'accusateur de le citer, aux juges de faire des informations, à qui que ce soit de parler de juges ou de jugemens. Que pouvoit faire un homme né pour la vertu, pour l'honneur et pour la gloire, en voyant l'audace et le crime encouragés par l'impunité, en voyant les loix et les tribunaux anéantis ? Un tribun du Peuple auroit-il tendu la gorge à un simple particulier, le personnage le plus recommandable au plus pervers des hommes ? Auroit-il ruiné, en se retirant, la cause qu'il défendoit ? Se seroit-il renfermé dans sa maison ? Il jugea (2) également honteux

---

(1) L'orateur rappelle ici le jugement que subit Clodius, lorsqu'il fut accusé d'avoir profané les mystères de la bonne-déesse. Il fut renvoyé absous par les juges qui s'étoient laissés honteusement corrompre.— *Un consul*, Métellus ; *un préteur*, Appius ; *un tribun du Peuple*, Serranus.

(2) J'ai traduit d'après la restitution de Lambin, adoptée par plusieurs savans : *et vinci turpe putavit et deterreri. Etiam è Republicâ credidit ut, quoniam....* Le texte est ici fort altéré ; on lit, *deterreri*

de céder par contrainte ou par défaut de courage. Il crut aussi que l'intérêt de la République demandoit , puisqu'il ne pouvoit faire
usage des loix contre Clodius , qu'il mît du
moins à l'abri de ses violences et sa personne
et la République. Comment donc, Albinovanus , pouvez - vous accuser ici Sextius de
s'être fait escorter de gens armés , puisque vous
louez Milon ? Celui qui défend sa demeure ,
qui éloigne le fer et la flamme de ses pénates
et de ses foyers , vous le louez (1) ! et celui qui
veut pouvoir paroître en sûreté , dans le forum ,
dans le temple de Castor , dans la salle du sénat ;
celui qui prend des précautions nécessaires
pour la conservation de ses jours , celui que les
blessures qu'il voit continuellement sur tout
son corps engagent à mettre à l'abri par quelque
moyen sa gorge , ses flancs , sa tête , toute
sa personne ; vous croyez devoir l'accuser de
violence !

etiam eripi rejecit. Ut quoniam; ou encore, suivant
une ancienne leçon, deterreri et etiam è repi rédicit....

(1) Paul Manuce croit qu'après depellit, il manque
ces mots eum laudas : je le crois comme lui, et j'ai
traduit en conséquence.

Qui

Qui de vous, Romains, ignore que, dans l'origine des choses, les hommes, avant de connoître le droit civil et naturel, erroient à l'aventure dispersés dans les campagnes, et ne possédoient que ce qu'ils pouvoient ravir ou retenir par la force et par la violence, par les coups et par les meurtres. Les premiers donc que distinguèrent leur vertu et leur sagesse, ayant étudié la nature de l'esprit humain et remarqué son aptitude pour l'instruction, rassemblèrent dans un seul lieu les hommes épars, et les firent passer de leur férocité primitive à des sentimens de justice et de sociabilité. Alors s'établit (1), pour l'utilité de tous, ce que nous appellons la chose publique ; alors il se forma des associations d'hommes, qui furent nommées des cités ; alors on bâtit l'une près de l'autre des maisons qu'on appella des villes, lesquelles villes, entourées de murs, reconnurent des loix et un culte religieux. Or, rien ne marque mieux la différence entre notre vie actuelle civilisée et la vie sauvage des premiers hommes, que la loi et la violence.

(1) *Tùm res....* cet accusatif et les autres se rapportent proprement à *moenibus sepserunt.*

Tome *VIII.*   T

Si nous (1) ne voulons pas user de l'une, il faut faire usage de l'autre. Voulons-nous abolir la violence ? il faut nécessairement que la loi règne, c'est-à-dire les tribunaux qui maintiennent la loi. Les tribunaux déplaisent-ils ou sont-ils abolis ? il faut que la violence domine. Il n'est personne qui ne sente ces vérités. Milon les a senties et a agi en conséquence : recourant d'abord à la loi, et repoussant ensuite la force par la force, il a usé de l'une par goût et par inclination, afin que le courage triomphât de l'audace ; il a employé l'autre à regret et par nécessité, pour empêcher que l'audace ne triomphât du courage. C'est par ces mêmes principes que s'est conduit Sextius ; et s'il n'a pas accusé Clodius, s'il a laissé faire à Milon ce qui ne devoit pas être fait par tout le monde, du moins s'est-il trouvé dans la même nécessité de défendre sa vie, de rassembler des secours contre la force et la violence.

Dieux immortels, quel terme assignez-vous à tous nos maux ? quelle espérance donnez-

_____

(1) Mot à mot, *quelle que soit celle des deux dont nous ne voulons pas user.*

vous à la République ? quel citoyen aura
assez de courage pour embrasser toujours le
meilleur parti, pour se dévouer aux gens de
bien, pour chercher la vraie et solide gloire,
lorsqu'il apprendra la conduite odieuse de ces
deux fléaux de la République, de Pison et
de Gabinius ? lorsqu'il saura que l'un puise
tous les jours une immense quantité d'or dans
les trésors de la Syrie, cette province paisible
et opulente ; qu'il déclare la guerre à des
Peuples pacifiques, afin d'engloutir leurs anciennes richesses, jusqu'alors intactes, dans
le gouffre énorme de ses honteuses dissolutions ; qu'il fait bâtir près de Rome, aux yeux
de tout le Peuple, une maison si vaste, qu'on
prendroit pour une chaumière celle dont lui-
même, durant son (1) tribunat, déployoit un
jour le plan dans une assemblée, afin de rendre
odieux un citoyen aussi distingué par son

(1) Gabinius, étant tribun du Peuple, et voulant
engager le Peuple à nommer Pompée généralissime
contre les pirates, vantoit sur-tout son désintéressement.
Il lui opposoit Lucullus chargé alors de la guerre contre
Mithridate, et il exagéroit la grandeur d'une maison
superbe que ce général faisoit construire sur le territoire de Tusculum.

mérite que par sa valeur, lui, sans doute,
homme intègre et désintéressé? lorsqu'il saura
que l'autre, après avoir, pour de grandes
sommes, vendu la paix aux Thraces et aux
Dardaniens, a livré et abandonné la Macédoine à leur pillage, afin qu'ils pussent retirer
leur argent; qu'il a partagé les biens des créanciers citoyens Romains avec les Grecs leurs
débiteurs ; qu'il leva des sommes immenses
sur les habitans de Dyrrachium, qu'il dépouille
les Thessaliens, qu'il a imposé aux Achéens
une taxe annuelle, et que cependant il n'a laissé
dans aucun lieu profane ou sacré, ni statue,
ni tableau, ni ornement quelconque? lorsqu'il
saura que des hommes qui méritent tous les
genres de supplices et de punitions, se jouent
ainsi des loix et insultent à la justice, tandis
que Milon et Sextius sont accusés ?=Je ne parle
pas de Numérius, de Serranus, d'Ælius, ces
excrémens de la faction de Clodius, que vous
voyez courir par-tout avec assurance, et qui
ne craindront jamais pour eux tant qu'ils vous
verront craindre pour vous-mêmes. Que dirai-je
de Clodius leur chef (1), qui a été jusqu'à

(1) Mot à mot, *que dirai-je de l'édile lui-même,*

ajourner Milon, jusqu'à l'accuser de violence?
Aucune injure ne pourra jamais, sans doute,
faire repentir ce cœur intrépide d'avoir témoigné tant de courage et de fermeté pour
la défense de la République : mais les jeunes
gens, témoins de pareils abus, quel parti
prendront-ils ? Clodius qui a assiégé, ruiné,
brûlé des monumens publics, les temples
des Dieux, les maisons de ses ennemis, qui
s'est toujours montré escorté d'assassins, entouré
de gens armés, environné de délateurs dont
le nombre aujourd'hui est si prodigieux ; qui
a soulevé une troupe étrangère de scélérats,
qui a acheté des esclaves propres au massacre, qui, étant tribun, a versé toute la prison
dans le forum ; Clodius maintenant édile,
marche la tête levée, accuse celui qui a réprimé
en partie ses fougues et ses fureurs : et
Milon, qui n'a cherché qu'à se mettre à
l'abri de la violence, qui a défendu ses Dieux
pénates, les auspices, les droits du tribunat,
le sénat (1) l'a empêché d'accuser suivant les

qui.... Clodius étoit alors édile, et avoit eu le front
d'accuser Milon de violence.

(1) Apparemment que, pour des raisons particu-

T 3

règles, un homme par qui il est accusé lui-même contre toute justice!

C'est apparemment à ce sujet (1), Albino-vanus, que, dans le cours de votre accusation, vous m'avez demandé à moi sur-tout quelle étoit cette espèce de gens que j'appelle *optimats*; car c'est avec ce ton de mépris que vous en avez parlé. Vous me demandez une chose utile à savoir pour la jeunesse, et que je n'aurai point de peine à lui apprendre. Je vais en dire un mot, Romains; et, si je ne me trompe, ce que j'en dirai ne sera pas indifférent pour ceux qui l'entendront, ni étranger à mon ministère et à la cause de Sextius.

Les citoyens jaloux de gouverner la République, et de se distinguer dans l'administration, se sont toujours divisés en deux classes.

lières, le sénat par ses avis avoit confirmé la défense faite à Milon par quelques magistrats d'accuser Clodius. Un savant commentateur croit que la phrase est ironique.

(1) *A ce sujet*, c'est-à-dire, en voyant que le sénat a empêché Milon d'accuser Clodius, Milon partisan des *optimats*, Clodius leur ennemi. On voit que j'ai francisé le mot latin; et on sent pour quelle raison.

Les uns ont voulu être en effet et passer pour
être attachés au parti du Peuple, les autres
au parti des grands. Ceux qui, dans toutes
leurs actions et dans tous leurs discours, vouloient plaire à la multitude, étoient appellés
populaires : ceux qui, dans toute leur conduite, recherchoient l'estime des plus honnêtes
citoyens, étoient nommés *optimats*. Mais quels
sont ces honnêtes citoyens ? si vous me demandez quel est leur nombre, ils sont innom-
brables : sans cela pourrions-nous subsister?
Il y a des *optimats* parmi les chefs du conseil
public, parmi ceux qui suivent leur parti,
parmi les citoyens des premiers ordres (1) à
qui la porte est ouverte pour entrer dans le
sénat ; il y en a parmi les Romains habitans
des municipes et de la campagne, parmi les
commerçans, et même parmi les affranchis.
Le nombre en est immense, comme je viens
de le dire : cependant, quelque multipliés,

(1) Les deux principaux ordres, après celui des sénateurs, étoient celui des chevaliers romains et celui
des tribuns du trésor. *A qui la porte est ouverte
pour entrer dans le sénat*, c'est-à-dire, qui peuvent
être choisis pour compléter ou augmenter le nombre
des sénateurs.

T 4

quelque répandus qu'ils soient, on peut, afin
d'ôter tout équivoque, les comprendre tous
et les renfermer sous une idée précise. J'appelle
optimats, tous ceux qui ne sont pas coupables
de grands crimes, qui ne sont naturellement
ni méchans ni furieux, dont les affaires domestiques ne sont pas embarrassées. Appellons
donc les *optimats*, dont vous avez parlé avec
tant de mépris, tous ceux qui pensent saine-
ment, qui n'ont rien à se reprocher, dont
les affaires domestiques sont bien établies. Les
sectateurs de ces hommes, ceux qui, dans le
gouvernement de la République, défendent
leurs intérêts et leurs opinions, sont regardés
comme les partisans des *optimats*, et comme
optimats eux-mêmes, comme d'illustres citoyens
et les principaux de la ville. Quel est donc
le terme vers lequel les administrateurs de la
République doivent diriger leur course ? que
doivent-ils avoir en vue ? que doivent-ils se
proposer ? Sans doute, ce qu'il y a de plus
excellent, de plus désirable, pour tous les
hommes sensés, amis de la vertu et vivant
dans l'aisance ; la tranquillité en même tems
et la gloire de Rome. Ceux qui aspirent à
nous procurer ce double avantage, sont tous

considérés comme *optimats* : ceux qui nous le procurent réellement, sont estimés de grands hommes et les conservateurs de la République. Car les citoyens ne doivent pas se laisser emporter par la gloire des exploits au point d'oublier notre tranquillité ; ils ne doivent pas non plus chérir une tranquillité qui ne s'accorde pas avec la gloire.

Voici les fondemens de cette tranquillité glorieuse ; voici les objets que les principaux de l'état doivent défendre même au péril de leur vie ; la religion, les auspices, le pouvoir des magistrats, l'autorité du sénat, les usages de nos ancêtres, les loix, les tribunaux, les formes judiciaires, le crédit public, les provinces, les alliés, la gloire de cet empire, la discipline militaire, le trésor. Pour se constituer le protecteur, le défenseur de tous ces objets importans, il faut un grand courage, un grand génie, une grande fermeté. Dans une si prodigieuse multitude de citoyens, il en est beaucoup, ou qui, se sentant coupables de crimes et appréhendant la peine, ne soupirent qu'après les troubles et les révolutions ; ou qui, par un certain esprit naturellement fougueux, se repaissent de séditions et de discordes ; ou qui, dans le désastre de leur fortune, aiment mieux être ensevelis sous les ruines de l'état que sous les leurs propres. Lorsque ces hommes ont trouvé des chefs de leur parti et de leurs intentions perverses, il se forme dans la République des orages, lesquels obligent ceux qui ont pris en main le gouvernail de la patrie, à se tenir sur leurs gardes, à employer tous leurs soins et toute leur habileté pour conserver les objets essentiels dont j'ai parlé plus haut, pour être en état de naviguer sûrement, et d'arriver enfin au port heureux d'une glorieuse tranquillité.

Si je disois, Romains, que cette voie n'est pas rude, escarpée, semée de périls et de pièges, je mentirois, moi sur-tout qui l'ai toujours compris, qui l'ai toujours senti plus que personne. La République est plus puissamment, plus efficacement attaquée qu'elle n'est défendue. Les hommes audacieux et pervers marchent au moindre signe; que dis-je? ils se remuent souvent d'eux-mêmes et s'animent contre la République : au lieu que les gens de bien, je ne sais pourquoi, sont plus lents, ils négligent les premiers désordres, et ne s'ébranlent enfin qu'à la dernière extrémité; ensorte que quelquefois, à force de différer et de temporiser, voulant conserver la tranquillité sans la gloire, ils perdent l'une et l'autre. Parmi les citoyens qui ont entrepris de défendre la République, les hommes légers changent de parti; les personnes timides se mettent à l'écart; ceux-là seuls persistent et endurent tout pour l'intérêt de la République, qui sont tels que fut votre père (1), ô Marcus Scaurus, lequel résista à tous les séditieux depuis Gracchus jusqu'à Varius, sans que ni la violence, ni les menaces, ni les persécutions aient jamais ébranlé son courage; ou tel que fut Métellus, oncle paternel de votre mère, qui, après avoir

---

(1) *Votre père*, le Scaurus qui fut prince du sénat, et qui, dans une extrême vieillesse, prit les armes contre Saturninus. Il est parlé dans l'histoire d'un Quintus Varius Hybrida, qui étant tribun, porta une loi d'après laquelle Scaurus fut accusé. Il paroît que c'est le même dont parle ici l'orateur. Des éditions portent *C. Marium*. - *Tel que fut Métellus*. Métellus Numidicus. Le Scaurus prince du sénat, épousa Cœcilia Métella, fille de Métellus, souverain pontife, et frère de Métellus Numidicus. Le Scaurus auquel Cicéron adresse la parole, naquit de ce mariage.——*Le faux Gracchus*. Caïus Quintius Gracchus, qui se prétendoit fils de Tibérius Gracchus, et qui trompa le Peuple au point d'être désigné tribun.

noté, étant censeur, Saturninus, homme puissant dans le parti populaire, après avoir rejetté du cens le faux Gracchus, malgré les fureurs d'une populace mutinée, ayant refusé seul de jurer sur une loi qu'il croyoit injuste, aima mieux abandonner la ville que son sentiment: ou, pour ne pas citer des exemples trop anciens dont le grand nombre fait la gloire de cet empire, et en même tems pour ne nommer aucun de ceux qui vivent encore, tel que fut naguère Catulus (1), que ni la grandeur du péril, ni l'éclat des dignités, ni la crainte, ni l'espérance, ne purent jamais détourner de ses principes.

Imitez, je vous y exhorte, imitez de tels exemples, vous tous qui cherchez l'honneur, l'estime et la gloire. Voilà les actions vraiment grandes, divines, immortelles ; voilà les actions qui sont publiées par la renommée, consacrées dans les histoires, transmises à la postérité. Elles ne sont pas exemptes de travail et de peine ; j'en conviens : elles offrent de grands périls ; je l'avoue : *mille embûches*

(1) Quintus Catulus, fils de celui qui fut consul avec Marius.

sont dressées à la vertu; on l'a dit avec beaucoup de vérité : mais, dit le même poëte (1) (c'est le sens des vers que je rapporte), *il y auroit de la folie à vouloir obtenir sans peines, sans soucis, sans inquiétudes, ce qui est envié par tant d'hommes, ce qui est l'objet de tous leurs vœux.* Le même poëte a dit dans un autre endroit, maxime faite pour être recueillie par les mauvais citoyens : *qu'ils haïssent, pourvu qu'ils craignent.* Mais, sans doute, il avoit donné auparavant d'excellentes leçons à la jeunesse.

Au reste, ce plan et ce système d'administration étoient autrefois plus périlleux, parce que la passion de la multitude pour les intérêts du Peuple combattoit dans beaucoup d'occasions le bien de l'état. Cassius (2) portoit

(1) On croit que le poëte dont Cicéron rapporte ici les paroles, est Accius, poëte tragique, et que ce poëte représente Eacus, fils de Jupiter, qui donne des leçons à ses fils. —— Un peu plus bas après *metuant,* il faut lire de suite et sans *alinea, praeclara enim.* Mettez un point finissant après *juventuti.*

(2) Gabinius avoit déjà porté une loi pour que le Peuple donnât ses suffrages par scrutin en conférant les magistratures; deux ans après, Lucius Cassius en

une loi pour qu'on jugeât par scrutin dans les grands comices ; le Peuple croyoit que cette loi assuroit la liberté des suffrages : les principaux pensoient autrement, ils craignoient que par-là, leur sort ne fût abandonné au caprice de la multitude et à la licence du scrutin. Tibérius Gracchus portoit la loi agraire ; cette loi étoit agréable au Peuple ; elle sembloit procurer une existence aux citoyens indigens : les grands l'attaquoient avec chaleur, parce qu'ils voyoient qu'elle excitoit la discorde, et que dépouiller les riches de leurs anciennes possessions , c'étoit dépouiller la République de ses défenseurs. Caïus Gracchus portoit une loi pour les blés (1) ; elle devoit plaire au Peuple de Rome, qui, sans travailler , se voyoit fournir une ample subsistance : les gens de bien s'y opposoient; ils pensoient que par-là on détournoit le Peuple

porta une pour que le Peuple donnât aussi ses suffrages par scrutin, lorsqu'on jugeroit un citoyen dans des comices par centuries.

(1) Caïus Gracchus avoit porté une loi pour qu'on distribuât au Peuple une certaine quantité de blés moyennant dix deniers : nous avons vu plus haut que Clodius avoit même supprimé ces dix deniers.

du travail pour le porter à la paresse, et que d'ailleurs on épuisoit le trésor. Il y a encore eu de notre tems beaucoup de contestations que je supprime à dessein, contestations où les desirs du Peuple ne s'accordoient pas avec la politique des grands.

Aujourd'hui, il n'y a pas de raison pour que le Peuple pense différemment des citoyens d'élite et des chefs de l'état; il ne demande rien, il ne soupire pas après les innovations, uniquement jaloux de sa tranquillité propre, de l'honneur des principaux personnages, de la gloire de toute la République. Aussi, comme les hommes séditieux et remuans ne peuvent plus soulever le Peuple par l'appât des largesses, vu que la multitude, fatiguée de séditions et de discordes, ne desire que le repos ; ils tiennent des assemblées qui sont à leurs gages : ils ne cherchent pas à dire et à proposer des choses qui plaisent ; mais quelque chose qu'ils disent et qu'ils proposent, leur argent fait qu'elle ne sauroit manquer de plaire. Croyez-vous que les Gracques, que Saturninus, ou quelques autres de ceux qui passoient anciennement pour populaires, aient jamais eu des hommes à leurs gages dans

les assemblées du Peuple? non, assurément.
Les largesses qu'ils proposoient, la vue de
quelque avantage qu'ils faisoient espérer, sou-
levoient la multitude, sans qu'il fût besoin de
la payer. Aussi, dans ces tems-là, les hommes
populaires n'étoient pas agréables, il est vrai,
aux caractères graves, aux plus honnêtes citoyens; mais ils étoient en honneur parmi
le Peuple, ils avoient son estime et toutes
les marques de sa bienveillance. On leur
applaudissoit sur le théâtre; ils obtenoient
par les suffrages tout ce qu'ils demandoient.
On aimoit leurs noms, leurs discours, leur
contenance, leur démarche. Ceux qui se déclaroient leurs adversaires, étoient regardés
comme de graves personnages, comme de
grands hommes; mais ils n'avoient de crédit
que dans le sénat ou parmi les gens honnêtes,
ils n'étoient pas agréables à la multitude. Les
suffrages étoient souvent contraires à leurs
desirs; et même, si quelqu'un d'entre eux
recevoit des applaudissemens, il craignoit
d'avoir fait quelque faute (1). Toutefois, dans

_____

(1) On connoît cette parole de Phocion : ayant
donné son avis, et obtenu les applaudissemens du

les

les affaires un peu importantes, ce même Peuple se déterminoit par leurs avis, et respectoit surtout leur autorité.

Maintenant, si je ne me trompe (1), tel est l'état de Rome, que, si on retranche de misérables artisans gagés pour nuire, tous se trouveront penser de même sur la République. En effet, le Peuple Romain peut manisfester ses sentimens et son vœu dans trois occasions principalement, dans les assemblées du forum, dans les comices et aux spectacles.

Examinons quelle assemblée on a tenue ces dernières années, assemblée légitime et non formée de citoyens à gages, dans laquelle on pût voir les sentimens unanimes du Peuple Romain. Un infâme gladiateur a tenu pour me bannir plusieurs assemblées, où ne se trouvoit nul citoyen intègre et incorruptible: nul homme de bien n'auroit pu regarder sa figure odieuse, n'auroit pu entendre sa voix de furie. Ces assemblées d'hommes pervers étoient, oui, elles étoient nécessairement sédi-

Peuple, il se tourna vers ses amis, *est-ce que j'ai dit quelque chose de mal ?* leur dit-il.

(1) *Nisi me fallit,* sous-entendez *res,* ou *animus.*

tieuses. Le consul Lentulus a tenu pour mon
rappel une assemblée, où il se fit un grand
concours du Peuple Romain, où se trouvèrent tous les ordres et toute l'Italie. Lentulus
défendit ma cause avec beaucoup de force
et d'éloquence, dans un silence si profond
et avec une approbation si universelle, qu'il
sembloit que jamais rien de si flatteur n'avoit
retenti aux oreilles du Peuple Romain. Il
présenta (1) Pompée, qui ne se contenta pas
de parler pour mon rappel, mais qui se rendit
suppliant pour moi auprès du Peuple. Le
discours de ce grand homme fut aussi plein
de force qu'agréable à la multitude. Oui,
je soutiens qu'il n'opina jamais avec une autorité plus imposante, qu'il ne parla jamais
avec une éloquence plus flatteuse. Dans quel
silence a-t-on entendu les autres principaux
de Rome parler en ma faveur? Je ne les
nomme pas ici; je craindrois, ou de paroître
ingrat, si j'en taisois quelqu'un. ou d'être trop
long, si je les nommois tous. Voyons main-

_____

(1) Pompée étoit alors simple particulier, et un
particulier ne pouvoit parler au Peuple, à moins qu'il
ne lui fût présenté par un magistrat.

'tenant en parallèle une harangue de mon ennemi débitée contre moi, dans le Champ-de-Mars, devant le véritable Peuple Romain. Est-il un homme qui ait approuvé son discours? que dis-je? qui n'ait pas regardé comme une chose indigne, je ne dis point qu'il parlât au Peuple, mais qu'il vécût et qu'il respirât, qui n'ait pas jugé que la République étoit souillée par sa voix, et qu'on etoit criminel seulement de l'entendre ?

Je passe aux comices qui se tiennent, ou pour l'élection des magistrats, ou pour l'établissement des loix. Nous voyons que bien des loix se proposent. Je ne parle point de toutes ces loix portées dans des (1) comices où il se trouve à peine, pour donner leurs suffrages, cinq hommes par tribu, et même d'une autre tribu que celle dont on les an-

(1) D'abord Clodius traitoit souvent dans des comices par tribus des affaires qui n'auroient dû être traitées que dans des comices par centuries : ensuite, n'ayant à sa disposition que des ouvriers et des esclaves, que des hommes de la seule tribu Palatine, il les distribuoit comme s'ils eussent été de toutes les tribus, de sorte que cinq hommes à peine formoient une tribu.

nonce. Clodius dit avoir porté une loi, dans
la désolation de la République, contre moi
qu'il traitoit de tyran et d'oppresseur de la
liberté. Quel est celui qui avoue avoir donné
son suffrage lorsqu'on proposoit de me bannir?
Mais lorsqu'en vertu d'un sénatus-consulte,
on proposoit mon rappel dans une assemblée par centuries, qui est-ce qui ne déclare
pas s'y être trouvé, et avoir donné son suffrage pour mon rétablissement? Laquelle des
deux causes doit donc paroître populaire, ou
celle dans laquelle tous les personnages distingués de la ville, tous les hommes de tout ordre
et de tout âge sont réunis de sentimens; ou
celle dans laquelle une troupe de furies ameu-
tées accourent comme aux funérailles de la
République? Quoi? parce qu'il se trouvera
dans une assemblée un Gellius, si peu digne
de son frère (1), ce citoyen illustre, cet excellent consul, si peu digne de l'ordre des chevaliers, dont il a conservé le titre et dissipé

(1) *Son frère*, Lucius Gellius, qui avoit été consul
avec Cnæus Lentulus. Paul Manuce voudroit qu'on
supprimât ces mots *atque optimo consule*, qui ne
se trouvent pas dans un ancien manuscrit, ou qu'on
lût *atque optimo cive*. — *Et dissipé le revenu.* On
sait qu'il falloit un certain revenu pour être chevalier
romain.

le revenu , cette assemblée sera populaire !
Gellius , en effet, est dévoué au Peuple Romain ; je n'ai vu personne qui le fût davantage. Il auroit pu se faire connoître , lorsqu'il
étoit jeune, à la faveur de la grande illustration
et du mérite distingué de son beau-père
Philippus (1) ; il fut si populaire , qu'il mangea
seul tout son bien : ensuite , après une jeunesse infâme et dissolue ; après avoir , par
mépris, sans doute, pour les richesses, réduit
son patrimoine à la mesure philosophique ,
il voulut se donner pour savant, pour litté-
rateur ; et tout-à-coup il se livra à l'étude des
lettres. Mais ses Grecs vénérables (2) ne pouvoient le corriger ; il mettoit en gage, pour
avoir du vin, ses lecteurs et ses livres. Il lui
restoit toujours un appétit dévorant ; et l'argent lui manquoit. Aussi fondoit-il ses espé-

(1) Lucius Philippus, orateur et personnage distingué.

(2) Latin , *altae* , vieillards respectables. C'est ainsi
que Cicéron appelle par plaisanterie , les savans grecs
auxquels Gellius étoit attaché. Par rapport à *idiotarum*
qui précède , les Grecs et les Latins appelloient *idiotae*
ceux qui n'étoient pas au fait des affaires publiques ,
ou ceux qui ignoroient les sciences. —— *Ses lecteurs ,*
esclaves instruits dont on se servoit dans ses études
pour lire , pour copier , pour extraire.

rances sur les troubles et les innovations ; il dépérissoit dans le repos et la tranquillité publique. Qu'on cite une sédition dont il n'ait été le chef ! un séditieux dont il n'ait été l'ami ! une assemblée tumultueuse dont il n'ait été le boute-feu ! Quel est l'homme de bien à qui il ait adressé des paroles gracieuses ? que dis-je ? quel est le bon citoyen qu'il n'ait pas insolemment outragé ? On l'a vu, non par inclination, je pense, mais afin de paroître ami de la dernière classe du Peuple, on l'a vu épouser la fille d'un affranchi. Ce Gellius a donné son suffrage contre moi ; il s'est trouvé par-tout, même aux fêtes et aux festins des parricides. Il me vengea toutefois, lorsqu'il appliqua sur la bouche de mes ennemis (1) une bouche telle que la sienne. Comme s'il eût perdu ses biens par ma faute, il est mon ennemi par la seule raison qu'il n'a plus rien. Mais, Gellius, est ce moi qui vous ai ravi votre patrimoine ? ne l'avez-vous pas mangé vous-même ? Quoi donc ? gouffre et abîme des biens de votre père, étoit-ce à

_____

(1) *De mes ennemis*, qu'il baisa pour leur témoigner sa joie, et les féliciter de mon exil.

mes périls que vous dévoriez vos fonds et
vos revenus ? est - ce parce qu'étant consul
j'ai défendu la République contre vous et
toute votre troupe, que vous vouliez m'empêcher de rester à Rome? Aucun de vos parens ne veut vous voir ; tous fuient votre
présence, votre entretien, votre commerce.
Postumus, votre neveu, jeune homme grave
et qui avoit le jugement d'un vieillard, vous
a fait un affront insigne, lorsque parmi un
si grand nombre de ses proches il vous a
exclus seul de la tutèle de ses enfans (1). Mais
emporté par la haine que je porte à Gellius
et en mon nom et au nom de la République,
dont il est tellement l'ennemi que je ne sais
s'il est davantage le mien, j'en ai dit peut-
être plus qu'il n'étoit nécessaire contre un
débauché infâme et indigent. Je reviens à ce
que je disois. Lorsque, dans le désastre et
l'oppression de la ville, on proposa de me
bannir, Gellius, Firmidius, Titius, et d'autres
semblables furieux, étoient les principaux et

(1) C'étoit un affront fait à un parent, lorsqu'en
mourant on laissoit des enfans, de l'exclure du conseil
de tutèle.

V 4

les chefs d'une troupe de mercenaires; l'auteur
même de la loi ne déparoit pas l'infamie,
l'audace et la bassesse de pareils hommes.
Mais lorsqu'il fut question de me rendre toutes
mes prérogatives, il n'y eut personne qui re-
gardât sa mauvaise santé ou son grand âge
comme une excuse assez légitime ; personne
qui, en me rétablissant, ne crût rétablir sur
son trône la République elle-même.

.Voyons maintenant les comices pour l'élection des magistrats. Il y avoit ces dernières
années un collège de tribuns, dont trois
n'étoient nullement populaires, et deux l'étoient
décidément. Parmi les trois qui n'étoient point
populaires, et qui ne pouvoient paroître dans
les assemblées soudoyées, je vois que deux
ont été faits préteurs ; et autant que j'ai pu
le comprendre par les bruits publics et par
les suffrages, le Peuple disoit hautement que
l'admirable constance de Domitius (1) et la
vertu courageuse d'Ancharius dans leur tribunat, encore qu'ils n'eussent pas réussi,

(1) On croit que c'est le Cnæus Domitius qui ensuite
fut préteur avec Marcus Valérius Messala. Quintus
Ancharius, qui succéda à Pison. Au lieu de *gratum*,
Paul Manuce voudroit *grata*.

n'avoient pas laissé de lui plaire par l'intention seule des personnes. Nous voyons dès-à-présent en quelle estime est Fannius ; et l'on ne doit pas douter qu'il n'ait pour lui le Peuple Romain quand il demandera les honneurs. Et les deux tribuns populaires, que leur est-il arrivé ? L'un (1) qui pourtant avoit agi avec quelque modération, qui n'avoit porté aucune loi, qui seulement dans sa manière de penser sur les intérêts de la République, avoit trompé notre attente ; homme de bien, intègre, et toujours estimé des citoyens honnêtes ; par la seule raison qu'il n'avoit pas assez senti, dans son tribunat, ce qui plaisoit au vrai Peuple Romain, et qu'il regardoit comme Peuple Romain celui qu'il voyoit dans les assemblées, ne put parvenir aux honneurs auxquels il seroit parvenu sans peine, s'il n'eût point voulu se montrer populaire. L'autre (2) qui, dans le parti du

(1) *L'un*; les uns pensent que c'est Caïus Alfius, d'autres, Caïus Cosconius.

(2) *L'autre*; il y a toute apparence que c'est Vatinius. —— *D'un consul*, de Marcus Bibulus, consul avec César.

Peuple, n'avoit gardé aucunes mesures, qui avoit été jusqu'à ne tenir aucun compte des auspices de la loi Ælia, de l'autorité du sénat, d'un consul, de ses collègues, de l'estime des gens de bien, demanda l'édilité avec de bons citoyens, il est vrai, avec des hommes d'une grande naissance, mais dont le crédit et le pouvoir n'étoient pas fort étendus : il n'eut point sa tribu pour lui, il n'eut point même la Palatine que l'on disoit seconder tous les perturbateurs de l'état dans leurs funestes projets ; au grand contentement des citoyens vertueux, il ne remporta que des refus de tous les comices. Vous voyez donc que le Peuple lui-même, pour ainsi dire, n'est plus populaire, puisqu'il rejette aussi durement ceux qui passent pour populaires, et que ce sont même leurs antagonistes qu'il préfère à tous pour les magistratures.

Venons aux jeux et aux spectacles. Votre attention, Romains, à m'écouter, vos esprits et vos regards fixés sur moi, m'enhardissent et m'engagent à user d'un genre de discours moins sévère. Dans les comices et dans les assemblées du forum, les témoignages extérieurs donnés par le Peuple sont sincères

quelquefois, d'autres fois extorqués par argent
et par cabale. Dans les spectacles, dit-on,
et dans les jeux des gladiateurs, quelques
misérables payés pour applaudir, ne font entendre que des murmures foibles et interrompus.
Toutefois, lorsqu'on donne des applaudissemens, il est aisé de voir comment on les
donne et qui les donne ; il est facile de distinguer les vrais sentimens d'une multitude
qui n'a point été gagnée. Vous dirai-je quels
sont les hommes, quels sont les citoyens
auxquels on applaudit davantage? Aucun de vous
ne l'ignore. Regardons comme quelque chose
de frivole les applaudissemens, qui ne sont
pourtant pas si à mépriser, puisqu'on les
accorde aux meilleurs citoyens : mais si c'est
quelque chose de frivole, ce n'est que pour
des hommes solides ; car pour celui qui dé-
pend des moindres objets, qui est esclave des
bruits publics, qui court après la faveur (1)
du Peuple, par une conséquence nécessaire
les applaudissemens sont une immortalité et
les sifflemens une mort.

(1) Le *ut ipsi loquuntur* du texte tombe sur *favore*
qui, du tems de Cicéron, étoit un mot nouveau.——
Qui avez fait célébrer, lorsque vous étiez édile.

Je vous le demande donc à vous sur-tout, Scaurus, qui avez fait célébrer des jeux avec tant d'appareil et de magnificence, je vous le demande, quel est celui de nos citoyens populaires qui a vu vos jeux, quel est celui qui a paru au spectacle, qui s'est montré au Peuple Romain ? Cet insigne danseur lui-même, qui non seulement est spectateur, mais acteur et musicien (1), qui remplit si bien tous les entr'actes de sa sœur, qui s'introduit dans une assemblée de femmes déguisé en musicienne ; Clodius lui-même, pendant son funeste tribunat, n'a vu ni vos jeux ni d'autres, excepté ceux dont il a eu peine à s'enfuir avec la vie sauve. Oui, cet homme populaire n'a paru qu'une seule fois aux jeux, c'est lorsqu'on rendit honneur à la vertu dans le temple de la vertu et de l'honneur ; c'est lorsque ce monument illustre de Marius, du

---

(I) *Acroama*, celui qui chante pour amuser, et la chose chantée. —— *Tous les entr'actes.* Les commentateurs ne sont pas d'accord sur le vrai sens d'*embolia*. J'ai adopté celui qui m'a paru le plus probable et le plus piquant. On sait par le plaidoyer pour Cœlius, que la sœur de Clodius traînoit à sa suite beaucoup d'amans et d'adorateurs.

conservateur de cet empire (1) , donna retraite aux défenseurs zélés de celui qui étoit de la même ville que ce grand homme , qui avoit défendu la même République.

Dans ce tems, le Peuple Romain manifesta ses sentimens pour moi et contre Clodius , d'abord , lorsqu'instruit du décret rendu par le sénat , il applaudit unanimement et à ce décret et au sénat lui-même qui tenoit alors son assemblée ; et ensuite , lorsqu'il donna les mêmes applaudissemens à chacun des sénateurs à mesure qu'ils sortoient de l'assemblée pour venir au spectacle. Mais quand le consul (2) qui donnoit les jeux fut assis, tout le Peuple debout , les bras étendus, lui rendant graces et pleurant de joie, fit éclater sa bienveillance pour moi et sa sensibilité. Au contraire, lorsque le forcené Clodius fut venu avec cet esprit de sédition et de folie qui ne l'abandonne jamais, le Peuple eut peine

(1) Marius, de la ville d'Arpinum, patrie de Cicéron , avoit fait bâtir des dépouilles des Cimbres , un temple à l'Honneur et à la Vertu.

(2) On ignore si ce consul étoit Lentulus ou Métellus , et à quelle occasion il donnoit des jeux au Peuple.

à se contenir, à ne point décharger sa haine
sur sa personne impure et exécrable. Tous
du moins ne lui épargnèrent, ni les menaces
de leurs gestes, ni leurs cris de malédiction.
Mais pourquoi rappeller le courage d'un
Peuple qui, après une longue servitude, commençoit à jetter un regard sur la liberté? pourquoi rappeller son courage envers un homme
que n'ont point épargné les comédiens même,
qui l'ont attaqué en face, quoiqu'il demandât
alors l'édilité? On donnoit (1), je crois,
une représentation du Fourbe; tout le chœur
de la pièce fixant des yeux cet infâme, et le
haranguant, pour ainsi dire, d'une voix éclatante, lui lançoit ces paroles: *Voilà ta vie.....
Après les commencemens et la fin d'une vie abo-*

(1) On jouoit à Rome deux sortes de comédies; dans
les unes, les personnages étoient Romains, et on les
appelloit *togatae*; dans les autres, les personnages
étoient Grecs, et on les appelloit *palliatae. Toga*
étoit l'habillement romain, et *pallium* le manteau
grec. *Je crois.* Cicéron ne vouloit point paroître instruit trop exactement de tous ces détails. —— *Tout
le chœur.* Dans les tragédies et comédies grecques et
romaines, il y avoit des chœurs, dont les chants rem-
plissoient les entr'actes. Il m'a semblé que *caterva*
vouloit dire ici le chœur de la pièce.

minable. Il étoit tout hors de lui-même ; et lui qui avoit coutume de remplir de musiciens ses assemblées, étoit chassé par la voix même des musiciens. Et puisque nous en sommes sur les jeux, n'oublions pas de dire que, dans une longue pièce qui contenoit une foule de pensées diverses, il n'y eut pas une seule parole du poëte dont on pouvoit faire l'application à la circonstance, qui échappât à aucun de toute la foule des spectateurs et que l'acteur ne fît sentir.

Je vous en prie, Romains, ne croyez pas que ce soit un esprit de frivolité qui me jette dans des objets si nouveaux pour des juges, parce que dans un tribunal je vous entretiens de poëtes, de comédiens, de jeux. Je ne suis pas assez peu instruit de la bienséance à garder dans les causes, assez peu versé dans l'art de la parole, pour chercher à discourir sur toutes sortes de sujets, pour choisir et cueillir des fleurs de toutes parts. Je sais ce qu'exige de moi la majesté de votre séance, le concours de tous nos amis distingués, cet immense auditoire, la dignité de Sextius, l'importance de sa cause, mon âge et mon rang. Mais j'ai voulu ici instruire notre jeunesse, et lui apprendre quels sont les *optimats*. En lui donnant cette instruction, il faut montrer que tous ceux qui passent pour populaires, ne sont point vraiment amis du Peuple. Et je réussirai sans peine à le prouver, si je fais connoître quels sont les sentimens réels de toute la ville, les jugemens vrais et incorruptibles du Peuple Romain.

Pourquoi, sur la nouvelle du décret rendu par le senat dans le temple de la Vertu, nouvelle apportée aux jeux et aux spectacles, au milieu d'un grand concours de Peuple, pourquoi un parfait acteur (1), qui dans la République suivit toujours les partis les plus honnêtes, comme sur le théâtre il jouoit les plus beaux rôles, pourquoi, dis-je, pleurant de joie dans l'espoir de mon prochain retour, et de tristesse par le regret de mon absence, plaida-t-il ouvertement ma cause avec beaucoup plus de force que je ne l'aurois pu plaider moi-même? Son grand art, ou plutôt sa douleur réelle, rendoit tout le génie du

(1) Esopus, excellent acteur de tragédie, et ami de Cicéron.

poëte

poëte (1). *Comment*, disoit-il, *un homme qui a défendu, qui a soutenu avec courage la République, qui s'est toujours montré fidèle au parti des Grecs....* Il disoit que je m'étois montré fidèle à votre parti. Ses regards se tournoient vers les différens ordres de l'état : tout le monde lui crioit de recommencer. *Qui, dans une circonstance critique, n'a point hésité à exposer sa vie, n'a point épargné sa tête....* Mais de quels applaudissemens n'étoient pas accompagnées les paroles qui suivent ? Oubliant les gestes de l'acteur, on applaudissoit uniquement à sa tendresse affectueuse, aux paroles du poëte, à mon prochain retour. *Dans une guerre importante, notre ami le plus zélé....* L'acteur ajoutoit de lui-même, doué du plus *beau génie*, son amitié lui faisoit illusion, et on l'approuvoit peut-être par l'envie qu'on avoit de nous revoir. Quels étoient les gémissemens du Peuple, lorsque le même acteur déclamoit ces paroles dans la même pièce ? *O mon père !* disoit-il. Il croyoit, oui, il croyoit en mon absence devoir pleurer comme un père le

_____

(1) Le poëte étoit Accius, et on pense que le sujet de la pièce étoit Andromaque.

Tome VIII.   X

citoyen que Catulus , que tant d'autres dans
le sénat avoient souvent nommé. le père de la
patrie. Avec quel torrent de larmes parla-t-il
de l'embrâsement et du désastre de ma fortune , lorsque , sous le nom de son personnage , il gémissoit sur l'exil d'un père , sur
la ruine de la patrie , sur un palais détruit et
dévoré par le feu ? Il en parla d'un ton si pénétré , qu'après avoir fait le détail de ma prospérité passée , se tournant alors et disant : *Tout
cela , je l'ai vu la proie des flammes.....* il arrachoit des larmes à mes ennemis même et à mes
envieux. Mais comment , grands Dieux ! le
même acteur déclama-t-il ce qui suit , ce qui
me paroît avoir été écrit et prononcé pour la
circonstance , au point que Catulus lui-même
auroit pu s'en servir , s'il fût revenu parmi
nous : car ce grand homme se permettoit quelquefois d'attaquer et de reprendre avec force
les imprudences du Peuple et les erreurs du
sénat. *O Grecs ingrats , Grecs légers , qui oubliez les bienfaits !* L'application , il est vrai ,
n'étoit pas juste ; car les Romains n'étoient pas
ingrats , ils n'étoient que malheureux : ils
n'avoient pas été libres de sauver celui qui les
avoit sauvés eux-mêmes , et jamais un seul

homme ne fut plus reconnoissant envers un autre homme que n'avoient été envers moi tous les Romains. Mais enfin un poëte éloquent semble avoir écrit pour moi ; c'est pour moi qu'un acteur aussi habile que courageux a déclamé, lorsque montrant tous les ordres , faisant des reproches au sénat, aux chevaliers Romains , à tout le Peuple, il s'écrioit : *Vous avez souffert qu'il fût banni , vous avez permis qu'on l'exilât , vous le laissez en exil.* Quelles furent alors les marques et les témoignages extérieurs par où tout le Peuple manifesta ses sentimens en faveur d'un homme qui n'étoit pas populaire, je le sais, moi, seulement par oui-dire ; ceux qui étoient présens peuvent en juger beaucoup mieux. Et puisque nous avons commencé sur ce ton , continuons toujours : l'acteur déplora mon infortune et plaida ma cause avec tant de pathétique , que les larmes étouffoient sa voix éclatante. Les poëtes , dont je chéris toujours le génie , m'ont prêté, pour ainsi dire , leurs vers dans ma disgrace , et le Peuple Romain les a approuvés par ses gémissemens autant que par ses applaudissemens. Etoit-ce donc Accius qui devoit composer ou Esope qui devoit prononcer ces vers pour moi plutôt que les premiers de la ville, si le Peuple Romain eût été libre ? Je fus nommé par l'acteur dans le Brutus (1) : *Tullius, qui avoit assuré la liberté des citoyens.* On fit recommencer mille fois. Le Peuple Romain n'annonçoit-il donc pas assez hautement que le sénat et moi nous avions affermi ce que de mauvais citoyens nous reprochoient d'avoir détruit ?

Le Peuple Romain manifesta sur-tout ses sentimens aux jeux de gladiateurs, où il formoit une assemblée nombreuse. Le spectacle étoit donné par Scipion (2), il étoit digne de lui, et de Métellus pour qui on le donnoit. Ce genre de spectacle attire un immense concours de toute espèce de personnes, parce qu'il plaît particuliérement à la multitude. Sextius, tribun, qui dans tout son tribunat, n'avoit été occupé que de mes intérêts, vint dans cette assemblée ; il se présenta au Peuple,

_____

(1) *Le Brutus*, tragédie du même Accius. Il y a toute apparence que l'acteur au lieu du nom de Brutus mit celui de Tullius. C'est d'après cette supposition que j'ai ajouté *par l'acteur.*

(2) C'est le Scipion qui fut ensuite beau-père de Pompée. Il donnoit un spectacle pour honorer la mémoire de Métellus Pius, son père adoptif.

non pour s'attirer des applaudissemens, mais afin que nos ennemis fussent eux - mêmes témoins des dispositions de tout le Peuple réuni. Il vint, comme vous savez, à la co-lonne Ménia. Là, depuis le Capitole jusqu'à l'amphithéâtre et jusqu'à l'enceinte du bar-reau (1), tout retentit de telles acclamations, que, dans aucune conjoncture, disoit-on, le Peuple Romain n'avoit manifesté ses senti-mens avec un concert si unanime. Où étoient alors ces arbitres des loix, ces dominateurs des assemblées, ces persécuteurs des citoyens ? Est-il donc pour les méchans un peuple parti-culier dont nous eussions encouru le mécon-tentement et la haine ? Pour moi, je pense que le Peuple n'est jamais plus nombreux qu'au spectacle des gladiateurs, et qu'il ne

_____

(1) Dans le forum ou la place publique, se trou-voient, entre autres, l'amphithéâtre, *theatrum, spec-tacula*, le barreau, *fori cancelli*. Quand le spectacle étoit fort nombreux, il y avoit du monde jusque près du Capitole, qui, comme on sait, dominoit la place publique. L'amphithéâtre étoit de bois, et construit seulement pour le tems que devoit durer le spectacle. Ce ne fut que sous l'empereur Auguste qu'il commença à y en avoir un de pierre et à demeure.

X 3

l'est jamais autant dans les assemblées du
forum ou des comices. Cette multitude
d'hommes innombrable, ces témoignages écla-
tans et parfaitement unanimes du Peuple
Romain entier, dans des jours où l'on croyait
qu'il devoit être bientôt question de mon
rappel, qu'annoncent-ils autre chose, sinon
que le Peuple Romain entier s'intéresse au
salut et à la gloire des plus honnêtes citoyens?
Mais ce tribun du Peuple (1), qui, suivant
l'usage des Grecs frivoles, et non d'après la
méthode de son père, de son aïeul, de son
bisaïeul, de tous ses ancêtres, avoit coutume
d'interroger l'assemblée, de lui demander si
elle vouloit mon retour, et qui disoit que le
Peuple Romain ne le vouloit pas, lorsque des
mercenaires s'étoient récrié avec des voix foibles
et presque éteintes; ce tribun, dis-je, ne se
laissa jamais voir au spectacle des gladiateurs,
quoiqu'il y vînt tous les jours. Lorsqu'il venoit,
il se glissoit sous l'amphithéâtre; et paroissant

(1) C'est assurément de Clodius qu'il s'agit; et
Cicéron rappelle l'année où il étoit encore tribun du
Peuple. Il interrogeoit l'assemblée dans cette année,
et il étoit hué venant au spectacle l'année suivante.

tout-à-coup comme un fantôme, on eût dit qu'il alloit proférer ces mots : *écoute-moi*, *écoute-moi*, *ma mère* (1) . . . . . Aussi appelloit-on voie Appienne ce sentier obscur par où il se rendoit au spectacle. Au reste, dès que l'on commençoit à l'appercevoir, on l'accueilloit avec de tels sifflemens, que les gladiateurs et même leurs chevaux en étoient épouvantés.

On voit donc clairement quelle différence il y a entre le vrai Peuple Romain et une assemblée tumultueuse : le Peuple Romain accable de toutes les marques de sa haine nos arbitres des assemblées, tandis que ceux qui ne peuvent paroître dans ces assemblées de misérables artisans, sont honorés de tous les témoignages de sa bienveillance.

Et vous me citez encore, Albinovanus, vous me citez Atilius Régulus (2), qui de lui-même aima mieux retourner à Carthage chercher le supplice, que de rester à Rome sans les prisonniers qui l'avoient député au sénat. Je

(1) Paroles de l'ombre de Polydore à Hécube sa mère.——*Voie Appienne ;* voie construite par le fameux Appius Cœcus, un des ancêtres de Clodius.

(2) Personne n'ignore l'histoire de Régulus, telle qu'on la lit dans Tite-Live et dans d'autres historiens.

ne devois pas , dites-vous , désirer de revenir avec le secours d'esclaves et de gens armés. Oui , sans doute , j'ai soupiré après la violence , moi qui tant que la violence a regné dans Rome, n'ai pu rien faire , et qui n'aurois jamais pu être renversé, si la violence n'eût prévalu. Me serois-je refusé à mon retour , ce retour si brillant que je crains même qu'on ne me soupçonne d'être parti par un mouvement de vaine gloire , pour revenir avec un pareil éclat ? Eh ! quel citoyen , excepté moi , le sénat a-t-il jamais recommandé aux nations étrangères ? Pour quel rappel , excepté pour le mien , le sénat a-t-il jamais rendu de solemnelles actions de grace aux alliés de l'empire ? C'est pour moi seul que les sénateurs ont décidé que tous les gouverneurs de provinces , que les questeurs et les lieutenans veilleroient à ma conservation. Depuis la fondation de Rome , ce n'est qu'en ma faveur que, d'après un décret du sénat , les lettres des consuls ont convoqué de toute l'Italie tous ceux qui vouloient le salut de la République (1). Ce que le

(1) *Qui rempublicam salvam vellent*, formule qu'on n'employoit que dans les plus extrèmes périls. Elle avoit déjà été employée, mais jamais par le sénat en corps.

sénat en corps n'a jamais statué dans aucun péril de tout l'état, il a cru devoir le faire pour le rappel d'un seul homme. Quel citoyen les murs même du sénat ont-ils plus redemandé ? Quel citoyen le forum a-t-il plus regretté ? Quel citoyen les tribunaux ont-ils plus ardemment désiré ? A mon départ, tout devint désert, tout fut négligé, tout fut muet, tout ne respira que tristesse et que deuil. Est-il un endroit dans l'Italie où l'on n'ait point gravé sur des monumens publics les preuves du zèle pour me rétablir dans mon état et dans toutes mes prérogatives ? Parlerai-je des magnifiques sénatus-consultes portés en ma faveur ; ou de celui qui fut fait dans le temple du puissant Jupiter, lorsque ce grand homme (1) dont les trois triomphes ont désigné les trois parts du monde réunies à cet empire, ayant donné son avis par écrit, me rendit ce témoignage que j'étois le seul qui eusse sauvé Rome ? Son avis fut si généralement approuvé par tout le corps du sénat, que mon ennemi seul se trouva d'un avis contraire ; et l'on voulut que

_____

(1) *Ce grand homme*, Pompée. —— *Mon ennemi seul*, Clodius.

cette particularité fût inscrite sur les registres, pour en laisser à nos descendans un souvenir éternel. Parlerai-je du décret qui fut rendu le lendemain dans la salle du sénat, d'après le vœu de tout le Peuple et de tous les citoyens venus des villes municipales, décret qui défendoit de prendre les auspices (1), d'apporter aucun retard ; qui déclaroit que tout contrevenant seroit noté comme destructeur de la République, que le sénat lui marqueroit tout son mécontentement, et qu'on examineroit aussitôt sa conduite. Par cette fermeté, le sénat avoit rallenti l'audace et la perversité de quelques furieux ; il ajouta toutefois que si, dans les cinq jours où l'on pouvoit traiter de mon rappel, on n'en traitoit pas, je pourrois revenir dans ma patrie, et me voir rétabli dans toutes mes distinctions. Il fut ordonné dans le même tems par le même sénat qu'on

(1) *Qui défendoit de prendre les auspices.* Mais la chose n'étoit-elle pas défendue par la loi Clodia ? étoit-il nécessaire de la défendre ? On peut dire à cela, ou que le sénat ne regardoit point la loi de Clodius comme une loi, ou que Clodius n'avoit porté sa loi sur cet article que pour l'année de son tribunat. La seconde réponse me paroit la meilleure.

remercieroit ceux qui étoient venus de toute l'Italie pour contribuer à mon rétablissement, qu'on les prieroit de revenir quand (1) on reprendroit mon affaire. Dans l'ardeur du zèle que tous signaloient à l'envi pour obtenir mon retour, ceux même que le sénat prioit en ma faveur, adressoient pour moi au sénat des supplications ; et Clodius se trouva tellement le seul qui se déclara contre cette volonté ardente et unanime des gens de bien, qu'un consul lui-même, autrefois mon ennemi, avec qui j'avois eu de vifs démêlés dans les affaires publiques, Métellus proposa mon rappel. L'autorité imposante d'un illustre et vertueux personnage, et la force admirable de ses paroles (2), réveillèrent cette ame géné-

(1) Il est certain qu'il faut corriger un endroit de la harangue adressée au sénat après le retour sur le passage actuel, ou le passage actuel sur l'endroit de la harangue. J'ai préféré ce dernier parti, et j'ai traduit comme si on lisoit, *atque iidem ad illam diem, cùm res rediissent, ut venirent rogarentur.*

(2) J'ai lu, d'après la correction de Paul Manuce; *excitatus cùm summá autoritate P. Servilii, tùm incredibili quâdam....* Publius Servilius Isauricus dont il est ici question, étoit fils d'une Métella, fille de Métellus Macédonicus.

reuse. Faisant sortir presque de leurs tombeaux tous les Métellus, Servilius détournoit l'esprit de son parent des brigandages d'un citoyen forcené, pour ne l'occuper que de la gloire d'une naissance qui leur étoit commune ; il lui remettoit devant les yeux un exemple domestique, la triste, mais glorieuse disgrace de Métellus (1) Numidicus : Métellus ému laissa couler des larmes dignes d'un grand homme, dignes d'un vrai Métellus. Du même sang que Servilius, il se livra tout entier à lui avant même qu'il eût fini de parler ; et ne pouvant tenir plus long-tems contre une éloquence toute divine qui respiroit une gravité antique il se réconcilia avec Cicéron absent en devenant son bienfaiteur. S'il reste encore aux grands hommes quelque sentiment après la mort, combien cette réconciliation n'a-t-elle pas dû être agréable à tous les Métellus, et sur-tout à (2) Métellus Céler, proche parent

(1) C'est au même Paul Manuce qu'on doit correction heureuse *et ad Numidici illius Metelli*, au lieu de *et ad unum dicto citius Metelli*, qui ne présente aucun sens.

(2) Quintus Métellus Céler étoit préteur lorsque

de Népos, cette ame ferme, cet excellent citoyen, qui, dans mon consulat, a partagé mes travaux, mes périls, toutes mes démarches ?

Quant à mon retour, qui est-ce qui en ignore les circonstances ? Ignore-t-on comment à mon arrivée les habitans de Brinde me tendirent, en quelque sorte, la main de toute l'Italie et de la patrie elle-même ? Les nones du mois d'août, jour de mon arrivée, étoit aussi le jour de la naissance d'une fille chérie, que je vis alors pour la première fois après de vifs regrets causés par une longue absence ; c'étoit celui où l'on avoit envoyé une colonie à Brinde, où à Rome on avoit consacré le temple de la déesse Salus (1). La maison de Flaccus, de son père et de son frère, ces hommes distingués par leurs vertus et leur science, me reçut avec

Cicéron étoit consul. Le latin porte *fratre suo*, c'est-à-dire, *patruele*, son cousin-germain.

(1) On avoit consacré à Rome dans un tel jour le temple de la déesse Salus : à pareil jour, Cicéron arrivoit à Brinde après avoir obtenu *salutem*, la révocation du décret de son exil. Le texte portoit *idem ut scitis* : Paul Manuce a corrigé *idem et salutis*, que je préférerois à *idemque salutis*.

une joie extrême , cette maison qui l'année précédente m'avoit accueilli avec de si grandes marques de tristesse , m'avoit soutenu et défendu à ses propres risques. Dans toute la route , les villes de l'Italie sembloient célébrer la fête de mon retour , une multitude de députés envoyés de toutes parts couvroient tous les chemins. Les approches de Rome étoient comme inondées d'une foule immense , retentissoient d'acclamations et de félicitations. Depuis la porte jusqu'au Capitole, du Capitole à ma maison (1), on témoignoit tant d'allégresse en me revoyant, qu'au milieu de la plus vive joie, je m'affligeois qu'une ville si reconnoissante eût été si malheureuse et si opprimée. Vous voilà donc instruit , Albinovanus , de ce que vous m'avez demandé ; vous savez quels sont ceux que j'appelle *optimats*. Ce n'est pas , comme vous avez dit, une espèce de gens : j'ai reconnu le mot , je sais d'où il vient ; sans doute de celui (2) par qui Sextius se voit principalement

(1) Ma maison du Céramium , autre que celle du Palatium détruite par Clodius.

(2) *De celui ,* de Vatinius dont il est question dans tout cet endroit.

attaqué , de celui qui voudroit que cette espèce de gens fût détruite et anéantie ; qui souvent a blâmé César , cet homme si doux , si ennemi de toute violence , qui souvent lui a fait
des reproches, l'assurant que jamais il ne seroit
tranquille tant que cette espèce de gens subsisteroit. Il n'a pu réussir contre tous ensemble ;
il n'a cessé de me poursuivre moi en particulier ;
il m'a attaqué, d'abord par les délations de
Vettius qu'il a interrogé en pleine assemblée
pour le faire parler contre moi et contre d'illustres personnages. Cependant tels sont les
citoyens que Vatinius a enveloppés avec moi
dans la même inculpation calomnieuse , que je
dois lui savoir gré de m'avoir associé à de si
grands hommes. Mais ensuite n'ayant rien à me
reprocher que le desir de plaire aux gens de
bien , ne fit - il pas jouer pour me perdre
tous les ressorts de la méchanceté ? Il alloit
tous les jours faire contre moi de faux rapports (1) à ceux qui vouloient l'entendre. Il
avertissoit Pompée , mon ami si sincère , de
craindre ma maison , de se défier de ma personne. Il étoit si étroitement lié avec mon en-

(1) J'ai lu avec Paul Manuce , *aliquid de me ficti.*

nemi, que, d'après son propos, Clodius étoit
l'instrument et lui l'auteur d'une odieuse proscription lancée contre moi, dans laquelle ils
étoient secondés par un Sextus Clodius, homme
bien digne de ceux auxquels il s'est vendu. Il
est le seul (1) de notre ordre qui ait triomphé
publiquement de mon départ et de votre affliction. Je ne lui ai jamais dit un mot, quoiqu'il
se portât tous les jours à de nouvelles fureurs :
attaqué par tant de machines de guerre, à force
ouverte, avec des légions, avec des troupes
rangées en bataille, me serois-je plaint d'un
simple archer ? Les actes de mon consulat lui
déplaisent, dit-il. Qui en doute, puisqu'il méprise une (2) loi qui défend clairement de
donner un spectacle de gladiateurs pendant les
deux années que l'on demande ou que l'on
se dispose à demander les charges ? Et en cela,
Romains, je ne puis assez admirer sa témérité.
Il agit ouvertement contre une loi, lui qui ne
peut échapper à la justice, ni par l'agrément

(1) *Le seul*, mis à part, sans doute, Clodius, Pison
et Gabinius.

(2) *Une loi*, dont Cicéron lui-même étoit l'auteur.
Vatinius demandoit la préture l'année même où Cicéron parle.

de

de sa figure ni par l'étendue de son crédit ; lui qui n'a ni assez de richesses ni assez de puissance pour rompre les barrières des loix et des tribunaux. Qu'est-ce donc qui le rend si emporté ? Sans doute, animé par l'amour de la gloire, il a formé une troupe de gladiateurs brillante, distinguée, magnifique : il connoissoit les goûts du Peuple ; il prévoyoit le concours des citoyens et leurs acclamations. Plein de ces espérances, échauffé par le desir de la gloire, il n'a pu s'empêcher de produire ces gladiateurs dont il étoit lui-même le plus agréable. Quand il auroit enfreint la loi pour cette raison, parce qu'il auroit été empressé de plaire au Peuple Romain et de reconnoître ses faveurs récentes, on ne pourroit encore lui pardonner sa faute. Mais lorsqu'il a décoré du nom de gladiateurs des esclaves tirés des cachots, qui n'ont pas même été choisis au marché ; lorsqu'il les a nommés au hasard (1),

_____

(1) Samnites, Provocateurs, Retiaires, etc. étoient différentes sortes de gladiateurs. Vatinius se défendoit d'avoir enfreint la loi, parce que, dit-il, la loi parle de gladiateurs, et les Bestiaires ne sont pas des gladiateurs ; je ne donne qu'un gladiateur, et la loi parle de plusieurs gladiateurs.

Tome VIII.   Y

les uns Samnites, les autres provocateurs, ne
doit-il pas craindre les suites d'une pareille
licence, d'un mépris si formel des loix? Mais
il a deux moyens de défense : d'abord, dit-il,
je donne des esclaves bestiaires, et la loi parle
de gladiateurs. A merveille. Voici quelque
chose de plus subtil encore. Selon lui, il ne
donne pas des gladiateurs, mais un gladiateur, et
il a renfermé toute son édilité dans ce spectacle.
Belle édilité ! Un seul lion contre deux cens
bestiaires. Mais à la bonne heure, qu'il se
serve de cette défense : je souhaite qu'il se confie en sa cause ; car lorsqu'il ne s'y confie pas,
il a coutume d'en appeller aux tribuns du
Peuple, et de troubler par la violence l'exercice des tribunaux. Au reste, ce qui m'étonne,
ce n'est point qu'il méprise ma loi, la loi de
son ennemi, mais c'est qu'il se propose de ne
tenir aucun compte des loix consulaires. Il
a méprisé les loix Cécilia (1) Didia et Licinia

(1) Latin, *Aciliam.* Paul Manuce corrige *Caeciliam:*
j'ai adopté sa correction. Quintus Cécilius Métellus
et Titus Didius, consuls, avoient porté une loi pour
qu'une loi ne fût portée qu'après avoir été proposée
pendant trois marchés. Décius Julius Silanus et Lucius
Licinius Muréna, consuls, confirmèrent depuis cette
même loi en y ajoutant des peines plus sévères.

Junia. Quel compte tient-il encore de la loi touchant les concussions, qui a pour auteur César lui-même, dont il se vante d'avoir honoré la personne et fortifié la puissance par la loi qu'il a portée en sa faveur? Et l'on se plaint qu'il en est d'autres qui infirment les actes de César, tandis que la meilleure loi qu'il ait faite est méprisée et par son beau-père (1) et par son vil complaisant? Et dans cette cause, l'accusateur vous a exhortés, Romains, à vous armer enfin de sévérité, à remédier enfin aux maux de l'état. Ce n'est pas remédier à un mal, que de porter le fer dans un membre que n'a pas atteint la gangrène; c'est être cruel, c'est être bourreau. Ceux-là remédient aux maux de l'état, qui en retranchent une partie viciée et corrompue (2).

Mais pour mettre un terme à mon discours, et pour cesser de parler avant que vous cessiez de m'écouter avec attention, je vais conclure ce qui regarde les *optimats*, les principaux d'entre eux, les défenseurs de la République;

(1) *Son beau-père*, Pison. *Son vil complaisant*, Vatinius.

(2) Mot à mot, *qui retranchent quelque vice, comme l'écrouelle de la République*. Allusion à Vatinius, qui avoit les écrouelles.

Y 2

et je m'adresserai à vous, jeunes Romains : vous qui êtes nobles, je vous exciterai à imiter vos ancêtres ; vous qui, par votre génie et par votre courage, pouvez vous élever à la noblesse, je vous exhorterai à suivre une route qui a conduit tant d'hommes nouveaux à la gloire et aux honneurs. Le seul moyen, croyez-moi, d'acquérir de la distinction, des honneurs et de la gloire, c'est d'être estimé et chéri des gens de bien, des hommes sages, des caractères solides ; c'est de connoître le vrai systême de notre gouvernement, tel que nos ancêtres l'ont établi avec sagesse. N'ayant pu souffrir la puissance des rois, ils ont créé des magistrats annuels, de manière cependant que le sénat seroit le conseil perpétuel de la République, que les membres en seroient choisis par tout le Peuple (1), et que l'entrée en seroit ouverte à l'activité et au courage de tous les citoyens. Ils ont voulu que le sénat fût le gardien de la République, qu'il en fût le défenseur et le chef ; que soumis

(1) *Choisis par tout le Peuple*, parce que tout le Peuple conféroit les magistratures, et que les magistratures ouvroient la porte du sénat. —— *De tous les citoyens*, parce que tous les citoyens pouvoient parvenir aux magistratures.

à ses décisions, les magistrats ne fussent, pour ainsi dire, que les ministres de cet ordre auguste. Ils ont voulu que le sénat lui-même fût soutenu par l'éclat des ordres qui brillent après lui, qu'il fût jaloux de conserver et d'accroître la liberté et les avantages du Peuple. Ceux qui maintiennent autant qu'il est en eux ce systême politique, sont *optimats*, de quelque ordre qu'ils soient. Ceux qui soutiennent la plus grande partie de ces importantes fonctions, qui sont chargés du fardeau principal de la République, sont regardés comme les chefs et les principaux des *optimats*, comme les défenseurs et les soutiens de l'empire. Je l'ai déja dit et je l'avoue, ils rencontrent une foule d'adversaires, d'ennemis et d'envieux; ils ont mille dangers à courir, mille injures à souffrir, de grands travaux à essuyer; mais mon discours s'adresse à l'activité, et non à l'indolence, à la vertu, et non à la volupté; il s'adresse à ceux qui se croient nés, non pour le sommeil, pour les festins, pour les divertissemens, mais pour leur patrie, pour leurs concitoyens, pour la gloire. S'il en est qui se laissent prendre par les attraits du plaisir, qui s'abandonnent à la douceur du vice et

aux charmes des passions , qu'ils renoncent
aux honneurs, qu'ils ne se mêlent pas des
affaires , qu'ils permettent aux hommes courageux de jouir du fruit de leur travail, tandis
qu'eux jouiront du plaisir de l'oisiveté. Quant
à ceux qui aspirent à la réputation de gens
de bien, seul titre vraiment honorable, ils
doivent chercher le repos et le plaisir pour
les autres , et non pour eux-mêmes : ils doivent travailler sans relâche pour l'utilité commune , braver les inimitiés , souvent même
soutenir pour la République de violentes
tempêtes : ils doivent lutter contre une foule
d'audacieux et de scélérats, quelquefois même
contre des hommes puissans. Voilà ce qu'on
nous a dit (1) des principes et des actions
des plus grands personnages ; voilà ce que la
tradition et les livres nous en ont appris. Nous
ne voyons nulle part les louanges prodiguées
à ceux qui ont excité le Peuple à la sédition,
ou qui par des largesses ont aveuglé l'esprit
d'une multitude ignorante , ou qui ont cherché
à rendre odieux de fermes et illustres per-

(1) *Audivimus*, ab iis qui ipsi viderunt; *accepimus*,
ab iis qui ab aliis audierunt; *legimus*, in libris an-
tiqua repetentibus. Cette explication est de Paul
Manuce.

sonnages, les vrais bienfaiteurs de la République : ils ont toujours été aux yeux de nos Romains des hommes légers et entreprenans, de mauvais citoyens, des citoyens pernicieux. Ceux au contraire qui ont réprimé leurs violences et leurs efforts, qui, par leur ascendant, leur droiture, leur fermeté, leur grandeur d'ame, ont arrêté les projets de l'audace, ils furent toujours regardés comme des hommes graves, comme les chefs de la ville, les principaux défenseurs du gouvernement (1) et de la majesté de l'empire.

Et afin que notre disgrace, ou celle de quelques autres, n'éloigne personne de ce plan de conduite, Opimius est le seul dans

(1) Voici comme j'entends et j'explique *hujus ordinis*, sans doute, *ordinis rerum qui nunc existit*. Ces trois mots *hujus ordinis et* ne se trouvent pas dans quelques livres.—*Opimius est le seul....* Lucius Opimius tua Caïus Gracchus. D'après Cicéron, ayant été accusé plusieurs fois devant le Peuple, il fut renvoyé absous. Accusé enfin devant un tribunal particulier d'avoir reçu de l'argent de Jugurtha, il fut condamné, et se retira en exil à Dyrrachium. Cicéron se plaint ici et ailleurs de l'injustice de ce jugement. —— *Un monument célèbre*, la basilique appellée de son nom *Opimia*.

Rome, que je puisse nommer, qui, après
avoir rendu à l'état de signalés services, soit
mort indignement en exil. On voit dans le
forum un monument célèbre élevé par lui,
tandis que son tombeau sur le rivage de Dyrrachium est entièrement abandonné. Cependant, malgré la haine violente que lui avoit
attirée la mort de Caïus Gracchus, le Peuple
Romain pour sa part le renvoya toujours
absous : ce fut un autre orage, l'injustice d'un
tribunal particulier, qui renversa cet excellent citoyen. Les autres, ou jettés brusquement
hors de leur patrie par une violence soudaine,
par une tempête populaire, ont été rappellés
et rétablis par le Peuple lui-même, ou ont
vécu à l'abri de toute injure et de toute insulte. Mais ceux qui ont méprisé les conseils
du sénat, l'autorité des gens de bien, les éta-
blissemens de nos ancêtres, qui ont voulu
plaire à une multitude ignorante ou séditieuse,
ils en ont presque tous porté la peine, et ont
satisfait à la République par une mort prompte
ou par un exil déshonorant.

Que si chez les Athéniens, Peuple Grec et
fort éloigné de la gravité de nos Romains,
on ne manquoit pas de citoyens fermes qui

défendoient la République contre les caprices
du Peuple , quoique ceux qui avoient suivi ce
plan fussent bannis de leur ville ; si Thémistocle (1) , ce sauveur de sa patrie , ne fut dé-
tourné de la défendre , ni par la disgrace de
Miltiade qui quelque tems auparavant l'avoit
sauvée , ni par le bannissement d'Aristide que
l'on dit avoir été le plus juste des Grecs ; si
depuis, les plus grands hommes de cette République , qu'il n'est pas besoin de nommer ,
l'ont défendue avec zèle , malgré tant d'exemples qu'ils avoient sous les yeux des emportemens et de la légéreté du Peuple : que devons-
nous faire , nous qui avons pris naissance
dans une ville qu'on peut nommer le centre
de la gravité et de la grandeur d'ame ; qui de
plus sommes placés dans une élévation d'où
toutes les choses humaines doivent nous paroître méprisables ; qui enfin entreprenons de

---

(1) Thémistocle , Miltiade , Aristide , fort connus
dans l'histoire grecque. Thémistocle , après avoir
sauvé la Grèce de l'invasion des Perses , se vit obligé
de se refugier auprès des Perses chez lesquels il mourut.
Miltiade, vainqueur à Marathon, mourut en prison,
ne pouvant payer une amende considérable à laquelle
il avoit été condamné. Aristide, surnommé le juste ,
fut banni du ban de l'ostracisme.

défendre une République dont la dignité est si auguste, qu'attenter à son défenseur, c'est attenter à elle-même et à sa souveraine puissance ? Les Grecs que je viens de nommer, condamnés et bannis injustement par leurs concitoyens, doivent aux services qu'ils ont rendus à leur patrie, de jouir non-seulement dans la Grèce, mais encore chez nous et dans les autres pays du monde, de la plus glorieuse célébrité, au point que personne ne parle de leurs persécuteurs, et que tous préfèrent la disgrace des uns à la domination des autres. Qui des Carthaginois fut au-dessus d'Annibal pour la prudence, pour le courage, pour les exploits militaires, lui qui disputa seul de la gloire et de l'empire, durant l'espace de tant d'années, contre tant de nos généraux ? Ses concitoyens l'ont chassé (1) de leur ville ; et nous le voyons, quoique notre ennemi, célébré dans nos livres et dans nos annales. Ainsi imitons nos Brutus, nos Camille, nos Ahala, nos Décius, nos Curius, nos Fabricius, nos Maximus, nos Scipion, nos Len-

----

(1) L'histoire dit qu'Annibal s'enfuit de Carthage, dans la crainte d'être livré aux Romains.

tulus , nos Paul Emile et une infinité d'autres qui ont affermi cette République , et que je place au nombre et en la compagnie des Dieux immortels. Aimons la patrie , soyons soumis au sénat , prenons les intérêts des gens de bien ; oublions les avantages présens pour ne nous occuper que de la gloire à venir ; regardons comme le plus utile ce qui sera le plus juste ; espérons tout ce que nous voudrons , mais supportons tout ce qui nous arrivera ; pensons enfin que dans les grands hommes le corps seul est mortel , que les conceptions de leur ame et la gloire de la vertu sont éternelles : et si nous voyons cette opinion consacrée dans la personne d'Hercule , ce héros vénérable , dont l'immortalité même , dès que les flammes du bûcher eurent consumé son corps (1), vint , dit-on , recueillir l'ame et les vertus , nous devons croire aussi que ceux qui , par leurs conseils ou par leurs travaux , ont défendu , augmenté ou sauvé une République aussi florissante , sont parvenus à une gloire qui ne mourra jamais.

(1) Personne n'ignore qu'Hercule dressa son bûcher lui-même , et qu'il se jetta au milieu des flammes dans lesquelles il fut consumé.

Mais , Romains , au moment que je parle
du mérite et de la célébrité de citoyens ma-
gnanimes , et que je me prépare à en dire
davantage , je me sens arrêté tout-à-coup au
milieu de mon discours par la vue de ces illustres malheureux. Je vois Sextius , un des
plus ardens défenseurs de la cause publique
et de l'autorité des tribunaux , un des principaux
auteurs de mon rappel , je le vois accusé ; je
vois son jeune fils me regarder avec des yeux
baignés de larmes : je vois le vengeur de votre
liberté , le gardien de mes jours , le soutien
de la République opprimée , la force et l'appui
du sénat , le défenseur de nos temples et de
nos maisons , le destructeur d'un· brigandage
domestique , Milon , l'homme le plus propre
à empêcher les meurtres qui se commettent
tous les jours ; je le vois en habit de deuil et
accusé : je vois Lentulus , dont je regarde le
père comme le mien , comme le dieu et le
sauveur de ma fortune , de mon nom , de
mon frère , de toute ma famille ; je le vois
avec des vêtemens tristes et lugubres : l'année
précédente , il avoit reçu la robe virile par la
décision de son père et la robe prétexte par les
suffrages du Peuple ; cette année , revêtu de

la robe que vous lui voyez (1) , il supplie pour
un père illustre et courageux , pour le soustraire à la rigueur imprévue d'une injuste loi.
Toutes ces déplorables marques d'affliction ,
c'est à cause de moi seul que tant de citoyens
recommandables ont été réduits à les prendre ,
c'est parce qu'ils m'ont défendu , c'est parce
qu'ils ont été sensibles à mes malheurs et à
mes peines , c'est parce qu'ils m'ont rendu à
la patrie qui me pleuroit , au sénat qui me
regrettoit , à l'Italie qui me rappelloit , à vous

---

(1) Le fils du Lentulus qui étant consul avoit travaillé avec tant de zèle et de succès au rappel de
Cicéron. L'année même où il prit la robe virile , il
fut nommé Augure par le Peuple : car c'étoit le
Peuple qui conféroit alors les sacerdoces. Or certains
magistrats , les sénateurs dans les cérémonies, et les
Augures , portoient la robe prétexte , c'est-à-dire, la
robe bordée de pourpre. —— *Par la décision de son
père.* Ces mots annoncent que, quoiqu'un jeune homme
prît ordinairement la robe virile à l'âge de 16 ans , il
dépendoit cependant de la volonté de son père qu'il
la prît un peu plus tôt ou plus tard. —— *D'une injuste loi.* Caïus Cato, tribun du Peuple, avoit proposé
une loi pour qu'on révoquât Lentulus qui pour lors
gouvernoit la Cilicie. C'est pour empêcher que cette
loi ne passât, que son fils étoit en habit de deuil.

tous qui me redemandiez au Peuple. Quel est
donc mon crime ? Quelle faute si énorme ai-je
commise ce jour , ce jour où je mis sous vos
yeux les preuves du désastre dont toute la
ville étoit menacée , les aveux et les lettres
des coupables, ce jour où j'obéis à vos ordres?
Mais si c'est un crime d'aimer la patrie, je
l'ai expié suffisamment. Ma maison a été renversée , mes biens pillés , mes enfans dispersés , ma femme persécutée ; le meilleur des
frères , cet ami si tendre , si dévoué à ma
personne, dans l'extérieur le plus misérable,
s'est roulé aux pieds de mes plus mortels ennemis : pour moi , chassé de mes autels et de
mes foyers , séparé de mes Dieux pénates,
arraché à ma famille , je me suis vu privé
d'une patrie que j'avois défendue ; c'est le
moins que je puis dire : j'ai souffert les cruautés
de la haine , les manœuvres de l'envie , les
noirceurs de la perfidie. Si ce n'est pas assez,
parce que mon retour paroît avoir effacé la
trace de tous ces maux : il m'est, Romains,
oui, il m'est beaucoup plus avantageux de
retomber dans la même infortune , que de
causer de pareilles disgraces à mes défenseurs
et à mes libérateurs. Pourrai-je rester dans une

ville d'où seront bannis ceux qui me l'ont
rendue ? Non, je n'y resterai pas, je ne
pourrai y vivre ; et ce jeune enfant qui annonce par ses larmes toute sa tendresse, ne
me verra pas dans une situation sûre et tranquille, après avoir perdu son père à cause de
moi seul : il ne gémira pas toutes les fois qu'il
me verra, il ne dira pas qu'il voit son fléau,
le fléau de son père. Oui, vous tous, nobles
victimes de l'amitié et de l'amour du bien
public, je partagerai votre sort, quel qu'il
puisse être. Aucune infortune, Romains, ne
me séparera de ceux que vous voyez ici pour
moi dans le deuil et dans l'affliction. Les nations
étrangères auxquelles le sénat m'a recommandé, et qu'il a remerciées en mon nom,
ne verront pas Sextius exilé à cause de moi
sans moi. Mais les Dieux immortels qui, à
mon arrivée, m'ont reçu dans leurs temples,
escorté de tous ces hommes que vous voyez (1)
et du consul Lentulus, les Dieux immortels
et la République, si sainte à mes yeux, ont
remis cette affaire à vos décisions : vous pouvez,

(1) *Tous ces hommes....* Sextius, Milon, et tous
ceux qui s'intéressoient à leur sort.

Romains, dans ce jugement, rassurer les bons, réprimer les méchans, vous pouvez conserver d'excellens citoyens, me donner une nouvelle vie, à la République une nouvelle existence. Si donc vous avez desiré de me revoir dans cette ville, je vous en supplie et je vous en conjure, retenez au milieu de vous ceux par lesquels j'ai été rendu à vos desirs.

DISCOURS DE CICÉRON,

CONTRE VATINIUS.

Sommaire.

SEXTIUS, comme nous avons vu dans le discours qui précède, avoit été accusé de violence; Vatinius étoit un des témoins qui chargeoit Sextius; l'accusateur et le défenseur pouvoient interroger les témoins : Cicéron profite de cette liberté pour interroger Vatinius. Mais au lieu de l'interroger uniquement sur qui concernoit la cause, il l'interroge sur beaucoup d'autres objets. Ainsi, après avoir répondu à quelques reproches qui lui étoient personnels, il parcourt

presque

*presque toute la vie de Vatinius ; il s'arrête
sur-tout à son tribunat, il montre toutes les
violences qu'il s'est permises pendant cette magistrature, toutes les loix injustes qu'il a portées.
En un mot, il lui fait diverses interrogations
et finit par celles qui regardent la cause de Sextius.*

Ce discours, intitulé interrogation *, est de
la même date que le précédent, c'est-à-dire,
qu'il a dû être prononcé l'an de Rome* 697,
de Cicéron 51.

DISCOURS DE CICÉRON,

CONTRE VATINIUS.

SI je n'avois voulu, Vatinius, que vous
rendre justice, j'aurois fait une chose qui n'eût
pas manqué de plaire à nos juges : la turpitude de votre vie et vos crapules domestiques
infirmant votre déposition et lui ôtant tout son
poids, j'aurois dédaigné de vous adresser la
parole. Car nul ici ne pense que vous méritiez
d'être réfuté comme un adversaire redoutable,
ou interrogé comme un témoin religieux.
Mais peut-être me suis-je laissé emporter un

Tome VIII.   Z

peu trop loin à votre égard. Je n'ai écouté que ma haine pour votre personne, cette haine moins violente, je le dirai presque, que celle de tant d'autres, encore que toutes vos atrocités envers moi aient dû la pousser à son comble : oui, je n'ai écouté que mon ressentiment; et moi qui ne vous méprisois pas moins que je vous haïssois, j'ai mieux aimé vous renvoyer accablé de sanglans reproches que d'un silence de mépris. Ainsi, Vatinius, ne vous étonnez pas que je daigne vous interroger, vous que personne ne croit digne de son commerce, de son abord, de son suffrage, du titre de citoyen, de la lumière du jour : non, je ne me serois jamais abaissé jusque-là, si je n'avois voulu rabattre votre fierté, réprimer votre audace, rallentir et embarrasser par un petit nombre de questions l'intempérance de votre langue. Vous deviez, Vatinius, en supposant même que Sextius (1) vous eût sus-

---

(1) Afin d'affoiblir le témoignage de Vatinius, Sextius avoit annoncé être bien instruit qu'il s'étoit concerté avec Albinovanus pour l'accuser. Or, si Vatinius étoit reconnu son ennemi jusqu'à ce point, on ne devoit pas faire beaucoup de fond sur son témoignage.

pecté sans raison , vous deviez me pardonner,
dans une cause d'une si grande importance ,
de m'être prêté aux besoins de la conjoncture
et aux desirs d'un pareil bienfaiteur.

Mais que vous ayez menti dans la déposition d'hier, en affirmant que vous n'aviez absolument eu aucune conférence avec Albinovanus , ni pour l'accusation de Sextius , ni
pour aucune autre affaire , c'est ce que vous
venez de déclarer tout-à-l'heure sans y penser.
Vous l'avez dit vous-même, Titus Claudius (1)
vous a fait part de ses projets , il vous a demandé conseil pour accuser Sextius ; et Albinovanus , que vous connoissiez à peine auparavant , disiez-vous , étoit venu dans votre
maison , avoit eu avec vous de longs entretiens ;
enfin vous lui aviez remis une copie des harangues de Sextius (2) dont il n'avoit aucune
connoissance et qu'il ne pouvoit trouver , copie

***

(1) *Titus Claudius*, inconnu d'ailleurs. On voit
qu'il avoit eu dessein d'accuser Sextius. Ou il avoit
renoncé à son projet , ou il s'étoit contenté de se
joindre à Albinovanus.

(2) Des harangues , sans doute , par lesquelles
Sextius vouloit animer et soulever le Peuple.

dont on avoit fait lecture au tribunal. Dans
l'un de ces deux aveux, vous êtes convenu
avoir suborné et disposé des accusateurs : dans
l'autre, vous avez annoncé une contradiction
mêlée d'un mensonge et d'un parjure, lorsqu'un homme que vous aviez dit vous être absolument étranger, que vous aviez jugé dès le
commencement un prévaricateur (1), vous disiez ensuite qu'il étoit venu vous trouver chez
vous, et que vous lui aviez remis pour l'accusation les pièces qu'il vous avoit demandées.

Votre caractère est trop violent, trop altier.
Vous croyez qu'il ne doit pas sortir un mot de
la bouche de personne qui ne flatte votre
oreille et qui ne chatouille votre orgueil. Vous
êtes venu ici disposé dans votre fureur à déchirer tout le monde : dès que je vous ap-
perçus, je m'en doutai et je le remarquai avant
que vous eussiez dit une parole. Gellius, le
boute-feu de toutes les séditions, déposoit encore, lorsque vous levant tout-à-coup comme

_____

(1) *Un prévaricateur*; un accusateur qui s'entend
avec l'accusé. —— *Que vous aviez jugé....* en affirmant
que vous n'aviez eu absolument avec lui aucune conférence.

un serpent qui s'élance de son repaire, les yeux enflammés, le cou enflé, la tête dressée, vous (1) jetâtes sur moi votre venin, en me reprochant d'abord d'avoir défendu Cornélius mon ancien ami, et aussi le vôtre: vous me fîtes ce reproche dans une ville qui trouve quelquefois à redire qu'on attaque un citoyen comme vous faites, et jamais qu'on le défende. Mais je vous demande pourquoi je ne défendrois pas Cornélius? Cornélius a-t-il porté (2) une loi contre les auspices? a-t-il méprisé les loix Ælia et Fusia? a-t-il fait violence à un consul? s'est-il emparé d'un temple avec des gens armés? a-t-il chassé par la violence un tribun opposant? a-t-il profané les mystères les plus sacrés de la

(1) Le texte est fort altéré dans cet endroit; j'ai traduit comme si on lisoit d'après un savant critique, *intulisti, ut in me evomeres illud virus, cur veterem meum....*

(2) *A-t-il porté...? A-t-il méprisé...?* toutes violences de Clodius et de ses pareils. Caïus Cornélius, étant tribun du Peuple, avoit porté plusieurs loix qui soulevèrent tous les sénateurs, mais dont il se désista. Il fut accusé au sortir de charge et défendu par Cicéron. Il ne reste du plaidoyer, qui étoit, dit-on, un des plus beaux de cet orateur, que des fragmens peu suivis.

Z 3

religion, épuisé le trésor, ruiné la République?
Ce sont là, Vatinius, ce sont là de vos excès.
On n'a rien reproché de tel à Cornélius. On
l'a accusé d'avoir lu au Peuple (1) une loi dont
il étoit l'auteur. On disoit pour sa défense
qu'il l'avoit lue en présence de ses collègues,
dans l'intention d'en faire un examen particulier, et non une lecture publique. Cependant
il étoit certain que Cornélius avoit congédié
l'assemblée ce jour-là même et obéi à l'opposition. Mais vous qui trouvez mauvais qu'on
défende Cornélius, quelle cause présenterez-
vous à vos défenseurs? de quel front paroîtrez-
vous devant eux? Vous leur annoncez dès à
présent combien ils devront rougir de vous défendre, puisque vous croyez pouvoir me reprocher comme un crime d'avoir défendu Cornélius. Cependant, Vatinius, souvenez-vous
que, peu de tems après cette défense que vous
dites avoir déplu aux gens de bien, j'ai été
fait consul avec l'accord unanime de tout le

(1) Les sénateurs avoient gagné un tribun pour
s'opposer à la loi de Cornélius. Le greffier refusoit
de la lire; Cornélius l'avoit prise de ses mains et en
avoit fait lecture lui-même; ce dont ses accusateurs
lui faisoient un grand reproche.

Peuple, avec le plus vif empressement de tous les citoyens honnêtes, avec de plus honorables distinctions que ne le fut jamais personne, qu'enfin j'ai obtenu par une conduite pleine de pudeur, la dignité où dans vos prétentions impudentes (1), vous vous êtes souvent flatté de parvenir.

Quant à mon départ, que vous m'avez reproché afin de renouveller l'affliction et la douleur de ceux pour qui ce jour, si agréable pour vous, a été si amer, voici toute ma réponse. Comme vous et les autres fléaux de la République, vous cherchiez une raison pour prendre les armes ; que, sous prétexte de n'en vouloir qu'à moi, vous vouliez envahir les fortunes des riches, vous enivrer du sang des principaux de la ville, assouvir votre cruauté, satisfaire votre haine ancienne et invétérée contre les

(1) Vatinius s'étoit vanté et avoit comme prédit qu'il deviendroit consul : Cicéron se moque de ses prétentions et de ses prédictions en se servant du mot *Vaticinando*, qui a quelque rapport au nom de Vatinius. Au reste, il devint réellement consul durant les troubles, et César le fit nommer avec Quintus Fusius Calenus pour l'année courante dont il restoit fort peu de tems.

geus de bien, j'ai mieux aimé rompre le cours
de vos crimes et de votre fureur par la retraite
que par la résistance. Ainsi, Vatinius, je vous
en conjure, pardonnez-moi d'avoir épargné
la patrie que j'avois sauvée ; et puisque je souffre en vous le persécuteur et le fléau de la
République, souffrez en moi son défenseur et
son conservateur. De plus, vous reprochez
son départ à un homme que vous savez avoir
été rappellé par les regrets de tous les citoyens
et par le deuil de la République elle - même.
Mais, avez-vous dit, c'est à cause de la République, et non à cause de moi, qu'on s'est
inquiété de mon retour. Eh ! que peut desirer
de plus un mortel qui est entré dans le gouvernement de la République avec les meilleures
intentions, que d'être chéri de ses concitoyens,
à cause de la République ? Oui, sans doute,
mon caractère est dur, mon abord difficile,
mon regard fier, mes réponses hautaines, ma
conduite insolente : nul ne regrettoit ma douceur, nul ne ressentoit le besoin de ma société,
de mes conseils, de mes secours ; et cependant
(pour m'arrêter aux moindres objets) mon
éloignement avoit laissé le barreau dans le
deuil, rendu le sénat muet, condamné au

silence tous les arts et toutes les sciences honnêtes. Mais, je le veux, rien n'a été fait à
cause de moi ; tous les arrêtés du sénat, les
ordonnances du Peuple, les décrets de toute
l'Italie, de toutes les compagnies, de tous les
corps, ont été rendus en ma faveur à cause de
la République. Que pouvoit-il donc, ô homme
qui ne connoissez ni le vrai mérite, ni la solide gloire, que pouvoit-il m'arriver de plus
beau, de plus désirable pour immortaliser
mon nom, pour en perpétuer le souvenir,
que ce jugement porté par tous mes concitoyens,
qu'à ma seule conservation étoit attachée celle
de Rome? Mais je vous renvoie votre mot.
Vous avez dit que j'étois cher au sénat et au
Peuple, moins à cause de moi qu'à cause de
la République ; moi je dis pareillement que,
bien que vous réunissiez en vous tous les traits
d'un caractère dur et d'une ame atroce, vous
êtes détesté de toute la ville, moins à cause de
vous qu'à cause de la République.

Et pour en venir enfin à ce qui vous regarde,
je vais terminer ce qui me concerne par cette
réflexion : il ne faut pas, non, il ne faut pas
examiner ce que chacun de nous dit de lui-
même ; ce qu'en pensent les gens de bien,

c'est-là ce qu'il y a d'important et d'essentiel (1).
Il est deux circonstances dans lesquelles on
peut voir ce que pensent de nous nos concitoyens : la première , lorsqu'il s'agit de nous
élever aux dignités ; la seconde , lorsqu'il est
question de nous rappeller dans notre patrie.
Le Peuple Romain a déféré les honneurs à
peu d'hommes avec un accord (2) aussi unanime qu'à moi ; il ne rappella jamais personne
avec autant de marques d'affection. Nous
avons vu pour les honneurs ce qu'on pense
de vous ; nous verrons ce qu'on en pensera
quand il s'agira de votre rappel. Mais enfin ,
pour me comparer , non aux principaux de
la ville qui sollicitent en faveur de Sextius ,
mais à vous (3) le plus impudent et le plus vil
des hommes , je vous demande à vous-même
qui êtes si arrogant , si déchaîné contre moi ,

_____

(1) J'ai traduit comme si après *requirendum* , on
lisoit, *quod boni judicent , id est maximi momenti et
ponderis ;* correction que propose un savant.

(2) Au lieu de *talis,* je lis *tali.*

(3) Après *uno* dans le texte , on lit *non solùm :* ces
deux mots doivent être supprimés comme inutiles et
embarrassant la phrase. Ou bien au lieu d'*atque*, il
faut lire avec un savant *verùm etiam.*

lequel étoit meilleur et plus avantageux pour
cette République, pour cette ville, pour ces
temples, pour le trésor, pour le sénat, pour
les hommes qui nous écoutent, pour leurs
fortunes, leurs enfans, leurs plus chers intérêts, pour les autres Romains, pour les auspices, pour les autels et le culte des Dieux
immortels, qu'on vous vît vous ou moi naître
citoyen de Rome? Quand vous aurez répondu
à cette question, ou avec assez d'impudence
pour qu'on ait peine à ne pas se jetter sur
vous, ou avec assez de dépit pour que vos
apostumes (1) dégoûtantes viennent enfin à
crever, alors répondez de mémoire aux questions que je vous ferai sur vous-même.

Je laisserai vos premières années sous le
voile ténébreux qui les cache : je vous passe
d'avoir, lorsque vous étiez jeune, percé des
murs, pillé vos voisins, frappé votre mère.
Accordons ce privilège à l'abjection de votre
personne, de couvrir la turpitude de votre
jeunesse de l'état obscur et sordide qui vous

-----

(1) *Vos apostumes dégoûtantes*, vos écrouelles.
Latin, *ista quae sunt inflata*, c'est-à-dire, *strumae
quibus tu laboras.*

a vu naître. Vous avez demandé la quæsture
avec Sextius : celui-ci ne parloit que de la
charge qu'il demandoit ; vous, Vatinius, vous
pensiez, disiez-vous, à obtenir plus d'un consulat (1). Je vous demande si vous vous rappellez que, Sextius ayant été fait questeur
avec l'unanimité des suffrages, vous alors à
peine, contre le gré de tout le monde, non
par la faveur du Peuple, mais par celle d'un (2)
consul, vous fûtes enfin nommé le dernier.

(1) Mot à mot, *à obtenir un second consulat,*
sans doute après en avoir obtenu un premier.

(2) Ce consul étoit Lucius Julius Cæsar, ou Caïus
Marcius Figulus, lesquels étoient consuls avant Cicéron : car nous avons vu que Sextius étoit questeur
de Caïus Antonius, collègue de cet orateur. Au reste,
Cicéron fait entendre que le consul usa de quelque
fraude pour que Vatinius fût même dernier questeur.
—— *Avec les huées de tout le Peuple,* qui, sans
doute, vit que vous ne manqueriez pas d'exercer des
rapines dans l'administration d'une telle province.——
Qu'on ne transportât.... Cicéron, consul, ne permettoit
que l'échange des marchandises, de peur que l'Italie
ne fût épuisée d'or et d'argent. —— *Pour rançonner les
marchandises.* Mot à mot, *pour partager les marchandises,* sans doute, entre ceux à qui elles appartenoient et vous à qui elles n'appartenoient pas.

Dans cette magistrature, une province ma-
ritime vous étant échue par le sort, avec les
huées de tout le Peuple, je vous demande
si vous avez été envoyé par moi consul à
Pouzzoles pour empêcher qu'on ne transportât
de cette ville l'or et l'argent. Lorsque, dans
cet emploi, vous vous imaginiez être envoyé,
non comme magistrat pour protéger le commerce, mais comme un vil commis pour rançonner les marchandises ; lorsqu'en brigand
avide vous furetiez par-tout dans les maisons,
dans les celliers, dans les navires ; lorsque
vous inquiétiez les négocians par des procès
iniques, que vous épouvantiez les commerçans quand ils débarquoient, que vous les
arrêtiez quand ils s'embarquoient ; je vous
demande si vous vous rappellez que, dans (1)
la place publique de Pouzzoles, on porta les
mains sur vous ; que les habitans de cette
ville m'adressèrent leurs plaintes à moi consul.
Après votre questure, ne vous êtes-vous point
transporté comme lieutenant dans (2) l'Es-

(1) Dans la place publique, où les magistrats tenoient *conventum*, et siégeoient pour rendre la justice.

(2) L'Espagne ultérieure, ou la Lusitanie, main-

pagne ultérieure sous le proconsul Cosconius ?
C'est ordinairement par terre qu'on va dans
cette province, ou si on veut y aller par
mer, la route est marquée ; toutefois, je vous
le demande, n'êtes-vous point passé dans la
Sardaigne et de là en Afrique ? N'êtes-vous point
allé, ce que vous ne pouviez sans un sénatus-
consulte, dans le royaume d'Hiempsal (1),
dans celui de Mastanésose ? Ne vous êtes-vous
point rendu au détroit par la Mauritanie ?
Citez-nous un seul lieutenant qui soit arrivé
en Espagne par une telle route.

Pourquoi vous interrogerois-je sur les infâmes débauches et sur les sordides rapines que
l'Espagne peut vous reprocher ? Vous avez été
fait tribun du Peuple. Je vous le demande
d'abord en général, à quelle espèce de noir-
ceur et de crimes ne vous êtes-vous point porté
dans cette magistrature ? Je vous en préviens

tenant le Portugal. Caïus Cosconius n'avoit été que
préteur, et il gouvernoit cette province avec l'autorité
proconsulaire.

(1) Hiempsal, roi de Mauritanie. Aucun histo-
rien, du moins que je sache, ne parle du royaume de
Mastanésose. *Au détroit* : le détroit de Cadix.

d'avance, ne mêlez point vos infamies avec la gloire d'illustres (1) personnages. Toutes les questions que je vous ferai vous seront personnelles : je n'irai point vous chercher au milieu de la splendeur d'un grand homme, je vous tirerai de votre propre fange : tous les traits que je vous lancerai ne passeront pas à travers votre corps pour en aller blesser d'autres, comme vous avez coutume de le dire ; ils s'arrêteront dans votre poitrine et dans vos entrailles.

Et puisque, dans toutes les affaires importantes, il faut commencer par les Dieux immortels, répondez-moi, vous qui vous vantez d'être un élève de Pythagore (2), et qui

(1) *D'illustres personnages, d'un grand homme.* L'orateur veut parler de César, auquel Vatinius fut tout dévoué durant son tribunat. En parlant contre Vatinius, Cicéron ménage César, et à cause de lui-même, et parce qu'il étoit devenu ami de Pompée.

(2) Les Pythagoriciens avoient des superstitions (non pas, il est vrai, aussi abominables que celles qui sont reprochées ici à Vatinius), mais du moins ils respectoient et honoroient la Divinité. Au reste, il n'est pas rare de voir des scélérats superstitieux. Catilina et Lentulus son complice en sont des exemples. On en pourroit citer beaucoup d'autres.

couvrez du nom d'un savant homme vos mœurs
féroces et barbares, quel est votre travers
d'esprit, quelle est votre démence ? Vous vous
permettez des sacrifices aussi étranges qu'abominables ; vous êtes dans l'usage de tirer des
enfers les ames, d'immoler aux Dieux mânes
des entrailles d'enfans (1) ; et vous avez méprisé les auspices sous lesquels cette ville a
été fondée, par lesquels toute la République
et cet empire subsistent ; et vous avez annoncé,
dès le commencement de votre tribunat, que
les réponses des augures et la fierté de ce
collège, ne seroient pas un obstacle à vos
opérations ? Je vous le demande, avez-vous
tenu parole ? La connoissance qu'on avoit prise
des auspices (2), vous a-t-elle jamais arrêté?

(1) Ou il faut prendre le verbe *mactare* dans le
sens de *placare*, *honorare*, ce qui n'est pas ordinaire,
mais non pas sans exemple ; ou il faut dire qu'il y a
dans la phrase une inversion, et que *puerorum extis
deos manes mactare* est pour *puerorum exta diis
manibus mactare.*

(2) Personne n'ignore que, lorsqu'on avoit pris les
auspices, et que les auspices n'étoient pas favorables,
ou on ne pouvoit pas tenir d'assemblée, ou l'assemblée devoit se séparer. Le mot latin *concilium*

vous

vous a-t-elle empêché de convoquer une assemblée ce jour-là même et de porter une loi ?
Et puisque c'est ici la seule partie de votre
vie que vous disiez vous être commune avec
César, je vous séparerai de lui pour l'intérêt,
non - seulement de la République, mais de
César lui-même (1), dans la crainte que votre
extrême infamie ne fasse rejaillir quelque tache
sur sa gloire. Je vous demande d'abord si,
à l'exemple de César, vous abandonnez votre
cause au sénat, ensuite quelle est l'autorité
d'un homme qui se défend, non par son
propre fait, mais par celui d'un autre ? D'ailleurs
(car il faut que la vérité enfin m'échappe, et
je ne puis taire ce que je pense) quand même
César eût passé les bornes en quelque chose ;
quand même la chaleur de la dispute, sa passion pour la gloire, l'élévation de son ame,
la splendeur de sa naissance, l'auroient jetté
dans quelque démarche, qu'on auroit pu alors
souffrir en un tel homme, et qu'auroient

---

signifie une partie du Peuple, et non le Peuple entier.
Concio étoit l'assemblée de tout le Peuple.

(1) Nous avons déjà remarqué que Cicéron vouloit
ménager César, et pour quelle raison il le ménageoit.

effacée les exploits qui depuis ont signalé son nom , un personnage vil prétendroit-il au même privilège , et entendroit-on le brigand et sacrilège Vatinius réclamer les mêmes droits que César ?

Je vous le demande ; vous avez été tribun du Peuple : je vous sépare du consul. Vous avez eu pour collègues neuf citoyens pleins de vertu; trois d'entre eux, vous le saviez, prenoient tous les jours les auspices (1). Vous les tourniez en ridicule , vous les traitiez de petits esprits , vous en voyez deux siéger avec

(1) Nous voyons que les tribuns, ainsi que les consuls, prenoient les auspices. J'ai entendu le mot *privatos* dans le sens du mot grec *idiotaei*, des hommes ignorans , ridiculement scrupuleux , que de vaines considérations arrêtent, de petits esprits. — *Vous en voyez deux siéger*, non dans le tribunal , mais dans le sénat. Les deux étoient Domitius et Ancharius nommés préteurs. *Le troisième ;* Caïus Fannius, comme on le voit par le précédent discours. Mais , qu'est-ce que l'orateur entend par *autoritatem consularem ?* Ce n'étoit certainement pas la dignité consulaire. Etoit-ce le droit de donner son avis au rang des consulaires ? ou lui avoit-on confié quelque fonction que l'on ne donne qu'à des consuls ? Là-dessus on ne peut rien affirmer de certain.

la robe prétexte, tandis que vous avez re-
vendu celle que vous aviez achetée inutilement
pour l'édilité. Le troisième, vous ne l'ignorez
pas, au sortir d'un tribunat où vous aviez
enchaîné ses mains et sa puissance, a obtenu
quoique jeune toute la considération qu'on
accorde à d'anciens consuls. Parmi les six
qui restent, les uns pensoient entièrement
comme vous, les autres tenoient un certain
milieu. Tous ont fait afficher des loix qu'ils
vouloient (1) porter : Cosconius, mon ami
intime, un de nos juges, d'après mon avis
même en a fait afficher un grand nombre :
et quel est votre dépit en voyant qu'il a été
fait édile ? Répondez-moi, je vous prie : quelqu'un de tout votre collège, excepté vous,
a-t-il osé porter une loi ? Quoi ? tandis que vos
neuf collègues croyoient avoir à craindre pour
eux, vous seul, sorti de la fange, le dernier
des hommes en tous points, on vous a vu,
quel excès d'audace et de violence ! dédaigner,

_____

(1) *Qu'ils vouloient porter*, mais qu'ils n'ont point
portée, parce qu'ils avoient égard aux auspices. Caïus
Cosconius, le même probablement dont il est parlé
plus haut.

mépriser, braver ce que redoutoient les autres !
Où avez-vous su que, depuis la fondation de
Rome, un tribun ait traité d'affaires avec le Peuple, quoiqu'il fût certain qu'on avoit pris (1) les
auspices ? Répondez en même-tems à cette
autre question : lorsque les loix Ælia et Fusia
subsistoient encore dans la République sous
votre tribunat ; loix qui souvent rallentirent et
réprimèrent les fureurs des tribuns contre lesquels nul, excepté vous, n'entreprit jamais
d'agir, loix qu'on a vues, une année après,
quand deux consuls (2), ou plutôt deux traîtres,
deux fléaux de Rome, siégeoient dans le
temple de la Concorde, qu'on a vues, dis-je,
avec les auspices, avec tout le droit public,
ensevelies dans les mêmes flammes : répondez ;
hésitates-vous à traiter d'affaires avec le Peuple
et à convoquer une assemblée au mépris de
ces loix ? Avez-vous entendu dire que parmi les
tribuns du Peuple, même les plus séditieux,

_____

(1) *Qu'on avoit pris les auspices*, et que les auspices étoient contraires : car voilà ce qu'emportoit
ordinairement, comme je l'ai déjà observé plus d'une
fois, l'expression *de cœlo servatum est*.

(2) Pison et Gabinius. —— *Ensevelies dans les
mêmes flammes*, c'est-à-dire, absolument détruites.

aucun ait jamais eu l'audace de convoquer
une assemblée contre le vœu des loix Ælia et
Fusia ?

Je vous le demande encore , avez-vous es-
sayé, avez-vous espéré , enfin avez-vous eu
l'idée , (car dans un crime de cette nature ,
en concevoir seulement le dessein , c'est se
rendre digne des plus affreux supplices) , avez-
vous eu l'idée, je ne dirai pas dans votre tyrannie (vous seriez flatté qu'on vous traitât
de tyran) , mais dans le cours de votre brigandage , de vous faire nommer augure en
la place de Métellus (1)? Vous vouliez, sans
doute, que quiconque vous auroit vu décoré
de l'augurat en ressentît une double peine,
une double affliction , et par le regret d'un citoyen aussi illustre que courageux , et par la
nomination du plus méchant , du plus infâme
des hommes ? Ne faudroit-il pas que , sous
votre tribunat, la République eût été bien
ébranlée , bien bouleversée , ou même cette
ville prise et totalement ruinée , pour que nous

(1) De Quintus Métellus Céler , qui mourut sous le
consulat de César et de Bibulus , et sous le tribunat
de Vatinius.

pussions souffrir un augure tel que Vatinius?
Ici, je vous le demande: si vous eussiez été fait
augure suivant vos désirs; prétention de votre
part qui excitoit et l'indignation dans ceux qui
vous abhorroient, et le rire dans ceux dont vous
faisiez les délices; mais, je vous le demande:
si aux autres coups portés à la République,
et regardés par vous comme capables de la détruire, vous eussiez ajouté la plaie mortelle de
votre augurat, auriez-vous décidé, à l'exemple
de tous les augures depuis Romulus, qu'il
n'étoit pas permis de traiter d'affaires avec
le Peuple lorsque le tonnerre se fait entendre? ou, puisque vous l'aviez toujours fait,
auriez-vous, étant augure, anéanti les auspices?

C'est trop parler de vos prétentions à l'augurat. Il m'en coûte d'occuper ma pensée du
désastre de la République; car vous n'avez jamais espéré d'être augure tant que la majesté
du Peuple subsisteroit, et même tant que
Rome seroit debout. Mais enfin laissons vos
rêves, et ne parlons que de vos crimes. Répondez-moi, je vous prie: je ne dirai pas du consul
Bibulus qu'il pensoit bien sur les intérêts de
la République; comme vous pensiez différem-

ment , je craindrois d'animer contre moi un aussi puissant personnage ; on peut du moins dire de lui qu'il ne s'avançoit jamais , qu'il n'entreprenoit rien dans la République , que seulement il n'approuvoit pas vos opérations: lorsque vous ordonniez qu'un tel consul fût conduit en prison , et que de la banque Valéria (1) vos collègues ordonnoient qu'il fût mis en liberté , répondez-moi , avez-vous fait devant les Rostres , avec une longue file de sièges des tribunaux , un pont par le moyen duquel un consul du Peuple Romain aussi modéré que ferme , privé du secours des autres tribuns et de ses amis, en butte à la violence effrénée d'une troupe de pervers , offroit le spectacle le plus indécent et le plus déplorable , un consul traîné, non en prison , mais au supplice et à la mort ? Je vous le demande, s'est-il trouvé (2) quelqu'un avant vous

.(1) La banque Valéria étoit un endroit dans la place publique où se tenoient ordinairement les tribuns du Peuple.

(2) La pensée de Cicéron n'est pas qu'il ne se fût trouvé aucun tribun qui eût donné des ordres pour faire conduire un consul en prison ; car les tribuns avoient ce

A a 4

assez scélérat pour se porter à un pareil excès ?
Il faut que nous sachions si vous êtes imita-
teur de forfaits anciens ou inventeur de nouveaux crimes. Et lorsque par de telles entreprises et de tels coups , sous le nom de César,
le meilleur et le plus doux des hommes, mais
en effet uniquement par votre audace et votre
scélératesse , vous eutes chassé Bibulus du forum , de la salle du sénat , des temples , de
tous les endroits publics ; lorsque vous le te-
niez enfermé dans sa maison ; lorsque la vie
d'un consul n'étoit pas à couvert sous la majesté
de sa place et sous l'autorité des loix , mais
seulement sous la garde de sa porte et de ses
murs , je vous le demande, avez-vous envoyé
un appariteur pour arracher de sa maison Bibulus , afin que , sous votre tribunat , le privilège qu'on accorda toujours aux simples particuliers , fût même refusé à un consul , et
que sa maison ne pût être pour lui un lieu
d'exil ? Répondez-moi encore , vous qui nous
traitez de tyrans, parce que nous agissons de

droit, et ils en avoient quelquefois usé : mais qu'il ne
s'étoit trouvé aucun tribun qui l'eût fait malgré l'opposition de ses collègues.

concert pour le salut commun , étiez-vous un tribun du Peuple, et non plutôt un tyran odieux sorti de la fange et de l'obscurité , vous qui d'abord avez entrepris de renverser , par l'abolition des auspices , une République fondée sur les auspices même ; vous ensuite pour qui les loix les plus sacrées , je dis les loix Ælia et Fusia, lesquelles triomphant de l'emportement des Gracques (1) , des entreprises de Saturninus et de Sulpicius , de la confusion introduite par Drusus , des massacres de Cinna , et même des armes de Sylla, ont subsisté toujours ; vous , dis-je , pour qui ces loix n'ont été que de viles ordonnances que vous avez foulées aux pieds ; vous qui de plus avez exposé à la mort un consul , l'avez enfermé et assiégé , avez voulu l'arracher de sa demeure ; vous enfin qui non-seulement dans votre charge êtes sorti du bourbier de l'indigence, mais qui encore nous effrayez aujourd'hui par vos énormes richesses ? N'avez-vous pas même porté la

(1) Les Gracques , Saturninus, Drusus, Sulpicius, Cinna , Sylla, tous hommes assez connus dans l'histoire romaine , par leurs entreprises hardies , ou par leurs violences barbares.

cruauté jusqu'à entreprendre par une ordonnance du Peup'e (1) de perdre sans ressource
des personnages d'élite, les principaux de la
ville ?

Vous produisites dans une assemblée du
Peuple Vettius, qui avoit avoué en plein sénat s'être armé d'un poignard, et avoir voulu
donner la mort à Pompée, ce grand et illustre
citoyen ; vous le plaçates comme dénonciateur
aux Rostres, oui, dans ce lieu consacré par les
auspices, où les autres tribuns avoient coutume de (2) produire les premiers de la ville
pour se donner plus d'autorité : vous voulutes
alors que Vettius dénonciateur prêtât sa langue
et sa voix à vos fureurs (3) et à vos crimes ;
vous voulutes qu'interrogé par vous, dans une
assemblée convoquée par vous, un Vettius pré-

(1) *Par une ordonnance du Peuple.* Latin , *roga-
tione tuâ*, en proposant au Peuple et en lui faisant
ordonner qu'on écouteroit les dénonciations de Vettius,
connu sur-tout par ce qu'en va dire l'orateur.

(2) Lorsqu'un tribun proposoit une loi, il faisoit
paroître devant le Peuple des personnages de marque
pour appuyer sa loi.

(3) J'ai traduit d'après la conjecture d'un savant
qui, au lieu de *menti tuae ,* propose *dementiae tuae*.

tendît avoir été conseillé, poussé, secondé
dans son attentat par des hommes dont la ruine,
que vous méditiez alors, auroit entraîné celle
de l'état. Peu content de tenir enfermé chez
lui Bibulus, vous aviez voulu lui donner la
mort, vous l'aviez dépouillé du consulat (1),
vous desiriez de le bannir de sa patrie. Les exploits de Lucullus irritoient votre jalousie,
parce que, sans doute, dans votre jeunesse
vous aspiriez au mérite de général; vous apper-
ceviez dans Curion l'ennemi perpétuel de tous
les méchans, le chef du conseil public, le plus
intrépide défenseur de la liberté commune :
son fils regardé comme le premier de nos jeunes
Romains, s'intéressoit plus vivement à la République qu'on ne devoit l'attendre de cet âge :
vous avez voulu les faire périr tous trois. Ce
Domitius (2) dont le mérite éclatant blessoit,
je pense, les regards d'un Vatinius, Domitius, que vous faisoit haïr la haine dont vous

(1) Vous lui aviez ôté tout pouvoir d'agir comme
consul; César faisoit tout comme s'il n'eût point eu
de collègue. De-là des plaisans disoient, *sous le consulat de Jules et de César*.

(2) Lucius Domitius Ahenobarbus, ennemi de César,
ainsi que Lucullus et Curion.

étiez animé contre les bons citoyens en général, que vous faisoient redouter les grandes espérances qu'il donnoit alors et qu'il n'a point
démenties, vous vouliez le perdre par la dénonciation du même Vettius ; vous vouliez
perdre aussi Lentulus, un de nos juges, flamine de Mars, parce que dans ce tems il étoit
compétiteur de votre cher Gabinius. Si alors,
ce qu'empêcha votre perversité, il eût triomphé
de ce vil concurrent, de ce monstre odieux,
la République n'eût pas été vaincue. Sur les
mêmes dénonciation et accusation, vous voulutes associer le fils au père. Lucius Paulus,
pour lors questeur en Macédoine, quel citoyen ! quel homme ! Un citoyen qui, né pour
le salut de la République, avoit chassé par la
force des loix deux traîtres à la patrie (1),
deux ennemis cruels et domestiques ; vous
l'avez enveloppé avec les autres dans la même
dénonciation de Vettius. Pourquoi me plaindre
de ce qui me regarde, lorsque je dois même

(1) Quels étoient ces deux citoyens qu'avoit fait
chasser Lucius Paulus, sans doute en les accusant
et en les faisant condamner ? Cicéron ne le dit pas,
et je ne le sais point d'ailleurs.

vous remercier de n'avoir pas voulu me séparer du nombre de ces généreux personnages (1)?

Après avoir parlé long-tems, toujours à votre gré, après avoir dénoncé nos principaux citoyens, Vettius étoit descendu de la tribune; quelle fut, je vous le demande, votre fureur extrême de le rappeller tout-à-coup, de vous entretenir avec lui sous les yeux de toute l'assemblée, de lui demander s'il pouvoit en nommer d'autres? Ne lui suggérates-vous pas de nommer Pison mon gendre, qui, dans une grande foule de jeunes gens remplis de mérite, l'emportoit sur tous pour la sagesse, pour la vertu, pour l'attachement à ses proches? Ne lui fites-vous pas nommer encore Latérensis, qui n'est occupé nuit et jour que de la gloire et de la République? Ne proposates-vous pas, infâme et détestable ennemi de la tranquillité commune, ne proposates-vous pas une information contre tous ces hommes illustres, et une ample récompense pour le (2) dénon-

(1) Vettius n'avoit point dénoncé nommément Cicéron, mais il l'avoit désigné, comme nous l'apprend une de ses lettres à Atticus.

(2) *Indicium* en latin signifie *dénonciation* et *ré*-

ciateur Vettius ? Vos propositions ayant été
rejettées, non par les suffrages, mais par les
clameurs de tous les Romains, ne fites-vous pas
trancher la tête à Vettius lui-même dans la prison, de peur qu'il ne déclarât que vous l'aviez
suborné pour sa dénonciation, et qu'on ne
demandât contre vous-même une information
de son crime ?

Vous répétez sans cesse que vous avez porté
une loi pour permettre aux deux parties de
récuser chacune tout un tribunal (1) : mais il
faut apprendre à tout le monde que vous
n'avez pu même faire une bonne action sans
qu'elle fût accompagnée d'un crime. Je vous
le demande donc, ayant annoncé une loi
juste au commencement de votre magistrature,

____

compensé de la dénonciation. C'est dans ce dernier
sens qu'il doit ici se prendre. Des éditions portent
indici Vettio.

(1) Ordinairement l'accusateur et l'accusé pouvoient
récuser chacun cinq juges : Vatinius porta une loi
par laquelle ils pourroient récuser l'un et l'autre tout
un tribunal. On ignore si cette loi de Vatinius sub-
sista long-tems. Je ne vois pas non plus en quoi la
loi étoit si juste, et comment elle étoit favorable à
l'accusé, ainsi que Cicéron le fait entendre.

et en ayant porté beaucoup d'autres , atten-
diez-vous que Caïus Antonius eût été accusé
devant Cnæus Lentulus et devant Quintus
Claudius (1) , et dès qu'il eut été accusé , por-
tates-vous votre loi pour quiconque seroit
accusé depuis qu'elle auroit été reçue; afin
qu'un consulaire se vît malheureusement privé
de la faveur et de l'équité de votre loi , dont
il auroit pu jouir quelques momens plutôt?
Vous direz que vous avez agi comme vous avez
fait , à cause de vos liaisons étroites avec Maximus. L'admirable défense de votre indigne
procédé ! Maximus s'étoit déclaré l'ennemi
d'Antonius ; il s'étoit chargé d'une cause , il
avoit choisi un président et un tribunal : c'étoit
donc dans lui un très-grand mérite de n'avoir

(1) Cnæus Lentulus , préteur , qui informoit du
crime de concussion, Quintus Claudius , autre préteur,
qui avoit le département des crimes de lèze-majesté.
Or Caïus Antonius fut accusé de concussion par
Maximus et de crime de lèze-majesté par Cœlius. J'ai
dit, dans le plaidoyer pour celui-ci, qu'il me sembloit
que ce fut le crime de lèze-majesté , le crime d'avoir
trempé dans la conjuration, qui le fit condamner. Il
y a des éditions qui portent *Cn. Lentulum Clodianum*,
un seul préteur au lieu de deux : j'ai préféré l'autre
leçon.

pas voulu procurer à son ennemi l'avantage de votre récusation ; et en cela il n'a rien fait d'indigne de sa vertu, ou de ses illustres ancêtres, des Maximus, des Paulus, des Scipion, dont nous espérons qu'il fera un jour, ou plutôt dont nous voyons qu'il a déjà fait revivre la gloire par ses vertus personnelles. C'est dans vous une faute, une perfidie, un crime d'avoir différé par cruauté à porter une loi que vous aviez annoncée comme un acte de douceur. Au reste, une seule chose console Antonius dans sa disgrace, c'est que sa nièce (1), avec les portraits de son père et de son frère, ayant été placée, non dans une maison honnête, mais dans le repaire d'un scélérat, il a mieux aimé le savoir par la renommée, que de le voir de ses propres yeux.

Et puisque vous dédaignez la fortune des

(1) Paul Manuce croit que cette nièce étoit la sœur de Marc-Antoine, le fameux triumvir, neveu de Caïus Antonius. Ce qui le porte à penser ainsi, c'est que Vatinius, comme nous verrons plus bas, se disoit l'allié de César, sans doute par Julia, mère d'Antoine. *Carcer* en latin se disoit quelquefois d'un scélérat fait pour la prison. Je préfère ensuite *collocatam*, en rapportant le mot à *fratris filiam*.

autres,

autres, que vous vantez vos richesses avec un orgueil insupportable, répondez-moi, je vous prie : étant tribun du Peuple, n'avez-vous pas conclu des traités avec des villes, avec des rois, avec des (1) tétrarques ? N'avez-vous pas par vos loix prodigué l'argent du trésor ? N'avez-vous pas enlevé, soit à César, soit aux fermiers publics, le droit de conférer des emplois qui étoient alors d'une grande importance ? Cela posé, je vous le demande, de très-pauvre êtes-vous devenu riche l'année même où fut portée une loi sévère contre les concussions, afin sans doute d'instruire le Peuple que vous méprisiez, non-seulement les actes de ceux que vous traitez de tyrans, mais encore une loi de votre ami intime ? Vous nous accusez auprès de César, nous qui sommes ses amis sincères, tandis que vous l'outragez indignement toutes les fois que vous vous dites son (2) allié.

(1) Tétrarque, prince de la quatrième partie d'un royaume ou d'une nation. —— *Le droit de conférer des emplois....* Quels étoient ces emplois ? C'est ee qu'on ignore. Paul Manuce croit que le texte est altéré, et qu'au lieu de *à Caesare* il faut lire *à senatu.*

(2) Voyez plus haut.

Tome VIII. Bb

Je veux encore savoir de vous par quel motif
ou à quel dessein vous vous êtes trouvé en
toge noire (1) au festin que donnoit Arrius,
avec lequel je suis lié particulièrement. Avez-
vous vu, avez-vous entendu dire, que quelqu'un ait agi de la sorte? Quel exemple, quel
usage vous y autorisoit? Vous direz que vous
n'approuviez pas les prières publiques. Fort
bien. Je vous accorde que les prières publiques
étoient nulles. Remarquez-vous que je ne vous
interroge pas sur ce qui s'est fait cette année
là, ni sur ce qui paroît vous avoir été commun
avec de grands hommes, mais sur vos crimes

(1) *Noire;* latin, brune, d'un brun foncé. Au reste,
pour entendre tout cet endroit, il faut savoir que
Bibulus, collègue de César, voulant l'empêcher de
porter sa loi agraire, saisissoit toutes les occasions
de faire décerner des prières publiques, parce qu'on
ne pouvoit traiter avec le Peuple les jours où ces
prières avoient lieu. Il est donc probable que, pour
honorer la mémoire du père d'Arrius, il avoit fait
décerner par le sénat des prières publiques. Vatinius,
dévoué à César, voulant annoncer qu'il regardoit ces
prières comme nulles, étoit venu avec une toge noire
au festin que donnoit Arrius en l'honneur de son père
mort. On sait que les jours de prières publiques étoient
pour le Peuple des espèces de jours de fête.

personnels ? Je vous accorde donc que les prières publiques étoient nulles. Montrez-nous quelqu'un qui se soit trouvé à des festins tels que celui d'Arrius avec un vêtement noir. Ces festins, considérés comme funèbres, font partie des funérailles ; par eux-mêmes ce sont des repas de cérémonie. Mais je ne parle point d'un festin public, d'un jour de fête pour le Peuple Romain, où l'on étale les vases d'argent, les étoffes précieuses, tout ce qu'on a de plus brillant et de plus superbe. Qui jamais, dans un deuil domestique, dans les funérailles de quelqu'un de sa famille, s'est trouvé au festin avec une toge noire ? A qui jamais, excepté vous, a-t-on donné une toge noire au sortir du bain (1) ? Sans respect pour Quintus Arrius, maître, ni pour tant de milliers d'hommes, qui tous étoient en habit blanc, vous vous êtes transporté dans le temple de Castor avec Fidulus et vos autres satellites,

_____

(1) On prenoit donc les bains avant de se mettre à table. —— *Dans le temple de Castor.* Paul Manuce pense, et avec raison, que les magistrats, les sénateurs, et même les chevaliers Romains, s'assembloient dans un temple pour les repas de cérémonie, et le reste du Peuple dans la place publique.

tous revêtus d'habits noirs et lugubres. Qui ne gémit pas alors ? qui ne déplora pas le malheur de la République ? Disoit-on autre chose au milieu du festin, sinon qu'un empire si grand, si respecté, n'étoit plus seulement la proie de vos fureurs, que vous en aviez fait encore le jouet de votre insolence ? Ignoriez-vous donc l'usage ? N'aviez-vous jamais vu de festin public ? Dans votre enfance ou dans votre jeunesse, ne vous étiez-vous jamais trouvé parmi les cuisiniers ? Peu auparavant, dans un festin somptueux que donnoit Faustus (1), jeune homme de la première naissance, n'aviez-vous point rempli votre estomac jadis si affamé ? Aviez-vous vu le maître, ses amis, ou les autres convives, paroître au repas avec un vêtement noir ? Quelle étoit votre folie de penser qu'à moins d'avoir agi contre toutes

---

(1) Faustus, fils du dictateur Sylla, avoit donné l'année d'auparavant un festin public pour honorer la mémoire de son père.—*Aviez-vous vu le maître....* La phrase latine est un peu embarrassée. Peut-être faudroit-il lire, *atratum videras ? Dominum ne videras cum togâ.... Antè convivium ?* c'est-à-dire, *in convivio*, ou, comme l'explique Paul Manuce, *antè oculos epulantis Populi Romani.*

les règles, d'avoir profané le temple de Castor,
profané jusqu'au nom de festin public, d'avoir
choqué les yeux des citoyens, les anciens usages,
les égards dus à celui qui vous avoit invité,
qu'à moins de tout cela vous n'auriez pas
témoigné suffisamment que vous regardiez les
prières publiques comme nulles ?

Je vous interroge encore sur un fait de votre
vie privée. Ici du moins vous ne pourrez
plus dire que votre cause soit unie à celle
des plus illustres personnages. N'avez-vous pas
été accusé en vertu de la loi (1) Licinia Junia ?
Le préteur Memmius ne vous a-t-il pas ordonné,
suivant cette loi, de comparoître le trentième
jour ? Ce jour étant venu, ne fîtes-vous pas
ce qui étoit inoui dans cette République, ce
qui ne se fit jamais de mémoire d'homme ? N'en
avez-vous pas appellé aux tribuns du Peuple,
pour être dispensé de répondre à une accu-

---

(1) J'ai changé, avec d'habiles critiques, le *Juliâ*
du texte en *Juniâ*. Loi Licinia Junia, loi portée par
les consuls Lucius Licinius Muréna et Décius Junius
Silanus, laquelle infligeoit une peine sévère à quiconque porteroit des loix sans les avoir proposées dans
trois marchés. Vatinius fut accusé comme ayant manqué
à cette formalité en portant ses loix.

sation ? J'ai trop peu dit, quoiqu'après tout, cela seul seroit étrange et intolérable ; mais n'en avez-vous pas appellé nommément au fléau de cette année de trouble, au destructeur de la patrie, au perturbateur de la République, à Clodius ? Celui-ci ne pouvant empêcher le jugement, selon les formes et par l'autorité de sa place, eut recours à la violence et à sa fureur ordinaire ; il se rendit le chef de vos satellites. Et de peur que vous ne pensiez, Vatinius, que je vous ai chargé par un témoignage plutôt qu'interrogé, je ne prends pas sur moi de témoigner aujourd'hui contre vous : je garde ce que je me propose d'attester bientôt en cette place où je vous vois (1) ; je ne cherche pas à vous convaincre, je vous interroge comme j'ai fait dans le reste. Je vous le demande donc, quelqu'un dans cette ville, depuis qu'elle existe, en a-t-il appellé aux tribuns du Peuple pour être dispensé de répondre à une accusation ? Un accusé

_____

(1) Dans la place où vous êtes maintenant comme témoin contre Sextius, et où je serai bientôt moi comme témoin contre vous. *Dicere* étoit le mot propre aux témoins. *Dicere in aliquem*, déposer contre quelqu'un.

est-il monté au tribunal de son juge ? l'a-t-il
précipité avec violence ? a-t-il rompu les sièges,
renversé les (1) urnes ? enfin, pour troubler
le jugement, s'est-il porté à tous les excès
contre lesquels on a établi des jugemens ? Je
vous le demande, ignorez-vous que Memmius s'enfuit alors ; que vos accusateurs furent
arrachés de vos mains et de celles de vos satellites ; que les juges qui siégeoient près de
là furent expulsés de leurs tribunaux ; que
dans le forum, en plein jour, sous les yeux
de tout le Peuple, tribunal, magistrats, usages
anciens, loix, juges, peine des crimes, tout
disparut, tout fut anéanti ? Ignorez-vous que
tout cela a été porté et consigné dans les registres publics, par les soins de Memmius ?
Je vous le demande encore, à vous qui, vous
voyant accusé, étiez revenu de votre lieutenance (2), pour qu'on ne vous reprochât pas

_____

(1) *Les urnes*, dans lesquelles les juges jettoient les
marques de leurs suffrages. Il y avoit chez les Athéniens des urnes destinées au même usage. Il faut
changer le *delegerit* du latin en *dejecerit*, ou il faut
l'entendre dans le même sens.

(2) Vatinius étoit lieutenant de César dans les
Gaules : se voyant accusé, il étoit revenu pour ré-

d'éviter le jugement ; à vous qui , si l'on vous en croit, préfériez de répondre à l'accusation, étant libre de n'y pas répondre : je vous le demande , étoit-il conséquent , n'ayant pas voulu vous servir du prétexte de votre lieu-tenance , de recourir, par un appel illicite , à une opposition criminelle ?

Et puisque j'ai parlé de votre lieutenance, je veux encore savoir d'après quel sénatus-consulte vous l'avez obtenue. Votre geste m'ap-prend votre réponse : c'est , dites-vous, en vertu de votre (1) loi. N'êtes-vous donc pas certainement le parricide de la patrie ? Espé-riez-vous que les sénateurs seroient absolument retranchés de la République ? Ne laissiez-vous

pondre à l'accusation , quoiqu'il eût pu la faire remettre étant absent pour le service de la République. Cicéron a dit, dans le commencement de cet article, que Vatinius étoit simple particulier , parce que , sans doute, une lieutenance n'étoit pas regardée comme une magistrature. Vatinius avoit rempli deux lieute-nances, l'une après sa questure, sous Cosconius, l'autre sous César après son tribunat.

(1) Parmi les loix de Vatinius , il y en avoit une qui ordonnoit que ce seroit le Peuple , et non le sénat, qui donneroit les lieutenances.

pas même au sénat ce que personne ne lui ôta jamais, la nomination des lieutenans ? Le conseil public vous paroissoit-il assez méprisable, le sénat assez dégradé, la République assez malheureuse et assez abattue, pour que les ambassadeurs (1) de la guerre et de la paix, les exécuteurs, les interprètes, les chefs du conseil militaire, les ministres de Rome dans les provinces, ne pussent pas être choisis par le sénat suivant les usages de nos ancêtres? Vous aviez enlevé au sénat le droit de décerner une province, de choisir un général, de donner l'administration du trésor, droit que le Peuple Romain ne voulut jamais s'arroger, qu'il ne tenta jamais d'enlever au souverain conseil. Mais soit : le Peuple s'est quelquefois approprié une partie de ces (2) pouvoirs ; il est arrivé rarement, mais enfin il est arrivé qu'il a choisi un général. Qui jamais a entendu dire que des lieutenans ajent été nommés sans sénatus-consulte? jamais avant vous. Aussitôt

(1) *Les ambassadeurs....* Cicéron désigne ici les lieutenans par leurs fonctions les plus honorables et les plus importantes.

(2) *In aliis* est au neutre; *in aliis rebus.*

après vous, Clodius a fait de même pour deux fléaux (1) de la République ; et vous méritez un supplice d'autant plus rigoureux, que vous avez nui à l'état, et par votre conduite, et par votre exemple ; peu content d'être méchant vous-même, vous avez voulu apprendre aux autres à le devenir.

J'avois porté une loi touchant la brigue en vertu d'un sénatus-consulte, je l'avois portée sans violence, sans manquer aux auspices, sans enfreindre les loix Ælia et Fusia ; je voudrois donc savoir de vous pourquoi vous ne la regardez pas comme une loi, sur-tout puisque j'obéis aux vôtres, de quelque manière qu'elles aient été portées. Quand ma loi défend expressément de donner des spectacles de gladiateurs dans les deux années durant lesquelles on postule ou l'on doit postuler les charges, à moins que ce ne soit en un jour prescrit par un testament ; quelle est votre folie d'oser donner un spectacle de gladiateurs dans le tems même où vous demandez les charges ? Croyez-vous qu'il puisse se rencontrer un tribun

_____

(1) Pison et Gabinius, auxquels Clodius fit donner les lieutenans qu'ils vouloient.

du Peuple qui ressemble à votre gladiateur (1) de profession , pour empêcher que vous ne soyez accusé en vertu de ma loi? Ne savez-vous pas que, pour tous ces excès, vous avez été flétri par le jugement des Sabins, ces hommes si sévères , par celui des Marses et des habi- tans de l'Abruzze , ces hommes si courageux, qui sont de votre tribu ; enfin que vous êtes le seul de la tribu Sergia (2), depuis la fon- dation de Rome , que cette tribu ait privé de ses suffrages ?.

Mais si vous vous mettez au dessus de tous ces affronts , parce que vous êtes persuadé , comme vous le publiez sans cesse , que , mal- gré les dieux et les hommes, l'extrême amitié de César pour vous , vous fera obtenir tout ce que vous desirez ; n'avez-vous pas appris , ne vous a-t-on pas rapporté un mot de César à votre sujet? Dernièrement à (3) Aquilée,

(1) A Clodius.

(2) Tribu de Vatinius, dans laquelle les Marses et les habitans de l'Abruzze donnoient leurs suffrages.

(3) Aquilée, ville d'Italie dans le Frioul, où étoit alors César. Caïus Alfius , qui fut ensuite préteur sous le consulat d'Appius Pulcher et de Domitius

dans une conversation où l'on parloit de plusieurs personnes , il témoignoit voir avec peine qu'on n'eût pas nommé Alfius , parce qu'il reconnoissoit en lui une droiture et une probité rare ; il étoit encore fâché qu'on eût fait préteur un homme qui avoit combattu ses intérêts. Quelqu'un alors lui ayant demandé comment il prendroit la chose, si Vatinius essuyoit un refus , il répondit que, dans son tribunat , Vatinius n'avoit agi que par esprit de cupidité ; or qu'un homme qui n'avoit eu en vue que l'argent , devoit sans peine se voir privé des honneurs.

Mais si César lui-même , qui, pour l'intérêt de sa gloire , à vos risques, sans aucune faute de sa part, a laissé un libre cours à vos emportemens , vous juge indigne d'obtenir les honneurs ; si vos voisins , si vos alliés, si ceux de votre tribu vous haïssent jusqu'à croire que votre exclusion seroit pour eux un triomphe ; si personne ne vous regarde sans gémir, ne parle de vous sans vous maudire ; si on vous évite , si on vous fuit, si on ne veut pas entendre parler de

Ahenobarbus. —— *Un homme*. Des savans pensent que cet homme étoit Lucius Domitius.

Vatinius ; si, lorsqu'on vous voit, on se détourne comme d'un être de mauvais augure, si vos proches vous rejettent, si ceux de votre tribu vous détestent, si vos voisins vous redoutent, si vos alliés rougissent d'une telle alliance, enfin si même vos humeurs vicieuses (1) ont quitté votre face impure pour aller se loger ailleurs ; si vous êtes l'objet de la haine du Peuple, du sénat, de toutes les (2) tribus de la campagne ; pourquoi souhaiteriez-vous la préture plutôt que la mort, vous sur-tout qui vous donnez pour ami du Peuple, et qui ne pouvez rien faire de plus agréable au Peuple que de mourir ?

Mais pour que nous sachions enfin avec quelle force de raisonnement vous répondez à mes questions, je vais conclure et finir par vous interroger en peu de mots sur le fond de la cause (3). Je vous demande, Vati-

---

(1) Nous avons déjà vu que Vatinius avoit les écrouelles. Apparemment que ces humeurs s'étoient portées de son cou à une autre partie du corps. Delà le sarcasme sanglant de l'orateur.

(2) *De toutes les tribus de la campagne*, qui étoient bien plus distinguées que celles de la ville.

(3) *Le fond de la cause* ; la cause de Sextius.

nius, par quelle inconséquence vous donnez devant ce tribunal à Milon les mêmes éloges que les gens de bien et les bons citoyens s'empressent de lui prodiguer, vous qui dernièrement, produit devant le Peuple par la plus noire des furies, vous êtes porté avec tant de passion à rendre contre le même homme un faux témoignage ? Quoi donc ? serez-vous libre, lorsque vous verrez la troupe des artisans et de tous les scélérats ameutés par Clodius, de dire, ce que vous avez dit en pleine assemblée, que Milon avoit investi la République avec des gladiateurs ; et lorsque vous paroîtrez devant ces juges respectables, de ne pas oser blâmer un citoyen d'un mérite rare, d'un zèle et d'une fermeté à toute épreuve ? Mais puisque vous louez si hautement Milon, et que par-là vous ternissez la gloire de ce grand personnage, qui aime mieux être du nombre de ceux sur qui tombent vos blâmes : mais enfin je vous le demande ; Milon, vous le savez, a toujours agi de con-

Quoique l'orateur parle ensuite de Milon, c'étoit parler de Sextius, les causes de ces deux hommes étant liées ensemble.——*La plus noire des furies*, Clodius.

cert avec Sextius : dans le gouvernement de
la République, on a pu s'en convaincre par
le jugement des gens de bien et même des
méchans ; car tous deux se trouvent accusés
pour la même cause et du même crime,
l'un (1), par celui qui vient de l'ajourner, par
cet homme que vous avouez quelquefois être
le seul plus méchant que vous, et l'autre par
vos intrigues, mais avec son secours : je vous
le demande donc, comment pouvez-vous dé-
sunir, dans votre déposition, deux hommes
que vous réunissez dans votre accusation ?

Voici le dernier article sur lequel je vous
prie de me répondre. Lorsque vous vous étendiez sur la collusion prétendue d'Albinovanus,
n'avez-vous pas dit qu'on ne devoit point
accuser Sextius de violence, que ce n'étoit
pas votre avis, qu'on auroit dû plutôt l'accuser de tout autre crime ? D'après toute autre
loi, n'avez-vous pas dit encore que la cause
de Milon, ce citoyen ferme, étoit liée avec
celle de Sextius, que les gens de bien approu-
voient ce qu'avoit fait celui-ci pour me servir ?

(1) *L'un*, Milon. *Par cet homme*, par Clodius.
L'autre, Sextius.

Je ne vous reproche pas la contradiction de
votre discours avec votre déposition : vous
dites que les démarches de Sextius ont été
approuvées par les gens de bien ; et vous avez
déposé longuement contre elles : vous unissez
la cause de Milon avec celle de Sextius ; et
vous avez comblé Milon d'éloges. Mais je
vous le demande, croyez-vous que l'on doive
condamner Sextius en vertu d'une loi d'après
laquelle vous prétendez qu'on ne devoit pas
l'accuser ? ou si vous nous dispensez de demander à un témoin son avis, et pour ne
point paroître avoir donné quelque poids à
vos paroles, je vous le demande, avez-vous
déposé des violences de celui que vous dites
n'avoir pas dû être accusé de violence ?

PLAIDOYER

PLAIDOYER

POUR CŒLIUS.

Sommaire.

MARCUS CŒLIUS étoit un jeune chevalier Romain, d'une belle figure, plein d'esprit et d'éloquence. Il avoit été étroitement lié avec Clodia, sœur du Clodius, mortel ennemi de Cicéron. Cette femme piquée que Cœlius eût rompu avec elle, le fit accuser comme lui ayant emprunté de l'or (1) pour faire assassiner un nommé Dion d'Alexandrie, et comme ayant voulu l'empoisonner elle-même. Cœlius accusoit de brigue pour la seconde fois Lucius Atratinus. Le fils de celui-ci se constitua principal accusateur de Cœlius, pour satisfaire sa propre vengeance et celle de Clodia. Il l'accusa de violence publique, de vi publicâ.

(1) J'explique dans le cours du plaidoyer ce qu'étoit cet or.

Plautius Silvanus, tribun du Peuple en 664, établit le premier un tribunal pour connoître de la violence publique, dans le tems où la guerre sociale causoit de fréquens désordres à Rome. Jusqu'alors toute violence contre un magistrat, contre des juges, des sénateurs, et autres personnes constituées en dignité, avoit été comprise sous le titre de léze-majesté et jugée à ce tribunal ; mais, par sa loi, Plautius établit un nouveau tribunal pour informer contre ce crime, contre tout attentat qui tendoit à troubler la tranquillité publique et à interrompre les magistrats dans leurs fonctions. La loi Plautia fut renouvellée en 675 par Quintus Lutatius Catulus, consul, à cause des circonstances où se trouvoit la République. Il ne paroît pas y avoir fait d'autre changement, sinon d'ordonner qu'il n'y auroit point de vacances à ce tribunal, que les jours de fêtes et de jeux publics n'interromproient point les procédures. La loi de Plautius, et celle de Catulus, connue sous le nom de Lutatia, étoient donc toutes deux les mêmes, et comprenoient sous le nom de violence publique divers chefs soumis auparavant au tribunal de majesté.

Atratinus étoit secondé dans son accusation

par trois autres , *Hérennius* , *Balbus* , et un nommé *Clodius* , autre que le frère de *Clodia*. Cicéron défendit avec zèle un jeune homme qui avoit été sous sa discipline , dont il estimoit le génie et les talens , dont il aimoit la vivacité et la franchise. D'ailleurs , il en vouloit à *Clodia* , la véritable accusatrice de *Cœlius*. Après un exorde où il se plaint qu'on accuse celui qu'il défend d'après une loi qui n'a aucun rapport avec les délits de l'accusation , il réfute fort longuement une foule de reproches étrangers à la cause , sur le père de *Cœlius* , sur les prétendus désordres de sa jeunesse , sur ses liaisons avec *Catilina* et avec *Clodia* , le luxe de son logement , et sur d'autres articles. La plus grande partie du discours est employée à réfuter ces reproches : on y remarque un portrait frappant de *Catilina* , l'ironie tantôt fine , tantôt amère dont l'orateur use contre *Clodia* et son frère *Clodius*. Il passe à l'accusation , dont il détruit les deux chefs avec autant de force que de subtilité. Une revue de toute la vie de *Cœlius* est terminée par une peroraison pathétique , dans laquelle l'orateur cherche à intéresser les juges en faveur de la jeunesse du fils accusé et de la vieillesse du père présent au tribunal.

La cause a été plaidée l'an de Rome 697, de Cicéron 51. Cœlius fut absous. Pendant l'année où Cicéron gouverna une province, il eut avec cet orateur un commerce de lettres assez suivi. Il fut tribun du Peuple et ensuite préteur. Devenu contraire au parti de César qu'il avoit d'abord favorisé, il périt de mort violente, ayant voulu exciter des mouvemens dans la République. Quoi qu'il en soit, ce dis-cours de Cicéron est un des plus intéressans, par la variété des tours et des figures, et sur-tout par le piquant d'une bonne plaisanterie : tout y respire le vrai ton de l'urbanité romaine. Marcus Crassus se joignit à Cicéron pour dé-fendre Cœlius.

PLAIDOYER POUR CŒLIUS.

SI dans ce moment, Romains, le hasard amenoit ici un homme étranger à nos loix, à nos usages, aux formes de notre justice, sans doute il se demanderoit avec étonnement quel crime si atroce oblige de plaider extraor-

dinairement cette cause, dans des jours de
fête, pendant les jeux publics où toutes les
affaires du barreau sont interrompues ; et il ne
douteroit pas que l'accusé ne se trouvât chargé
d'un crime dont la punition différée pourroit
entraîner la ruine de Rome. Mais lorsqu'on
lui diroit qu'il est ordonné par une loi (1) d'informer tous les jours contre les citoyens séditieux et pervers, qui, les armes à la main,
ont investi le sénat, fait violence aux magistrats, attaqué la République entière ; sans
désapprouver la loi, il demanderoit quel délit
est soumis maintenant à la décision des juges.
Lorsqu'il sauroit que, dans cette cause, il
n'est question d'aucun crime, d'aucune violence, d'aucune révolte, mais qu'un jeune
homme dont l'esprit distingué et les grands
talens lui ont concilié la faveur publique, est
accusé par le fils (2) d'un citoyen que lui-même

___

. (1) *Par une loi*, par la loi Lutatia, loi du consul
Quintus Lutatius Catulus. Voyez le sommaire du
plaidoyer.

(2) Par Atratinus, dont Cœlius accusoit le père de
crime de brigue pour la seconde fois. —— *D'une courtisanne*, de Clodia, sœur du fameux Clodius, dont

appelle pour la seconde fois en justice , qu'il
se trouve en butte à des intrigues de courtisanne ; s'il ne condamnoit pas la tendresse
filiale d'Atratinus , il croiroit qu'on doit réprimer l'audace d'une femme , et il vous regar-
deroit , Romains , comme fort à plaindre de
ne pouvoir partager le repos dont jouit le
reste de la ville.

En effet , examinez (1) attentivement toute
la cause pour en prendre une juste idée , et
vous serez convaincus qu'on n'eût jamais entrepris cette accusation , si on eût été libre,
et qu'après l'avoir entreprise on n'eût pu se promettre de réussir , à moins d'être soutenu par la
passion furieuse et par la haine implacable d'un
ennemi puissant. Mais je pardonne à Atratinus,
mon jeune ami (2) , dont l'ame est aussi honnête que l'esprit est cultivé : les sentimens de
la nature , la jeunesse ou la nécessité , lui

les mœurs étoient fort déréglées , et qui passoit pour
avoir un commerce peu honnête avec son frère.

(1) J'adopte la leçon *attendere diligenter et exis-
timare verè*. J'ai expliqué ailleurs l'expression *des-
cendere ad accusationem.*

(2) *Mon jeune ami,* sans doute par son père.

servent d'excuse. C'est à l'amour filial que j'attribue sa démarche, s'il s'est porté de lui-même pour accusateur ; c'est à la nécessité, s'il y a été contraint ; la faute en est à son âge, s'il s'est flatté de quelque succès. Mais loin de traiter avec indulgence les autres qui nous accusent, on doit leur opposer une résistance vigoureuse.

Il me semble que, pour entrer dans la défense de la première jeunesse de Cœlius, il convient de répondre d'abord à ce que les accusateurs ont dit pour dégrader son nom et pour obscurcir l'éclat de sa naissance.

On lui a fait divers reproches au sujet de son père : ce père, a-t-on prétendu, est d'un rang obscur, il a été traité peu respectueusement par son fils. Pour ce qui est du rang, la personne même de Marcus Cœlius, sans aucun discours de ma part ni de la sienne, répond aisément à ceux qui le connoissent et aux plus âgés d'entre nous. Quant aux autres dont il n'est pas aussi connu, parce que son grand âge l'empêche de fréquenter avec nous le forum, qu'ils sachent que tout ce qu'il peut y avoir de dignité dans un chevalier Romain (et jusqu'où ne peut-elle pas s'étendre ?) se trouve

au plus haut dégré dans le père de Cœlius ; que tel
fut toujours, que tel est encore aujourd'hui le
sentiment de ses amis, et même de tous ceux qui
ont eu occasion de le connoître. Au reste, les
accusateurs ne devoient pas faire un reproche à
Cœlius d'être fils de chevalier Romain, en
voyant quels étoient les juges (1) et le défenseur.

On l'attaque sur les devoirs de la tendresse
filiale. Chacun de nous peut avoir son opinion ;
mais assurément le père seul est juge dans
cette partie. La déposition des témoins apprendra ce que nous pensons de Cœlius sur cet
article ; à l'égard du jugement des auteurs de
ses jours, n'est-il pas suffisamment annoncé
par les larmes d'une mère et son affliction extrême, par l'abattement d'un père, par ce
deuil et ces marques de douleur dont nous
sommes témoins ?

On lui objecte encore qu'il n'est pas agréable
aux citoyens de sa ville. Mais les habitans de
Pouzzoles décernèrent-ils jamais à un homme
présent d'aussi grands honneurs qu'à Cœ-

_____

(1) *Les juges*, parmi lesquels il y avoit alors des
chevaliers Romains. *Le défenseur*, Cicéron lui-même,
qui étoit d'origine équestre.

lius absent ? Quoiqu'il fût éloigné d'eux ,
ils l'ont admis dans le premier ordre de
leur ville , et lui ont accordé , sans qu'il
les demandât , des distinctions constam-
ment refusées à tant d'autres qui les demandoient. Ils ont aussi envoyé , pour assister à
son jugement , les sénateurs et les chevaliers
Romains (1) les plus recommandables ; ils les
ont envoyés comme députés , les chargeant de
rendre en sa faveur les plus magnifiques témoignages.

Il me semble avoir posé les fondemens de
ma défense ; fondemens solides , puisqu'ils
sont appuyés sur l'estime des proches et des
concitoyens de Cœlius. Car vous ne pourriez
avoir une bonne opinion de sa jeunesse , si
elle avoit déplu , non-seulement à un père
tel que le sien , mais encore à une ville aussi
distinguée par elle-même que par les vertus de
ses habitans. Pour moi , s'il m'est permis de le
dire , c'est par-là que j'ai commencé à répandre mon nom dans le public ; et si ma vie appliquée , si mes exercices du barreau , ont un

_____

(1) *Les sénateurs et les chevaliers Romains*, sans
doute qui étoient de leur ville.

peu étendu ma réputation , c'est à l'estime et aux éloges de mes concitoyens et de ma famille , que j'en ai été redevable.

Quant aux reproches concernant les mœurs , reproches que nos adversaires n'ont pas fait entrer dans les chefs de l'accusation , mais qu'ils ont rejettés parmi les injures vagues , Cœlius n'y sera jamais assez sensible pour regretter de n'avoir pas été disgracié de la nature. Ces sortes d'injures sont des lieux communs contre tous ceux qui, dans leur jeunesse , ont eu l'avantage d'une figure agréable. Mais injurier et accuser n'est pas la même chose. L'accusation demande un corps de délit ; il faut désigner les personnes , déterminer les faits , les établir par des preuves , les confirmer par des témoins. L'injure n'a d'autre but que d'outrager. Si elle est violente , on l'appelle invective ; elle se nomme plaisanterie, si elle est assaisonnée de gaieté. J'ai vu avec surprise et avec peine Atratinus chargé spécialement de cette partie de l'accusation. Il n'étoit pas décent, il n'étoit pas de son âge , et même, comme vous avez pu le remarquer, la modestie de ce vertueux jeune homme ne permettoit point qu'il traitât de pareils sujets. Que quelqu'un des autres accusateurs qui ont et plus de front et plus d'expérience, n'a-t-il pris pour soi ce rôle de calomnie, j'attaquerois avec plus de liberté et de vigueur, d'une manière plus conforme à mon usage, cette hardiesse téméraire à déchirer les réputations. Avec vous, Atratinus, je n'userai pas de toutes mes forces ; votre honnêteté me retient, et d'ailleurs puis-je oublier ce que j'ai déjà fait pour vous et pour votre père ? Je dois néanmoins vous avertir, d'abord de respecter vous-même la vertu qu'on estime en vous, et puisque vous êtes réservé dans vos actions, de ne l'être pas moins dans vos paroles ; craignez ensuite de faire à un autre des reproches qui vous feroient rougir, si on vous les renvoyoit avec aussi peu de fondement. Car à qui cette voie n'est-elle pas ouverte ? Quel citoyen qui aura seulement de la jeunesse et un air distingué, ne pourra-t-on pas calomnier aussi hardiment qu'on voudra, du moins avec quelque (1) vraisemblance ?

---

(1) Le latin, *at non sine argumento*, mais non pas sans avoir quelque chose à dire ; car il y a toujours quelque chose à dire contre ceux qui sont doués d'une figure agréable. C'est l'explication de Paul Manuce.

Mais si vous avez pris pour vous ce rôle, c'est la faute de ceux qui vous l'ont imposé. Ce qui fait le mérite de votre pudeur, c'est que vous n'ayez traité un pareil sujet qu'avec répugnance ; ce qui fait l'éloge de votre esprit, c'est que vous vous soyez exprimé avec tant de grace et de délicatesse.

Mais je puis répondre en peu de mots à tout cet article. Tant que l'âge de Cœlius put donner lieu à des soupçons, sa propre pudeur, soutenue d'une vigilante éducation sous les yeux d'un père, mit sa jeunesse à l'abri de toute atteinte. Dès qu'il eut pris la robe virile, je ne dis rien ici de moi, je me contente de ce que vous en pensez ; je dirai seulement que son père me l'amena aussitôt. Personne ne l'a vu dans la première fleur de son âge sans son père, sans moi, ni hors de la chaste maison de Crassus, où il se livroit aux plus honnêtes exercices.

On lui a encore reproché des liaisons intimes avec Catilina, liaisons qui ne peuvent jetter sur ses mœurs aucun soupçon fâcheux. Vous le savez, Romains, durant la première jeunesse de Cœlius, Catilina demandoit avec moi le consulat. Beaucoup de jeunes gens ver-

tueux, sans doute, se sont attachés à cet
homme pervers ; si cependant alors Cœlius
a recherché sa société, ou s'il s'est écarté de
moi un moment, on peut le soupçonner
d'avoir eu avec Catilina des liaisons trop intimes. Mais, dira-t-on, nous savons et nous
avons vu que depuis il a été du nombre de ses
amis. Qui est-ce qui prétend le contraire ? Je
ne défends ici que cet âge si foible par lui-
même et en butte aux passions des autres.
Cœlius fut toujours à mes côtés durant ma
préture ; il ne connoissoit point Catilina qui
pour lors étoit préteur en Afrique. L'année
suivante, Catilina fut accusé de concussion :
Cœlius étoit avec moi ; il ne parut pas même
dans sa cause. Vint l'année où je demandai le
consulat ; Catilina étoit un de mes compétiteurs ; Cœlius, je le répète, ne rechercha
jamais sa société, il ne s'éloigna pas de moi
un moment.

Après avoir fréquenté le forum pendant plusieurs années, sans tache et sans reproche,
il ne s'est lié avec Catilina que lorsque celui-ci
demandoit le consulat pour la seconde fois.
Jusqu'à quel terme voudriez-vous donc qu'on
veillât sur la jeunesse ? Jadis, afin de nous

maintenir dans une honnête décence , on
nous (1) astreignoit pendant une année à marcher la toge baissée ; on nous obligeoit même
de garder la tunique pour les jeux et les exercices du Champ-de-Mars. Même discipline à
la guerre et dans les camps , si nous servions
au sortir de l'enfance. A cet âge , avec quelque
attention qu'on eût été veillé par de vertueux
parens , si on ne s'étoit pas conservé soi-même
par une sage retenue , par ses bonnes qualités
naturelles autant que par une excellente éducation domestique ; on ne pouvoit échapper

(1) Mot à mot, *il y avoit une année pour retenir
le bras avec la toge*. Il seroit trop long d'expliquer
l'habillement des Romains ; je ne dirai qu'un mot de
la toge et de la tunique. La tunique étoit le vêtement
de dessous, qui descendoit un peu plus qu'à mi-jambe ;
la toge étoit le vêtement de dessus qui descendoit plus
bas. On la relevoit et on en faisoit passer un pan par-
dessus l'épaule gauche , de façon que le bras droit étoit
libre. Suivant Cicéron , anciennement les jeunes gens,
lorsqu'ils avoient pris la robe virile , marchoient un
an la toge baissée , de sorte qu'ils n'avoient pas la
liberté de leur bras droit , *ad cohibendum bracchium
togâ*. Dans les exercices du Champ-de-Mars, ils ne
déposoient point la tunique que les autres mettoient
bas.

à un juste déshonneur. Mais quand on avoit passé ce premier âge sans donner prise à la médisance, alors fortifié par les années, devenu homme fait et vivant au milieu des hommes, on n'avoit plus à craindre pour sa vertu les propos calomnieux. Cœlius, après avoir passé quelques années dans le forum, s'est lié avec Catilina. Combien d'autres de tout ordre et de tout âge ne lui en ont-ils pas donné l'exemple ?

Vous vous le rappellez, Romains, Catilina ici montroit en lui, sinon les traits bien prononcés, du moins l'ébauche des plus grandes vertus. En même tems qu'il avoit commerce avec une foule de scélérats, il affectoit un parfait dévouement pour les plus vertueux citoyens. Si de violens penchans l'entraînoient à la débauche, quelques attraits le portoient au travail et à des études honnêtes. S'il étoit dominé par d'infâmes passions, il avoit de l'ardeur pour les travaux militaires. Non, je le crois, jamais être n'offrit une association aussi monstrueuse d'affections et de goûts si divers et si opposés. Qui mieux que lui dans certains tems sut plaire aux plus illustres citoyens ? Qui fut plus étroitement lié

avec les hommes les plus vils ? La bonne cause
trouva-t-elle quelquefois un plus zélé défenseur ? Rome eut-elle jamais d'ennemi plus
cruel ? Qui se montra plus dépravé dans
les plaisirs, plus patient dans les travaux ? Qui
pilla avec plus d'avidité, donna avec plus de
profusion ? Mais ce qu'il y avoit dans cet
homme de plus extraordinaire, c'étoit son
habileté à étendre ses liaisons, à s'entourer
d'une foule d'amis, à se les attacher par des
complaisances. Leur faisant part à tous de sa
fortune, entrant dans tous leurs intérêts, il
n'épargnoit pour les servir, ni argent, ni
crédit, ni fatigues; le crime et l'audace étoient
mis en œuvre au besoin. Il savoit se prêter
aux circonstances, se plier et s'accommoder
à tout, se rompre et se tourner dans tous
les sens; sérieux avec les gens austères, agréable
avec les hommes gais, grave avec les vieillards, enjoué avec les jeunes gens, audacieux
avec les scélérats, dissolu avec les débauchés.
Par ce caractère si flexible et si variable, il
avoit rassemblé autour de lui de tous les pays
du monde, les hommes les plus déterminés
et les plus pervers, il s'étoit même attaché
un grand nombre de gens sages et vertueux,

en

en se parant de certains dehors d'une vertu simulée ; et jamais il n'eût pu établir l'exécrable projet de renverser cet empire, si un génie souple et une ame forte n'avoient donné à cet énorme assemblage de tant de vices une sorte de base et de soutien.

· Ainsi, Romains, que ce grief soit rejetté de l'accusation, et qu'on ne fasse pas un crime à Cœlius de ses liaisons avec Catilina, puisque ce crime lui est commun avec beaucoup d'autres, et même avec des hommes estimables. Moi-même (1), oui, moi-même, j'ai presque été trompé d'abord par Catilina; je le jugeois bon citoyen, partisan zélé des gens les plus honnêtes, ami solide et fidèle. Il m'a fallu voir ses forfaits avant que de les croire, les toucher, pour ainsi dire, avant que de les soupçonner. Si Cœlius s'est aussi trouvé dans la foule de ses amis, il pourra rougir de son erreur comme je rougis quelquefois de la mienne, mais il ne redoutera point le reproche d'une pareille amitié.

(1) Cicéron, ainsi qu'il nous l'apprend lui-même ailleurs, avoit voulu défendre Catilina quand il fut accusé de concussion.

Tome VIII.   D d

Les imputations vagues concernant les mœurs vous ont conduit naturellement, Atratinus, aux reproches plus sérieux de complicité dans la conjuration. Vous avez avancé, en hésitant néanmoins et passant fort vîte, que d'ami de Catilina, Cœlius étoit devenu son complice. Notre jeune orateur s'exprimoit facilement, mais sans établir ce qu'il avançoit, mais sans s'accorder avec lui-même. En effet, a-t-on remarqué dans Cœlius de la démence, quelque vice dans ses mœurs et dans son caractère, du désordre dans ses affaires et dans sa fortune ? A-t-on nommé enfin Cœlius parmi ceux qu'on soupçonnoit de ce crime. C'est trop s'arrêter à une chose nullement douteuse, je dis seulement que, si Cœlius eût trempé dans la conjuration, ou même s'il n'eût pas eu la plus grande horreur pour cet attentat, jamais il n'auroit cherché à signaler sa jeunesse en accusant des (1) conjurés.

(1) Cœlius avoit accusé et fait condamner Caïus Antonius, collègue de Cicéron dans le consulat, pour crime de lèze-majesté, en même tems que Quintus Maximus l'accusoit de crime de concussion : il paroît que ce fut le crime de leze-majesté, le crime d'avoir trempé dans la conjuration, qui le fit condamner.

Et je ne sais si à cette occasion je ne dois pas répondre de même aux imputations de brigues, de cabales, et de corruption de suffrages (1). Sans doute, si Cœlius se fût déshonoré par cet enchaînement de brigues qu'on lui reproche, jamais il n'auroit porté la folie jusqu'à accuser de brigues un citoyen. Il n'auroit pas cherché à jetter sur un autre le soupçon d'une faute qu'il eût voulu lui-même se permettre sans cesse. Enfin, s'il eût pensé devoir être accusé de brigues une seule fois, auroit-il intenté à un autre une seconde accusation de ce même délit ? Sa démarche n'est point assez mesurée, et il s'y est porté malgré moi ; sa passion cependant pourroit annoncer qu'il attaque un autre à tort, mais non pas qu'il craint pour lui-même.

Quant aux dettes qu'on lui a objectées, aux dépenses qu'on lui a reprochées, à ses registres qu'on lui a demandés, voici ma réponse en deux mots. Etant sous la puissance de

(1) On appelloit *sodales* ceux qui formoient une ligue pour corrompre les suffrages du Peuple. *Sequestres* étoient ceux entre les mains desquels on déposoit des sommes d'argent pour acheter ces mêmes suffrages.

son père , il ne tient pas de registres ; (1) ; il
n'a emprunté à personne. On ne lui a reproché qu'un genre de dépense, le faste dans
le logement. Il en a pris un , dit-on , de trente
mille sesterces. Celui qu'il a pris dans la
maison de (2) Clodius n'est que de dix mille,
je crois ; mais Clodius , je m'imagine, veut
vendre sa maison , et pour lui faciliter cette
vente , les accusateurs se sont permis un mensonge officieux.

Ils ont blâmé Cœlius d'avoir quitté la
maison paternelle ; ce qui à l'âge où il est
ne mérite aucun blâme. J'ai vu avec quelque
peine l'accusation (3) qu'il a intentée, dont

(1) On voit ici une preuve de la grande puissance
des pères sur leurs enfans chez les Romains. Cœlius
avoit un certain âge , il s'étoit déjà fait connoître dans
la République ; et cependant il étoit toujours comme
sous la tutèle de son père. On voit aussi par cet
endroit et par d'autres , que les Romains tenoient
exactement des registres dans leurs maisons.

(2) *Insula ,* étoit une grande maison isolée , où plusieurs personnes occupoient des logemens. 30,000 sesterces, de notre monnoie 3,750 livres ; 10,000 sesterces,
1,250 livres.

(3) L'accusation de **Caïus Antonius** dont nous venons de parler.

cependant il a retiré beaucoup de gloire. Etant sorti vainqueur de cette accusation qui intéressoit la République, son âge lui permettant de solliciter les honneurs, il a quitté la maison de son père avec son agré-ment, je dis même par son conseil. Cette maison étoit fort éloignée du forum; pour être plus à portée de nous rendre des visites et d'en recevoir de ses amis, il a pris, sur le mont Palatin, un logement à un prix modique.

Ici je puis dire ce que disoit, il y a quel-ques jours, l'illustre Crassus en se plaignant de l'arrivée du roi (1) Ptolémée : *plût aux Dieux que dans les forêts de Pélion....* il seroit trop long de rapporter tout le passage du poëte; cette peine ne nous eût jamais été causée

___

(1) Ptolémée **Aulétès**, roi d'Alexandrie, détrôné par ses sujets, vint à Rome; des ambassadeurs d'Alexandrie y vinrent en même tems. On reprochoit à Cœlius d'avoir frappé ces ambassadeurs, et même d'avoir fait tuer Dion un d'entre eux; Marcus Crassus, un de ses défenseurs, en le purgeant de ce grief, s'étoit plaint de Ptolémée, et avoit cité ces vers tirés de la tragédie de Médée du poëte Ennius, *Utinam ne in memore Pelio....* tels que Cicéron les rapporte dans son second livre à Hérennius.

D d 3

*par une amante vagabonde , par Médée blessée
d'un trait fatal et en proie à une passion furieuse.*
Vous verrez , Romains , comme je vous
le montrerai quand j'en serai à cet endroit,
que la Médée (1) du mont Palatin et le changement de maison ont été pour notre jeune
homme la cause de tout le mal , ou , pour
mieux dire , de tous les propos.

Ainsi donc , rassuré par votre sagesse , je
ne redoute plus les batteries que , d'après
les discours des accusateurs , je voyois préparer déjà et dresser contre nous. Un sénateur,
disoient-ils, devoit déposer qu'il avoit été
frappé par Cœlius dans les comices pour
l'élection des pontifes (2). Si le sénateur se
montre , je lui demanderai d'abord pourquoi
il n'a pas attaqué aussitôt Cœlius : ensuite ,
supposé qu'il ait mieux aimé se plaindre de
la violence qu'en attaquer l'auteur devant les
juges , pourquoi ne l'a-t-il pas fait de son
propre mouvement plutôt que par l'instigation

(1) C'est-à-dire , Clodia , qui logeoit sur le mont
Palatin.

(2) Les pontifes étoient créés par le Peuple dans
des comices par tribus.

d'autrui ? Pourquoi enfin a-t-il mieux aimé
se plaindre long-tems après que dans l'instant
même ? S'il échappe à ces questions avec
finesse et subtilité, je finirai par lui demander quelle machine l'amène ici. Car s'il se
présente de lui-même et de son chef, je serai
peut-être déconcerté, comme il m'arrive quelquefois ; mais s'il n'est que l'agent et l'instrument
du principal moteur de l'accusation, je me
réjouirai, Atratinus, que, dans une accusation
étayée de tant de puissance et de crédit, il ne
se trouve qu'un sénateur qui veuille se prêter
à vos projets de vengeance.

Je ne crains pas davantage cette autre espèce
de témoins nocturnes (1) qu'on doit nous
opposer. Des citoyens, nous dit-on, affirme-
ront que leurs femmes en revenant de souper
ont été insultées par Cœlius. Témoins, sans
doute, bien imposans que ceux qui oseront
attester ces faits, lorsqu'ils seront obligés
d'avouer qu'ils n'ont pas même cherché à de-

---

(1) *Témoins nocturnes*, témoins qui se cachent,
qui ne déposent pas franchement, ou qui déposent de
faits arrivés pendant la nuit.

mander raison d'injures si atroces en désignant un jour pour une simple explication.

Mais vous devez déjà voir, Romains, le genre d'attaque qu'on dispose contre nous (1), et je vous exhorte d'avance à repousser les coups qu'on nous prépare quand on nous les portera. Les personnes qu'on a choisies pour attaquer Cœlius, ne sont pas les mêmes que celles qui l'accusent. On lance contre lui ouvertement des traits fournis par une main secrète. Je ne prétends point par-là faire un crime de leurs dépositions à des hommes qui doivent même s'en faire un mérite. Ils s'acquittent d'un devoir, ils soutiennent leurs amis et leurs proches : ils ne font que ce que fait toujours un homme courageux ; offensés, ils se plaignent ; irrités, ils s'emportent ; attaqués, ils se défendent. Mais si le courage leur impose la loi de charger Cœlius, la sagesse vous prescrit à vous, Romains, la règle de

_____

(1) Cicéron, dans tout ce morceau, parle des témoins, qu'on interrogeoit ordinairement après que l'accusateur et l'accusé avoient parlé. Cicéron tâche ici d'infirmer d'avance leurs dépositions, par plusieurs motifs, et sur-tout en paroissant excuser leur démarche. Le tour est très-fin et fort adroit.

n'écouter pas le ressentiment d'autrui plutôt que votre propre équité. Vous voyez quelle multitude est rassemblée dans le forum : combien n'est-il pas d'hommes de différens caractères, de différens états, de partis différens ? Combien n'en est-il pas dans toute cette foule qui, quand ils voient des personnages puissans, accrédités et diserts, se présentent à eux d'eux-mêmes, leur font offre de services, s'engagent à témoigner en leur faveur ? Si parmi ces gens-là il s'en trouve par hasard qui veuillent se jetter dans ce procès, votre sagesse, Romains, écarte leur passion, afin qu'on vous voie en même-tems ménager les intérêts de Cœlius, respecter la sainteté de votre serment, défendre l'état de tous les citoyens, contre les intrigues dangereuses de personnes puissantes. Pour moi, je vous épargnerai l'incertitude de la preuve testimoniale ; et la vérité de ma cause qui est immuable, je ne la ferai pas dépendre de la volonté des témoins, volonté ordinairement trop changeante, trop souple et trop flexible. Je n'emploierai que des raisonnemens, je détruirai les griefs par des preuves plus claires que le jour : j'opposerai cause à cause ; je réfuterai les faits par des faits, et les raisons par des raisons.

Ainsi je vois sans peine que Crassus a traité
à fond, avec autant de force que d'agrément,
la partie de la cause qui regarde les séditions
de Naples, les coups donnés dans Pouzzoles
aux ambassadeurs d'Alexandrie, et les biens
de Pallas. Je voudrois qu'il eût aussi parlé de
Dion (1). Que peut-on attendre de moi au
sujet d'un meurtre dont l'auteur ne craint rien,
que même il confesse ? Ascitius, accusé d'avoir
secondé le meurtrier et de s'être rendu son
complice, a été renvoyé absous. Or un délit
dont la nature est telle, que celui qui l'a
commis ne le nie pas, que celui qui l'a nié a
été absous, Cœlius le redoutera-t-il, lui qui,
loin d'avoir commis le meurtre, n'a pas même
été soupçonné d'y avoir trempé ? Et si la bonté
de la cause a plus servi à Ascitius que ne lui a

_____

(1) Dion, philosophe académicien, chef des ambassadeurs d'Alexandrie. Par qui, comment il fut tué,
pourquoi l'auteur de ce meurtre ne craignoit pas d'en
convenir ? Cicéron ne le dit pas, et on ne le sait point
d'ailleurs. Nous verrons par la suite que les accusateurs
de Cœlius lui reprochoient d'avoir fait assassiner Dion.
Quels étoient ces biens de Pallas, que les accusateurs,
sans doute, reprochoient à Cœlius d'avoir pris, c'est
ce qu'on ne sait pas davantage.

nui la prévention générale , quel tort une injure vague fera-t-elle à Cœlius , qui , sur le fait
dont il s'agit , n'a pas été atteint d'un léger
soupçon , ni même d'une simple rumeur publique ?

Mais , dit-on , Ascitius n'a été absous que
par une collusion honteuse. C'est moi qui l'ai
défendu , il me seroit donc très-facile de détruire cette calomnie. Bien persuadé de la parfaite innocence d'Ascitius , Cœlius d'ailleurs (1)
ne voit dans sa cause aucun rapport avec la
sienne. Et il n'est pas le seul de cet avis ; les
deux Coponius , Titus et Caïus , pensent de
même , ces deux jeunes citoyens dont l'esprit
est orné des plus solides et des plus belles connoissances , qui ont regretté Dion plus que
personne , qui lui étoient attachés par l'amour
des sciences et des lettres autant que par les
droits de l'hospitalité. Dion logeoit , comme
vous savez , chez Luccéius qui l'avoit connu à
Alexandrie. Ce qu'il pense de Cœlius lui et son
frère qui jouit de la plus grande considération ,

(1) *Cujusmodi* dans le latin est pour *cujuscumque*
modi. La cause d'Ascitius est fort bonne ; mais de
quelque nature qu'elle soit , elle n'a aucun rapport
avec la cause de Cœlius.

vous l'apprendrez d'eux-mêmes, s'ils paroissent ici comme témoins. Ainsi donc continuons d'écarter les faits étrangers (1) , pour en venir enfin aux vrais objets de la cause.

En effet, Romains, j'ai remarqué que vous écoutiez Hérennius, mon ami intime, avec la plus grande attention. Sans doute il le devoit en grande partie à son talent et à une certaine diction intéressante ; je craignois néanmoins quelquefois que son discours adroitement tourné pour décrier Cœlius, ne s'insinuât doucement et par degrés dans vos esprits. Il a parlé fort au long de la licence actuelle , des désordres et des vices de la jeunesse ; des mœurs en général ; et lui si indulgent dans le reste de sa vie , dont le commerce agréable offre ces mœurs douces et faciles qui font maintenant le charme de presque toutes nos sociétés , s'est montré dans cette cause un oncle sévère , un maître rigide , un censeur fâcheux. Il a réprimandé Cœlius comme jamais père ne réprimanda son fils. Il s'est épuisé en dissertations

_____

(1) Cette petite phrase tombe sur ce qui précède et sur ce qui suit ; car l'orateur va encore parler de choses un peu étrangères à la cause.

sur l'incontinence et sur l'abus des voluptés. Que voulez-vous , Romains ? je vous pardonnois de l'écouter attentivement ; et je l'avouerai , cette morale austère et chagrine m'en imposoit à moi-même.

Les premiers reproches d'Hérennius m'ont peu touché : Cœlius , disoit-il , avoit des liaisons avec mon ami Bestia , il avoit mangé chez lui , fréquenté sa maison , l'avoit servi dans sa préture. Ces reproches évidemment faux , ne me touchent guère : des hommes absens ou qui ne pouvoient se trouver dans le même lieu , il les fait souper ensemble. Je ne suis pas non plus fort touché de ce qu'il disoit , que Cœlius étoit son confrère dans les lupercales (1). Les premiers luperques furent des

_____

(1) Il y a toute apparence que Cœlius avoit accusé Hérennius , et que celui-ci lui reprochoit de l'avoir accusé , quoiqu'ils fussent luperques , ou confrères du Dieu Pan. La confrérie des Lupercales , consacrée au Dieu Pan , étoit fort ancienne. Elle avoit été instituée par Evandre bien avant la fondation de Rome. Au reste , les reproches d'Hérennius au sujet de Bestia et des Lupercales , ne sont pas exposés ici assez clairement, pour nous du moins qui ignorons les évènemens de ce tems-là.

pâtres et des paysans grossiers ; et l'origine de ces associations a précédé la civilisation et les loix. Aussi la confraternité n'empêche-t-elle pas les luperques de se citer mutuellement en justice ; ils en font même mention en s'accusant, de peur qu'on n'en ignore, et qu'ils ne paroissent avoir quelque crainte (1).

Mais je laisse tout cela pour répondre à ce qui m'a touché davantage. Balbus s'est étendu en reproches sur le luxe et les plaisirs , mais avec un ton un peu plus doux , et plutôt par forme de discours que par esprit de rigueur : aussi l'a-t-on écouté assez attentivement. Pour Clodius (2) mon ami , lorsque dans ses déclamations outrées et violentes , il se laissoit emporter par son feu , lorsqu'il parloit de tout dans le style le plus sérieux et du ton le plus tragique , j'admirois son éloquence sans la redouter beaucoup ; je l'avois déjà vu s'échauffer en vain dans nombre de causes. Je vais vous

_____

(1) J'ai traduit comme si on lisoit, *ut ne quis id forte nesciat, et ipsi timere videantur.*

(2) Un des accusateurs de Cœlius. Je crois, avec Paul Manuce, que ce n'étoit point le fameux Clodius, l'ennemi de Cicéron. *Mon ami.* Est-ce sérieusement ou par ironie que Cicéron appelle cet homme son ami ?

répondre à vous , Balbus , en commençant par vous demander grace ; si toutefois il peut être permis par les loix divines et humaines de défendre un jeune homme qui n'a refusé aucun repas , qui a usé de parfums , qui a visité le rivage de Baies (1).

Pour moi , je le sais par moi-même ou par oui dire ; il a existé beaucoup de nos Romains , qui non-seulement avoient effleuré , comme on dit , les plaisirs , qui non-seulement les avoient goûtés du bout des lèvres , mais y avoient plongé toute leur jeunesse , et qui toutefois se sont dégagés enfin de ce genre de vie , ont changé de conduite , sont devenus des citoyens graves et d'illustres personnages. Car on passe , et cela d'un commun accord , on passe à la jeunesse quelques amusemens : la nature elle-même verse les passions sur cet âge ; et pourvu qu'en prenant leur essor elles n'attaquent les jours de personne , et ne ruinent aucune famille , on est porté à les tolérer et à les ex-cuser. Mais il m'a paru que du décri commun.

(1) *Le rivage de Baies*. On appelloit ainsi un rivage délicieux de la Campanie, où des gens riches de Rome avoient de superbes maisons et de magnifiques jardins.

de nos jeunes gens vous vouliez faire rejaillir quelque odieux sur Cœlius. Aussi la raison de ce grand silence avec lequel on vous écoutoit, c'est que ne parlant que d'un seul homme accusé, vous nous faisiez songer aux vices de beaucoup d'autres. Il est facile de déclamer contre la licence du siècle ; si j'entreprenois d'épuiser cette matière, le jour ne pourroit me suffire. Dépravation de mœurs , excès de pétulance , dépenses énormes , débauches , adultères , tout cela ouvre un vaste champ au discours ; et ne se proposât-on que d'attaquer les vices sans accuser les personnes , on ne manqueroit jamais de force et d'abondance. Mais il est de votre sagesse, Romains , de ne point perdre de vue la cause ; et les traits dont un accusateur a armé votre sévérité contre le vice, contre les désordres, contre les mœurs, contre le siècle , vous ne devez pas les diriger contre la personne de l'accusé , que l'on a cherché injustement à rendre peu favorable, moins par ses dérèglemens propres que par les vices du grand nombre. Ainsi , Balbus, je n'ose pas répondre comme je devrois à l'austérité de votre morale : eh ! qui m'empêcheroit d'intercéder pour la jeunesse , de solliciter pour

elle

elle de l'indulgence ? Non, je ne l'ose pas,
je ne fais pas valoir pour cet âge les excuses
ordinaires ; je renonce aux droits qu'on accorde à tout le monde. Tout ce que je demande, c'est que si de nos jours les jeunes
gens sont généralement décriés pour les dettes,
pour les dissolutions, pour la pétulance ; et
qui ne voit combien ils le sont ? je demande
que les fautes d'autrui et les désordres du siècle
ne nuisent point à Cœlius. Et moi qui réclame
pour lui cette justice, je ne refuse pas de répondre avec la plus grande exactitude aux accusations qui (1) l'attaquent personnellement.

Ces accusations se partagent en deux chefs,
l'or (2) et le poison : ces deux chefs regardent

(1) J'ai traduit sans *nondùm* que rejettent les meilleures éditions.

(2) Non de l'or monnoyé, mais de l'or en masse
ayant une certaine forme. *Aurum* en latin veut dire de
l'or travaillé avec art, des vases et autres effets, ou
de l'or en lingots ou en masse, avec une certaine
forme. Je crois que c'est ici la dernière acception,
parce que l'orateur parle de cet or comme d'un ornement, sans dire que ce fût un vase ou un autre effet
semblable, ce qu'il n'eût pas manqué, je crois, de
spécifier.

Tome VIII.   E e

une seule et même personne. Cœlius , dit-on ;
a emprunté de l'or à Clodia , il s'est procuré
du poison pour le donner à Clodia. Tous les
autres reproches ne sont pas des accusations ,
mais des injures, qui sont plutôt le sujet d'une
déclamation violente que la matière d'un procès
capital. Adultère , impudique , corrupteur de
suffrages ; vaines injures que tout cela , imputations vagues qui ne portent sur rien , propos
offensans lancés au hasard par un accusateur
animé , sans être garantis par personne. Mais
pour les deux accusations dont je parle , j'en
vois la source , j'en vois le garant , j'en vois
la cause et le principe. Cœlius a eu besoin d'or,
il en a emprunté à Clodia , il l'a emprunté
sans témoins , il l'a gardé tant qu'il l'a jugé à
propos. Voilà des preuves bien marquées d'une
liaison intime. Il. a cherché à faire mourir
la même Clodia , il a sollicité et gagné des
ministres de son crime , il a choisi un lieu , il
s'est procuré du poison , il l'a apporté; voilà
les effets d'une haine fort vive occasionnée
par une cruelle rupture.

Dans cette cause, Romains, nous n'avons
affaire qu'à Clodia, femme d'une grande naissance, et même très-connue ; je ne dirai d'elle

que ce qu'il faudra pour nous justifier. Votre
extrême pénétration, Domitius (1), vous fait
sentir que nous n'avons affaire qu'à Clodia.
Si elle ne dit pas avoir prêté de l'or à Cœlius,
si elle ne l'accuse pas de s'être procuré contre
elle du poison, c'est une témérité de notre
part d'interpeller une mère de famille, sans
tous les égards dus à ce titre respectable.
Mais si, cette femme écartée de la cause, il
ne reste aux accusateurs, ni corps de délit,
ni moyens pour accabler Cœlius, que devons-
nous faire nous ses défenseurs, sinon repousser
ceux qui l'attaquent? Je le ferois plus vigou-
reusement, si je n'étois arrêté par mes démêlés avec le mari de Clodia, je veux dire
son frère (2), je m'y trompe toujours. Mais

(1) Cnæus Domitius Calvinus, préteur, au tribunal
duquel se plaidoit cette cause.——*Avoir prêté de l'or.*
Le mot *commodasse* du latin annonce que l'or prêté
étoit de l'or travaillé avec art, ou en masse avec une
certaine forme. *Commodare*, prêter pour être rendu
le même en nature; *mutuum dare*, prêter pour être
rendu en mêmes espèces formant la même somme.

(2) Personne n'ignore que Clodius étoit violemment
soupçonné d'avoir un commerce criminel avec sa propre
sœur.

je lui parlerai avec modération, sans me permettre d'aller plus loin que ne le demandera mon ministère et l'intérêt de la cause. Car je n'ai jamais cru devoir me déclarer l'ennemi d'une femme, et d'une femme surtout qui, loin d'être l'ennemie de personne, fut toujours regardée comme l'amie de tout le monde.

Mais avant tout, je lui demanderai à elle-même quel doit être le ton de mon discours. Veut-elle qu'il soit grave, sévère, antique? Aime-t-elle mieux la douceur, les ménagemens et la politesse de nos jours? Si elle préfère l'ancienne sévérité, je ferai sortir du tombeau un de nos vieux Romains, non avec cette barbe légère (1) et bien peignée, qu'elle aime dans nos jeunes gens, mais avec cette barbe longue et hérissée que nous offrent nos vieilles statues et nos antiques portraits : ce sera lui qui réprimandera la dame Romaine et qui parlera à ma place ; elle pourroit, si je par-

(1) Du tems de Cicéron, on se faisoit raser, et on ne portoit point de barbe : mais certains jeunes gens, par délicatesse, en portoient une fort courte, bien peignée et bien arrangée; c'étoient *barbatuli*.

lois moi-même, se fâcher contre moi. Qu'il paroisse donc ici un de ses propres ancêtres, et de préférence à tous cet illustre aveugle (1) : il sera moins affligé, puisqu'il ne la verra pas. S'il paroissoit au milieu de nous, voici assurément comme il lui parleroit : femme, quel rapport as-tu avec Cœlius, avec un jeune homme, avec un homme étranger à ta famille ? Pourquoi as-tu été assez liée avec lui pour lui prêter de l'or, ou assez son ennemie pour craindre de sa part un empoisonnement ? N'avois-tu pas vu ton père consul ? N'avois-tu pas appris que ton aïeul, que ton bisaïeul, que ton quadrisaïeul (2), l'ont été aussi ? Tu venois, pouvois-tu l'ignorer ? tu venois d'être l'épouse de Métellus, ce grand personnage, cet ami zélé de sa patrie, qui n'avoit qu'à se montrer au dehors pour éclipser presque tous les citoyens par ses vertus et par sa gloire. Sortie d'une grande maison, adoptée dans une

(1) Appius Cœcus, ou Appius l'Aveugle, fameux dans l'histoire romaine.

(2) *Atavus*, quadrisaïeul. *Abavus*, trisaïeul ; c'étoit Appius Cœcus, celui qui parle.

E e 3

autre (1), non moins illustre, pourquoi as-tu
eu des liaisons avec Cœlius? Etoit-il ton parent ? ton allié ? l'ami de ton époux ? Rien
de cela. Quel pouvoit donc être ton motif,
sinon une fureur aveugle et une passion effrénée ? Si les portraits de tous les Clodius, placés
sous tes yeux, ne pouvoient ranimer ta vertu,
ne pensois-tu ni à Quinta Claudia (2), ma
fille, ni à cette autre Claudia, vestale, qui
tenant son père embrassé sur le char de
triomphe, ne souffrit point qu'un tribun du
Peuple, son ennemi, l'en fît descendre ? Leur
exemple ne t'avertissoit-il pas d'ajouter encore
à l'illustration de notre famille par les qualités qui honorent ton sexe ? Pourquoi as-tu
copié les vices de ton frère, plutôt que les

____

(1) *Adoptée dans une autre*, dans la famille des
Métellus, par son mariage avec Quintus Métellus
Céler.

(2) Quinta Claudia, regardée comme la plus chaste
des dames romaines. Il en est parlé dans le discours
sur les réponses des Aruspices.——*Cette autre Claudia.*
Appius Claudius Pulcher, son père, triomphoit des
Salasses ; un tribun du Peuple s'opposoit à son triomphe :
elle monta dans le char du triomphateur pour arrêter
l'opposition du tribun.

vertus de ton père et de tes aïeux, ces vertus
qu'on a vu briller depuis moi dans les hommes
et dans les femmes de ma race? N'ai-je fait
rompre le traité de paix prêt à se conclure avec
Pyrrhus, que pour qu'on te vît sceiler tous les
jours des traités d'amours infâmes? N'ai-je
amené de l'eau (1) dans Rome que pour tes
usages incestueux? N'ai-je fait construire un
chemin public que pour qu'il fût battu sans
cesse par la foule des amans adultères que
tu traînes sur tes pas?

Mais en introduisant un si grave personnage, n'ai-je pas à craindre qu'il ne se retourne
vers Cœlius, et qu'il ne le réprimande avec
sa gravité de censeur? C'est ce que je verrai
bientôt, et je me flatte de justifier la conduite
de Cœlius aux yeux des juges les plus sévères.
Mais vous, Clodia, ce n'est plus Appius, c'est
moi qui vous parle, si vous pensez à soutenir vos démarches, vos discours, vos projets,
vos reproches, vos accusations, il faut abso-

---

(1) Cette eau étoit appellée *Claudia*, du nom de
celui qui l'avoit procurée à Rome. —— *Un chemin
public*, nommé *via Appia*, du prénom de la même
personne.

lument que vous rendiez compte de votre
commerce, de vos liaisons, de votre intimité
avec Cœlius. Les accusateurs ne cessent de
parler d'intrigues amoureuses, de dissolutions,
d'adultères, de baies, de rivage, de festins,
de repas nocturnes, de chants, de symphonies,
de parties sur l'eau ; et ils font entendre qu'ils
ne disent rien sans votre aveu. Puisque par
l'effet d'un égarement étrange, vous avez voulu
qu'on portât tout cela en justice, il vous faut,
ou détruire les reproches, en montrer vous-
même la fausseté, ou convenir qu'on ne doit
ajouter foi ni à votre accusation, ni à votre
témoignage.

Au reste, si vous voulez que je prenne
avec vous un ton plus doux et plus poli,
voici comme je procéderai. J'écarterai ce vieillard dur et presque rustique, je (1) choisirai
encore quelqu'un de votre famille, et préférablement à tout autre, votre jeune frère,
qui se distingue singulièrement par la galan-

_____

(1) J'ai suivi la leçon, *agrestem, ex hisque tuis....*
c'est la plus naturelle. —— *Votre jeune frère.* Clodius
avoit deux frères qui étoient avant lui ; Appius Claudius, l'aîné ; Caïus Appius, le second.

terie, qui a pour vous l'amitié la plus tendre,
que je ne sais quelle timidité enfantine et de
vaines frayeurs nocturnes faisoient coucher
toujours dans son enfance avec sa sœur aînée.
Imaginez-vous donc qu'il vous adresse ces
paroles : pourquoi tout ce bruit, ma sœur?
Pourquoi ces emportemens et ces cris? Pourquoi faire d'une bagatelle une affaire sérieuse?
Tu as apperçu dans ton voisinage un jeune
homme ; la fraîcheur de son teint, la noblesse
de sa taille, les traits de son visage, le feu
de ses yeux, t'ont frappée : tu as voulu le
voir plus d'une fois ; une femme de ton nom
s'est même montrée avec lui dans les mêmes
jardins. Tu n'as pu avec toute ton opulence
retenir dans tes liens le fils d'un père éco-
nome, d'un père avare. Il s'effarouche, il te
rebute, il ne croit pas tes faveurs et tes dons
d'un si grand prix ; porte tes pas ailleurs. Tu as
des jardins près du Tibre ; tu as pris grand
soin de les embellir du côté où se rend toute
la jeunesse pour se baigner ; tu feras là tous
les jours des choix à ta fantaisie : pourquoi
importuner un homme qui te dédaigne?

Je reviens maintenant à vous, Cœlius :
c'est votre tour : je prends sur moi l'autorité

et la sévérité d'un père. Mais quel père choisir?
Sera-ce ce vieillard de Cécilius (1), violent et
emporté ? *Oui, je suis enflammé de colère, ma
fureur est à son comble.* Ou cet autre? *Malheureux, scélérat !* Ces pères-là ont un cœur de
fer. *Je ne sais que dire, je ne sais où j'en suis ;
tes déportemens m'interdisent et me confondent.*
Les fureurs d'un tel père ne seroient guere supportables. Pourquoi t'es-tu jetté dans le voisinage d'une courtisanne ? Pourquoi n'as tu pas
fui dès que tu as connu ses artifices? Pourquoi
as-tu fréquenté une femme qui n'est pas la
tienne ? *Consume, dissipe tant que tu voudras,
je ne m'y oppose point. Si tu tombes dans l'indigence, tant pis pour toi, moi j'en aurai toujours
assez pour passer doucement le reste de mes jours.*
Cœlius répondroit à ce vieillard sombre et austère, qu'aucune passion ne l'a écarté du droit
chemin. Quelle en est la preuve? on ne cite
ni pertes d'argent, ni dépenses, ni emprunts.
Mais le bruit en a couru. En est-il beaucoup
qui puissent échapper aux mauvais bruits dans
une ville aussi médisante? Est-il bien étonnant

(1) Cécilius, poëte comique, dans qui, suivant Ho-
race, la force dominoit.

qu'on ait parlé mal du voisin d'une femme
dont le propre frère n'a pu se garantir des
discours de la malignité ? Avec un père doux
et indulgent tel que ce père (1) de Térence:
*Il a brisé des portes, on les remettra; il a dé-
chiré une robe, on la raccommodera*; la cause
de Cœlius ne seroit nullement embarrassante.
Eh ! sur quoi ne se défendroit-il pas aisément?
Je ne parle plus de Clodia; supposons une
femme qui ne lui ressembleroit pas, qui s'abandonneroit à tous sans distinction, qui auroit
toujours publiquement un amant en titre,
dont les maisons, les jardins, les bains (2),
seroient comme le rendez-vous commun des
passions de tous les hommes, qui entretiendroit
même des jeunes gens, qui suppléeroit de sa
fortune à la trop grande économie des pères;
si veuve elle vivoit dans la licence, si elle
poussoit la hardiesse jusqu'à l'effronterie, la
dépense jusqu'à la prodigalité, l'amour du
plaisir jusqu'à la prostitution d'une courtisanne;

(1) Mition, dans les Adelphes.

(2) Au lieu de *baias*, un savant propose de lire
balneas : mais *baias* peut se prendre dans ce dernier
sens.

regarderois-je comme adultère celui qui lui auroit fait une cour un peu assidue ?

On me dira peut-être : est-ce donc là votre doctrine ? est-ce ainsi que vous formez la jeunesse ? Un père vous a-t-il confié et remis son fils encore enfant, pour qu'il consumât ses premières années dans l'amour et dans les plaisirs, pour que vous fussiez vous-même l'apologiste de pareilles mœurs et de telles habitudes ? Pour moi, Romains, s'il s'est trouvé un homme d'une ame assez forte, d'une vertu et d'une sagesse assez parfaites, pour renoncer à tous les plaisirs, pour consacrer tous les momens de sa vie au travail du corps et aux contentions de l'esprit, un homme pour qui le repos, le délassement, les goûts des jeunes gens de son âge, les jeux et les festins, fussent sans attrait, qui ne connût d'autre besoin que la gloire et l'honneur ; mon sentiment particulier est qu'un tel homme avoit reçu en partage des qualités rares et divines : je mets dans cette classe les Camille, les Fabricius, les Curius, et tous ces illustres personnages qui ont élevé si haut de si foibles commencemens.

Mais de pareilles vertus ne sont plus dans

nos mœurs ; que dis-je ? elles se trouvent
à peine dans les livres. Ils sont passés de mode
les écrits dépositaires de cette antique sévérité ;
on les néglige , non-seulement chez nous qui
avons montré cette austérité de principes dans
nos actions, plutôt que dans nos paroles ; mais
encore chez les Grecs , ces hommes si savans,
qui n'ayant pas le courage de pratiquer les
grandes vertus (1) , avoient du moins la force
de les célébrer dans leurs écrits et dans leurs
discours. Après les beaux tems de la Grèce,
on donna des préceptes d'un autre genre. Ainsi
les uns ont dit que le sage fait tout pour le
plaisir ; et des hommes fort instruits n'ont
pas rougi d'enseigner cette indécente morale.
Les autres n'ayant pas cru devoir séparer le
plaisir de l'honneur , ont voulu par leur éloquence allier deux objets incompatibles. Ceux
qui n'ont connu d'autre chemin que celui
qui mène directement à la gloire par le travail, ont vu leurs écoles presque désertes et

---

(1) Cicéron exalte ici les Romains aux dépens des
Grecs : Aristide , Epaminondas , et mille autres , ne
joignoient-ils donc pas de grandes vertus à de grands
talens ?

abandonnées. C'est que la nature elle-même
a créé pour nous mille délices, capables de
surprendre pour un moment et d'assoupir
comme malgré elle la plus vigilante vertu ;
elle montre quelquefois à la jeunesse des routes
glissantes où elle ne peut entrer et marcher
sans faire des faux pas et des chûtes ; elle lui
offre une foule et une diversité d'objets en-
chanteurs, propres à séduire un âge foible,
je dis même l'homme dans toute sa force et
toute sa maturité. Si donc vous rencontrez
par hasard un mortel qui détourne les yeux
de la beauté même, qui ne soit flatté par les
plaisirs, ni de l'odorat, ni du toucher, ni du
goût, qui ferme l'oreille aux plus doux accords ;
moi, et quelques autres peut-être, nous croirons
que les Dieux lui ont été favorables, la plupart
diront qu'ils lui ont été cruels.

Laissons donc cette voie déserte, inculte,
devenue impraticable par les ronces et les
épines qui la couvrent ; passons quelque chose
à la jeunesse, donnons-lui un peu plus de
liberté ; ne refusons pas tout au plaisir, n'écou-
tons pas toujours une raison sévère et rigide ;
qu'elle cède quelquefois, cette raison, à la
volupté, pourvu que, dans l'usage des plaisirs,

on sache observer des règles et garder des bornes. Qu'un jeune homme ménage son honneur et ne ravisse pas celui des autres ; qu'il ne dissipe pas son patrimoine et ne s'abîme pas en emprunts usuraires ; qu'il n'attaque ni la maison ni la réputation d'autrui ; qu'il n'outrage la chasteté, ne décrie l'intégrité, ne diffame la vertu de personne ; qu'il ne se rende point redoutable par des violences, qu'il ne trempe dans aucun projet d'assassinat, qu'il se conserve exempt de crime. Enfin, lorsque trop docile à la voix du plaisir, il aura donné quelques momens aux divertissemens de son âge et aux goûts frivoles de la jeunesse de nos jours, qu'il revienne au soin de ses propres affaires, aux occupations du forum, au gouvernement de la République ; en sorte que ces amusemens, dont la raison ne lui avoit pas montré d'abord le danger, il paroisse y avoir renoncé par dégoût et les avoir méprisés par expérience.

Notre siècle et celui de nos pères ont vu beaucoup de grands hommes et de citoyens distingués, qui, après que les passions de la première jeunesse ont été amorties, ont fait briller dans la maturité de l'âge de sublimes vertus. Il seroit inutile de citer aucun d'eux : vous vous les rappellez sans doute vous-mêmes ; et moi je ne voudrois point mêler la plus légère faute d'un grand et illustre personnage avec ses glorieuses actions. Si je voulois le faire, combien n'en pourrois-je pas nommer qui se sont rendus célèbres par des qualités rares, après s'être annoncés dans leurs premières années par une conduite licencieuse, un luxe énorme, des dettes immenses, par des dépenses, des dissolutions, par des excès en un mot lesquels couverts ensuite de l'éclat de toutes les vertus, pourroient s'excuser par la fougue de la jeunesse ?

Mais dans Cœlius (car je vais, Romains, parler maintenant avec plus de confiance des goûts qui l'honorent, puisque comptant sur votre sagesse je ne crains pas de faire certains aveux) non, on ne trouvera chez lui ni excès de luxe, ni dettes, ni dépenses; on ne sauroit lui reprocher ni la table, ni les femmes. La première de ces passions, loin de s'affoiblir, ne fait que s'accroître avec l'âge. Quant à l'amour, et à ce qu'on appelle ses plaisirs, l'amour qui n'importune pas long tems une ame forte : c'est en effet comme une fleur de

l'âge

l'âge qui tombe bien vîte ; il n'a jamais dominé Cœlius , ne l'a jamais possédé tout entier.
Vous venez de l'entendre plaider pour lui-même
comme accusé, vous l'aviez entendu déjà comme
accusateur (c'est pour l'intérêt de la cause que j'en
parle, et non pour me glorifier d'un pareil élève):
avec les lumières qui vous distinguent, vous avez
saisi tout l'art de son éloquence , la beauté de
son style, la richesse de ses pensées et de ses expressions. Dans ses discours, non-seulement vous
avez vu briller le génie, qui peut souvent beaucoup par lui-même sans être cultivé par l'étude,
mais à moins que l'amitié ne me séduise , il me
semble qu'on y trouvoit encore une raison
nourrie par de solides connoissances et fortifiée
par un long travail. Or , sachez, Romains, que
les déréglemens qu'on reproche à Cœlius ne sont
guère compatibles avec les goûts dont je parle.
Non , il n'est pas possible qu'un homme livré à
sa passion, enivré d'amour , tourmenté par le
regret et le desir , embarrassé souvent de son
abondance , quelquefois même du besoin qui le
presse, puisse soutenir , comme nous le faisons ,
quelque prix qu'on y attache, le travail que
demandent l'étude des causes et l'art de les
plaider.

Tome VIII.   F f

Eh ! pourquoi , je vous supplie, lorsque le talent de bien dire a tant d'attraits par lui-même, que de si grandes récompenses l'attendent, qu'il apporte avec soi tant de gloire, de crédit et de considération ; pourquoi ne voit-on pas à présent, et n'a-t-on pas vu auparavant plus d'hommes s'occuper de cette étude ? La seule raison, sans doute, c'est qu'il faudroit fouler aux pieds tous les plaisirs, renoncer à tous les amusemens, aux jeux, aux ris, aux festins, je dirai presque au commerce de ses amis intimes. Voilà ce qui effraie nos Romains, ce qui les empêche d'entrer dans cette pénible carrière : car ce n'est pas que leur génie manque de vigueur ou leur jeunesse d'instruction.

Si donc Cœlius se fût livré à la vie qu'on lui reproche, auroit-il, encore fort jeune, appellé en justice un personnage (1) consulaire ? S'il fuyoit le travail, s'il étoit enchaîné par les plaisirs, le verrions-nous se montrer tous les jours sur ce champ de bataille, braver les haines, accuser les autres, s'exposer à être accusé lui-même, et sous les yeux du Peuple

(1) Caïus Antonius.

Romain s'engager depuis tant de mois dans des combats où seroient compromis son état (1) et sa gloire ?

Mais ce voisinage de Clodia, mais ces discours du public n'annoncent-ils donc rien? Les rivages de Baies eux-mêmes ne disent-ils rien ? Oui, certes, ils disent, ou plutôt ils retentissent au loin, ils publient qu'il s'est rencontré une femme qui, dans l'excès de ses dissolutions, loin de chercher la solitude, les ténèbres, et ces mystères dont le vice aujourd'hui s'enveloppe, a triomphé, même en plein jour, au milieu d'un immense concours de monde, a triomphé et s'est applaudie de la plus honteuse licence.

Interdire à la jeunesse tout amour des courtisannes, ce sont les principes d'une vertu sévère, je ne puis le nier ; mais ces principes s'accordent trop peu avec le relâchement du siècle, ou même avec les usages et la tolérance de nos ancêtres. Car enfin, quand de pareilles passions n'ont-elles pas eu cours? Quand les a-t-on défendues? Quand ne les a-t-on pas

_____

(1) *Son état*, en subissant lui-même des accusations; *sa gloire*, en accusant les autres.

tolérées ? Quand ce qui est permis a-t-il cessé
d'être permis ? Je vais m'expliquer ici sans
nommer personne , et parlant en général.

Si une femme non mariée ouvroit sa maison
aux passions de tous les âges, si elle faisoit
publiquement métier de courtisanne , si elle
célébroit des festins avec des hommes absolument étrangers pour elle ; si elle menoit cette
vie dans Rome, dans des jardins, au milieu
du nombreux concours qu'attirent les eaux
de Baies ; enfin , si sa démarche, autant que
sa parure et son cortège, si la lubricité de
ses regards et la licence de ses propos, autant
que ses embrassemens et ses caresses, si des
parties sur l'eau et des festins, si tout cela
annonçoit en elle une vraie courtisanne , et
même des plus effrontées ; supposé que par
hasard un jeune homme ait quelque liaison
avec une telle femme, vous paroîtra-t-il,
Hérennius, un odieux séducteur ou un amant
passager ? Vous paroîtra-t-il avoir voulu attaquer l'honneur d'une femme, ou simplement
satisfaire un caprice ?

Je veux bien , Clodia, oublier tout le mal
que vous m'avez fait ; je dépose tout ressentiment, je ne pense pas à vos procédés cruels

envers ma famille pendant mon absence ; ne prenez point pour vous ce que je viens de dire : mais , je vous le demande à vous-même , puisque , d'après leur propre aveu, les accusateurs agissent en votre nom, puisqu'ils vous reconnoissent comme leur témoin; s'il étoit une femme telle que je viens de la dépeindre, qui , bien différente de vous, suivît les principes et menât la vie d'une courtisanne , je vous le demande , les relations d'un jeune homme avec une pareille femme , vous paroîtroient-elles l'excès de la honte et de la dépravation ? On dira , comme je l'aime mieux , que vous n'êtes pas cette femme; qu'a-t-on à reprocher à Cœlius ? On dira que vous l'êtes; pourquoi craindrions-nous des reproches que vous bravez vous-même ? Ainsi, c'est à vous à nous fournir notre justification et notre défense. Car, où un reste de modestie vous fera repousser de la part de Cœlius toute idée d'entreprise audacieuse, ou votre impudeur lui donnera à lui et aux autres une grande facilité pour se défendre.

Mais me voilà enfin heureusement dégagé des bancs de sable, et j'ai franchi les écueils de ma cause ; la route qui me reste maintenant est facile à parcourir. On impute à

Cœlius deux crimes énormes, qui tous deux ont rapport à une seule femme : c'est de l'or qu'il a emprunté, dit-on, à Clodia ; c'est du poison qu'il s'est procuré pour faire mourir la même Clodia.

Il a emprunté de l'or, avec le dessein, dites-vous, de le donner aux esclaves de Luccéius, afin d'assassiner, par leur ministère, Dion d'Alexandrie, que Luccéius avoit recueilli dans sa maison. Attenter (1) aux jours d'un ambassadeur, corrompre des esclaves pour tuer un hôte dans la maison de leur maître, ce double crime est affreux ; c'est le comble de la scélératesse et de l'audace.

Sur cette accusation, je demande avant tout si Cœlius a dit à Clodia pour quel motif il lui empruntoit de l'or, ou s'il ne l'a pas dit. S'il ne l'a pas dit, pourquoi en a-t-elle donné ? S'il l'a dit, elle s'est rendue complice du même crime. Avez-vous bien osé, Clodia, tirer de l'or de votre trésor le plus sacré ? Cette Vénus (2) qui en a dépouillé tant d'autres,

(1) *In legatis insidiandis*, c'est-à-dire, *in legatis per insidias aggrediendis.*

(2) La statue de Vénus que Clodia avoit dans son trésor, avec de l'or en masse et d'autres ornemens qui la décoroient.

avez-vous bien osé la dépouiller elle-même
de ses ornemens ? Mais sachant pour quel
attentat on vous demandoit de l'or, que
c'étoit pour assassiner un ambassadeur, pour
flétrir à jamais la réputation d'un homme aussi
respectable, aussi intègre que Luccéius ; votre
ame si généreuse n'a point dû tremper dans
un si horrible forfait, votre maison si populaire ne devoit pas en fournir les moyens,
ni votre Vénus si hospitalière en favoriser
l'exécution.

Balbus a prévu cet argument. Cœlius, dit-il,
a caché son dessein à Clodia ; il lui a déclaré
qu'il lui demandoit de l'or pour la décoration
des jeux (1). Mais, Balbus, si Cœlius étoit
aussi lié avec Clodia que vous le dites, vous
qui avez parlé si longuement de sa passion
pour elle, il lui aura dit sans doute pourquoi
il lui empruntoit de l'or : s'il n'y avoit pas
une si grande liaison, elle ne lui en aura
pas donné. Oui, femme indiscrète, si Cœlius

____

(1) Preuve démonstrative que ce n'étoit point de
l'or monnoyé qu'il demandoit. Mais quels étoient ces
jeux que Cœlius vouloit célébrer ? Cicéron ne le dit
pas, et on ne le sait point d'ailleurs.

vous a révélé son secret, vous lui avez donné sciemment de l'or pour un crime : s'il n'a pas osé vous le dire, vous ne lui en avez point donné.

Qu'est-il besoin pour détruire cette accusation, d'employer des inductions sans nombre? Je pourrois dire que le caractère de Cœlius répugne à un crime si atroce ; qu'il est peu croyable qu'avec autant d'esprit et de lumières, il n'ait pas songé combien il étoit imprudent de confier l'exécution d'un tel crime à des esclaves étrangers et inconnus. Je pourrois, suivant ma coutume et celle des autres orateurs, demander à nos adversaires en quel lieu Cœlius a conféré avec les esclaves de Luccéius ; comment il a eu accès auprès d'eux. Par lui-même? Quelle témérité! Par un autre ? Par qui ? Je pourrois parcourir tous les genres de présomptions. Il s'agit du plus noir des forfaits ; et on ne trouvera ni lieu convenable , ni motifs, ni moyens, ni complice , ni espoir de l'exécuter ou de le cacher , nulle raison qui le prouve , nulle trace qui y mène.

Ces moyens de défense appartiennent à l'art de l'orateur, et je pourrois, sans le secours du talent , par le seul exercice et l'expérience

que j'ai du barreau ; en tirer quelque parti ;
mais comme ils sembleroient être le produit
et le résultat de mon travail, afin d'abréger ,
je les supprime tous. Nous avons pour nous ,
Romains , Luccéius , personnage aussi respectable que témoin digne de foi , un homme
que vous ne serez pas fâché de voir associé à
votre religion et à votre serment (1). Si
Cœlius eût médité un tel crime , un crime
de nature à compromettre l'honneur et l'existence civile de Luccéius , celui-ci assurément
en eût été informé , il ne l'eût pas vu
avec indifférence, il ne l'eût pas souffert. Un
homme qui a tant d'instruction, un homme
si versé dans les sciences et dans les lettres (2),
auroit-il fermé les yeux sur le péril de celui
que les lettres et les sciences rendoient cher
à son cœur ? Un crime qu'il auroit poursuivi
avec chaleur, s'il eût été commis contre une

___

(1) Les témoins qui déposoient en justice , prêtoient
serment aussi bien que les juges.

(2) Il paroît que le Luccéius dont il est ici question ,
est le même auquel Cicéron demande dans une lettre
de vouloir bien écrire l'histoire de sa vie. — *De
celui*, de Dion, philosophe académicien , homme très-
savant.

personne indifférente, auroit-il négligé de le
poursuivre pour venger un hôte ? Un meurtre
qui auroit affligé son ame, quand même il
eût été l'ouvrage de mains inconnues, y
auroit-il été insensible, si ses propres esclaves
en eussent été les ministres ? Un forfait contre
lequel il se seroit élevé, s'il eût été consommé
en pleine campagne ou dans les places publiques, ne s'en seroit-il pas mis en peine,
s'il eût été projetté à Rome, dans sa propre
maison ? Un attentat qu'il n'auroit pas laissé
impuni, si on eût attaqué les jours d'un esprit
sans culture, un homme aussi éclairé que lui,
auroit-il cru devoir le dissimuler, lorsqu'on
vouloit faire périr un personnage si précieux
par ses profondes connoissances ? Mais pourquoi, Romains, s'arrêter plus long-temps ici ?
Ecoutez la déposition authentique d'un témoin
lié par un serment, et pesez-en tous les
termes. Greffier, lisez la déposition de
Luccéius.

(Le greffier lit.)

Qu'attendez-vous de plus, Romains ? croyez-
vous que la cause même puisse parler pour
elle ? que la vérité puisse élever la voix ?

Mais dans cette déposition n'entendez-vous pas la justification de l'innocence, le cri de la cause même, une voix qui ne peut être que celle de la vérité? On accuse sans offrir de simples présomptions, on avance sans fournir de preuves; et dans cette prétendue négociation on ne circonstancie rien, on ne marque ni entrevue, ni tems, ni lieu, on ne nomme ni témoin, ni complice. Toute l'accusation part d'une maison ennemie, déshonorée, cruelle, souillée de crimes et de débauches; et dans la maison où l'on voudroit placer un forfait horrible, régnent l'honneur, l'innocence, la régularité. Nous tirons de cette maison un témoignage respectable, scellé du serment. Ainsi la question, qui n'est nullement problématique, est de savoir si une femme téméraire, effrontée, furieuse, a forgé une accusation; ou si un homme grave, sage, modéré, a déposé avec un scrupule religieux.

Il me reste à parler du crime d'empoisonnement, dont je ne puis ni découvrir les motifs, ni développer les moyens.

Pour quelle raison en effet Cœlius eût-il voulu empoisonner Clodia? Pour ne pas.

lui rendre son or? mais le lui avoit-on redemandé? Pour n'être pas accusé du meurtre
de Dion? mais lui avoit-on reproché ce
meurtre? En auroit-on seulement fait mention,
s'il n'eût accusé personne? Il y a plus, Romains,
vous venez d'entendre Hérennius s'exprimer
en termes formels. Je n'aurois pas même, disoit-il,
ouvert la bouche contre Cœlius, si Cœlius
n'eût accusé pour la seconde fois mon ami
intime d'un délit dont il s'étoit vu absous.
Est-il donc croyable qu'un pareil attentat ait
été commis sans motif? Et ne voyez-vous pas
qu'on ne suppose un premier crime (1), que
pour donner la raison qui en a fait oser un
second ?

Mais à qui Cœlius s'est-il ouvert? qui est-ce
qu'il a pris pour aide, pour associé, pour
complice? A qui a-t-il confié l'exécution d'un
tel crime, sa personne, sa propre sûreté ?
Est-ce aux esclaves de Clodia, comme l'ont
prétendu les accusateurs? Et Cœlius à qui ils
ne peuvent du moins refuser de l'esprit,
quoique dans leurs invectives ils lui ôtent

(1) *Un premier crime*, le meurtre de Dion; *un
second*, l'empoisonnement de Clodia.

tout le reste, avoit-il assez peu de sens pour remettre son sort entre les mains d'esclaves étrangers ? Et de quels esclaves ? Car ceci mérite attention ; d'esclaves qu'il voyoit n'être pas réduits aux conditions ordinaires de la servitude, mais vivre librement, familièrement, presque d'égal à égal avec leur maîtresse ? Qui ne voit pas., Romains, qui ne sait pas que, dans une maison où la mère de famille vit en courtisanne, où il ne se fait rien qui doive transpirer, où règnent les passions, la débauche, tous les vices, tous les excès, les plus criantes infamies, dans une telle maison les esclaves ne sont plus esclaves : on n'a rien de caché pour eux, on leur confie tous les mystères, on les emploie dans toutes les intrigues, on les admet aux mêmes plaisirs, enfin ils ont toujours leur part du luxe domestique et des dépenses journalières ? Cœlius ne faisoit-il pas ses réflexions ? Ou il étoit aussi intime avec Clodia qu'on le prétend, et alors il savoit que les esclaves étoient pareillement intimes avec leur maîtresse, ou il n'avoit pas avec elle d'aussi étroites liaisons qu'on le dit, et alors quelle si grande intimité pouvoit-il avoir avec les esclaves ?

Mais comment suppose-t-on qu'il a voulu donner le poison à Clodia ? Où a-t-il pris ce poison ? Comment, par quel moyen se l'est-il procuré ? A qui, dans quel lieu l'a-t-il remis ? Il l'avoit chez lui, dit-on, et il en a fait l'essai sur un esclave acheté pour cette épreuve, dont la mort prompte l'a assuré de l'efficacité du poison.

Dieux immortels, pourquoi fermez-vous quelquefois les yeux sur les plus grands crimes des humains ? ou pourquoi remettez-vous à punir un forfait qu'on n'a pas remis à (1) commettre ? J'ai vu, et c'est la douleur la plus cruelle que mon cœur ait jamais éprouvée ; oui, j'ai vu Métellus arraché du sein de la patrie : ce grand homme qui se croyoit né pour cet empire, je l'ai vu, trois jours après qu'il avoit signalé son zèle pour la République, et dans le sénat et devant le Peuple ; il étoit dans la vigueur de l'âge, il avoit toutes ses

---

(1) *Praesens, in diem,* ces expressions sont prises du commerce. *Praesenti pecuniâ,* payer en argent comptant : *in diem,* prendre un terme pour payer. Quintus Métellus Celer, époux de Clodia, mourut sous le consulat de César et de Bibulus. Clodia fut soupçonnée violemment de l'avoir empoisonné.

forces et la plus robuste constitution ; je l'ai
vu indignement enlevé à tous les gens de bien
et à la patrie entière. Près de mourir, au
moment même où son ame affaissée sembloit
anéantie pour tout le reste, il réservoit pour
la République un dernier sentiment. Je fondois en larmes ; jettant sur moi les yeux, il
m'annonçoit d'une mourante voix, d'une voix
entrecoupée, les affreux orages et les horribles
tempêtes prêts de fondre sur Rome ; il frap-
poit à plusieurs reprises le mur mitoyen de
sa maison et de celle de Catulus ; sa bouche
répétoit fréquemment le nom de Catulus, elle
prononçoit souvent mon nom, et plus souvent
encore celui de la République, ensorte qu'il
regrettoit moins de quitter la vie que de nous
laisser, la patrie et moi, privés de son appui
le plus ferme. Si une indigne violence ne l'eût
point ravi subitement à la lumière, avec quelle
force n'auroit-il pas attaqué, après son consulat, les projets d'un parent (1) furieux, lui
qui étant consul, lorsque ce forcené ne donnoit

(1) Latin, *fratri suo patrueli*, à son cousin-germain.
La mère de Clodius étoit sœur du père de Métellus
Celer.

encore que le prélude de ses fureurs, disoit
en plein sénat qu'il le tueroit de sa propre
main ? Epouse d'un tel mari, au sortir d'une
telle maison, une femme osera-t-elle bien
parler des prompts effets du poison ? Ne
craindra-t-elle pas que la maison même n'élève
la voix, que les murs ne dévoilent le mystère ?
Ne redoutera-t-elle pas cette nuit funeste et
désastreuse ?.... Je reviendrai bientôt à l'accusation : en parlant d'un illustre et courageux
citoyen, les pleurs ont affoibli ma voix, et
la douleur a répandu un nuage sur mes
pensées.....

Mais encore on ne dit pas où a été pris le
poison, comment on se l'est procuré. Il a été
remis, dit-on, à Licinius, jeune homme
plein d'honneur et de vertu, intime ami
de Cœlius. On étoit convenu (1) avec les esclaves, qu'ils se rendroient aux bains des étrangers ; Licinius devoit se rendre dans le même
lieu, et leur remettre la boîte du poison. Ici

(1) *Constitutum* dans le latin, substantif, expression
de droit, quand on convenoit avec des personnes d'un
jour et d'un lieu pour un rendez-vous. —— *Au bain
des étrangers.* J'ai préféré la leçon *Xenias* à celle de
Senias.

je

jé le demande d'abord , quelle nécessité d'apporter le poison dans cet endroit ? Pourquoi les esclaves ne sont-ils pas venus trouver Cœlius dans sa maison ? Si les liaisons étroites et la grande familiarité de celui-ci avec Clodia subsistoient encore , qu'auroit-on soupçonné, si on eût vu chez lui une esclave de cette femme ? Mais s'il y avoit déjà du refroidissement, si le commerce étoit rompu , si la rupture avoit éclaté ; de-là sans doute ces larmes d'indignation , de-là tous les crimes qu'on nous impute.

Voici le fait , dit l'accusateur : les esclaves informent leur maîtresse de l'attentat que Cœlius médite : Clodia , en femme habile , leur ordonne de tout promettre à Cœlius : mais afin qu'on puisse surprendre le poison entre les mains de Licinius lorsqu'il le livrera , elle leur recommande de lui donner rendez-vous aux bains des étrangers ; elle y enverra ses amis pour qu'ils s'y cachent , pour qu'au moment où Licinius s'avancera afin de livrer le poison , ils s'élancent brusquement et se saisissent de sa personne.

Toute cette fiction , Romains , est fort aisée à détruire. Car pourquoi Clodia auroit-elle choisi plutôt des bains publics ? Je n'y vois pas de retraite propre à cacher des hommes embarrassés d'une toge. S'ils s'étoient placés à l'entrée, ils n'auroient pas été cachés ; s'ils avoient voulu se jetter dans le fond, il ne leur a pas été bien facile de le faire avec leur chaussure et leur habillement : peut-être même ne les y eût-on pas reçus, à moins qu'une femme puissante ne fût devenue l'amie du maître des bains, en payant sa complaisance de quelques faveurs (1).

Pour moi, j'attendois avec impatience les noms de ces honnêtes témoins qu'on disoit avoir surpris le poison : mais on n'a encore nommé personne. Je ne doute pas, au reste, que ce ne soient des hommes fort graves, puisque d'abord ils sont si intimement liés avec une telle femme, et qu'ensuite ils ont accepté

_____

(1) Latin, *quadrantariâ permutatione*. On donnoit pour se baigner dans les bains publics, une pièce de monnoie *quadrans*, la quatrième partie de l'as romain, trois deniers de notre monnoie. Clodia donnoit au maître du bain, pour qu'il y reçût ses amis, des caresses en échange, et à la place des *quadrans* : c'est là probablement ce que Cicéron veut dire par *quadrantariâ illâ permutatione*.

la commission de s'entasser dans des bains ,
ce qu'assurément, malgré toute sa puissance,
elle n'eût jamais obtenu que de personnages
honnêtes et jouissant d'une grande considération (1). Mais pourquoi parler de la dignité des
témoins ? Voyez un peu leur fermeté et leur
exactitude. Ils se sont cachés dans les bains :
les témoins courageux ! ils se sont élancés sans
réflexion : les graves personnages ! voici comme
la chose s'arrange : la boîte en main , se préparant à la livrer , ne la livrant pas encore ,
Licinius étoit arrivé , lorsque tout-à-coup sont
accourus ces admirables témoins qu'on ne
nomme pas. En les voyant fondre sur lui , Licinius qui déjà étendoit la main pour livrer la
boîte , la retira et prit aussitôt la fuite. O pouvoir invincible de la vérité , qui se défend par
elle-même contre la subtilité des hommes ,
contre leur ruse , leur adresse , contre toutes
leurs manœuvres et leurs artifices !

Mais dans toute cette comédie , forgée par
une femme qui , depuis long-tems, nous en a
donné tant d'autres , je ne vois ni sujet , ni

_____

(1) Il est facile de voir que tout cet endroit est
ironique.

dénouement. Il falloit que ces gens apostés
fussent en assez grand nombre pour que Licinius pût être facilement saisi, pour que la
chose fût mieux attestée, étant vue par beaucoup de personnes : d'où vient donc que tous
ces hommes ont laissé échapper Licinius ?
Quoi ! parce que Licinius avoit retiré la main
pour ne pas livrer la boîte, pouvoit-il être
saisi moins facilement que s'il l'eût (1) livrée ?
Les amis de Clodia avoient été placés pour
saisir Licinius, pour le prendre en flagrant
délit, soit qu'il eût gardé le poison, soit qu'il
l'eût livré. C'étoit là tout le dessein de Clodia,
c'étoit la commission dont ses amis s'étoient
chargés à sa prière. Je ne vois pas, Atratinus,
pourquoi vous dites qu'ils se sont élancés sans
réflexion et mal-à-propos. On les avoit priés
de saisir le poison, de découvrir le projet
d'empoisonnement, enfin de prendre le coupable en flagrant délit ; c'étoit pour cela qu'ils
avoient été placés. Pouvoient-ils donc s'élancer
dans un tems plus favorable qu'à l'arrivée
même de Licinius, lorsqu'il tenoit encore
dans la main la boîte du poison ? S'ils eussent

(1) J'ai suivi la leçon *quàm si tradidisset.*

attendu pour accourir du fond des bains, et pour se saisir de Licinius, que la boîte eût été livrée aux esclaves, Licinius protesteroit de toutes ses forces, il nieroit fermement avoir livré la boîte. Et comment le convaincre ? Diroient-ils qu'ils l'ont vu ? D'abord ce seroit s'exposer eux-mêmes au soupçon (1) d'un crime horrible ; ensuite ils diroient avoir vu ce qu'ils n'auroient pu voir de l'endroit où ils s'étoient placés. Ils se sont donc montrés dans le tems le plus propre, au moment où Licinius arrivoit, lorsqu'il avoit tiré la boîte, qu'il étendoit la main, qu'il livroit le poison. Ce n'est donc pas ici une comédie régulière avec un dénouement, c'est une vraie farce brusquement terminée : un des acteurs échappe des mains qui le tiennent, l'orchestre joue (2),

(1) *Ce seroit s'exposer eux-mêmes....* puisque le poison seroit resté entre les mains de leurs esclaves, et que Licinius nieroit l'avoir remis à ces esclaves.

· (2) Latin, les instrumens nommés *scabilla* font du bruit. On ne sait pas au juste quels étoient ces instrumens. —— *La toile se baisse.* Chez les Romains, lorsqu'on vouloit découvrir le théâtre, on laissoit tomber la toile sur le plancher du théâtre ; on la levoit au contraire lorsqu'on vouloit le fermer. Le latin dit donc, *la toile se lève.*

G g 3

la toile se baisse. Licinius chanceloit, hésitoit, se retiroit, se disposoit à fuir ; je le demande donc, pourquoi la troupe de Clodia l'a-t-elle laissé échapper ? Pourquoi ne l'ont-ils pas saisi ? Pourquoi n'ont-ils pas constaté le crime en arrachant l'aveu du coupable, en multipliant les témoins, en faisant parler l'action même ? Tant d'hommes, pleins de vigueur et d'assurance, craignoient-ils de ne pas avoir l'avantage sur un homme seul, un homme foible, un homme effrayé ?

On ne trouvera donc ni preuve, ni dans le fait, ni soupçon dans la cause, ni dénouement dans l'accusation. Aussi nos accusateurs, renonçant à employer les inductions, les présomptions, tous les indices qui servent à éclaircir la vérité, renvoient tout aux témoins. Je les attends, ces témoins, et loin de les craindre, j'espère m'en amuser. Je suis curieux de voir nos jeunes agréables, ces heureux favoris d'une femme noble et opulente, ces braves satellites placés dans des bains en embuscade et mis chacun à leur poste par un général féminin. Je leur demanderai comment et où ils se sont cachés ; quelle retraite ou quel autre cheval de Troie a reçu et renfermé tous ces invincibles guerriers

combattant pour une femme. Je les forcerai
de me répondre et de dire pourquoi tant
d'hommes si vigoureux n'ont pas saisi à son
arrivée, ou n'ont pas poursuivi dans sa fuite,
un homme seul et aussi foible que nous le
voyons. S'ils paroissent sur ce banc, non, ils
ne se tireront jamais d'embarras, quelque facé-
tieux, quelque plaisans convives qu'on les
suppose, quelque diserts même qu'ils soient
quand le vin les échauffe. Autre est le barreau,
autre une salle de repas ; les bancs du tribunal
ne ressemblent guère à des lits de festin ; une
séance de juges est un peu différente d'une troupe
de buveurs ; enfin la lumière du soleil n'est
point celle des flambeaux. Qu'ils paroissent
donc, et je dévoilerai tous leurs amusemens,
toutes leurs folies. Veulent-ils m'en croire, qu'ils
prennent d'autres soins, qu'ils rendent d'autres
services, et se signalent d'une autre manière ;
qu'ils brillent auprès de Clodia par leur galan-
terie, qu'ils se distinguent par leur faste,
qu'ils restent attachés à ses côtés, prosternés
à ses pieds, dévoués à ses volontés ; mais qu'ils
se gardent de méditer la désolation et la ruine
de l'innocence.

Les esclaves de Clodia, dira-t-on, ont été

affranchis d'après l'avis de ses parens, personnages aussi nobles qu'illustres. Voici donc (1) enfin une circonstance où cette femme paroît avoir déféré à l'avis et à l'autorité de ses proches, hommes d'un mérite rare. Mais je voudrois savoir quelle preuve on tire de cet affranchissement, dont on s'est servi, ou pour forger une accusation contre Cœlius, ou pour épargner la torture aux esclaves (2), ou pour récompenser, sous quelque prétexte, des hommes mêlés dans bien des secrets. Mes parens, direz-vous, Clodia, ont approuvé l'affranchissement. Et comment ne l'auroient-ils pas approuvé ? Vous leur faisiez part d'un attentat contre vos jours, dont vous n'étiez pas informée par d'autres, disiez-vous, mais que vous aviez découvert par vous-même.

Ici faut-il s'étonner de cette histoire (3) si obs-

(1) On n'ignore pas que chez les Grecs et les Romains, les femmes étoient toujours en tutèle, et qu'elles ne pouvoient rien faire que de l'avis de leurs parens.

(2) Au lieu de *sublevata*, je lis *sublata* avec d'habiles critiques.

(3) On ne sait pas et on n'a aucun moyen de savoir quelle est cette histoire.

cène qui est venue à la suite de la boîte imaginaire ? Il n'est rien dont une telle femme ne paroisse capable. L'aventure a couru, elle a fait la matière des bruits publics. Vous comprenez sans doute, Romains, ce que je veux, ou plutôt ce que je ne veux pas dire. En supposant l'histoire véritable, Cœlius certainement n'y a aucune part. Quel intérêt y avoit-il? C'est peut-être l'ouvrage de quelque jeune libertin qui manque moins d'esprit que de pudeur. Est-ce une histoire fabriquée? Si le mensonge n'est pas honnête (1) , il est du moins assez plaisant. Au reste, on n'en eût jamais parlé, on n'y eût jamais ajouté foi , si toute anecdote un peu scandaleuse ne paroissoit convenir parfaitement à Clodia.

La cause est plaidée, Romains. Vous voyez à présent de quelle importance est l'affaire soumise à vos décisions. Il s'agit de violence (2) ; et la loi

_____

(1) J'ai suivi la leçon *modestum*. D'autres lisent *molestum* , qui ne me paroît présenter aucun sens.

(2) Cœlius, comme nous avons déjà dit , étoit accusé de violence publique, *de vi publicâ* , d'après la loi Lutatia , loi portée par Quintus Lutatius Catulus. Voyez sommaire de ce plaidoyer.

concernant la violence intéresse le gouvernement
de Rome , la majesté de l'empire, la sûreté de
tous. C'est lorsque la discorde avoit armé les
citoyens les uns contre les autres, que la République étoit presque à la veille de sa ruine ,
c'est alors que Catulus porta sur cet objet une
loi qui , après l'incendie allumé sous mon consulat , éteignit les restes de la conjuration encore fumante. C'est en vertu de cette loi qu'on
attaque la jeunesse de Cœlius , non pour
venger la République , mais pour satisfaire le
ressentiment et le caprice d'une femme.

Ici même (1) on cite la condamnation de
Marcus Camurtus et de Caïus Esernus. Quelle
folie, ou plutôt quelle étrange audace! Osez-
vous, accusateurs , faire mention de ces hommes au nom de la femme qui vous emploie?
Osez-vous réveiller le souvenir d'une abomina-
tion que le tems n'a fait qu'assoupir , qu'il n'a
pas étouffée? Pour quel crime en effet, Camurtus et Esernus ont-ils été condamnés ? Sans
doute pour avoir voulu venger cette même

_____

(1) Tout cet endroit est fort obscur pour nous. Cicéron parloit de choses connues dans son tems, et qui
nous sont parfaitement inconnues.

femme, et poursuivre l'injure qu'elle croyoit lui être faite par Vettius qui avoit eu avec elle un commerce coupable. Etoit-ce donc pour qu'on entendît dans cette cause le nom d'un Vettius, étoit-ce pour réchauffer une histoire (1) surannée, qu'on a rapporté la condamnation des deux hommes dont nous parlons? On ne pouvoit pas les attaquer pour crime de violence; tel étoit cependant le forfait dont ils se trouvoient atteints, qu'il paroissoit impossible de les arracher à la rigueur des loix.

Mais pourquoi, Romains, Cœlius est-il cité à votre tribunal? Cœlius auquel on ne reproche, ni délit qui soit de votre ressort, ni aucun autre qui lui soit étranger, mais qui pourtant réclame la sévérité des juges; Cœlius dont la première jeunesse a été consacrée aux sciences et aux études qui nous forment pour le barreau et l'administration publique, qui nous procurent les honneurs, de la gloire, un rang

_____

(1) Mot à mot, *une vieille comédie d'Afranius*, ancien auteur de comédies; c'est-à-dire, du moins je le pense, sans oser garantir ce sens, une vieille histoire, une histoire surannée. J'ai lu avec quelques éditions *Afraniana*.

distingué ; Cœlius qu'on a vu lié avec des citoyens plus âgés que lui , dont il est jaloux
d'imiter la sagesse et l'activité ; Cœlius enfin
qui , en suivant les goûts de ceux de son âge ,
a couru la carrière honorable ouverte aux jeunes
Romains du premier mérite et de la première
naissance. Lorsqu'avec les années il eut acquis
un peu de force , il partit pour l'Afrique, et
logea avec le proconsul Quintus Pompéius (1) ,
citoyen irréprochable, d'une exactitude scrupuleuse pour tous ses devoirs. Les biens de son
père se trouvoient dans ce pays, et d'ailleurs il
vouloit étudier les mœurs des provinces dans
un âge que la sagesse de nos ancêtres destinoit
à ce genre d'instruction. Il est sorti de l'Afrique
avec l'estime de Quintus Pompéius , comme
vous l'apprendrez par le témoignage du proconsul lui-même. Selon l'ancien usage , et à
l'exemple de plusieurs de nos jeunes gens ,
devenus ensuite de grands hommes , des citoyens
illustres , il a voulu faire connoître ses talens
au Peuple Romain par quelque accusation
d'éclat. Je voudrois que le desir de la gloire

_____

(1) Quintus Pompéius gouverna l'Afrique après sa
préture avec l'autorité proconsulaire.

l'eût conduit dans une autre route : mais il
n'est plus tems de s'en plaindre. Il a accusé
Antonius mon collègue, ce citoyen malheureux que le souvenir d'un grand service rendu
à la République n'a pu sauver, et qu'a perdu
le soupçon de complicité dans l'attentat formé
contre elle. Depuis, on l'a vu ne céder en ardeur
à aucun des jeunes Romains de son tems, fréquenter le barreau, s'employer dans les affaires
et les causes de ses amis, s'attirer l'estime de
ses compatriotes. Il a obtenu par ses veilles
et son application tout ce qu'on ne sauroit
obtenir sans être vigilant, sage et laborieux.

Dans le détour de l'âge, près de franchir la
borne (car je compte assez, Romains, sur
votre sagesse pour ne rien déguiser), la réputation de Cœlius a reçu quelque atteinte,
par la connoissance d'une femme dange-
reuse, par un malheureux voisinage, par
l'attrait nouveau des plaisirs. On voit assez
souvent les passions trop contenues, trop res-
serrées, trop comprimées dans la première jeunesse, rompre enfin leur digue, et se répandre
toutes à la fois en longs débordemens. Clodius
s'est dégagé de la vie qu'il menoit, ou plutôt
qu'on lui prêtoit ; car les rumeurs publiques

avoient fort exagéré les choses : mais quelle que
fût cette vie, il s'en est arraché avec courage,
il s'en est entièrement retiré ; et il est si éloigné
de conserver avec Clodia aucune liaison scandaleuse, qu'il a à se défendre en ce jour contre
sa haine et à repousser ses attaques.

Et pour effacer tout vestige de ces reproches
d'inaction et de mollesse, qui rompent le cours
d'une vie appliquée, il s'est décidé, sans doute
à mon grand regret et sans vouloir écouter
aucune de mes représentations, mais enfin il
s'est décidé à susciter à mon ami (1) une accusation de brigue ; quoique absous, il le pour-
suit encore, revient à la charge, n'écoute aucun de nous ; il est plus emporté que je ne voudrois. Mais je ne parle point de sa prudence,
cet âge n'en est guère susceptible ; je parle de
son caractère impétueux, de son desir de
vaincre, de son ardeur pour la gloire ; passions qui doivent être plus modérées dans
l'âge mûr, mais qui, dans la jeunesse, ainsi
que les plantes en herbe, promettent pour la
maturité de la vie une riche moisson de solides vertus et de talens utiles. En effet, dans
les jeunes gens nés avec une ame grande, il

(1) Le père d'Atratinus.

faut moins exciter que réprimer l'amour de la gloire : il y a plus à élaguer qu'à ajouter dans cet âge où le génie ardent produit avec un excès d'abondance. Si donc on trouve dans Cœlius trop de vivacité, trop de fierté, trop d'opiniâtreté, trop d'ardeur à se faire des ennemis ou à les poursuivre ; si même on est choqué de quelques défauts peu essentiels, du luxe de ses vêtemens, du nombreux cortège de ses amis, d'un peu d'amour pour le faste, d'un peu de recherche dans sa parure ; tout ce grand feu ne tardera pas à tomber ; les années (1) et le tems auront bientôt modéré ces imperfections légères.

Conservez donc, Romains, à la République un homme livré aux plus honnêtes occupations, aux meilleurs partis, aux citoyens les plus vertueux. Je vous le promets, je le promets à la République, si jusqu'à présent elle m'a trouvé fidèle, Cœlius ne s'écartera jamais de mes principes. Je fais cette promesse en son nom et au mien, sur la confiance que me donne l'amitié qui nous unit, sur la foi des

_____

(1) Je voudrois lire, *jam ætas omnia ista, jam dies mitigarit.*

étroites obligations qu'il s'est imposées à lui-même. Un homme qui a appellé en justice un personnage consulaire comme perturbateur de la République, ne sauroit être lui-même dans la République un citoyen séditieux : un homme qui ne peut laisser absous du crime de brigue celui qu'on a absous de ce crime, ne sauroit lui-même se permettre impunément de criminelles largesses. Les deux accusations intentées par Cœlius sont pour la République le meilleur garant de sa conduite (1) et le plus sûr gage de ses sentimens.

Je vous en supplie, Romains, et je vous en conjure ; dans une ville où a été absous il y a peu de jours un Sextus Clodius (2), que vous avez vu pendant deux ans chef ou ministre de sédition, qui dé ses propres mains a mis le feu aux temples, aux archives publiques, aux registres du cens, homme sans bien, sans

(1) Mot à mot, *le garant du péril,* sans doute, auquel il s'exposeroit lui-même, s'il se rendoit coupable des crimes dont il auroit accusé d'autres citoyens.

(2) Sextus Clodius, homme dévoué à Publius Clodius, dont il est assez parlé dans les discours qui précèdent.

crédit,

crédit, sans espoir, sans domicile, sans honneur, sans ressource, dont la bouche, la langue, les mains, dont toute la vie est souillée ; qui a renversé le monument de Catulus, détruit ma maison, brûlé celle de mon frère ; qui, sur le mont Palatin et sous les yeux de Rome entière, a excité des esclaves à incendier Rome, à massacrer ses habitans : ne souffrez pas que, dans une ville où le crédit d'une femme a fait absoudre un tel homme, Cœlius se voie sacrifié à la passion de cette même femme ; craignez qu'on ne dise que la même Clodia, secondée de celui qui est à la fois son frère et son époux, a sauvé le plus infâme brigand et perdu un jeune homme recommandable par tant de qualités.

En vous mettant devant les yeux la jeunesse de Cœlius, pensez aussi à la vieillesse de ce père malheureux, qui n'a d'autre soutien que son fils, qui fonde sur lui tout son espoir, dont toute la crainte est de perdre ce fils unique. Son sort est entre vos mains ; il implore votre commisération, il embrasse vos genoux, et attend moins de cette posture suppliante que de votre bonté et de votre sensibilité naturelle ; que le souvenir des auteurs de vos

Tome VIII.   H h

jours, ou que votre amour pour vos enfans,
vous rende favorables à cet infortuné. Touchés
de la douleur (1) du fils et du père, écoutez la
voix de votre piété filiale et de votre équité
indulgente. L'un est près de succomber sous
le poids des années ; voudriez-vous par un
coup funeste lui ravir quelques momens que
la nature lui destinoit encore ? L'autre est à
la fleur de l'âge , sa vertu s'affermit déjà et
se fortifie ; voudriez-vous le renverser comme
par la violence d'un orage et d'une tempête
imprévue ? Conservez un fils à son père , un
père à son fils ; qu'il ne soit pas dit, ou que
vous avez abandonné vous-mêmes une vieillesse déjà presque délaissée par la nature ; ou
que vous avez étouffé et ruiné , loin de les
nourrir et de les cultiver, les grandes espérances
que donnoit une jeunesse florissante. Si vous
conservez Cœlius pour vous, pour les siens,
pour la République, il vous restera inviolable-
ment attaché , il vous restera lié à vous et à

---

(1) Ou il faut changer avec un savant *alterius* en
alterutrius, ou donner le sens d'*alterutrius* à *alterius*.
—*Pietati* est pour Cœlius, père, *indulgentiae* pour
Cœlius , fils.

vos enfans par une reconnoissance éternelle :
et ce sera principalement vous qui profiterez
de sa vigueur et de ses travaux , qui en recueil-
lerez des fruits abondans et durables.

Fin du tome huitième.

TABLE

Du huitième volume.

Fin de la table du huitième volume.

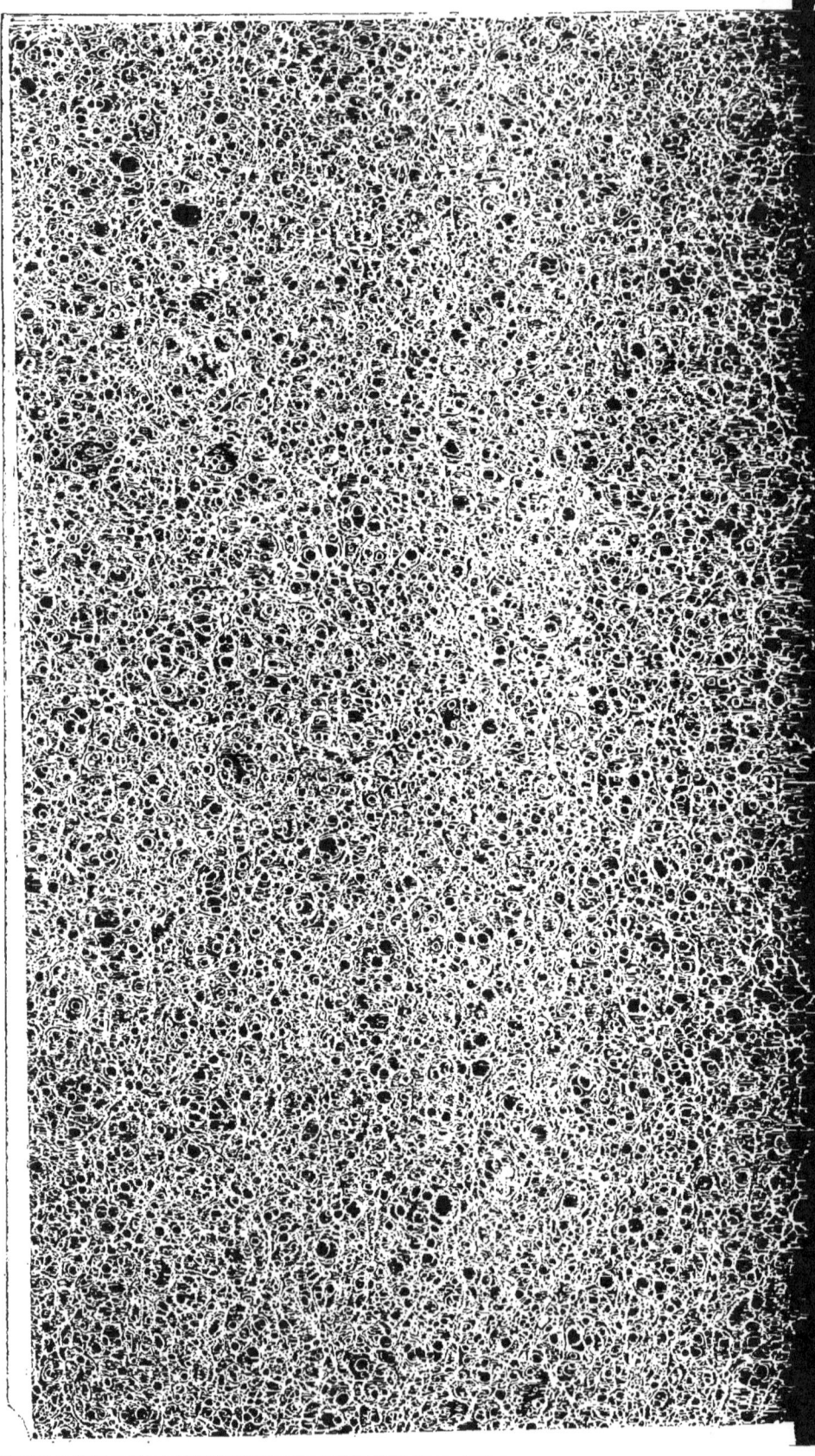

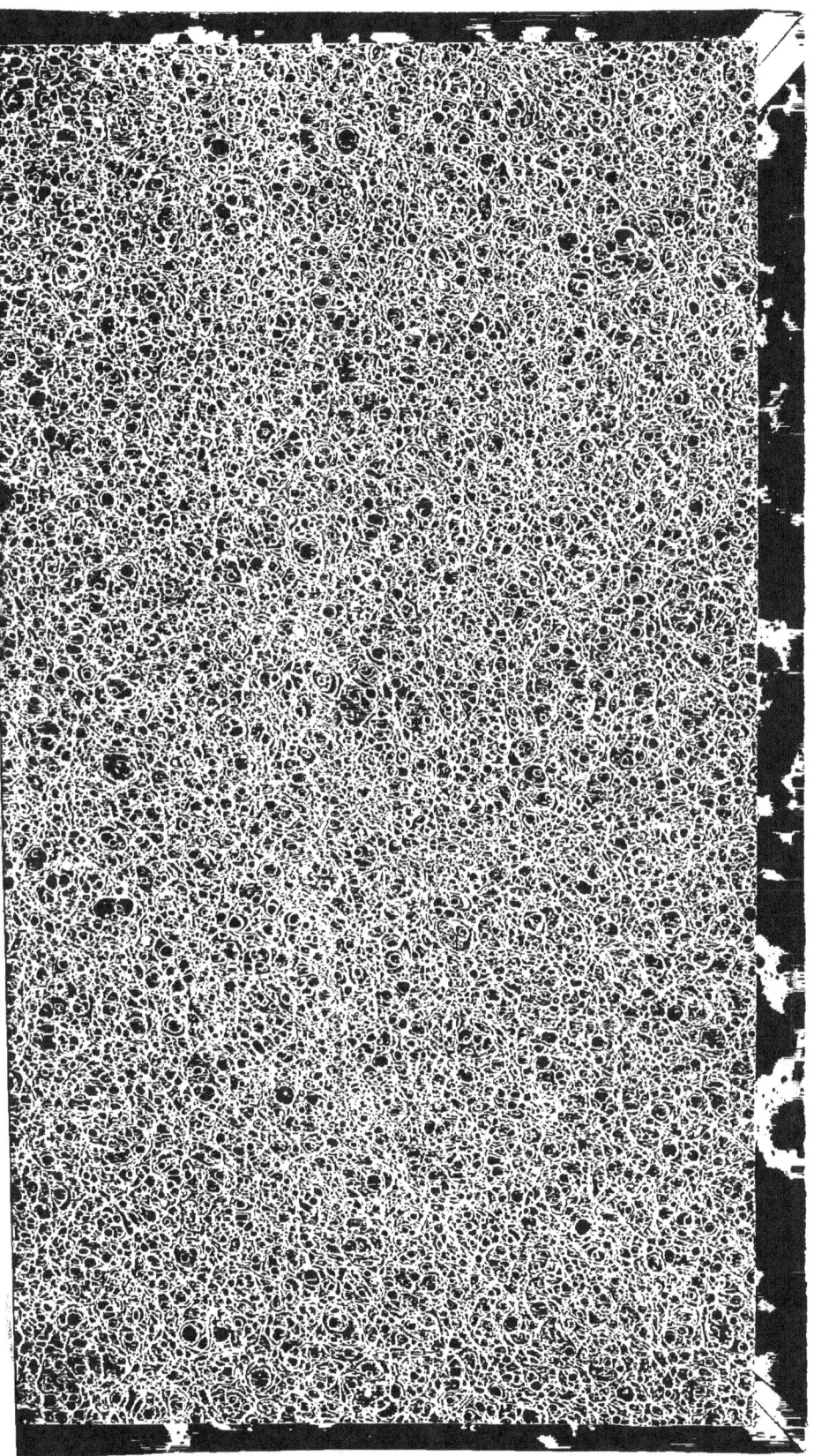

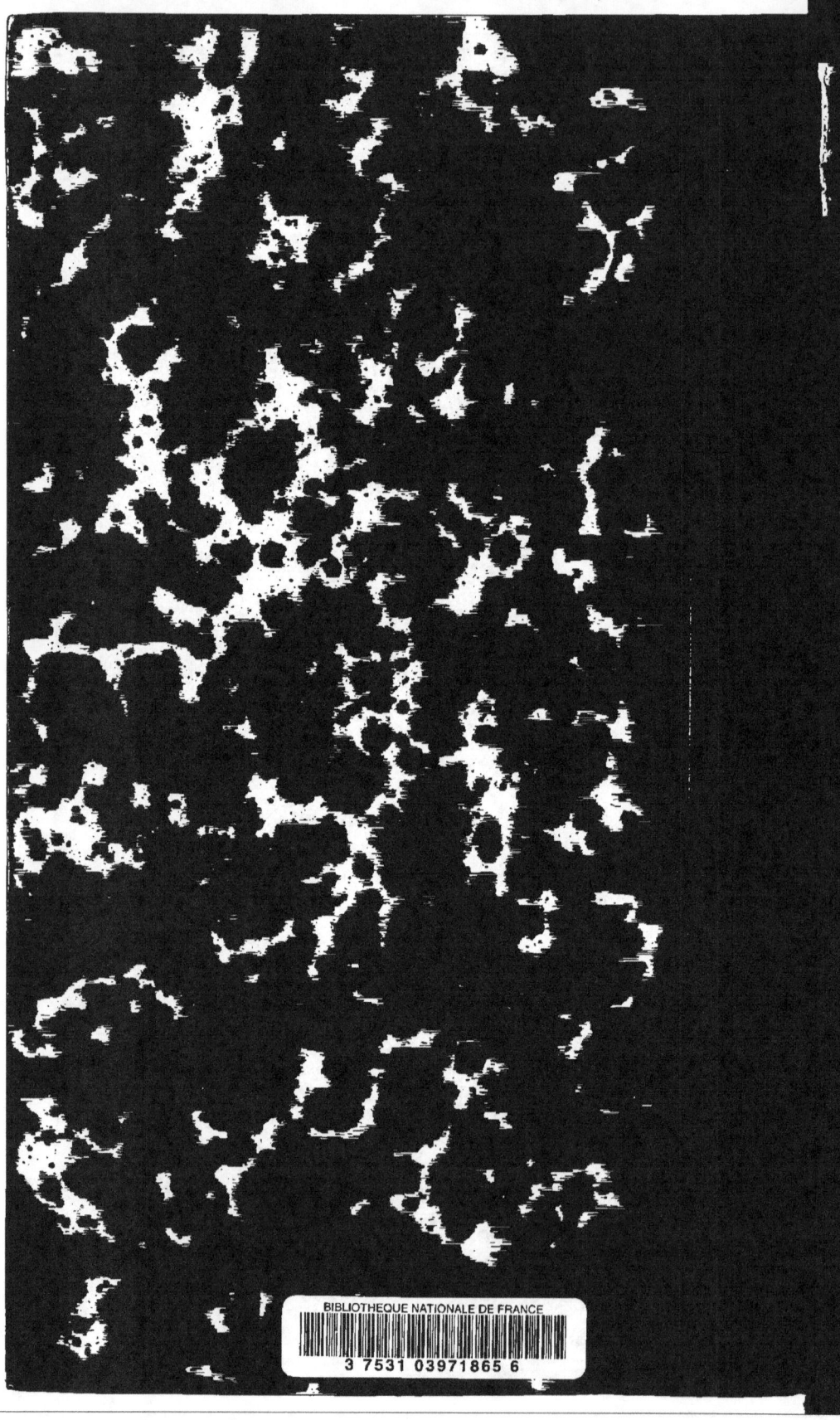

www.ingramcontent.com/pod-product-compliance
Lightning Source LLC
Chambersburg PA
CBHW060755030726
47503CB00002B/259